下册

蛰妖相习
看点甜

图样先森 著

青岛出版集团 | 青岛出版社

第八章
年少心动互表心意

　　直播前工作人员跟嘉宾说过，会有游戏环节，主要是为了活跃直播间的氛围，毕竟直播不能剪，整个流程下来如果光是干坐着说话，未免显得枯燥。

　　台本上没写，嘉宾们顺口问了句什么游戏，工作人员只说是小游戏，很简单的。

　　现在直播开始，主持人告诉他们是增进夫妻感情的游戏，嘉宾们齐刷刷心想：怎么感觉那么不对劲？

　　作为嘉宾中年纪最长的，大哥邱弘首先提问："什么游戏啊？先透个底儿给我们啊。"

　　主播安慰道："很简单的，不需要动脑子。"

　　邱弘皱眉，提高了音量："你为什么要跟我强调不用动脑子？我看上去像是不适合玩动脑子游戏的人吗？"

　　他老婆陈子彤特别不给面子地接话道："人家不点破，你就别自取其辱了行吗？"

　　邱弘瞬间蔫儿了。

　　温荔想到自己前两期去蓉城录节目，有个游戏环节也是不用动脑子，纯靠手气，结果她上了交通新闻丢了个大脸，于是担心这回又是那种靠手气定输赢的游戏。

　　她宁愿参加那种动脑子的游戏。

　　一直乖巧地坐在沙发上的温荔探头问道："在看直播的有多少人啊？"

　　"嗯？"主播看向工作人员，"直播在线的有多少人？"

　　工作人员比了个数。

　　"一千万出头？"主播转头对温荔说："现在直播间的观众人数是一千万多一点儿。"

温荔:"这么多?!"

"还好啦,现在刚开播没多久,人数还会上去的。"主播谦虚地摆摆手,"肯定比我平时卖货要多得多,毕竟今天你们都来做客了。"

游戏要是输了,那她就是在一千多万人面前丢脸。

胜负欲极强的温荔瞬间来了斗志,郑重其事地拍了拍宋砚的大腿:"加油,我们不能输。"

宋砚还处在"带货直播到底是个什么玩意儿"的状态中,听主播说又要做游戏,他只希望千万别玩跟交通工具有关的游戏。

今天直播间来的嘉宾多,场地也大,为了保证直播效果,用的都是专业高清设备,不像手机能够实时显示弹幕,所以主播和嘉宾们也就看不到观众的反馈。

"这个游戏的重点是增进夫妻感情不是输赢!温三力你搞清楚重点!"

"美人一脸蒙的样子好呆啊,哈哈哈。"

"不会又是抽卡之类的游戏吧?'盐粒'完了,两个人手气差得已经没救了。"

"不动脑子比运气吗?那我们弘哥稳了,运气老好了。"

....

弹幕"嗖嗖嗖"地刷过,负责查看弹幕的工作人员会根据弹幕内容及时切换镜头。

见工作人员已经布置好游戏场景和道具,主播请所有嘉宾起立就位。

"我们的第一个小游戏呢,和今天要上架的第一份商品有关,那就是我们的狂风纸巾,是大家都相当熟悉的老品牌了,"80 后""90 后""00 后"从小用到大的国民纸巾。今天来到我们直播间的这款是以百分之纯天然植物纤维为原材料生产的原木色抽纸巾,150 抽四层加量加厚不加价的周年限量款。"

卖个纸都能说出花儿来,不愧是带货主播。

主播还在非常敬业地介绍产品:"非常柔软贴肤,沾水不易破,宝宝用也完全没问题。好的,接下来我们直播间就要验证一下狂风纸巾是不是真的柔软又不易破。就请我们的嘉宾用狂风纸巾作为道具来进行第一个小游戏——传纸巾游戏!"

弹幕瞬间飘过整屏的问号和"啊啊啊"。

传纸巾游戏和衔纸杯传水、传扑克牌游戏差不多,即一个人用嘴咬住或者吸住游戏道具,另一个人再用嘴接住,在规定时间内,哪一队完成的数量最多就算赢。这种游戏没什么技术含量,但在各大综艺节目里是经久不衰的经典游戏环节。

原因很简单,观众看的不是游戏,也不在乎哪队输或赢,游戏的重点就在于谁没接稳嘴上的道具,和另一个人不小心嘴对嘴撞上,如果一档节目给嘉宾制造暧昧氛围的意向本就十分明显——或者两个嘉宾之间本身就有点儿暧昧,或者节目组有意将两个嘉宾拉郎配,发生这种意外,那节目的效果和爆点就达到了。

这种游戏有利有弊，利在于爆点够，综艺性强，嘉宾玩得起就会很有趣；弊在于这种暧昧的接触如果发生在关系不怎么样的嘉宾之间，不光对嘉宾本人是种冒犯，粉丝也容易不满。

不过对真夫妻来说，弊是完全不存在的。

弹幕：

"狂风太牛了！今天的销量就放心地交给我们吧！！"

主播讲解完游戏规则后，边笑边请嘉宾就位："好的，现在就请我们三对嘉宾就位啊。因为严准和齐思涵两位是实习夫妻，所以就不参与我们这个小游戏了，这点大家应该都能理解吧？"

弹幕：

"理解理解。"

"啊啊啊，好可惜！不过理解啦。"

"松了口气。"

严准和齐思涵站在一边，其他三对都能玩，唯独他们不能玩，就显得很突兀也很尴尬。

两个人对视，空气仿佛凝滞了，二人眼中是相同的问题——"你尴尬不"，然后是相同的回答——"尴尬"，再是相同的感叹——"咱俩赚个钱真不容易"。

不玩的嘉宾觉得尴尬，玩的嘉宾也是心思各异。邱弘都三十岁出头的老爷们儿了，当着一千多万直播间粉丝的面玩这种暧昧的游戏，虽说是跟自己的老婆玩，亲到了也没什么大问题，但他还是觉得这样指向性明显、故意展现甜蜜的游戏实在有违他的猛男形象。

温荔倒没觉得有什么。她还特意先抽了张纸巾盖在唇上，用嘴唇吸住，发现纸巾比较软，厚度也刚好，不容易掉，只要她和宋砚配合得当，要赢的话不难。

主播喊了声"开始"，游戏正式开始。

开始没五秒，邱弘那对就先出了意外，纸巾掉了。

他老婆直接给气笑了："你要一直吸气啊，不然纸就掉了！"

弹幕：

"亲到了！！"

"弘哥一脸开心地被老婆骂。"

"不行，我的嘴已经咧到太阳穴了。"

很快，邱弘这对又出了一个意外，于是两个人就到底谁没吸住纸巾吵了起来。另外两对趁着这个时间，传过的纸巾数量直接将他们甩在了后面。

后来邱弘夫妻俩重新出发，而丁乐博那对也因为其中一个人没忍住笑，往外吐了口气，直接把嘴上的纸巾给吹掉了。

这边两对嘉宾都手忙脚乱的，老公怪老婆，老婆怪老公，直播间吵闹异常，旁边的主播和工作人员们看得起劲，憋着气拼命忍笑。

三分钟的游戏时间快要过去，大家再看宋砚和温荔那对——不慌不忙，配合默契，稳如泰山，仿佛在另一个时空。

温荔先吸住纸巾仰起头，宋砚配合地低下头，从她的嘴边接过纸巾。别说手忙脚乱，两个人的手都没用上，各自悠闲地垂在身侧，一个人抬头，另一个人低头，转眼间已经成功地传送了一摞纸巾。

弹幕：

"什么情况？？？"

"谁来告诉我，'盐粒'的画风为何如此与众不同？"

"救命，第一次看到有人把这个游戏玩出岁月静好的感觉！"

"不是吧，这俩人居然在认真地玩游戏吗？"

"过于认真以至于不知道该吐槽什么。"

"纸巾你要是有点儿眼力见儿就给老子掉啊！"

"纸巾：我有什么办法？！"

三分钟过去，比赛结果毫无意外，温荔一直在专心玩自己的，完全没注意其他人，看到其他两对嘉宾的纸巾数量，再看看自己和宋砚的，顿时自信心爆棚，撩了撩精心做了造型的额前刘海儿，唇角露出了"无敌是多么寂寞""高处不胜寒"的笑容。

"有没有我的粉丝在看直播？"温荔对着镜头骄傲地说，"厉害吧。"

弹幕：

"救命，她究竟是吃什么长大的？怎么能这么愣？！"

"赢了游戏输了人生。"

"你到底在骄傲什么啊？"

"三力，你已经输了你知道吗？！这个游戏的最大输家就是你和美人还有我们这些可悲的'签字笔'！"

"你这该死的胜负欲能不能在该收的时候收一收？？？多卖点儿纸巾多赚点儿钱不好吗？！"

"拿第一名又没有奖金，你玩这么认真有必要吗？！"

"美人你今天怎么回事啊？？被你老婆的愣给传染了？？"

"你们俩干脆组队打电竞去吧，就这游戏精神，电竞界没你们是我国电竞行业的损失！"

负责管控弹幕的工作人员都快笑疯了。

温荔看不到弹幕，自然不知道她所想的粉丝反应和真实的粉丝反应其实背道而驰。

宋砚倒是能够猜到粉丝们的反应。

他看了眼赢了游戏的温荔。想来是前几期的游戏环节打击了她的自信心，现在靠着这么个没什么技术含量的小游戏一雪前耻，她就觉得赢回了面子，整个人得意扬扬的，看不见的尾巴都翘上天了。

宋砚笑了笑，问她："开心吗？"

温荔冲他挑眉："嗯哼。"

弹幕：

"你就宠她吧你！"

"打一巴掌又给我发块糖是什么意思？拿走！不吃！"

"前面的姐妹稳住，我没出息我先吃为敬。"

游戏环节本来就是活跃气氛而已，不认真玩也没错，认真玩更没错。第一个小游戏环节结束后，本来按照台本，这时候主播要控场进入下一个环节。

"啊？弹幕都在刷'再来一轮'？"主播笑了，"刚刚那一轮还没看够吗？"

粉丝们没看够，当然要再来一轮。

品牌方喜闻乐见，主播于是又请嘉宾们再来一轮，并强调这一局是娱乐局，不用太认真。

主播说随便玩玩，温荔却觉得自己这轮也不能输，要连赢两局才能证明自己在这个游戏上的实力。

这轮换成宋砚传。主播刚喊开始，宋砚就将纸巾盖在嘴上，顺从地弯下腰，示意温荔来吸。

温荔刚凑过去，就发现上一轮游戏还很认真的宋砚这轮明显被主播说动，开始偷懒了。

两个人挨得很近，温荔明显感觉到宋砚短促的吐气打在自己的脸上。

他在偷笑。

人笑的时候是往外吐气的，伴着他低沉的笑声，贴在他嘴上的纸巾波浪般起伏，温荔被他笑得愣住，停在离他几厘米的地方不敢下嘴。

就这么短短的几秒，温荔心跳异常，内心天人交战。宋砚发现她停住了，便抬起手，单手捧起她的脸往自己这边带。

弹幕里的"签字笔"明显发现了这局游戏和上局的不同。

"救命，宋砚他好会！！！"

"美人好样的！我认可你老婆是个二愣子你不是！"

"捧脸了捧脸了！这接吻角度……我死了！！！"

"姐妹们都给我准备截图！！！下半年的手机屏保有了！！！"

"纸巾你能不能有点儿眼力见儿！！！"

"宋砚你是不是男人？！是男人就给我把纸巾吹掉！！！"

宋砚当然是男人，因为纸巾这时候真的被他吹掉了。

温荔一开始听到他偷笑就知道他靠不住。她眯了眯眼，抬起胳膊就把一整个手掌往宋砚的脸上盖，然后将他的脸推开了。

英俊的脸被糊了个巴掌，嘴唇上是温荔手心的温度，宋砚没反应过来，整个人都愣住了。

温荔语气严肃地教育他："你给我认真点儿玩！"

宋砚："……"

其他围观的嘉宾："……"

主播和所有工作人员："……"

严导："……"

弹幕：

"这是在干什么？？？"

"兄弟们，我哭了……"

"温三力，你是在钢铁厂长大的？"

"这女的就白长一张好看的脸，愣到人神共愤！家人们，我实在没法儿当她的粉丝了，再见。"

"刚刚不小心把直播间链接分享到了家人群里，感谢三力替我免了在最亲的人面前丢脸，本'签字笔'已经气哭了。"

"算了，截都截了，把纸巾修掉勉强能用，我真好哄。"

温荔对弹幕一无所知，在游戏环节结束之后，为了推销纸巾，她一手拿着一包纸巾，表情甜美地对直播间的所有观众说："我们的狂风纸巾果然是柔软贴肤又不易破，买它！"

弹幕：

"谢谢，不买。"

"好的排除了。"

"除了狂风，还有没有别的纸巾品牌？弹幕里的家人们推荐一下，我打算买几箱囤着。"

品牌方："……"

温荔是在直播结束之后才看到有关自己的话题。

温荔反向带货第一人

温荔钢铁直女

心疼宋砚

反向带货是什么意思？离开前主播明明跟她说纸巾都卖爆了好吗？

诬蔑，这绝对是诬蔑。

她坐在车上，十分不满地问道："这又是哪个对家搞的鬼？"

文文耐心地回答道："姐，这都是你的粉丝给你顶上去的真话题。"

温荔无言以对，只好又去宋砚那儿找认同感。

结果宋砚压根儿不理她，闭着眼淡淡地说："找你的粉丝哭诉去。"

温荔被他冷淡的态度给打击到，无奈地道："你咋了？就因为直播的时候我呼了你一巴掌就生我的气了？"

"没有。"宋砚睁开眼，别过脸，看着车窗外的夜景，幽幽地说道，"我就是心疼我自己。"

温荔想起那个#心疼宋砚#的话题。

她张了张嘴，想笑，但又不敢笑，一路从车上憋到家里。

好不容易到了家，刚打开门，连灯都还没开，宋砚站在玄关处换鞋，温荔站在他的身后，看着他的背影，突然铆足劲儿扑了上去。

宋砚被她撞了个措手不及，往前跟跄了两步。稳住步子后，他转过身去，一把捏住她的脸，语气里带着几分无奈和嗔怒："你干什么？"

温荔被他捏着脸，不喊疼，也不生气，甜甜地说道："你好可爱。"

宋砚："什么？"

"宋老师，你好可爱，"温荔一把搂住他的脖子，仰起头，在他的下巴上亲了口，"我以前怎么没发现你这么可爱？"

男人绷着脸，一言不发，被她亲到的下巴痒痒的。

温荔见他没推开自己，又大着胆子问道："你这么可爱，你自己知道吗？"

宋砚喉结微滚，叹了口气，一副放弃治疗的样子："可不可爱不知道，反正我觉得自己挺好哄的。"

与此同时，摄像A、D组的大部分工作人员都跟着总导演严正奎出发去了今天的直播会场，但是严导觉得，直播结束后嘉宾们先到家，以防万一，摄像头和收音设备都不关，派个人留在监视器前值班，于是摄像A组被留了下来。

正在一边吃外卖一边值班的工作人员自言自语道："我好像要涨工资了。"

在家里的温荔对此一无所知。她不想维持什么高傲的形象了，反正家里现在也没别人在，她肉麻一点儿又有什么关系？

她喜欢宋砚，愿意抛开面子，说些自己听了都有些受不了的话来哄他开心。

比起说情话还属于新手水平的温荔同学，宋砚说情话的水平明显高不少。

温荔仰着头，很有心机地装傻："嗯？好哄是什么意思？"

宋砚的唇角勾起若有若无的笑意。

"就是夸你招数高明的意思。"他慢腾腾地补充道，"甘拜下风。"

被取悦到的温荔又得意起来，宋砚真是很明白她的点在哪里，每次拍马屁都能拍到她的心尖上。

两个人对视，短暂地沉默了几秒。

即使两个人一句话也不说，气氛也能通过眼神的交流旖旎起来。

温荔"喀"了声，故作正经地问道："这算什么，我还有更高明的招数，你想不想领教一下？"

他压抑着心潮起伏，从喉间发出沙哑无力的声音："想，我们回房间？"

狡猾又笨拙的渔人直接将鱼钩放在了宋砚面前，他几乎是毫无反抗地一口咬住鱼钩，顺带把渔人拖进了他眼里那一池幽幽不见底的深水里。

两个人刚回家，没来得及开空调，客厅里静得连呼吸声都听得一清二楚，虽然他刻意将声音压得很低，但温荔听得很清楚，除此之外，还有一道非常细微的电流声。

拍了这么多期节目，客厅里的两个人很快听出这是远程调试收音设备发出的细微杂音，应该是调高收音范围的同时顺便打开了回声降噪的功能。

温荔迅速地往客厅四方的摄像头的方向看去。

果然，那几盏罪恶的小灯亮着，其中被她盯上的那个方向的机位，摄像头心虚地转了个方向。

"……"

"……"

死亡般的寂静过后，对综艺节目套路实在摸不透，索性选择认命的宋砚疲乏且无奈地说道："没人在家，摄像头也不关吗？"

综艺节目常客温荔显然没宋砚这么好骗，她此时就像是早恋被教导主任抓包的学生，又像是半夜偷腥被人类抓包的野猫，浑身炸毛，语气愤怒至极，颤抖的声音中又有藏不住的心虚和羞臊："今年你们台颁'最敬业工作组'，不是你们《人间有你》我第一个喊'黑幕'！"

然后她愤怒地手动关掉所有设备。

画面黑屏，正吃着外卖的工作人员摸了摸鼻子，懊恼于自己刚刚觉得宋老师说话的声音太小，设备收不进声，所以没忍住动手调了下收音设备的愚蠢行为。

等吃完外卖，A组的一个同事给他打来电话，说摄像A到D组全体工作人员今晚约好了包场吃夜宵，让他关了设备去找他们集合。

"你们怎么不早说？我外卖都吃饱了。"

"临时决定的，难得四个组聚在一块儿。哎，你到底来不来啊？"

"去去去，我有好消息要跟严导汇报。"

同事在电话里好心提醒他："严导今天晚上心情不太好，一个人坐在角落里喝闷酒呢，你最好还是别去他跟前晃悠。"

"啊？严导咋了？"

同事叹气道："还能咋，还不是因为咱们A组负责的那两个艺人。"

他也没听明白，匆匆收拾了设备，照着同事微信发给他的定位赶了过去。

严正奎今晚着实被伤得不轻，边喝酒边打着酒嗝儿跟副导演抱怨道："我都快五十岁的人了，真是头一次碰到比我家那个读高中的小子还要难搞的两个成年人。你说他们俩难搞吧，两个人都出道这么多年了，能混到一线，情商肯定不低啊；你说他们俩不难搞吧，这六期节目拍下来，我确实是被他们气得更年期都要提前了。"

副导演也不知道该说些什么。节目收视率不错，每期话题度都不缺，严导说的那两个嘉宾已经是他们第二季请来的最大惊喜了。一开始节目组完全是冲着两个人的地位和夫妻的噱头去请的。当时他们跟领导开会，领导也知道这对的情况，给他们立的最低标准是，两个人只需要在节目上演一演、装一装恩爱夫妻，总之别把夫妻综拍成分手综就可以。谁知道六期节目拍下来，过程看似每次都不按台本走，但结果每次都令人惊喜。严导不满意，副导演也不知道他在不满意什么。

副导演觉得严导这么在意宋砚和温荔，希望他们能在节目上更进一步，估计是拍这两个人拍出感情了，所以要求格外严格。

这时桌上有人喊"A组今天负责值班的小赵来了"。

严正奎抬起头，一脸"我就知道"，冲副导演冷笑两声："让人守在那儿值班简直就是浪费人力和摄像机电池。"

结果小赵却主动走了过来，神秘兮兮地对严导说了什么。

被包场的夜宵店里正热闹，几个组互相敬酒，从开始进来就一直阴沉着脸的总导演突然大喊了一声："什么？！拍到了？！"

店里倏地安静下来，众人纷纷朝总导演的方向看去。

然后又是一道无比惋惜的声音："我说你什么好？你动什么设备啊你？！算了算了，有总比没有强。"

众人面面相觑，这时总导演突然站了起来，意气风发，面带红光，嘴角咧到了耳根子，冲所有人举起酒杯。

"大家最近都辛苦了，我敬所有人一杯！今天高兴，大家不醉不归，哈哈哈！"

"……"

总导演今天有点儿精神分裂的架势，估计是最近工作压力太大了。

大家也不敢问，不过有这么多人在，就算总导演发病了他们也控制得住，所以没问题的啦。

令人激动的周六即将到来。

照例在周四这天,《人间有你》的官微准时发布了四对嘉宾的预告片。

但这次发布预告片的顺序不再是往期那样,而是首先发布了实习夫妻严准和齐思涵的预告片,其次是邱弘那对的,再次是丁乐博那对的。

三对嘉宾的预告片依次发布完毕,之后官博就再无动静。

粉丝们坐不住了,纷纷跑到评论区留言。

"在?'盐粒'的预告片呢?"

"不是吧,这期连三十秒都剪不出来了?"

"本'签字笔'很失望,本'签字笔'要取关了。"

评论刷了上万条,官微依旧毫无动静。

于是粉丝从一开始的威胁式催促更新变成了乞讨式催促更新。

"三十秒的凑不出来你凑个二十秒、十秒的也行啊,哪怕就放个照片加个背景音乐凑一期预告片,让我瞅瞅'盐粒'的绝世美貌也好啊。"

"大不了以后三十秒的预告片我再也不说短了。"

"我不就是上个星期去看了《最高演技大赏》收官期没来看你,你至于吗?堂堂现象级大爆综艺节目能不能大气点儿??"

"我现在像个焦急地等待花心老公回复的怨妇。"

"《人间有你》,你快更吧!"

放低姿态果然有用,官微账号回复了热门第一的评论。

《人间有你》回复:"其实预告片早就剪好了,但是嘉宾要求节目组删减一些画面,所以剪辑小哥临时加班,要晚点儿再放[捂脸]。"

"删减什么?为什么要删减?"

"家人们,都冷静点儿,还记得第一期的预告片吗?删减加黑屏,我猜被拍到了不得了的画面。"

"好家伙,有你们这样的艺人吗?@宋砚@温荔Litchi。"

"什么甜头都不给,宋砚、温荔,你们的心是石头做的吗???"

"剪辑小哥,你不要怕,'签字笔'们就是你坚实的后盾!大胆地放出来!"

也不知道是不是评论起了作用,《人间有你》第六期的"盐粒"专场预告片终于姗姗来迟。

粉丝一看时长——一分钟,点进去都被白花花的弹幕刷屏了。

"有生之年!"

"家人们,是我眼花了吗?进度条是显示的1分钟没错吧?"

以往每一期的预告片，后期制作人员都会添上凑时长的字幕，不过因为三十秒很短，看的人还没反应过来，预告片就放完了。今天这一期倒是别出心裁，没加字幕也没搞花里胡哨的背景字幕，直接就是"盐粒"刚回家的画面。

此时画面下方贴心地出现了一行圆体卡通字的提示："刚下直播回到家的两个人。"

"'盐粒'神奇的后期制作呢？"

"本'签字笔'每个星期守在电视机前给你们《人间有你》贡献收视率，你们就用这么寒碜的后期制作对待我的美人和三力？"

"小甜歌背景音乐呢？粉色特效滤镜呢？别的小朋友有我们'盐粒'也要有！"

"你们节目组是不是这个月没给后期制作人员发工资，搞得后期制作人员消极怠工？"

但很快，随着画面中温荔那一个猛扑，刚刚还杠杆成精仿佛要撬起地球的粉丝们纷纷来了个态度一百八十度大转弯。

"宋老师，你好可爱，我以前怎么没发现你这么可爱？"

说着温荔还在宋砚的下巴上亲了一口。

…………

"是我最近熬夜看同人文看多了，眼睛度数又上升了，还是我的眼镜坏了？"

"你们拍个综艺节目还找替身？"

"服了，从哪儿找来这么像的脸替啊？"

…………

宋砚不但没有发现眼前这个温荔是冒牌货，还一脸被撩到的样子说："可不可爱不知道，反正我觉得自己挺好哄的。"

此时神奇的后期制作上线，配上了旋律无敌甜的《可爱颂》，还配上了中文字幕。

"一加一等于小可爱。

"二加二等于小可爱。

"……

"六加六等于，啵啵啵啵啵啵，小可爱，就是宋小砚和温小荔！"

反射弧超长的粉丝在背景音乐的刺激下终于反应了过来。

"救命，家人们，这是真的吗？！这不是梦吧？！"

"我刚揍了我室友一顿，我室友破口大骂，姐妹们这不是梦！！"

"我笑裂开了。"

"下巴吻，我死了！！！三力，你这个木头怎么突然这么会啊？！"

"谁能想到我一个二胎都生了的宝妈会被一个下巴吻甜到在床上扭成蚯蚓？"

"我怀疑我喜欢的是两个幼儿园小朋友。"

"可爱可爱！呜呜呜，妈妈觉得你们俩都可爱死了！"

一分钟的预告结束，预告片直接冲上话题榜。

节目组官微的评论区不用说，都是喊《人间有你》太牛了"《人间有你》请受我一拜""节目组全体工作人员都给老子长命百岁听到没"的，总导演严正奎的微博下也全是高喊"严导爱你""内娱综艺节目导演第一""之前喊你辞职是我嘴贱，原谅我，严导你最棒啦"……态度一百八十度转弯的墙头草"签字笔"的留言。

…………

此时温荔和宋砚正在去往和仇导约定的饭局的路上。

两个人都关了手机，暂时断了网。

不过他们断网，不代表所有人都要跟着断，负责开车送他们去饭局的宋砚经纪人柯彬趁着等红绿灯的空隙看了眼微博，再透过后视镜看向坐在后面的两个人。

他不但自己看，还实时给断了网的两个人汇报话题榜情况。

"二位，'宋小砚温小荔可爱颂'这个话题冲到话题榜第一了。"

柯彬乐得不行，边刷手机边"哈哈"笑。

短短时间内爆了好几个话题，有路人跑到知名问答社区上提问。

"如何看待宋砚和温荔的粉'签字笔'因为一分钟预告片和下巴吻出现的群体狂欢行为？"

"谢邀，题主应该不大关注情侣和夫妻的粉丝。放在别的艺人肯积极互动的情侣或夫妻头上，见多识广的粉丝做出这种行为是有点儿疯魔了；但对'签字笔'来说，这样太正常了。多的原因我也不说了，懂的都懂，题主也不必深究，知道他们确实不容易就行了，一年也未必能高兴上几回，今天就让他们高兴高兴吧。最后祝所有看到这条回答的情侣和夫妻都不会学'盐粒'这对让粉丝千年等一回。"

"我看到有粉丝问你们到底让剪辑小哥删掉了什么。"不明白情况的柯彬转过头，好奇地问道，"到底删掉了什么？"

温荔和宋砚默契地当作没听到，统一装聋作哑。

这已经是他们第二次去找节目组商量删减内容了。

说无理吧，其实两个人心里也知道这个要求挺无理。

但温荔就是不想让别人看到宋砚私下和她调情的样子。他都在银幕上为观众演绎过那么多类型的角色了，私下说的那些荤话和动情的反应只留给她不过分吧。

于是她强烈要求把那些内容删减。严正奎以为温荔是脸皮薄。没办法，得尊重女性啊，《人间有你》虽然是夫妻综，但也是上星综，是今年卫视总局重点打造的综艺节目项目，又在每周六的黄金档播出，出于各种考虑，他只好让剪辑小哥把后半段删掉了。

后半段删掉了，宋砚还想删掉前半段，总之，在严导看来，这一整段好不容易拍到的珍稀素材，他们的意思是全删，都别播了。

严导当即反问宋砚："你老婆夸你可爱这句话有什么不能播的？？？"

这句话没问题，只是说这句话的人，那个时候明亮的笑容和满眼的柔情蜜意，还有嗲嗲的声音，宋砚觉得这是她最真实的样子，也是只有他本人才能享受到的攻势和招数，所以他不想这些内容被播出来。

一贯淡定文雅的男人露出为难的笑容，在严导的控诉下，好脾气地妥协了，没再坚持。

严导在和这私心贼多又霸道的两口子的周旋中，终于制作出了如今粉丝感恩狂欢、路人震惊围观、艺人捂脸难堪的第六期预告片。

经纪人也没指望他们俩真的回答这个问题，在车上调侃了两句后就没再提话题榜的事。

"到了，你俩去吧，快结束时打电话给我，我再来接你们。"

仇导说等温荔回燕城，找个时间请她和宋砚吃顿饭，好不容易今天双方都有空，终于对上了私人行程，就约在了这家位于近郊的中餐厅里面见。

温荔心想：她小舅舅是真的把这间餐厅做出名堂了，起码仇导是真喜欢这家餐厅，上次宋砚跟《冰城》的剧组小聚，也是定的这家餐厅。

她和宋砚刚走进大厅，恰巧就看见从电梯口走出来，身后跟着几个中年男人的小舅舅温征。

整个大厅的布置都是中式风格，暖黄的照明光顺着外罩的手工灯笼轮廓，在月亮石的地板上洒下剪影。温征的品位和他哥哥温衍的不同，更偏爱柔和的色调，他的性格也和温衍的冷峻截然相反，是个很好说话的风流小公子。

温征看到温荔，立刻调皮地冲她眨了眨眼，随后又看到她身边的宋砚，眼中的神色顿时复杂起来，不过他显然没有他哥那么不近人情，还是对宋砚微微笑了笑。

宋砚点头，沉默地回应。

擦肩而过时，温征听到身后跟着的几个下属互相耳语：

"刚刚走过去的那两个人是演员吧？看脸好熟悉啊。"

"每天上我们餐厅吃饭的演员多了去了，你还能都认识啊？"

"不是，我真认识他们，就是名字卡在嗓子眼儿里，怎么都想不起来了。"

"哟，你个老古董都认识？那估计是经常上电视的了。"

下属还在想，温征突然说："那两个演员叫温荔和宋砚。"

两个人的名字卡在嗓子眼儿里的下属立刻恍然大悟："哦对！就是他们！我女儿

最近天天在电视上看他们。温总,没想到你也关注这些啊。"

温征随口敷衍说:"连自己的常客都不记得,我还开什么餐厅?"

连外甥女和外甥女婿的名字都不知道,他还当什么舅舅?

"你知道这家餐厅是我小舅舅开的吧?"

电梯上无聊,温荔随口和宋砚闲聊。

宋砚摇头,如实说:"我听说这家餐厅和兴逸集团有关,还以为是温衍开的。"

温荔"嗾"了声:"他才看不上这些副业呢。他觉得除了咱们温家自己的产业,其余所有的副业都是不务正业。"顿了顿,她又叹气说,"比如我小舅舅的这家餐厅,又比如我去当演员这件事。"

宋砚目光淡淡,没有说话。

"你和柏森哥合资创立的柏石传媒,他一开始也看不上,现在可好,被现实证明没眼光了,还不是又屁颠儿屁颠儿地往咱们影视业投钱了。"温荔拍了拍他的胳膊,挑着眉说,"宋老师你加油,争取把我们温家赶出影视业,千万别让我舅赚到钱。"

哪有这样巴不得自己家亏钱的?

宋砚笑笑:"认真的?"

"认真的。"

反正她现在也不靠家里吃饭,亏钱就亏钱呗,正好让她欣赏欣赏温衍做生意吃瘪的滑稽样子。

闲聊几句,见电梯到了楼层,温荔收了声,没再提她的家里人。

今天这个饭局是仇平做东请温荔吃饭,按理来说温荔的经纪人陆丹也应该过来,但陆丹之前请了仇平那么多次,仇平每次都是礼貌推辞,在职场混迹多年的陆丹意识到仇平可能和她以前接触的那些导演不同,他不喜欢八面玲珑的人,所以陆丹的话术完全没能打动他,反倒是温荔上次去余城参加综艺节目,几乎没和仇平说什么客套话,却收到了仇平的主动邀约。

陆丹选择相信自己的艺人,遂放心地把这顿饭交给了温荔。

二人走进包间,里面不像温荔想的只有仇平一个人,还有好几个她觉得眼熟或陌生的业内大佬。

这其中就有于伟光。

看到他们来,于伟光笑着冲两个人招手:"阿砚和阿砚太太来了啊,茶刚上,过来品品。"

温荔很快明白过来,为什么这次仇平让她叫上宋砚。

她接触电影圈的人不多,有个常驻银幕的老公在总归有个照应,她也没那么不自在。

宋砚带她一个个认识在座的大佬，当介绍到编剧老周时，温荔刚扬起嘴角，老周就先叫了她一声："绾绾。"

她一愣，立即反应过来绾绾是她要争取的这个角色的名字，语气轻快地回应道："嗯，周先生，您好。"

老周笑了起来。

"你真的跟我想象中的绾绾一模一样。"

她明艳大方，双目澄澈，像是一株沾着晨间露水的牡丹。

"今天这顿饭就是简单的私人饭局，随便聊，温小姐不必太拘谨。"仇平缓缓开口，顺便解释了一下为什么这顿饭除了和《冰城》有关的行业人员，还有于伟光在，"上次在余城录的那个综艺节目，因为你当时出演的剧目是老于的作品，所以他一听说我要请你吃饭，就厚着脸皮跟过来了，你不用理他。"

于伟光的嘴角抽了抽。

明明是仇平自己第一次和温荔这样的人气女演员打交道，怕自己跟不上现在年轻人的思维，为了保持导演的形象，才叫了他过来撑场子。

"阿砚太太，你那个角色表现得真不错。"于伟光如实地说，"私底下下了不少功夫吧？"

"对。"温荔也不把功劳都揽到自己头上，"宋老师帮了我很多。我电影演得少，这方面的经验不多，还好有他带着我入戏，我才发挥得当。"

于伟光将视线幽幽地转向宋砚："哦，当初看不上我这本子，如今倒是有闲心陪太太下功夫琢磨了？"

宋砚抿唇，声音很轻地说道："我怎么可能看不上老师您的本子？"

"马后炮随你怎么说呗。"于伟光抿了口茶，"不过我倒是想起你刚入圈的时候比你太太木多了，我教得口水都干了，你才慢慢开窍。"

宋砚也不反驳："是，辛苦老师了。"

"我还好，比你更木的新人又不是没带过，你那时候要有你对你太太一半儿的耐心，佳人也不至于被你连累，和你一起被我骂。"

于伟光提到唐佳人的名字，完全不觉得有什么问题，那时候宋砚和他太太还不认识，再说演员这个职业本来就这样，男男女女一起搭戏很正常，结婚找同行的人想必是能接受这点的。

温荔也说不清自己心里是什么想法。换以前，她是完全不介意的，可能还会追问那时候的事；但现在不同，她明白宋砚的处女作对他、对于伟光，甚至是对整个影视圈的影响，那么，对他来说，和他一起出演这部处女作的唐佳人和其他跟他搭档过的女演员也肯定是不同的。

319

她吃宁俊轩的醋，最多算是小小的矫情，她知道就算说出来，宋砚也不会当真，不会影响他们之间的关系。

但唐佳人就不同了。

宋砚出道时最青涩真挚的表演是和她一起完成的，对宋砚来说应该也是很难忘的经历吧。

温荔也是演员，知道自己不该介意这点，显得无理取闹。

反正宋砚现在是喜欢她的，这点她很确定，至于十年前宋砚喜欢谁，管他的，她只是有一点点不高兴，绝对不会因为这个就跟他无理取闹，她才不是那么小气的人。

温荔对自己还是很有自信的，于是语气轻松地说："我觉得于导你的苦口婆心很有效果啊，他们两个真的演得很好。"

于伟光笑了两声："也是年纪合适，又贴角色，青涩得刚刚好，现在再找他们俩来演就未必有那个效果了。"

他这话音一落，身边的制片人立刻接话，调侃道："老于你要是想知道他们现在搭档还有没有十年前那个味道，等过两天唐佳人去老仇那儿试镜的时候，你让宋砚过去陪着搭个戏不就好了？到时候你再专门给他们拍一部，就当帮他们俩，也帮影迷们回忆青春了。"

"少说两句吧你，还回忆青春，现在的观众都苛刻着呢，你跟他们来经典重现，他们还会怪你毁经典。"

于伟光很明白这个道理，所以他绝不会再用已经过去的经典来炒冷饭。

他的作品只是承载美好的媒介，影迷心中独属于自己的那份回忆才是最美好的。

温荔来不及思索制片人话里那些暧昧不明的调侃，她关注的重点全在制片人说的唐佳人也要去仇导那儿试镜这句话上。

上次是唐佳人和他们吃的饭，这次既然仇平请她吃饭，就代表她跟唐佳人的机会是平等的吧？

"你怎么了？"

低沉的声音响起，桌下突然有只手伸了过来，轻轻握住温荔的手，她回过神来，侧头看向宋砚，摇了摇头。

她小声说："我就是担心过两天的试镜。"

"除此之外呢？"宋砚悄悄攥紧她的指尖，用自己的指尖摩挲她的。

桌上还有好些人，虽然没人看到他们在桌下的小动作，但温荔生怕被发现，赶紧说："没有了啊。"

宋砚张了张嘴，想说什么，温荔却突然变了脸色。

"怎么办？我想去洗手间了。"

宋砚沉默几秒，哭笑不得地说道："去吧，憋着不好。"

"……"

一直不上菜，刚坐下时为了转移注意力，温荔喝了不少茶，这会儿有点儿想上厕所。她起身道了个歉，出门找洗手间去了。

温荔出去后，于伟光悄悄问宋砚："你太太介意刚刚老齐说的那话了？"

宋砚摇头。

怕她介意，可是她不介意，他又有些不开心。

一个男人还不如她想得开。

洗手的时候温荔还在想过两天试镜的事，回包间的时候有些心不在焉，迎面差点儿撞上于伟光。

于伟光喊住她，语气温和地就刚刚制片人口无遮拦的调侃道了歉，让她不要介意。

"啊？"温荔摇头，"我没介意啊。"

于伟光看了她半天，发现她面色茫然，看起来是真不在意制片人刚刚说的话。

原来是自己把阿砚太太想得太小心眼儿了。

于伟光笑道："没事，本来想和你说几句话的，现在不用了，回包间吧。"

他刚转身，温荔又从后面叫住他。

她欲言又止，但最终还是问出口了："于导，您能跟我说说十年前宋砚拍电影的事吗？"

于伟光问道："你想知道什么事？"

范围太广，温荔也说不明白，只好说："呃，如果您不介意，当然是越详细越好了。"

"那你怎么不直接去问阿砚？"

直接问宋砚？说我想知道你和唐佳人当初拍电影时到底有没有擦出过爱的火花？

那她也太没面子了。

搞得她多不自信似的。

温荔不好直接说明原因，犹犹豫豫的，秀气的眉头紧蹙，整张脸都皱成一团。

于伟光看着看着就笑了，心想果然还是年轻好，做起这么纠结的表情都是鲜活漂亮的。他问道："越详细越好，那我从头说？"

"从头说的话，你应该知道，我是在他读高中的学校里碰见他的，不夸张，惊为天人。就跟老周看见你就像看见绾绾活过来了一样，我看见阿砚就像看见陈嘉木活过来站在了我面前。但他那时候一心想着读书，我找过他几回，他进圈拍戏的积极性都不是很高。"

温荔好奇地问道："那您最后是怎么说动他拍电影的？"

于伟光摇头否认:"我没说动他啊,我也不知道是谁说动他的。"

于伟光那时候让人去调查过宋砚的背景,知道他年少时家庭条件很不错,是个含着金汤匙出生的小少爷,后来家中发生变故,他从父母从前的合作伙伴那儿得到资助,只身从澳城跑到内地来念书。或许是之前的优越生活带给他的孤傲自负还没退去,所以一开始他对于伟光的邀请,兴致并不高。

但后来他的想法就变了。

十八岁的孩子通过于伟光留下的名片打电话给他,于伟光见到宋砚的时候,宋砚身上的孤傲和冷漠都没了,取而代之的是低垂的头颅和黯淡的目光。

少年满身颓唐,像件被人丢弃在废墟中的漂亮瓷器。他咬咬唇,像是知道自己这样明明拒绝过,却又主动找上门来的样子很狼狈很难堪,于是把姿态放得极低。

他动了动唇,眼角微红,用沙哑的声音问道:"我当演员的话,会有出息吗?"

每个以演员为目标的年轻人都想要有出息,孩子会问出这样的问题,于伟光并不惊讶。

但他又问了一句:"能赚很多钱吗?"

演艺圈这个光鲜亮丽的地方,圈外圈里的人都知道,里头并不那么纯粹。然而,很多年轻人明知这个圈子里有什么,还是一心往里钻。

原因很简单,他们想要站在聚光灯下,享受众人的追捧和艳羡的眼神。这也无可厚非,金钱和名利永远是大部分凡人追求的第一目标。

有多少想成为演员的年轻人是真的热爱这个职业本身,而非热爱它给人带来的物质和虚荣?

于伟光当初选择念导演专业,后来进圈拍电影,热爱是真的,为名利也是真的,他希望自己的作品能够被大众肯定,哪怕很多年后他死了,他的电影仍旧被后人记住。

他当时并不惊讶宋砚问出的这句话,却又惊讶宋砚问出了这句话。

如果这孩子一开始就是为名利为物质才选择当演员,就应该在他刚找上门来的时候毫不犹豫地答应下来。

真正的原因于伟光并不知道,他只对宋砚说:"演员是个很看重先天条件的职业,这份职业可以名正言顺地'靠脸'吃饭,你已经拥有了很好的先天条件,起点比大多数人的起点都高,但孩子,你要想享受它给你带来的光环,先得有本事把握住它,能不能有出息,能赚多少钱,我暂时还不能给你保证,这得靠你自己。"

这些年,于伟光把这句话说给了不少他亲手挖掘并给机会让他们出现在银幕上的新人。

今天,他又把这句话复述给温荔听。

"只有阿砚这孩子真的把握住了。"于伟光说,"无论他当初是以什么为目标进入这个圈子的，我都很高兴他成了一个演员，他对得起我当初的眼光，也对得起他自己。"

之前电影在国内宣传的时候，铺天盖地都是媒体通稿，宋砚不感兴趣，很少上网去看。于伟光一开始以为他是刚出道，心理承受能力不强，所以怕看到网上对自己的恶评，毕竟再好的电影，评论都是毁誉由人，有好评就肯定有差评。

后来《纸飞机》票房大卖，风靡了整个东亚影视圈，外网一片好评，各种语言的评论如洪水般涌来，宋砚对国内的评价不在意，却通过翻译软件将其他语言的评论一句句地翻译成汉语。

于伟光不解，那帮外国小女生的评价大同小异，又不是什么专业影评，也不知道宋砚那么在乎干什么。

他还打趣宋砚，说："你这孩子野心挺大，国内这么大的市场，你才刚迈出步子，这么快就想往海外发展了。"

宋砚的回答却八竿子打不着："但是我不会唱歌跳舞。"

"那时候海外的团体特别红，好多孩子都喜欢得跟什么似的。"说到这里，于伟光嫌弃地撇了撇嘴，"女孩子就算了，一帮男孩子，各个头发留得那么长，染成花花绿绿的，像什么样子。还好我把他拐过来当演员了。"

面对于伟光的嫌弃，温荔干笑两声，不敢说自己十几岁的时候也是那些海外团体的粉丝之一，甚至还以这个为目标，屁颠儿屁颠儿地跑到海外去当了唱跳歌手。

十八岁的宋砚一直表现出远超同龄人的成熟稳重，没想到也有独属于那个年纪的冲动和热烈，还跟她有相似的爱好。其实，少年哪有那么多成熟的思虑，少年天真又乐观，为了那一束可能根本握不住的光，敢于怀着一腔孤勇去拼搏。

温荔从于伟光这里听到了宋砚不为人知的另一面。

于伟光说得很详细，但温荔真正想问的有关唐佳人和宋砚拍戏的事，他还没来得及说，宋砚就因为他们俩实在在外面待得太久，菜都上了人还没回来，出来找他们了。

看见自己的老师和太太站在一块儿不知道说些什么，宋砚叹了口气，走上前去叫人。

"上菜了？"于伟光"哎"了声，"跟你太太回忆起往事来嘴上就没个把门儿的。阿砚太太，下次有机会再跟你说吧，咱们回去吧。"

听了半天也没听到重点，温荔有些失望，但还是点了点头："嗯。"

于是三个人往回走。于伟光走在前面，宋砚刻意放慢了脚步，和温荔并排走，看似漫不经心地问道："老师都跟你说了什么？"

温荔努了努嘴："你的黑历史。"

宋砚蹙眉，想不起自己有什么黑历史。

三个人回到包间时，茶盘已经被撤下，菜已经上了几道，仇平立刻举起酒杯，其他人起哄，让于伟光自罚一杯。

于伟光爽快地喝了，然后几个男人又看向温荔。

倒不是不敢劝温荔的酒，关键是她老公在，他们总要给点儿面子。

谁知温荔也很爽快，说喝就喝。她知道这是一种应酬，如果太依赖宋砚，反而让他们觉得她这个宋太太当得不大气。而且她今天不是宋砚的陪同家属，宋砚才是她的陪同家属，这是她的应酬主场，她怎么也不该躲酒。

"在座的各位都是我的前辈，非常希望能有机会合作，我先厚脸皮地提前感谢各位以后的照应。"

她举起酒杯，笑得大方自然。宋砚在这里，她喝醉了有人照顾，也不怕喝多，而她的态度爽快一些，桌上的几个大佬也更高兴。

没有人会不喜欢酒桌上大方爽快的漂亮姑娘，几个大佬在圈内混了这么多年，对待不同身份的人该用什么样的态度拿捏得非常到位，这次对温荔的态度都不错，也没一味地劝酒，还让宋砚帮着喝点儿。

宋砚倒是想帮温荔喝，她却按住了他的手。

她小声对他说："我真的很想拿到这个角色，所以你不要帮我，让我自己来。"

"脸都红了。"宋砚看着她微醺的脸，叹气说，"我帮你喝几杯。"

温荔却执意不给他喝。

"你是不是傻？你是男的，一旦来者不拒，今天就别想清醒着回家，到时候都给你喝得胃穿孔喽。我是女的，我喝不下了还能卖萌装可怜，他们就不好意思让我喝了。"

宋砚无言以对。

这还是第一次有姑娘能把酒桌上的无赖行为说得这么理直气壮。

不过酒桌文化本来就不是什么传统美德，有人喜欢劝酒，就有人会见招拆招。

"我待会儿要是喝醉了你得照顾我伺候我，这是你作为老公的本分。"温荔又撇嘴，用亮晶晶的眼睛睨他，"你要是都醉了，我要你何用？"

她还挺大女子主义。

宋砚点头："好，遵命。"

他们说悄悄话，桌上的其他人催促道："宋砚，是男人就有点儿担当，让你太太打头阵我们看不起你啊。"

"前辈，不好意思，我就打头阵了。"温荔笑了两声，一副醉醺醺的模样，嚣张又幽默地说，"今天不是宋砚和宋砚的太太，是温荔和温荔的丈夫，我老公我罩着，有什么都冲我来。"

众人愣怔了几秒后，于伟光最先大笑出声。

"阿砚！你怎么当人家老公的？竟然还要你老婆罩着你？"

连仇平都跟着打趣起来："以前你太太不在，没人罩着你，今天你太太来了，当小男人的感觉怎么样？"

宋砚啼笑皆非，挑眉说："很享受。"

所有人"哈哈"大笑。

仇平对温荔举起酒杯："温小姐，这杯酒我干了，你随意。"

温荔举起酒杯，严肃地说道："那不行，您都不随意了，我更不能随意。"

仇平一愣，从在余城见到她时一直维持到现在的高傲冷漠大导演形象终于"毁于一旦"，恢复了平常和熟人、朋友相处的样子，大笑着点头："好好好，干不干都听你的。"

酒桌上充满了欢声笑语，宋砚看着他的太太自信大方地和这些人应酬，甚至都不需要他出场。

他今天来，原本是担心她会不自在，谁知她根本不需要自己，他的作用只有等这顿饭吃完，她应酬完了，他贤惠地跳出来，尽他作为丈夫的本分，送老婆回家，再伺候老婆醒酒。

这顿饭吃了将近三个小时。

仇导临走前对温荔说："过两天试镜时放轻松，你平时最自然的状态就已经很像绾绾了。"

温荔立正，比了个敬礼的手势："Yes Sir（是，先生）！"

仇导笑得直打嗝儿："我们这个片子又不是警匪片。"然后拍了拍宋砚的肩膀，边打嗝儿边说："你太太……真的是……很有意思。"

就仇导这个评价，就算绾绾这个角色温荔没能争取到，以后再有好的本子，就凭温荔的个人魅力，仇导想必也会多考虑她了。

能不能争取到绾绾这个角色，还得看温荔自己。

于伟光还是挺想阿砚太太拿到这个角色的，于是趁着仇平和宋砚说话，神秘兮兮地把温荔拉到一边，给了她一点儿字面上的指导。

"银幕特写是个很考验人的东西，光有脸还不行，眼睛里没东西，观众看着就是个漂亮点儿的木头。老仇是个很看重眼神戏的导演，试镜的时候，你的面前是肯定没有东西的，那就想象你的面前有个人，你爱的或是你恨的，总之，把最真实的情感代入进去，千万别拿什么表演技巧糊弄他。"

说完，于伟光还得意地笑了声："当初阿砚的眼神戏也不行，还是我告诉他这个方法他才顿悟的。"

这时候仇平朝他们这边喊:"老于,走了!司机来了,再不过来你自己打车回吧!"

于伟光大声应道:"来了来了。"

大导演走了,来接宋砚和温荔的车也到了。

来的时候是宋砚的经纪人柯彬送他们来的,等到宋砚给他打电话让他来接时,他想了想,还是通知了温荔的经纪人陆丹一起过来。

陆丹想,反正这顿饭也吃完了,成不成都看温荔自己,于是跟柯彬一块儿过来,顺便问问温荔结果如何。

两个经纪人刚下车,就看到宋砚扶着温荔,他一点儿醉意都没有,反倒是温荔肉眼可见地醉了。

她还冲经纪人们露出个风情万种的笑容:"嘿,彬哥、丹姐。"

"嘿。"柯彬一副见鬼的样子看着宋砚:"怎么回事?你老婆都醉了,你竟然还没醉?你的酒量什么时候这么好了?"

"我没喝多少。"宋砚说,"今天她罩我。"

柯彬以为自己听错了,谁知下一秒温荔得意地抬起头,"哼"了一声,自信地发问:"我罩他!我牛不?"

柯彬跟温荔打交道不是很多,不了解温荔的真实性格,一脸惊疑。

陆丹可太了解自己的艺人了,立刻狂夸温荔:"牛!牛!"

温荔满意了:"嗯。"

陆丹叹了口气,打算帮着宋砚扶温荔上车。

温荔紧闭着眼,包里的手机突然响了,她立刻暴躁地一把将包丢在地上:"吵死了!"

手机似乎感应到主人的怒气,安静了。

陆丹冷笑:"这包已经绝版了,你就等着酒醒后痛心疾首吧。"

温荔也冷笑:"我这么有钱,怎么会为了区区一个包伤心?"

"……"

唯一双手都空着的柯彬替温荔捡起包,结果手机又响了,他干脆把包递给宋砚:"帮你老婆接下电话。"

宋砚让柯彬帮忙扶着温荔,从她的包里拿出手机,看了眼来电显示——"冷酷无情资本家"。

他皱眉,心想这是谁,不确定地接起电话,还没出声,那边冷得仿佛冰刀子的声音就开始问罪:"温荔,出息了,我的电话你都敢这么久才接。"

宋砚听出来了,她舅舅温衍。

他淡淡地说:"我是宋砚。"

电话里沉默了几秒，还是那冰刀子似的口气，跟审犯人似的："我听温征说你们在他的餐厅里吃饭，走了没有？"

宋砚："走了。"

此时温衍的黑色宾利刚开进VIP停车场，司机转了个弯，他刚巧看见了一辆保姆车和在保姆车旁站着的外甥女婿，以及他那醉得都快站不稳，还需要两个人扶着上车的外甥女。

"那现在我在停车场里看到的是你的双胞胎兄弟？"温衍冷笑道，"认识这么多年，我怎么不知道宋小少爷还有个双胞胎兄弟？"

温衍挂掉电话，下了车，朝宋砚这边走过来。

迎面走过来一个西装革履、面无表情的冰山男，两个经纪人都觉得这男人有点儿面熟，还是柯彬记性好点儿，"喃喃"道："这不是兴逸集团的……"

"你们在车上等我。"

宋砚交代完，朝温衍走过去。

两个经纪人把醉得连眼睛都睁不开的温荔扶上车，跟着坐了上去，关上车门后面面相觑。

陆丹问道："是兴逸集团的温总没错吧？"

柯彬点头："是，他有次来我们公司跟柏总开会，我见过。"

确定这个冰山面瘫男的身份后，两个经纪人更莫名其妙了。

没过多久，后座上本来闭着眼的温荔却突然醒了过来，带着浓浓的酒气，哑声问道："宋砚呢？"

"你醒了？刚兴逸集团的温总过来找他，他跟人说话去了。"

温荔猛地直起腰，彻底清醒过来，眼里有火光闪烁："招女人喜欢就算了，连那个无情的男人都喜欢他！"

"……"

"……"

两个经纪人表示他们没听懂，而温荔这时已经下车了。

"我要去把他抓回来！这个招蜂引蝶的男人！"

宋砚上了温衍的车，刚关上车门，温衍问罪的话就传进了他的耳朵里："你和温荔一起应酬，她醉成那样，你却跟个没事人似的。宋少爷，你就是这么照顾我外甥女的？"

"她心疼我，不让我喝。"

温衍怎么也没想到宋砚会说出这种话来，一脸不可思议地侧头看他："她心疼你？"

"嗯。"

"宋少爷在做什么梦？"温衍扬眉，讥讽道，"她只会让人操心，还知道心疼人？"

宋砚淡淡地笑了笑，不急不缓地道："温总没被自己的外甥女关心过，说话还是不要这么肯定。"

温衍神色一滞。

"你一个男人还要我外甥女来心疼你，你倒好意思。"

"夫妻不就是这样？有什么不好意思的？"宋砚微顿，"哦"了声，"忘了温总你未婚，不懂这个，抱歉。"

"你跟我炫耀什么？"温衍勾唇，冷冷地说，"怎么？难道宋少爷希望我恭喜你守得云开见月明，终于用真爱打败了我这个棒打鸳鸯的封建家长？"

宋砚也冷下声音，丝毫不给面子地说："不需要，你的恭喜对我来说不重要。"

温衍深吸两口气，懒得再跟他打这种毫无意义的辩论赛，开口直说："我之前打了好几个电话给温荔，让她抽空回家吃饭。她有时间出来应酬，倒是没空回家和家里人吃顿饭。现在她醉成那样，我跟她也说不清，劳烦你替我转告她，她要是再不回家，以后就永远别回去了。"

宋砚蹙眉，下意识地替温荔解释道："她是因为工作忙才没时间回去。"

温衍"呵"了一声："难道我还养不起她吗？"

"她不需要你养。"

"她不需要，宋少爷你却需要。"温衍轻笑，神色倨傲，眼中含着几分讥诮之意，"我父亲当年念着和你父亲的交情，好心资助你到内地来读书，你非但没有知恩图报，反倒拐走了他的外孙女。"

说完，温衍又掸了掸袖口上不存在的灰尘。

姐姐去世得早，姐夫因为丧妻之痛，对两个孩子不管不顾，温荔被接到姥爷家。姥姥也早就去世了，在这个都是男人的家里，温荔是唯一的姑娘，她姥爷不懂如何照顾外孙女，温衍和温征也不懂如何照顾外甥女，就是能给的都给，觉得物质和行为上的纵容就算宠爱。没人教给她温柔，她浑身是刺，骄纵跋扈，性格又别扭至极，平心而论，除了一张脸，哪儿哪儿都是缺点。

除了家人，还有谁能够这样无限包容她？温衍不觉得宋砚有这个好脾气，他也是被人伺候长大的，怎么会受得了温荔？

"别的我也懒得多说，木已成舟，不管你和我外甥女结婚的目的到底是什么，照顾好她，而不是让她来心疼你……"

话音刚落，车门倏地被人从外面打开，司机和后座上的两个男人都吓了一大跳。

温衍刚要出声呵斥，车外的人就弯下腰往里看，大喝一声："宋砚！你不在跟前伺候我，跑这儿来和别的男人说什么悄悄话？"

温衍被"别的男人"这个称呼气得太阳穴"突突"跳。

"温荔！"

"舅，你个单身三十多年的老寡王，除了一张脸，一无是处。没女人看得上你，你就来觊觎我的男人了？"温荔仗着自己喝醉了酒，毫无敬畏之心地摁着自己亲舅的痛处捶，一把拉住宋砚的胳膊："快出来，难道我不比这个老光棍儿有魅力？"

"温荔，你皮痒了是不是？"

"有本事你揍我啊，你敢碰我一下，我就报警抓你！"

温衍气得呼吸差点儿没停止，板着张封建家长脸，厉声训斥道："你听听你自己说的都是些什么胡话！"

"就你正经，正经死了，所以才找不到女朋友。"

温荔一把将宋砚拽出来，狠狠地关上车门。从魔鬼舅舅手中救出了她的宋美人，她趾高气扬地拉着美人向自己的保姆车走去。

回到车上，温荔搂着宋砚的腰，仿佛君临天下，美人在怀，霸气地吩咐前排的经纪人："开车。"

柯彬下意识就应了声："欸。"

车子开出停车场，陆丹实在忍不住，透过后视镜悄悄观察后面的女醉鬼。

温荔正在对宋砚进行审问："你把我扔在车上，跑到别人车上是要干什么？你就是这么当老公的？"

宋砚温柔地回答道："只是说了两句话而已。"

温荔点点头："我知道，谅你也不敢做别的，"然后又蹙眉，不满地道，"那你跟唐佳人呢？"

宋砚一时半会儿没跟上她跳脱的思维，从温衍想到唐佳人，茫然地问道："什么？"

她直勾勾地看着他，先打了个嗝儿，然后酝酿了半天，以通知的口吻对他说："我吃醋了。"

前排的两个经纪人不自觉地同时伸长了耳朵。

宋砚被她直白的话打了个措手不及，愣愣地看着她。

接下来，温荔以非常高傲的态度对宋砚说："但是，你不能觉得我无理取闹，因为这是我喜欢你的表现，如果不喜欢你，我才懒得吃你的醋，你明白吗？"

陆丹暗想：她家艺人这死脾气，知道自己无理取闹还把自己当大爷，真行。

但宋砚还真就把她当大爷了，眼里都是笑意，点头说："嗯，明白。"

温荔满意地"嗯"了声，随即傲慢地抬起头，嚣张地说道："你明白还不快哄哄我？我喜欢你不是为了让你给我气受的，哄我，快点儿。"

温荔的行为作风真的跟别人的完全不同，就连要人哄，都是趾高气扬地要求，完全不会让人觉得她在求你，反而让人觉得是她勉为其难地给了你这个恩赐，好像该感恩戴德的不是她，而是你。

遇上个同样姿态高傲的，譬如温衍这种男人，两个都是刺儿头，明知道对方是吃软不吃硬的个性，可舅甥俩就是谁都不愿意低头，常常因为一点点矛盾就闹得不愉快。

所以温荔不爱回温家，没事回去找骂吗？

宋砚也是个很高傲的人，至少十年前是，所以温荔那时候跟他也不对付。明明因为柏森的关系，两个人接触过很多回，独处过，说过话，甚至连初吻都是乌龙地给了对方，但就连柏森都不敢说他们那时候关系不错。

换作那时候的宋砚，面对她现在这副跩样，可能已经将她丢下车了，而不是升起阻断前座两个经纪人视线的车内挡板，将她抱在怀里，低声说："好，哄你。"

喝醉了的温荔也能感受到他的宠溺，血统再高贵的猫也不总是骄横的，顺顺毛，捋捋须，姿态虽然还端着，但语气已经变了。

她哼哼唧唧，又要人哄又嘴硬地嫌弃："喊，就这？看不起谁呢，我有这么好哄吗？"

宋砚换了个方式哄她。

没几秒，她又说："接吻不伸舌头那还叫接吻吗？宋砚你行不行？"

宋砚叹了口气。没喝醉的被喝醉的人闹得也是恨不得跟着醉了，至少可以自欺欺人地忽略车上的另外两个人，起码不用压抑深吻时自己不自觉加重的呼吸，还要分心替这个醉鬼着想，用唇舌牢牢地堵住她麻雀般的细语，以免她突然清醒过来当场跳车。

挡板挡得了视线挡不了声音，两个经纪人人生经验丰富，在感情的花花世界里也是经历过大风大浪的，什么场面没见过，之前带过的艺人私底下比这更大胆的也不是没有。

但他们是第一次见到自己现在带的艺人私底下的这副样子。

柯彬知道宋砚平时因为工作和女艺人接触都是极有分寸的。宋砚合作过的女艺人大多是本身就很优秀的，倒贴当然不可能，暗示明示以后，他没给出回应的信号，人家笑一笑，也就潇洒地放手了。

陆丹也知道温荔是个什么德行。她合作过那么多男艺人，绯闻不少，但真正擦出火花的，没有，因为这人的眼光实在高得要死，甭管看得上她的、还是看不上她的，她一概看不上，单身得明明白白。

所以说，爱情实在不是个好东西，再理智的人受到撩拨也会变得荒唐，再高傲的人也会变成缠人精。

听着后座刻意压低的"窸窣"声，柯彬的嘴咧得下颌都僵了，只得腾出只手来揉揉下巴。

陆丹挠了鼻子又挠发际线，最后反手捂起笑到泛酸的嘴，眼睛牢牢地盯着窗外，此地无银三百两式装聋。

温荔这个醉鬼害得车上三个清醒的人这一路都很尴尬。

但他们跟一个醉鬼计较什么呢？等她酒醒了以后，尴尬的就是她了，这就叫天道好轮回，苍天饶过谁。

车子开到家，喝醉的人身体格外沉，陆丹怕宋砚一个人扶不动，也下了车，打算帮着扶一下。

温荔眼皮半合不合的，因为喝了酒，都不记得用鼻子呼吸，张着两片微微肿胀的唇瓣。今天有饭局，所以她刻意涂了不易掉的唇釉。女演员要注意形象，所以她吃得比较斯文，油重的菜都没碰，所以刚上车的时候，唇釉还是有的，但现在已经差不多掉光了，模糊的颜色被亲得掠过唇线，晕成一大片粉色。

陆丹本来觉得是她家艺人在霸王硬上弓，仗着喝醉欺负宋砚，现在一看她有点儿狼狈又柔弱不堪的样子，完全没了平时在镜头前的精致感，陆丹一时之间竟然不知道到底是谁在欺负谁。

温荔站都站不稳，一双筷子腿跟要折了似的，穿着细高跟，脚踝崴了好几下，宋砚扶不动她，干脆弯下腰，手从她的腿窝抄过去，直接公主抱抱起了她。

陆丹从车上拿过温荔的包，柯彬按了车锁，两个经纪人尽职尽责地送宋砚和温荔坐电梯上楼。

虽然他们这个小区的安保设施非常完善，不少艺人都在这里买了房子，但毕竟是两个顶级艺人的婚房，两个人以前也都被极端粉丝骚扰过，以防万一，他们在进家门之前，有经纪人在旁边陪着还是更安全。

宋砚横抱着温荔，但被抱着的温荔并不老实，一双穿着高跟鞋的腿乱踢，跟杀人凶器似的。

柯彬和陆丹离得远远的，生怕她踢着自己。

还是宋砚说："别乱踢。"

温荔说："你亲我一口我就不乱踢了。"

柯彬觉得没眼看，陆丹则担心等酒醒了，温荔会不会羞愧得不敢出门。

终于到了家门口，陆丹帮忙按了密码，刚要进去，宋砚却把温荔放了下来。

都抱到家门口了他还放人下来？

温荔显然很是不满，抓着宋砚的衣服不放。

宋砚解释道："到家了，有摄像头。"

温荔眨了眨眼，懂了。

"对,不能让他们拍到。"

两个经纪人不自觉地抽了抽嘴角。

你们这么注重隐私,刚刚在车上时怎么不知道注意点儿?真当他们两个大活人是死的?亲热还要看人下菜碟?

艺人安全到家,两个经纪人功成身退,坐电梯下楼的时候,两个人对视一眼,都尴尬地笑了笑。

犹豫片刻,柯彬开口问道:"丹姐,你看他们俩这协议是不是要作废了?"

陆丹耸耸肩说:"两年下来连面都没怎么见过,拍了个综艺节目竟然拍出火花来了。要是这婚离不成,我们还真该给严导封个媒人红包。"

说曹操曹操到,电梯门打开,两个人正好碰上从别的艺人家赶过来视察的严导。

"他们俩回来了?"

得到经纪人肯定的回答后,严导立刻掏出手机,打算在工作群里吼一嗓子,让A组开摄像头。

群里一秒回复:"可是宋老师刚回家就把摄像头外置开关给关了。[捂脸哭]"

严导深深地叹了口气,心中郁结,实在忍不住,跟两个经纪人抱怨道:"不是我说,他们俩正儿八经领了证的夫妻,又都是演员,平时也没少面对镜头,怎么私底下脸皮这么薄啊?不能播的我们肯定不会真拍,但能播的都不让我们拍,搞得我们跟狗仔队似的。"

他们俩脸皮薄倒不至于,刚在车上脸皮厚着呢,也就严导运气不好,没赶上。

毕竟要站在自己艺人这边,两个经纪人只好赔笑,安慰严导说:"现在的观众都是这样,艺人太配合互动太多,观众还嫌腻歪呢,就是要这种,抓心挠肝的,让观众自己找细节吃,粉丝才会长久地喜欢下去。"

也对,可能就是因为这样,《人间有你》第二季,"盐粒"这对才会大爆。现在的观众就是不能惯,得吊着,节目的收视率才有保证。

严导心情好多了,可还是叹气:"吊观众是可以,但是能不能不要老吊着我啊?"

陆丹哭笑不得:"您又不是'签字笔',怎么可能吊着您?"

"……"

严导心想:对啊,我又不是"签字笔",我这么抓心挠肝是为什么?

最后严导得出的结论是,宋砚和温荔这两口子有毒,连他一个快五十岁的老爷们儿都被这俩人整得跟小女生似的。

"关了没?"

温荔躺在沙发上问。

宋砚倒了杯温水走过来,递给她:"嗯。"

她坐起来，双手捧着水杯，"咕噜咕噜"往喉咙里灌，温热的水一路往下滑，压下了些许反胃感。

跟孩子喝奶似的，温荔满足地咂了咂嘴，放下水杯，拍了拍沙发："过来坐。"

宋砚也不知道她到底醒酒没有。有的人喝醉了就彻底失去理智，一路疯到底；有的人喝醉了时而清醒，时而迷糊，说的话做的事时而正常，时而不正常，温荔应该属于后者。

"你好点儿了吗？"宋砚抚上她的脸，发现还滚烫着，微微蹙眉，"脸怎么这么烫？"

温荔直勾勾地盯着他，说："因为热。"

"那我把空调温度调低点儿。"

他刚要去拿遥控器，却被她扑了个满怀。她把还蒙着的宋砚压在沙发上，捧起他的脸，"吧唧"亲在他坚挺的鼻尖上。

"你是不是傻啊？"温荔学着电视里的霸道总裁挑眉，压低了声音说，"我热不是因为温度高，而是因为你在我的身边，我的心中一片火热。"

宋砚显然是没见识过这么油腻的招数，表情复杂。

还好说这话的是温荔，虽然油腻，但他喜欢听。

"好好说话行吗？"

温荔突然瞪眼，掐着嗓子问道："丫头，我这么说话，你不满意吗？"

"醉鬼，你叫谁'丫头'呢？"宋砚笑得喉结颤动，轻轻地捏她的脸，"好好说话，不然学长揍你。"

"我在好好说话，我说的都是真心话。"温荔伸手捶了捶自己的胸口，酒意上头，她说话完全不过脑子，"这些话我早就想说了，'我一看到你，我的心就跳得好快。跟别人拍戏的时候，我知道自己是在工作，心里一点儿波动都没有；但是跟你对戏的时候，我就忍不住出戏，明明是戏里的男主角在跟女主角告白，但我总是厚脸皮地觉得是你在对我告白'。"

"都是你的错，我一点儿也不像个专业演员了，我还怎么转型？怎么拿最佳女主角啊？"温荔又打了个嗝儿，苦着脸抱怨道，"可是《冰城》里也有你，你要是又连累我怎么办？"

宋砚动了动喉结，哑声说："那我就不去演了，你去演，好不好？"

温荔摇头，斩钉截铁地回答道："不行，你还是得演，这么好的剧本，我想跟你一块儿演。"

宋砚缓缓地问道："那我要是连累你了怎么办？"

"连累就连累。"温荔像是下定了决心，一把搂住他的脖子，坚定地说，"我愿意被你连累。"

宋砚拍拍她的后脑勺儿，心里被她的话填得满满当当。醉鬼说的虽然是酒话，但是攻击性极强。

平时扭扭捏捏的人喝醉了，说的话直白得令人招架不住。

"我也不专业，因为我也出戏了。"他侧头，亲了下她的耳朵，"因为我就是在借着对戏跟你告白。"

"哼，我就知道。"温荔揪着他的衣领，霸道地命令他，"那《冰城》这个剧本，我和唐佳人竞争角色，你必须无条件地支持我，知道吗？"

宋砚失笑："当然。"

"你真乖。"她又亲了亲他的脸，"我真喜欢你。"

宋砚低低地笑了两声，说："没听清。"

她以为他真的没听清，又说："我真喜欢你。"

"没听清。"

"我真喜欢你！"

就这么来回说了好几遍，温荔说累了，不满地说："你是不是聋？"

"等你酒醒了就不会说了。"宋砚理直气壮地说，"我得一次听个够。"

"哼，想得美，我偏不说了。"

温荔趴在他的身上，真的没说话了。

两个人安安静静地挤在沙发上，一个趴着，另一个躺着，就在宋砚以为她睡着了的时候，她突然问了句没头没脑的话。

"宋老师，你以前是不是很缺钱啊？"

不缺钱他为什么要去演戏？还问于伟光能不能挣到钱？

"你要是缺钱，可以问我借，我有钱。"温荔小声说，可是想了想，又失落地垂下眼皮，"哦，你不会问我借的，你那个时候讨厌我，真要借钱，你肯定会去找柏森哥，又怎么会找我？"

也不等宋砚说话，温荔又陷入了自我纠结中。她现在脑子晕乎乎的，想一出是一出，说话没个逻辑性，想到哪儿说到哪儿。

"你那时候为什么会讨厌我啊？我那时候也很漂亮啊，有很多人喜欢我的。"她怎么也想不通，非常不服气地说，"你什么眼光啊？你是喜欢男的吗？"

只有性取向这点能够解释宋砚那时候为什么不喜欢自己，总之绝对不是她魅力不够，一定是宋砚的问题。

"你之前跟我协议结婚，也是为了澄清自己不是同性恋。"温荔越想越觉得她这个猜测很靠谱儿，震惊地说道，"我竟然让你喜欢上了异性，我的魅力好大。"

绕这么大圈子还能夸到自己头上，不愧是她。

宋砚觉得实在有必要澄清一下，叹气说："我很直。"

温荔嘴硬的老毛病又犯了，鼓着嘴说："喊，无所谓，我读高中那会儿又不缺人喜欢，你讨厌就讨厌呗，谁稀罕你喜不喜欢我？"

"是啊，"宋砚微微一笑，"读高中时的你才不稀罕我的喜欢。"

他的语气有些自嘲，还有些委屈。

温荔的心突然一紧。换作平时，她一定会说"算你识相"。可是现在不行，她心疼得很。

她想，如果她傲慢的口头禅会让她喜欢的男人不开心，那她改掉好了。

几秒钟的沉默间，两个人只能听到彼此的呼吸声。

"没有，我很稀罕的。"

"可是那时候你不稀罕，我也喜欢你。"

温荔慌乱的解释和宋砚平静的陈述几乎重叠，她的声调高一点儿，好在他嗓音浑厚，吐字清晰，落在耳里清晰可闻，她的思绪被搅成一摊糨糊：自己好像听到了什么不得了的话。

宋砚抚上她的脸，将她呆滞的神色收进眼底，也将她刚刚的话按进心底。心脏紧缩，连触碰她的指尖都是酥麻的，他的声音仍旧温柔，但已经没有刚刚那么清晰了，低哑的嗓音微微颤动。

"我怎么会讨厌你？"他轻声说，"我连喜欢你都不敢……"

"有什么不敢的？喜欢我难道很丢脸吗？"

她小时候喜欢玩洋娃娃，不过她喜欢的洋娃娃都是女孩子，可以给长发编辫子，可以给脸上化妆，还可以给洋娃娃换衣服；她不喜欢玩男孩子洋娃娃，因为男孩子洋娃娃不能涂口红，头发都是短短的，衣服也不漂亮。

但是宋砚不一样，脸蛋儿是万里挑一的英俊，气质出众，腰窄腿长，每一个因她而沉溺的表情和喘息声都是那么好看和生动。

十几岁的宋砚，冷漠寡言，孤傲清高，连笑都像是一种恩赐。

后来他当了演员，一出道就是万众瞩目。孤傲的学长变得更加耀眼，站在了她无数次梦想过的聚光灯下，成了她羡慕和追赶的目标。

难以想象这样的宋砚最后竟然栽在了她手上，她压根儿没费劲，就轻松地摘下了旁人都无法靠近的峭壁上的高岭之花。

她不可避免地产生了一股成就感。

……

等温荔缴械，双腿发软，宋砚抱着她去了床上。

她很不服气，用胳膊挡着眼睛，说什么也不看他。

"又哭了？"宋砚咬她，"娇气。"

温荔用力地吸了一口气，用最后一丝倔强跟他对抗："谁娇气了？我是大猛男！"

宋砚先是愣住，随即整个人躺倒在她的身上，笑得肩膀一颤一颤的。

温荔脸颊滚烫："你笑屁啊笑。"

"你说你是什么？"

温荔又打了个酒嗝儿，捶胸，自信地说："大猛男！"

宋砚笑得更大声了，甚至笑得呛到，忍不住"咳"了几声。

"……"

等笑够了，他拍拍她的头，纠正道："不是，你是小可爱。"

温荔最后一丝顽强最终被宋砚给冲得支离破碎，堂堂"大猛男"只能柔弱地被宋砚抱去浴室里清洗，任由他给自己换上睡衣。宋砚把她塞进被子里，吻吻她的额头，轻轻地笑着说："我很期待你明天酒醒。"

然后他从床头柜上拿起手机。

温荔睡了一觉，酒就醒了。

醒的时候她头痛欲裂，嘴唇干裂，身体就像是小时候学跳舞，荒废了很久没练基本功，突然被老师强摁着下腰劈叉，结果扯到筋，第二天起床时浑身酸痛。

她眨了眨眼睛，脑子里清晰地浮现昨天的场景。

从饭局结束到上车再到回家，那几个小时的场景都历历在目。

说好的喝醉会断片儿呢，为什么她什么都记得？

果然她拍的那些偶像剧都是骗人的。

嗓子干得说不出话来，温荔掀开被子，艰难地从床上爬起来，想要去外面倒杯水喝。

她还没来得及走出卧室，门先被打开了，一身清爽家居服的宋砚看她醒了，将手里的水杯递给她："醒了？喝水。"

温荔接过水杯，一边警惕地看着他，一边慢腾腾地喝水。

宋砚见她一直盯着自己，微扬眉梢，直接问道："昨天你喝醉了你知道吗？"

温荔咬着水杯，用含混不清的声音说道："是吗？"

"不记得了？"

温荔顺理成章地开始装傻："嗯？我做了什么吗？我不记得了呢。"

宋砚笑了笑："这样吗？"

温荔觉得他的笑有点儿瘆人，咽了咽口水，问道："我昨天做了什么吗？"

他什么话也没说，直接绕过她走到床头柜那边，拿起自己的手机，调出一段视频，再把手机递给她。

"自己看。"

温荔睁大眼睛。

他是什么时候录的？！

他竟然录她！

"去洗手间里看吧，那儿没摄像头。"宋砚看向摄像头："各位早安。"

起早贪黑的摄像A组工作人员："……"

自从上次被拍到后，这对夫妻对摄像头的警惕性是越来越高了。

温荔拿着他的手机去了洗手间，颤巍巍地摁下播放键。

她对这段的记忆很模糊，但并没有忘，一看画面就全想起来了。

酣战过后，宋砚抱着她去洗了个澡，然后她躺在床上，卧室里的空调温度很低，她像只蚕蛹一样牢牢地被被子包住，只露出一个脑袋。她困得不行，差一点点就要睡过去。

画面里是她憨憨的睡脸，突然，一只修长的手出现，动了动她的眼睫毛，又戳她的脸，捏她的鼻子。

温荔还顽强地闭着眼，语气懒洋洋的："别搞，我要睡呢。"

宋砚带笑的声音从画面外传来："待会儿睡，先回答我的问题。"

温荔很不耐烦："快问。"

"你喜欢我吗？"

"废话！"

"说清楚，喜欢还是不喜欢？"

"喜欢。"

"喜欢谁？"

"喜欢你。"

"说名字。"

"宋砚。"

画面里的男人还在循循善诱："完整地说一遍。"

"我喜欢宋砚，贼喜欢。"她竟然还不忘跟他解释，"贼就是非常的意思，不是说你是贼啊。"

宋砚边笑边说："我知道。"

就在温荔以为这段视频要结束的时候，不知道怎的，她突然"喃喃"地问道："那你呢？"

镜头微微抖了抖，拿着手机给她录像的人声音很轻地说："我爱你。"

酒醒后的温荔愣住了，温荔还来不及考虑喜欢和爱到底哪个程度更深，画面里醉酒的温荔却傻乎乎地说："喜欢是两个字，爱是一个字，不公平，我的比你的多一个字。"

宋砚摸了摸她的发鬓，说："傻瓜，该说不公平的是我。"

温荔突然就不服气了，嘟着嘴说："你的意思是我委屈你了？我的男人一定是这个世界上最幸福的男人，以后我爱你，保证爱得你死去活来。"

宋砚没忍住，笑了起来。

她说爱那就马上爱，当即就来了首超强的告白情歌。

"宋砚、宋砚我爱你，就像老鼠爱大米！"

视频就在她高亢的歌声中结束了。

从洗手间里出来的时候，温荔面色涨红，脚步虚浮，不光因为她自己丢脸的夸张表现，还因为他的那句"我爱你"。

宋砚就站在洗手间的门口等她出来。

他一脸闲适，温荔低着头，揪着衣角，一脸挫败。

宋砚温柔地问道："还赖账吗，小老鼠？"

她幽幽地看着他："不赖了，宋大米。"

她把手机还给宋砚，暗自发誓下次一定不贪杯，绝对不能喝上头再让他抓住把柄。

宋砚接过手机，正好来了电话，他顺势接起。

"我刚刚听见了，温荔昨天喝醉了，虽然你把摄像头关了，可是你录了像。"严导话锋一转，深吸一口气，面对宋砚这个晚辈，语气居然恭敬起来，"宋老师，你看这样，咱不算在合同里，你开个价，我们买了。"

宋砚想都没想，直接说："不卖。"

严导不肯罢休："为什么不卖？又是不能播的内容。"

宋砚："就是不能播的内容。"

"……"

严导愣愣地挂掉电话，编导激动地看着他："严导，怎么样？"

"宋砚没答应。"

在场的工作人员纷纷沉默下来，果然，他们就知道。

"没事，新一期的台本内容我都想好了。"编导强调说，"保证精彩。"

他本来是想安慰严导，问题是，宋砚明明没答应，但严导不仅没像平常那样怒火攻心，反而一脸诡异又肉麻的"我懂了"的表情是怎么回事？

"严导？严导，你怎么了？"

编导被严导这副神色吓得不轻，生怕第二季还没收官，他们的"综艺节目导演之神"就先疯了。

严导回过神来，"喀"了声，正色道："没事，宋砚以为他不给，我就拿他们两口子没法子了吗？呵。"

编导小声地提醒道："可是严导，偷手机是犯法的。"

严导睨了一眼年轻的小编导："我这么大岁数了还用你提醒？我能不知道？"

好心地提醒严导千万不要走上违法犯罪的道路，却被这样冷淡地对待，编导小姐姐委屈地闭上了嘴。

严导意味深长地笑了两声："偷肯定不能真偷，嘴上说说总不犯法吧。"

几个工作人员面面相觑。

他们的总导演严正奎早年是导话剧的，成绩不算出挑。那时候国内的娱乐节目还不普及，电视节目的收看群体偏大龄，年轻人则追海外的艺人，看海外的电视剧和综艺节目，国内的娱乐文化牢牢地被海外垄断。十年前，国内终于对这方面重视了起来，开始发展自己的娱乐文化产业，严正奎就是这时候被卫视签下，成了最早的一批综艺节目导演。

就这样，严正奎彻底打开了他事业的开关。

当时，国内市场受海外影响的痕迹太重，整个圈子良莠不齐，没少被观众骂，严正奎导演的几档原创综艺节目为他个人打下了很不错的口碑基础。近几年，他手底下的爆款综艺节目频出，甚至有不少海外的制作人找过来买版权，有的更是不打招呼就直接"借鉴"过去，但无论是热度还是口碑，都比不了原版。

原因就是严正奎这人鬼点子多，同样的节目台本，同样的录制流程，他能抓住很多小细节，拍出很多别出心裁的情节。

所以工作人员对严导制造噱头的能力还是很放心的，他做事很有分寸，既有效果，又不会得罪嘉宾。宋砚和温荔两口子在他们的节目里出了这么多次糗，也没跟严导真闹起来，就是因为真冒犯嘉宾的事严导绝不会做。上一期预告片，温荔怎么说都要剪掉部分，严导虽然不情愿，但为了嘉宾的颜面，最后还是妥协了。

第七期预告片没有"难产"，准点"出生"。

粉丝们满心欢喜地点开视频，再满心期待地看了眼进度条时长。

三十秒。

"严正奎，你又不行了是不是？"

"上期一分钟预告片老子放了三天鞭炮，灰都还没扫干净，你这期就被打回原形了？"

"你飘了。@人间有你。"

第七期本来就是在室内录制，节目组不会干涉嘉宾的行程，嘉宾在家素材就多，嘉宾不在家素材就少。上个星期有营销号爆过有关温荔新游戏代言和宋砚新电影的料，温荔这个星期忙着和游戏方接触，宋砚这几天常常往剧院跑，两个人无论是公开行程还是私人行程都多，不在家的时间占一个星期的大半儿。

粉丝们也知道两个人确实忙，但心头火还是隐隐升了起来。

主要是上期的惊喜太大，这期跟上期一比，落差感实在太强。

三十秒也比没有强，粉丝们还是咬牙看了下去。

黑暗的环境里突然亮起灯，画面显示是"盐粒"夫妇的家，字幕组工作人员打上一行字——"晚上九点二十分，忙碌的二人终于到家"。

宋砚最先进来换鞋，温荔跟在他身后，门口还有两个人。

不了解的观众在弹幕中问这两个人是谁。

"三力和美人的经纪人。"

"丹姐还是那么飒爽。"

"彬哥是不是又胖了？哈哈哈。"

后来两个经纪人走了，温荔换鞋的时候身形有些摇晃，宋砚扶住她，说："去沙发那儿坐着，我去给你倒杯水。"

"嗯。"

弹幕：

"啊啊啊，三力咋了？"

"看表情应该是喝醉了。"

"女艺人平时也要应酬的吧。还好有美人陪着，妈妈放心。"

"新粉丝一个。有老粉丝知道三力喝醉以后什么样吗？"

"老粉丝来了。不知道，三力只在电视剧里醉过。"

"好的，我已经开始搓手期待了。"

粉丝搓手期待到一半儿，给温荔倒好水的宋砚突然出现在摄像头前，给了个超大特写。

就在粉丝们嚷嚷"已婚男人能不能不要随便炫耀自己长得帅""这两口子撩粉丝的技术简直一模一样""在线求助，被宋砚帅死算意外死亡吗？保险给报吗？"的时候，宋砚把摄像头关掉了。

弹幕：

"为什么不给我们看？"

"宋砚，你把摄像头打开！！"

"你老婆就醉个酒而已，至于关摄像头吗？"

粉丝还在七嘴八舌地控诉宋砚不打招呼就关摄像头的不道德行为，画面又亮了起来，已经是第二天了。

字幕组工作人员非常体贴地打出一行字——"第二天清早，阳光明媚"。温荔还在睡觉，宋砚已经起床，坐在客厅里的沙发上边喝咖啡边看电视，电视里正在播放在剧院拍摄的话剧片段。

弹幕：

"我不能接受！"

"发现亮点，美人在看话剧，美人要拍新电影的传闻应该是真的。"

因为是预告片，所以下一秒温荔就起床了。她纯素颜入镜，严格的饮食管理和大把大把往美容院砸的钱就是为了这么一张在镜头前值得吹的素颜。不过镜头给她铺了层滤镜，掩盖了她因为宿醉而苍白的脸色。

弹幕：

"三力这素颜真绝了。"

"这野生眉和长睫毛，自带眉形眼线，我太羡慕了。"

宋砚听到卧室里的动静，倒了杯水走进卧室。

弹幕还在刷"三力的声音为什么这么哑""事后，绝对是事后""OK，你关摄像头任你关，成年人自力更生已经在脑海中写下了一万字""各位写文、画图、剪视频的老师你们在看吗？孩子饿了"，宋砚问温荔记不记得昨天自己喝醉的事，温荔说不记得，然后宋砚就掏出了手机。

"自己看。"

粉丝迅速统一言辞，默契地刷屏：

"我也要看！！！"

接着宋砚叫温荔去洗手间里看，顺便对摄像头打了个招呼："各位早安。"

弹幕：

"早？我这儿已经晚上了！"

预告片到这里结束，评论区热评第一是"上期给块糖，这期猛地一巴掌又把老子扇飞了"。

之前被粉丝攻陷过评论区，万年不登微博的严正奎转发了这条预告片微博，在粉丝们把怒火发泄到他身上之前为自己解释。

导演严正奎："我去问宋砚要过那天晚上的录像，他的原话是'不能播'所以不能给，跟我无关［摊手］//《人间有你》官微：#人间有你，苦乐都甜##盐粒夫妇三十秒预告#……"

这条微博推卸责任推得明明白白，推得理直气壮。

宋砚虽然没上网，但这些言论不是没对他的现实生活造成影响，他在剧场看话剧找感觉的时候全程攥着手机，毕竟就连助理阿康都虎视眈眈地盯着他的手机，想知道温荔那天晚上醉酒后到底做了什么。

火暂时还没烧到温荔这边来，她完全不知道这些事情，刚录完《为你发光》第五期，她弟弟徐例的人气又往上蹿了蹿。

她觉得她弟弟这人气着实可怕，实在没忍住好奇心，在节目录完之后把人叫到车上说话。

"你人气现在怎么这么高了？是不是找人假冒粉丝了？"

徐例淡淡地说："不清楚。"

"算了，你当歌手也行，算是帮我完成我未完成的梦想吧。"温荔点点头，突然笑了，"就是咱舅要气死。"

徐例勾了勾唇角，说："咱舅不是已经被你给气死了吗？"

"别乱说啊，他活得好好的呢，我试完镜还要回趟家和他一块儿吃饭。"温荔终于想起今天把他叫过来单独说话的重点，"兔崽子，你回吗？"

"怎么回？又不能请假，除非退赛。"

温荔撇撇嘴，失落地说道："你要是回，起码还能有个人帮我分散火力，不然他就逮着我一个人骂。"

"你让阿砚哥陪你回去不就行了？"

温荔愣了一下，似乎没想到这个人选："啊？"

"你和阿砚哥结婚这么久了，他居然一次都没陪你回过娘家。"徐例撇嘴，表情跟她姐的一模一样，"是他不想陪你回还是你从来没邀请过他？"

温荔张了张嘴，小声说："好像是我没邀请过他。"

徐例表情复杂："你可真够没心没肺的。"他又幽幽地说，"阿砚哥是有多喜欢你，连这都不跟你计较？"

温荔想起那天她醉酒后宋砚说的话，厚脸皮地说："他很爱我的。"

徐例猝不及防地听到这种肉麻的话，作势干呕了两声。

"走了，舅舅那边祝你好运。"

温荔挥手："拜，兔崽子。"

手刚摸上车门，徐例又回过头："姐。"

"干啥？"

"你等空下来也去澳城看看阿砚哥的父母吧。"徐例说，"结婚两年，你连自己的公公婆婆长什么样都不知道，好意思吗你？"

温荔愣了愣，徐例以为她又要发火，说他一个做弟弟的管起姐姐的事了。

她却一反常态，点了点头："嗯，知道了。"然后拍了拍前座，对助理说："文文，你帮我看下机票。"

文文一脸为难："可是姐，你最近是真的忙到抽不出空儿来了。"

温荔毫不在意地说："我的时间不都是挤出来的吗？你跟丹姐说，这阵子我辛苦点儿没事，到时候给我抽出几天假期来。"

徐例一副见鬼的样子看着她。

不得了啦，自己家都不爱回的公主殿下竟然肯南下横跨大半个中国去看公婆了。

温荔见徐例一直盯着自己，像是被看穿了心思，恶狠狠地道："干吗？忌妒我人红通告多？"

"……"

徐例懒得跟她这个嘴硬狂魔计较，下了车，往宿舍走，顺便掏出第七部手机上网打发路上的时间。

迎面撞上人，他赶紧将手机塞进兜里。

他撞上的不是节目组的人，而是许星悦和她的助理。

徐例有手机，可以偷偷上网，知道自己和温荔的那些拉郎配粉就是因为许星悦之前在节目上的调侃才壮大的，因为被强行跟亲姐拉郎配，所以他对这个嘉宾的印象不太好，淡淡地打了个招呼："许老师。"

许星悦笑着说："你好啊，徐例，从哪儿过来的？"

"洗手间。"

"你们宿舍楼里不就有洗手间吗？还特意跑到停车场这边来找洗手间？"

徐例蹙眉："许老师知道我是从停车场过来的还问？"

"也许你是去停车场找人的呢？我总不能妄下结论吧。"

"……"

许星悦走后，徐例又掏出手机，打算给温荔发个微信，提醒提醒他那没心没肺的亲姐。

他刚掏出手机，又迎面撞上个人。

这回真是节目组的人。

徐例慌忙收起手机，拔腿就跑，工作人员撒丫子在后面狂追。

"徐例！都缴了你六部手机你又给我搞出第七部！你家是卖手机的吗？你给我站住！"

车子开在路上，温荔今天还要赶去表演老师那儿临时补个课。她明天就要去仇导那儿试镜，在表演老师那儿上过课后，今晚还要再请宋砚指教指教，跟他对个戏找找感觉。

宋砚最近都在剧场里找角色感觉，温荔推不掉的商务通告实在太多，不然能和他一块儿去剧场里找感觉，顺便还能约个会。

她本来就忙，现在行程表里又多了个"二人世界"，还是在她心里排名前三的重要行程，时间就更紧了。

温荔发出了甜蜜又烦恼的叹息："我怎么这么红啊？"

文文转过头看她，惊讶地说道："嗯？姐，你看到话题了？"

"什么话题？"

"组团偷宋砚老师的手机那个话题啊。"

温荔想了想，恍然大悟："今天出预告片了是吧。"

然后她赶紧掏出手机刷了一遍微博，表情越来越复杂。

严正奎不亏是"综艺节目导演之神"，将舆论风向把控得死死的。

还好她从洗手间里出来和宋砚对话的那段，因为洗手间附近没有摄像头，所以没被拍到，算是因祸得福。

宋砚的评论区她管不着，现在她就担心宋砚的录像有没有被公布。

温荔赶紧给宋砚发微信确认。

温荔："手机你没给别人看吧？"

过了两分钟，宋砚回："没有。"

温荔："要不你还是删掉吧。"

宋砚："不删。"

好贱啊他，但她又拿他没办法。

温荔："……"

温荔："那你保护好自己的手机。"

温荔："要是给其他人看到，你就完了。"

宋砚："比如呢？"

温荔眯眼，意味不明地笑了两声。

她回："《野蛮女友》这部电影看过吗？野蛮老婆想不想见识一下？"

这条威胁应该挺有效果的，温荔放下手机，戴上眼罩，打算在见表演老师之前好好补个觉。

结果没几分钟，她就听到文文着急忙慌的声音："姐姐姐姐姐姐！"

温荔叹气，取下眼罩："欸欸欸欸欸欸，咋了？"

"宋老师刚刚发微博了！"

温荔赶紧又拿起手机。手机被调成静音状态，宋砚几分钟前回的消息她没有看到。

宋砚："想。"

温荔："……"

这就是宋砚爱她的表现吗？她承受不起。

做好充足的心理准备后，温荔眯着眼打开了微博。

宋砚平时的微博数据没有现在大热的年轻艺人尤其是男艺人的微博数据那么夸张。在他发的微博中，非转发属于原创的屈指可数，原创中非广告非宣传的寥寥无几，而非广告非宣传中分享日常生活的更是凤毛麟角。

在软件提示宋砚上线的两分钟后，他发了一条新微博，没带话题，没带链接，也不是一长串微博，而是简单的几个字和一张截图。

大部分粉丝还来不及看内容是什么，这条微博的评论区就已经多了数千条"不是

· 344 ·

广告我哭了""哥,爱你!""美人,啊啊啊"等前排表白评论。

然后他们惊喜地发现,这是一条日常向的微博。

宋砚:"她不让我发［图片］。"

截图是十几分钟前宋砚和某个人的微信聊天儿记录,正是温荔刚在微信上跟他聊的那些话。

他对这个人只用"她"代称,也没有@对方,就连聊天儿截图最上方的备注都不是人名,而是动物名"小老鼠",但只要结合刚刚的话题,再看聊天儿内容,粉丝又不是傻子,解谜太简单了。

因为温荔的那句"《野蛮女友》这部电影看过吗?野蛮老婆想不想见识一下?"实在抢眼。

这条微博"荔枝"和"月光石"默契地交给了"签字笔"去评论。

"日常生活博!!!还是和三力有关的夫妻日常生活博!!!家人们,我今天就死在这里了!!!"

"'她不让我发',你在委屈什么?美人,我真没想到你竟然这么能装!"

"活儿来了!载入史册流芳百世!!!@盐粒夫妇日常博文。"

"我们也想见识一下野蛮老婆［坏笑］@温荔Litchi。"

"@温荔Litchi你被你老公卖了!"

热评里@的"盐粒夫妇日常博文"这个微博号是专门用来记录"盐粒"日常互动。很多夫妻或情侣都会有这样的记录博,方便路人和新粉丝了解情况,免得他们自己费劲地去一个个搜关键词。

"盐粒"夫妇日常博文主要是记录两个人日常生活相关的微博,上一次记录的微博已经是两个月前,节目刚开播的时候,宋砚亲自下场回复"黑粉"微博的那条评论。

之后,近两个月内,宋砚再没发过日常微博,更不要提在评论区回复微博。他本来就没有那个习惯。温荔倒是偶尔会回,但大多是和粉丝在评论区开玩笑,没有回复过任何与宋砚有关的微博评论。

日常博向来素材稀缺,不像其他会剪辑的粉丝可以用黑科技制作各种视频,一双"纳米眼"发现甜蜜细节的绝活儿无处施展,今天终于能够大展宏图。皮下管理迅速响应粉丝@,宋砚的新微博发了还不到一刻钟,严谨度堪比论文的分析长微博就来了。

"盐粒"夫妇日常博文:

"有生之年系列——浅析宋砚的最新日常博

"今天能抠出甜蜜细节来的地方共有五点。

"第一,'她不让我发',这轻描淡写却又透露着几分委屈和推卸责任的语气,装得明明白白，装得坦坦荡荡——不是我不想发，而是我老婆不让，侧面描写出宋砚听老婆话以及处于潜伏期的妻管严症状。

"第二，'没有''不删'，简单的回答却透露了宋砚对老婆强烈的占有欲。大胆推测，在广大人民群众和老婆看不到的地方，宋砚会时常拿出这段温荔醉酒的录像反复观摩欣赏，并自鸣得意'嘿嘿，醉酒的老婆只有我一个人能看到'。

"第三，宋砚在表示不删后，温荔并没有强硬要求。各位'签字笔'请回想温荔是个什么臭脾气，对于自己醉酒的录像，如此轻易就妥协了，试问这不是爱是什么？

"第四，'野蛮老婆'、野蛮女友之所以野蛮，是因为爱，同理，野蛮老婆的野蛮也是爱，爱他就对他野蛮，越野蛮越爱。啊，她真的好爱他。

"第五，'小老鼠'这个备注，温荔不属鼠，所以大胆推测这是玩夫妻情趣取的外号。"

粉丝们争先恐后地回复道：

"短短五个字、一张截图竟然可以抠出这么多细节！'签字笔'大军有您了不起！"

"我只会'啊啊啊'叫，果然这就是人和人的差距吗？"

"好家伙，这是拐了个高考语文阅读理解部分拿满分的人来发微博吧。"

"明年的高考文科状元没您我不服！"

温荔："……"

这一条分析长微博看下来，她这个当事人完全蒙了。

宋砚的第一条甜蜜日常生活博，"签字笔"很给力，当即就开了个#宋砚发甜蜜日常生活博#的话题开始冲上榜单。

剩下的#温荔野蛮老婆##"签字笔"多能抠细节#这类附加话题就更不用说了。

至于"小老鼠"这个外号的来历，粉丝不知道，温荔知道，是那天晚上她喝醉了酒，非要给宋砚唱土味情歌，他给她取的。

温荔本来还庆幸宋砚没真的把录像公布出来，她喝醉以后唱土味情歌的丢脸行为没有败露，结果因为日常博文的这一通分析，粉丝们把关注重点放在了这个外号上。

因为温荔并不是属鼠的，早年她演电视剧和参加综艺节目，粉丝给她取了不少外号，跟动物有关的不少，但从来没有跟鼠搭边儿的。

她的长相属于明艳类型，性格也大大咧咧，和"小老鼠"的字面意思实在扯不上关系。

不少粉丝看了日常博文的那条长微博，跑到宋砚的评论区下问："三力是小老鼠，那美人你是啥？大脸猫吗？"

没几分钟，微博还在线的宋砚回复了点赞最多的一条评论。

宋砚回复:"我是大米。"

粉丝先是一头雾水,在回复下用各种字体的问号刷屏,但很快有粉丝反应过来。

"我好像懂了!!!"

"家人们,是《老鼠爱大米》啊啊啊!!!"

"啊,我死了!"

"年纪小没听过这首歌的'签字笔'去搜'老鼠爱大米'这几个字就知道是什么意思了。"

"好土!好甜!我土我好爱!"

"啊啊啊,他在炫耀!他好幼稚!"

"我打赌是三力那天喝醉以后给美人唱《老鼠爱大米》了!给我把录像放出来!"

被猜中了,心脏猛地遭受了狠狠一击的温荔立刻将手机丢了出去。

这群人太可怕了。

而且,宋砚这次漂亮的声东击西成功地将粉丝的目光转移到她的身上。

温荔最新微博的评论区已经被"签字笔"攻陷。

"嘿,小老鼠。"

"欢迎收看由宋砚、温荔倾情主演的大型爱情电影《我的野蛮老婆》。"

"三力你偏心!我们也要听《老鼠爱大米》!"

"敢醉不敢当,还威胁老公,三力你出息了啊。"

"交出录像!抵制'家庭暴力'!"

温荔的百度百科外号那一栏,继"三力""小嗲精"等众多外号之后又多了两个——"小老鼠"和"野蛮老婆",宋砚的外号也多了个"大米"。

这一切的"罪魁祸首"宋砚对此非但没有丝毫愧疚,还在温荔气急败坏地把自己沦陷的评论区的截图甩给他的时候轻描淡写地回了句"夫妻一体"。

这句话翻译过来就是,"要上话题榜一起上,要丢脸一起丢"。

温荔直接一条语音发过去怒骂道:"发聊天儿截图跟粉丝告状,宋砚,我看不起你!"

宋砚也回了条语音。

他带着低笑的嗓音幼稚至极,又欠揍至极。

"你再骂我,我又要发微博告状了。"

"……"

温荔直接给气笑了:这人都多大了,粉丝是他爸还是他妈?还跟粉丝告状,幼不幼稚?

温荔开的外放,宋砚这条语音被副驾驶座上的文文听了去,文文笑得嘴都快咧到耳朵根了,于是伸手捂着双颊,从喉咙里发出控制不住的"哧哧"声。

温荔不爽地问道："有什么好笑的？"

"我笑宋老师心里住了个小男孩啊。"文文笑眯眯地说，"在姐面前，这个小男孩就跳出来啦！"

温荔一脸惊恐，嫌弃地说道："他都多大岁数了还小男孩？文文，你没事吧你？"

文文："……"

算了，她不想解释了，钢铁厂代言人是不会懂的。

温荔不懂文文说的什么小男孩，在温荔的心里，宋砚已经被重重地打上了"幼稚"的烙印。等到了表演老师那儿，和表演老师对戏的时候，看着剧本里宋砚即将出演的角色的台词，她很怀疑，以宋砚幼儿园儿童的心智，能不能演好一个潜伏敌窝，肩负组织任务的双面特工。

直到晚上回去和宋砚对戏时，宋砚出色的表现才打消了她的疑虑。人是人，戏是戏，宋砚幼稚是他本人的问题，只要不牵扯到角色上面，他的男性魅力指数还是很高的。

温荔前一晚为试镜做了充足的准备，和宋砚对戏到凌晨才睡下，早晨又起了个大早，做了套有氧运动，这才精神饱满地准备出发去试镜现场。

宋砚问温荔上午试镜完要不要一起吃午饭，她想了想，答应了。

临出门前，看宋砚也穿戴好，一副要出门的样子，她有些奇怪："你今天这么早就去剧院？"

"剧院今天集体放假。"宋砚说，"我陪你去试镜。"

温荔刚打拼那几年试过很多次镜，最多就是经纪人或助理陪着去，后来她混到一线，不愁本子不愁资源，普通的偶像剧压根儿不需要试镜，制片人直接和她的公司团队谈，谈好了就去试妆拍定妆照。

如今宋砚说要陪她去试镜，她顿时有了一种小朋友上学，家长送孩子去学校的新奇感。

等宋砚坐上车的时候，陆丹和文文也很惊讶。

文文傻乎乎地问道："宋老师，你今天也和仇导有约吗？"

"没约。"宋砚说，"陪温老师。"

怪不得他没带经纪人也没带助理，连车都是蹭温荔的保姆车。

陆丹挑了挑眉，笑着说："一起去也好，温荔她好久没单独试过镜了，我还有点儿担心，要是到时候仇导有要求，宋老师你还能搭个手。"

温荔"喊"了声，说："我又不是新人，还需要帮忙？少看不起人了。"

陆丹太了解她了，淡淡地说："宋太太，有老公陪着还不好？今天就别嘴硬了好吗？"

温荔被经纪人的话戳中心事，撇嘴，不说话了。

她侧过头，睨了宋砚一眼，又傲慢地挪开眼。

宋砚微微一笑，看似漫不经心地说："你要不喜欢我陪着，那我就下车了。"

然后他起身，一副要下车的样子。

"哎呀，没不喜欢。"温荔一急，下意识地拉住他的胳膊，立刻吩咐司机："开车，开车。"

陆丹和文文对视，做了个彼此都心知不宣的了然表情。

宋砚失笑，轻轻地拍了一下温荔的额头，"啧"了声。

"……"

温荔不想理他，默默地掏出剧本挡住脸，佯装认真地看起来。

仇导把试镜地点定在了一家酒店，和遴选其他演员的地方不一样。因为几个主角的选角是秘密进行的，不到官宣时不会公开。宋砚之前试镜也是来的这家酒店。

《冰城》光是某个配角的试镜人选就高达几十人，几个一线艺人的试镜当然不会和他们安排在一起。

不过演艺圈本来就是个大风口，几乎没有什么消息能一点儿都不被透露出去。早前就有营销号爆过料，说《冰城》是双男主角剧本，由龙头影视传媒公司出品，顶级导演、顶级监制、顶级编剧、顶级团队打造，男主角和第一男配角已定，都是最佳男主角级的男演员，女主角和第一女配角人选待定，将和两位男主角共同组成主角团。哪怕是对专攻大银幕的女演员来说，这都是顶级的资源。

宋砚的角色是那位年纪偏轻的男主角，在演员表上排第二位。排在第一位的男演员是拿过电影奖项最佳男主角的老戏骨，出道几十年，奖杯不知道拿过多少座。

温荔争取的这个女配角和宋砚是情侣档，之前就已经试镜过好几个女演员，仇平一直在斟酌，迟迟没有做决定。

有营销号扒出唐佳人最近回国，极有可能就是为这个角色。

营销号的爆料几乎把有点儿名气、有点儿地位的女演员提了个遍，就是没人提到温荔。她虽然人气非常高，但手里的资源一直和《冰城》相差极大，如果在角色定下来前擅自曝光这一消息，反倒会引来路人的集体嘲讽。

温荔戴上墨镜、口罩，低调地下车，心情不可避免地紧张起来。

到了被剧组包下的楼层，试镜的地方很宽敞，工作人员领着她先去试妆。仇平向来严格，重要角色不会让演员穿着私服试镜。妆造也是试戏的考察点之一，比起演员的演技能否驾驭角色，外貌能否驾驭角色更加直观，用眼睛一看就知。

按理来说，今天来试镜绾绾这个角色的只有温荔一个女演员，跟着工作人员进去的时候，她却看到了另外一个被化妆团队围着的人。

唐佳人已经换好了旗袍，造型师正在给她的发型喷定型喷雾，见有人进来，她稍稍侧头看过去。

"之前行程一直空不出来，好不容易今天有时间过来试镜，没想到和你撞上了。"唐佳人笑了笑，细细的柳叶眉微挑，温婉柔和地说道，"你好，温荔。"

温荔也没想到会撞上她，礼貌地回应："唐老师，你好。"

"不用那么客气，你是阿砚的太太，我和他是老朋友了，你和他一样叫我'佳人'就行。"

唐佳人的语气无可挑剔，礼貌又亲切，但温荔听在耳朵里总觉得不是那么回事。

管她有没有那意思，自己先阴阳怪气地顶回去就对了。

温荔摇摇头，一副"我算哪根葱，当不起这份殊荣"的样子婉拒道："那怎么行？我是我，我老公是我老公，他怎么叫你跟我怎么叫你能一样吗？那不然我老公平时叫我honey（亲爱的），难道唐老师你也跟着他叫我honey吗？"

似乎是没想到温荔会用这种理由婉拒，唐佳人明显怔住了。

温荔打了个招呼，就去后间换衣服准备化妆了。

唐佳人已经完成了妆造，工作人员让她直接去仇导那边。

她气质偏古典，身材纤细，脸上复古的妆容显得她整个人冰冷又妩媚，往仇导那边过去的时候，路过的工作人员就没有不夸的。

不方便进女演员专用的化妆间，一开始就和温荔分头行动的宋砚正在房间里和仇导闲聊，听仇导说才知道唐佳人刚好也是今天有空，到这边来试镜。

投资方的老总陈总今天也在场。陈总是临时过来的，只知道今天有两个女演员来试镜绾绾的角色，一脸好奇地问道："今天两个来试镜绾绾的好像都是顶级艺人脸的女演员吧？也不知道哪个更好？"

"这还不简单，待会儿你就看亭枫。"副导演指了指宋砚，"绾绾跟他是一对，他看谁看愣住了，不就知道哪个绾绾更漂亮了？"

"瞎说什么？什么看愣不看愣？陈总不知道你也不知道？"仇平没好气地"哧"了声，轻飘飘地对陈总说："其中一个是阿砚太太，你说他看谁？"

陈总确实不知道。他只负责掏钱，不负责打探演艺圈的八卦消息，艺人对他来说是摇钱树是投资股，他对他们的私事不了解也没兴趣知道，于是愣了一下，看向宋砚："有一个是你太太啊？"

宋砚点头："是。"

反正现在女演员还没到，房间里只有他们几个人，副导演便没那么多顾忌，玩笑般说道："其实非要说，今天试镜的两个女演员都跟亭枫的关系不错。我记得唐佳人是十年前跟你一起出道的吧？那年电影节的最佳新人是被你拿了，她接受采访的时候笑得比你还开心，媒体还给你们封了个'最佳银幕情侣'是吧？"

他们年少相知合作，在电影里贡献了青涩却出色的表演，处女作大获成功，把他们一并送上了最引人注目的电影节红毯，又都是十七八岁最美好的年纪，外人很难不把他们凑对。

副导演眼睛里的八卦之火都快烧到宋砚的脸上了。

"正好你太太现在不在，你们俩之前到底有没有……啊？"

宋砚语气平静地给了他一个十分令人失望的回答："没有。"

副导演明显不信："不可能吧？真没什么？"

这些年宋砚接受过不少采访，每次有电影宣传的采访稿，媒体记者都爱把他的处女作拿出来问，他是男主角，媒体记者自然也会问到女主角，每次他的回答都是否认。可当事人的否认不能算什么有力的澄清，毕竟艺人面对镜头不一定会说真话，媒体记者不信，看好"唐宋"的影迷也不信，各种猜测和揣摩的言论仍在继续。

直到两年前宋砚和温荔公开婚讯。唐佳人的事业重心一直在国外，而温荔虽然出演的都是偶像剧，商业价值却不可小觑，两年下来爆剧出了好几部，话题度和国民度都很高，这才让媒体记者的好奇心在公开场合慢慢消失。

"没有。"仇平插了句，言简意赅地替宋砚解释道，"之前老于说过，他们俩真没事。"

仇平和编剧老周的关系远比跟副导演的好，老于早些年跟仇平说过的宋砚当年拍戏的某些细节以及对宋砚初恋的猜测，仇平都告诉老周了。仇平之所以跟老周说，是因为老周是个写剧本狂魔，一心拿笔，对圈内的事概不关心，仇平说了也没事，反正老周嘴紧。但副导演不行，万一被透露出去，谁知道会造成什么影响？

副导演一听是于伟光的话，心里也明白过来，那就是真没事。

"那些爆料净瞎说，说什么扒了宋砚的情史，说他和唐佳人当年真谈过一段时间，还是初恋，后来因为资源闹掰了，老死不相往来，最近唐佳人回国两个人才和解。"副导演果断地把责任都推给了八卦营销号，"真不能信。"

宋砚很少看这种八卦消息，挑眉问道："扒我的情史？"

副导演点头："嗯，好几段呢，分析得有理有据的。"

虽然副导演也是圈内人，知道这些东西真真假假的居多，但他和宋砚又不熟，是真是假也看不出来。

"哪里来的理据？就一段。"宋砚亲自澄清，笑着说，"今天这不陪着过来试镜了？"

就一段，那就是说媒体记者猜测的他跟唐佳人的那段纯纯的初恋也全是"扯犊子"了。

这下不光副导演愣住了，陈总和仇平也愣住了。

大家都是在影视行业里混的，这个行业美女如云，漂亮的女艺人一抓一大把，别说男艺人，有的女艺人的情史拿出来说，那精彩程度也不亚于电视剧，这么干净的感情史还真是把他们吓到了。

宋砚看仇导他们的表情，也知道他们心里在想什么。他很少在镜头前谈感情史，就是因为说了也是这效果，有的媒体记者为了冲业绩，还是会乱写，他也就懒得说了。

反观温荔的感情八卦消息，媒体记者编排得比他的还多。宋砚也不确定她的那些绯闻究竟哪些是真哪些是假，反正无论真假都没走到最后，他也不想去问她，免得徒增烦恼。

直到两年前他们婚后参加某次艺人盛典的晚宴。当时两个人都喝醉了，没忍住身体本能的冲动和渴望，只可惜过程十分不顺利，双方的动作都很生疏。

孤男寡女，喝了点儿酒，夜晚，同一屋檐下，睡同一张床，还是领过证的合法夫妻，又都是艺人——那晚是媒体活动，两个人的妆造都是拼命往艳压同行的方向使劲，镜头前就已经惊艳全场，更不要说面对面看脸，但凡是有七情六欲的正常人，这样的天时地利人和，很难不往某方面想。

温荔喝了酒以后整个人有点儿口无遮拦，不舒服了就抱怨。

"好痛……宋老师，你到底会不会啊？"

宋砚一滞，说："不会。"

温荔愣了半天，似乎被他这个答案震惊到了，半响才讷讷地说："哦，那没事了，你加油。"

宋砚沉默片刻，知道她不舒服，忍着没动，哑声说："温老师平时喜欢哪样？你说，我照做。"

"我哪儿知道啊？"温荔咬唇，不好意思地说，"我又没吃过猪肉。"

"……"

忽略这些愚蠢的对话，两个人对身边这个人那些绯闻的真假，心里也有了数。

因为副导演对那些假料信以为真的举动，宋砚无意间想到两年前的那晚。他垂下眼，手指摁上眉心，随着抿唇的动作，喉结上下滑了滑，有些啼笑皆非。

这时有人敲了敲门："仇导，唐佳人过来了。"

"来了？化妆挺快啊。"仇平说，"进来吧。"

唐佳人化妆之所以快，是因为本人的气质和背景很搭，简单地描个眉、画个眼线，再加上唇色点缀，俨然就是那个时代千娇百媚的闺秀。

仇平和副导都是一怔，不得不承认有的女演员天生就气质卓越，适合这种复古的打扮。

唐佳人见到宋砚也是一愣，随即想到在化妆间里碰上的温荔，明白过来，迅速地掩了眼中的神色，冲他笑了笑。

"没想到你今天会过来。"

"陪太太来的。"宋砚也笑。女演员试镜他不方便待在这里，起身对仇平说："我出去随便逛逛。"

"酒店有什么好逛的？你就坐在这儿帮咱们看看，我不懂演戏，还得你们专业的来。"陈总又问唐佳人："唐小姐不介意吧？"

唐佳人摇头："怎么会？我试镜的角色和宋砚的是一对，有他在更好。"

宋砚重新坐下。

"正好你在，要不你帮忙搭一段戏？"仇平想了想说，"就绾绾被抓走的那段，试试？"

宋砚语调平淡："那我帮忙说个词吧。"

仇平看了一眼宋砚身上穿的衣服，又看了一眼从头到脚都换好了装束的唐佳人——两个人站一块儿也不搭，本来就是单人试镜，谁也没料到今天宋砚会来，对词足够了。

"行，那来吧。"

和小角色试镜不同，混到他们这个地位的艺人，导演多多少少会在试镜前给点儿提示，但具体是试什么片段，要演员呈现什么状态，就和普通人去公司面试一样，问题并不会被提前告知，因为这样才能看出演员最真实的水平。

第一段是剧本上的内容，仇平随便挑了个很考验演员情绪的戏，有宋砚在旁边给唐佳人对词。宋砚虽然人是坐着的，但台词还是跟着戏里的角色染上了情绪。这一小段表演过后，唐佳人的发型已经因为刚刚"被抓走"那段戏微微乱了。

仇平挺满意，又给她指定了几个片段，让她即兴发挥。

试镜完毕，唐佳人礼貌地告别，离开了房间。

"她是最好的。"副导演说，"跟之前那几个女演员比，她是最好的。"

陈总笑了笑说："人家在国外那几年又不是白待的，也就咱们仇导要求高，还要特意搞什么试镜，现在像她这样的演员，谁还会特意准备试镜啊，肯答应演就不错了。"

仇平"咻"了一声，说道："要是普通的商业电影，试镜免了也就免了，但是《冰城》这本子，我对绾绾这个角色要是不严格要求，老周肯罢休吗？哼，拿笔吃饭的最难伺候。"

众所周知，文人最难伺候，脾气一上来，十头牛都拉不回来。

这边唐佳人回化妆间的路上正巧碰上已经完成妆造的温荔。

温荔不好让几个大佬等太久，化得差不多就赶了过来。

回国前唐佳人关注过国内的消息，知道温荔最近特别出名的那个造型就是和宋砚一起拍的。

"周编剧的眼光很准，你更像绻绻。"唐佳人说，"不过光像还不够。"

温荔"嗯"了声："我知道。"

"你加油。"

"我会的。"

两个女艺人竞争同一个角色，还能这样心平气和地说话，足见素质都不错。

温荔是那种遇强则强、遇弱则弱的性格，但凡对方和她好声好气地说话，她装也要装回去。

到了试镜的房间，温荔刚走进去，就听到投资方陈总的一声倒吸气。

上次饭局这位陈总没到，温荔愣了一下，礼貌地和房间里的人一一打招呼。

"给老周打电话，催下他。"仇平微眯眼，轻轻捅了捅副导演的胳膊，"他的绻绻真活过来了。"

副导演小声说："老周还在高架桥上堵着呢，今天工作日。"

仇平哼笑道："你就跟他说温荔试好妆了，他直接下车从高架桥上跑过来也不一定。"

"有这么夸张？"副导演一脸不信。

"老周是什么样你又不是不知道。"

和刚刚唐佳人穿的浅色旗袍不同，温荔穿的旗袍上有大片刺绣，色彩艳丽，饱和度很高。她将长发全都盘了上去，发际线处是手推波浪纹式的鬈发造型。这个发型在那个年代确实是名媛丽人们钟爱的发型，但到了现在，没几个人撑得住这样风情万种的造型。

导演和投资方看了温荔几眼，就礼貌地挪开眼，毕竟她老公还在这儿呢。

宋砚看温荔就没那么多顾忌，直白的目光射过来，从头发丝儿到鞋尖，一点儿不落。他已经不是第一次看温荔穿旗袍的样子，所以这次明显多了点儿抵抗力，不过还是目不转睛，含情凝睇，把她看得浑身不自在。

一句"你看什么看"卡在喉咙里，在场还有其他人，她总要给宋砚面子，虽然她恨不得直接冲到他面前把他的眼睛给牢牢地捂起来。

仇平也不废话，直接说："就来绻绻和亭枫第一次见面那段吧。温荔，你会抽烟吗？"

然后他顺手从自己兜里掏出香烟盒，打算递给她一根。

温荔怎么可能会抽烟？她姥爷就是年轻的时候喜欢抽烟，现在老了，肺管子一受刺激，咳起来就没完。舅舅温衍是个精致人，不想把自己变成跟父亲一样的老烟枪——牙齿和指缝都黄不拉几的，再有钱看着也不体面，他不仅自己不抽，而且不愿意抽二手烟，于是勒令家里人都不许抽烟。

徐例读高中的时候不学好，被同学蛊惑学抽烟，温衍发现后一顿胖揍，杀鸡儆猴，温荔看亲弟那可怜样子，说什么都不碰烟了。

于是她摇头："我之前拍戏抽的都是道具烟。"

"啊？"仇平没想到她不抽烟，也没准备道具，只能点燃了手里的烟递给她，"那你就先做个样子吧。"

这段戏在剧本开头，亭枫被安排假结婚。他的工作需要一位搭档陪在身边，替他更好地传递消息，因此上头为他编造了一段风流的爱情故事。

亭枫是个不折不扣的纨绔大少，他的婚事几乎是全城姑娘关注的焦点。他不喜欢名门闺秀，也不喜欢学生妹，偏偏看上了窑子里的女人，为了娶这个身份低贱的女人，不惜违抗父命，绝食、下跪、离家出走……总之，该用的招儿都用上了。

全城的百姓和权贵都在为亭枫的痴情和这个女人的好运感叹，心中羡慕不已，没人知道这只是政治斗争下的一场戏。

仇平对宋砚小声说："帮你老婆对个词。"

宋砚点头："好。"

亭枫第一次见到绾绾是在窑子里。

声色场所，光线昏暗，气息糜烂，香水与烟味混在一起，耳边都是男女欢笑的靡靡之音，亭枫站在廊上，透过窗纸往里望去。

房里坐着个女人，留声机里传出模糊还带着"沙沙"杂音的舞女歌声，昏黄的光线摇摇晃晃，映得墙上的女人影子越发袅娜。绾绾坐在煤油灯旁，一张漂亮的脸隐在灯影下，半明半暗，纤纤手指间夹着一根香烟。她正在吞云吐雾，那层朦胧的烟就这样在她的身边萦绕。

那个时代的女人的风情和现在的不同，是完全颓废的，也是毫无生气的。抽烟对她们来说应该是一件可以暂时忘却苦难的美事，她却越抽越绝望。

烟虽然没过肺，但戏还要继续下去，温荔慢悠悠地吐了口气，用来调整呼吸，同时眼角隐隐泛起湿意。

仇平盯着她眼角的那点儿湿意，神色探究且认真。

有人敲门，绾绾顺着声音望过去，眼角的湿意很快又缩了回去。

看到门口那个年轻英俊的男人后，绾绾早有准备，一改刚刚的颓废模样，勾起笑，眼波妩媚，语气勾人："哟，贵客来了！"

仇平突然拍了拍宋砚的肩："别停，去搭个戏，我再看看。"

温荔也听到了仇平的这句话，知道要继续演下去，又整理了一下情绪，重新入戏。

她看了一眼宋砚身上的衣服——现代味太浓，早知道他要帮忙搭戏，她就应该叫他也去换一身装束过来，顺便还能看一眼穿军装的宋砚。

"贵客别紧张。"温荔起身，笑着牵起宋砚的手，引他坐下，"是第一次来吗？"
宋砚："是。"
"哎呀，那我的运气真好。"温荔慢慢靠近他，用手指轻轻地点着他的胸膛，故意在他的耳边吹气，"那贵客的第一次，我就欣然收下了。放心，我会伺候好您的。"
说完，她还在他的大腿上摸了一把。
"……"
平常他让她抬个腰她都老大不乐意，说是折辱了她，演起戏来她倒是不矫情了，什么话都说得出口了。
旁边看戏的仇平和副导演见宋砚的脸色不太对劲，下巴紧绷着，眼睛幽暗，也不知道他是入了戏还是没入戏。
不过重点是温荔，宋砚就是个工具人，管他入没入戏。
这里剧本中因为怕门外有人偷听，亭枫抓住了绺绺的手腕，将她一把抱到自己的大腿上，与她调笑起来。
调笑了好半天，门外的动静没了，亭枫这才正色对她耳语道："上头让我过两日接你回宅子，你做好准备。"
绺绺点头："知道，我等你。"
这段戏到这儿就结束了，温荔还坐在宋砚的大腿上，老大不自在，侧过头，幽幽地看着仇导："仇导，后面没了，我能起来了吗？"
"啊？哦，起来吧。"
温荔赶紧从宋砚的身上弹了起来。
刚刚那个巧笑倩兮，眉梢眼底都是风情的女人瞬间消失了，温荔摸了摸鼻子，小声问宋砚："还可以吧？"
宋砚叹了口气。
温荔一听他叹气，又紧张起来。她觉得自己刚刚演得挺好的，难道是自我感觉太良好了？
后来仇导又让她即兴演了几段，她更不敢懈怠了，生怕自己表现不好。
"我心里大概有数了。"仇导说，"你们俩赶紧把那什么综艺节目拍完吧。"
虽然仇导没有明确地给出答复，但温荔听懂了，用力地点头："欸！"
准备去卸妆的时候，正好碰上赶过来的老周，温荔打了个招呼，老周一脸的汗，气喘吁吁地问道："试完了？"
"嗯，对。"顿了顿，她又说，"您这是怎么了？满头的汗。"
"没什么。"老周一脸失望地摆摆手，然后转身进了房间。
没过多久，温荔听到仇导一声吼。
"有录像！录了的！你还想把人叫过来重新来一遍？谁搭理你啊？！"

温荔："……"

要加班，她得赶紧跑。

温荔小跑着回到化妆间时，唐佳人还没走。

唐佳人已经换回了自己的衣服，坐在椅子上玩手机，明显是已经没事了。

温荔在化妆镜前坐下，让造型师帮她拆头发，顺便问了句："唐老师怎么还没走？"

"我想等你试完镜跟仇导聊聊。"

温荔"哦"了声，说："那你现在可以去了。"

唐佳人站起身，走到她背后，透过镜子看着她的脸："你的运气真的很好。"

温荔不知道唐佳人指的什么，温荔喜欢干脆利落的对话，而唐佳人显然是个喜欢绕着弯说话的人。

"什么？"

"这就是所谓'老天追着喂饭'吧。"唐佳人说，"说实话，你的演技还是配不上这个角色。"

温荔皱眉："你很了解我？"

"我不了解你，但我了解你的作品。"唐佳人自信地笑了笑，"但是你穿旗袍的样子真的很漂亮。"

唐佳人不否认温荔长得很美艳，她和温荔是完全不同的长相和气质，没有任何可比性。

夸完她就出去了。

站在温荔旁边的文文小声说："姐，她怎么刚刚还夸你啊？"

"就因为是竞争对手，才要承认对方的优点啊。"温荔漫不经心地说，"如果因为对方是对手，就强行眼盲否认对方的优势，觉得对方凭什么跟自己竞争，那还竞争个什么？自己先气死了。"

温荔漂亮，也不会否认大部分女艺人都很漂亮，这世上优秀的人那么多，一个个忌妒和贬低过去未免太浪费时间，还是埋头追赶更有效率。

唐佳人是温荔的前辈，单就演员这个职业来看，唐佳人明显看得很通透，不会主观否认温荔的优势。

温荔非但不生气，还挺高兴的。

"她承认我漂亮，但不承认我的进步。"温荔说，"然而仇导选了我。"

唐佳人离开化妆间，直接去找了仇导。

她并不喜欢等待。按理来说，选她还是选温荔，导演完全没有斟酌的必要。温荔的外形确实很占优势，很贴近绾绾这个角色，但是，但凡绾绾是个更冰冷的形象，仇导甚至都不会安排温荔试镜，直接就定下唐佳人了。

机遇就是这么奇妙的东西，这个好剧本中的角色，就像是上天追着喂饭，喂到了温荔的嘴边。

仇导也不废话，唐佳人想知道结果，他就直接说明了。

"我和老周的意见都是，温荔更适合绾绾这个角色。抱歉啊，佳人，麻烦你亲自过来一趟，耽误你的时间了。"

唐佳人皱眉，语气有些难以置信。

"您确定？"

"我确定。"仇导点头，"一开始我们还担心温荔驾驭不住，但她换好旗袍，在我面前变成绾绾的那一刻，我就确定了，她就是绾绾。"

"难道不是因为她的外貌优势吗？"

"当然有，外貌和角色相符本身就是个非常重要的条件，这点佳人你应该也懂。"

"但仅凭这点就……"

"不是。"仇导很肯定地说，"她的进步很大，她对这个角色绝对是下了功夫的。有天赋的学生，再加上有天赋的老师，效果是远大于一加一的，宋砚在试镜前应该教了她不少东西。"

听到宋砚的名字，唐佳人笑了笑："难怪。"

仇导叹了口气，安慰道："下次有好本子，我一定第一个拿给你，有机会再合作。"

唐佳人"嗯"了声："谢谢仇导。"又看了看周围，"宋砚呢？走了？"

"我中午叫他一块儿吃饭来着，他说答应了和他太太一起吃。"仇平耸耸肩，"这会儿应该找他太太去了吧。"

唐佳人现在不得不承认，温荔面对她时的优势，除了飞速的进步，还有宋砚。

唐佳人和仇导告别，助理问她午餐是直接回家吃还是去哪儿吃。

她敷衍两句，又往化妆间走。

"是落了东西在化妆间里吗？"助理说，"要不我去拿吧。"

唐佳人摇摇头。

走到化妆间门口，还没进去，她就听见温荔无奈地说："这身旗袍是戏服，我怎么穿回家啊？"

唐佳人："……"

十年没合作，她不知道宋砚居然连戏服都要贪了。

宋砚说话的声音很低，唐佳人隔着门听不太清，也不知道他和温荔说了什么，温荔直接拒绝："滚滚滚，我干不出这种事。"

他一点儿也不生气，反倒笑了起来。

"文文，你赶紧去跟仇导告状，说宋老师要顺走戏服。"温荔"哼"了声，说，"快去。"

然后化妆间的门被从里面打开，温荔的助理差点儿撞上唐佳人。

"欸？"文文看清眼前人，"唐老师，您怎么又回来了？"

唐佳人张了张嘴，说："来跟温荔说声'恭喜'。"

文文眨眨眼，有些没想到，但还是转头对房间里的温荔说："姐，唐老师找你。"

温荔的头发已经拆完了，听到文文的话，她往前倾了倾脖子，偏头朝门口睨过来。一头蓬松如瀑的黑色鬈发披在肩上，衬得她的脸只有巴掌大，肤白唇红。因为刚刚骂了宋砚，她的眉还皱着，没来得及舒展开，娇嗔感十足。

唐佳人要是个男人，这会儿估计要看呆了。

温荔侧头看着唐佳人，唐佳人下意识地看了一眼宋砚，男人礼貌地点了点头，回应她的注视，而后又将侧脸对着她。他本来在和温荔说话，突然有人进来，他也就沉默下来，懒懒地靠着椅背，拿出手机打发时间。

"我听仇导说了。"唐佳人收回视线，没把话说明白，"恭喜了。"

温荔点头："谢谢。"顿了顿，又说，"如果唐老师有疑问，可以去仇导那儿看看我的试镜录像。"

唐佳人摇头："没必要，仇导说的话不会有假。"

"仇导怎么说的和唐老师怎么想的是两回事。"温荔说，"我知道和我竞争这个角色的是你，所以下了很多功夫，我对自己还是挺有自信的。这点我要感谢唐老师。"

温荔并不是一个多大度的人，但既然唐佳人能肯定她外貌上的优势，她理当承认唐佳人在演技方面的优势。如果不是她好胜不想输给唐佳人，如果不是唐佳人竞争这个角色给她的压力很大，她今天未必会发挥得这么好。

唐佳人微微笑了："刚都是客气话，现在这句是真心的——恭喜你拿到这个角色，希望有机会在下届电影节的颁奖典礼上看到你。"

没了绾绾这个角色，还有很多角色等着她，她既然回了国，那就不会白费力气，没必要为一个角色否定对手的实力，更不需要为了一个角色就否定自己的实力。

温荔也笑："那就借唐老师吉言。"

简单地说了几句，唐佳人就离开了。

她头也不回地往外走，助理都快跟不上她的脚步了。察觉到她的情绪不太对劲，助理也没敢开口，默默小跑跟在后面。

直到上了车，唐佳人才放松下来。

今天受到的打击实在有些多，令她烦闷不堪，无论是从仇导那儿，还是从宋砚那儿。

不过，她今天受到的打击，究其根本，还是来自温荔。

温荔和她想象中的不同，知世俗又不流于世俗，很高傲，却不令人讨厌，在拿到绾绾这个角色后，没有趾高气扬地对她炫耀，而是将她当作一个值得尊重和敬佩的对手，希望能得到她心服口服的肯定。

就绾绾这个角色而言，唐佳人承认，温荔只要驾驭得了，这个角色给温荔很正常。

就宋砚这个男人而言，唐佳人意识到，自己一开始那些不怀好意的话，温荔压根儿就不在乎，因为她很自信，毕竟宋砚甚至都不需要开口，疏离冷漠的态度就能说明一切。

唐佳人突然自言自语道："我记得他以前明明是不爱笑的。"

助理没听清，不解地回过头："啊？"

她抿唇，摇头："没什么。"

当初在见到宋砚之前，于伟光还提前给她打了预防针，说宋砚和陈嘉木简直就是一个模子里刻出来的，不爱说话，不爱笑，不爱理人，让她千万别被他吓到。

一开始宋砚的表演让众人大失所望，就是所谓木头演技，他空有一副漂亮、精致的皮囊，眼睛里却是空荡荡的，没什么东西。于伟光花了不少心思教宋砚，他本来就是未经雕琢的璞玉，一旦被人发现，就很难藏住光芒。

在宋砚那样深情又青涩的眼神中，即使知道是戏，唐佳人也不可避免地沦陷了。

宋砚一出戏就恢复了往常淡漠的样子，而她不能。

后来戏拍完，怀着满满的自信，唐佳人向宋砚表达了好感。

他的回答却出乎她的意料——他拒绝了。

在他们被评为"最佳银幕情侣"的同年，他一点儿假戏真做的希望都没给她留。

唐佳人心高气傲，不愿在被拒绝后就这样低宋砚一等，她的起点和他的起点同样高，既然他留在国内发展，那她就去国外更大的电影圈发展。

这些年她的工作重心一直在国外，直到近几年，无论是电影还是电视剧，冒尖的女演员越来越多，资源越分越散，因为肤色问题，亚裔在国外的发展始终有限，而且并不是每个亚裔都能撞上天时地利人和，从而在国外登顶，她的经纪团队终于意识到，她是时候往国内发展了。

于是，听到《冰城》这个电影项目后，她一方面是为了这个剧本回来，另一方面也是为了宋砚。

这些年磨炼下来，唐佳人不觉得宋砚当年的眼神戏仅仅是戏而已，她越发肯定，宋砚在那时候倾注了真正的感情，只有最真实的情感，才能让他的眼神那样动人。

宋砚和温荔到底是不是协议结婚，双方都没有向外透露过任何风声，但其他人有眼睛，会自己判断。早前两个人的相处和互动，就差没把"协议夫妻"四个字刻在脑门儿上。这种事在圈内不算稀奇，懂的自懂，没有利益冲突，旁人不会去管也不会戳穿，心照不宣罢了。

他或许是为了共同的利益妥协了也说不定。

刚回国那次在饭局上，她不请自来，宋砚的脸上多了笑容，但那很公式化，他会对饭桌上的每个人笑，自然也会对她一个突然到来的客人微笑。

十年过去，他终于学会应酬了，她有些失望他对自己一如既往，却也高兴他没怎么变。

直到刚刚在门外听到宋砚低沉愉悦的笑声，唐佳人才明白过来——

他会笑，且只对自己的太太笑。

没有摄像机，没有剧本，也没有打光，那不是戏。

她正胡思乱想，经纪人打来电话，问她结果如何？

她揉了揉眉心，语气平静地说道："我不是绾绾。"

"什么？！"经纪人的语气听上去难以置信，"那些试镜的女演员没一个能跟你比的啊，怎么回事啊？"

唐佳人叹气："你是不是少算了一个温荔？"

"温荔？我知道周编剧喜欢她。周编剧之前给温荔的经纪人送过剧本，我在嘉瑞有朋友，找人拦下来了。怎么了？她的经纪人发现了，又把剧本拿回去了？"

"所以我一开始就说让你跟我一起回国，你这消息滞后得我真……算了。"唐佳人不想再解释，敷衍道，"到时候等国内官宣你就知道了。"

"我都已经和国内的各家媒体打好招呼了，你一试完镜就把你出演《冰城》的料放出去。"经纪人加重语气，"佳人，你不是吧，连温荔这种演偶像剧出身的都比不过？"

唐佳人觉得挺好笑，她和她的经纪人，真是如出一辙地自信。

唐佳人走了，温荔盯着门口看了半天，似笑非笑地对宋砚说："我看她不像是来找我的，反倒像是来找你的。"

宋砚微微蹙眉，没说话，似乎是不太高兴。

温荔以为是自己玩笑开过了，毕竟宋砚早就跟她解释过，他和唐佳人什么事都没有，她再拿他们开玩笑，确实是有些不地道。

她"咯"了一声，嘟嘴问道："干吗不说话？"

"戏服呢？"宋砚答非所问，"有人来找你，你就把我说的给忘了？"

温荔睁大眼，没想到他这么执着，竟然还想着戏服。

她"啧"了一声，挑衅地仰起下巴："你有本事就把你的戏服拿回去，你拿我就拿。"

宋砚点头："可以。"

温荔听他答应得这么干脆，疑惑地问道："喂，你不会是经常干顺走戏服这种事吧？"

"没有，第一次。"

"我怎么就不信呢？"

"我去和仇导说一声。"宋砚挑眉，起身说，"旗袍别换下来。"

"欸！欸！宋老师！宋砚！"

叫不住，温荔索性放弃。戏服是他想拿就拿回家的？他以为剧组是他家？

仇导未必会答应他。

这么想，温荔也就随宋砚去了。

没多久，仇导也来化妆间找她。离公布角色还有些日子，有几个重要配角还在遴选演员，仇导的意思是在公布演员之前，让他们几个主演多去上上课，找找感觉。

尤其是温荔，她之前接触的大多是偶像剧，比起拍电视剧那种快餐式的过戏，一部好电影的前期准备是琐碎而繁杂的，需要日常一点儿一点儿地积累，演员入戏不仅表现在台词和情绪上，就连生活习惯和行为，最好都能和角色贴近。

宋砚提出想把戏服带回家，仇导毫不犹豫，手一挥，大方地说："拿走拿走，天天穿在身上都行。"

听仇导这么一说，温荔心想也是，平常没事的时候就穿戏服找找感觉，她以前怎么没想到把剧组戏服拿回家这么个好办法呢？

还是宋砚有经验，想得比她周到多了。

宋砚让温荔别把旗袍换下来，温荔也就真的没换下来，直接穿着旗袍回了家。

温荔刚回到家就瘫软在沙发上，忙了一上午，终于回家了，紧绷的神经才彻底放松下来。

他们俩本来说好今天一块儿在外面吃午饭，但她穿着旗袍，太引人注目了，不方便在外面晃悠，只好退而求其次，选择在家吃。

温荔不会做饭，宋砚会不会做她不知道，也没指望他下厨，于是她掏出手机说："我们点外卖吧？"

宋砚"嗯"了一声："点吧。"

一起吃个午饭又不是什么见不得人的事，温荔没关家里的摄像机，开着就开着吧，老关着对节目组也不友好。

节目组似乎知道这两口子的吃饭环节有多无聊，都在埋头专心吃自己的盒饭。他们对温荔今天穿着旗袍回家这件事感到挺惊讶，不过女艺人嘛，穿多夸张都是为了工作，也不是什么稀奇事。

没过多久，外卖到了，温荔让宋砚去拿。

宋砚拿回来，两个人面对面坐在餐桌前，将外卖摆好，开始吃午饭。

如节目组所料，用餐环节非常无聊，两个人偶尔说几句话，聊的都是拍戏和工作。事实上，四对嘉宾的用餐环节都很无聊，因为现实中没几个人会在吃饭的时候玩你喂我我喂你那一套，埋头各吃各的，各玩各的手机，这才是常态。

摄像机镜头前，嘉宾们在吃外卖；监视器前，工作人员在吃盒饭，正午阳光刺眼，室内空调"呼呼"地吹着，岁月静好。

吃完饭，工作人员收拾好盒饭，还在争今天该谁下楼去丢垃圾；楼上两口子的家里，宋砚负责收拾餐桌，温荔揉着肚子绕着客厅走了几圈，简单地消消食。

旗袍很考验身材，吃过饭，温荔觉得自己的小腹那儿凸起了一点儿，不太好看，就想去把身上的旗袍换下来。

"我先把这身旗袍换下来了啊，需要的时候我再穿。"

"别换，穿着。"

温荔没好气地说："这么紧，穿着很难受的好吧。有本事你把你的戏服穿上，你试试难不难受，你试试。"

然后宋砚就真去换了。

如果说温荔穿旗袍还不算很奇特，毕竟现在街上穿汉服的小姑娘一抓一大把，旗袍已经算是现代日常服饰了，那么宋砚穿了身军装就像是有什么大病。

两口子上午不在家，严导便去别的嘉宾那儿视察了，正好中午吃完饭回来，往监视器里一看，感觉有些莫名其妙："他们俩干吗呢这是？玩cosplay（角色扮演）呢？"

然后摄像头就被关了。

严导："……"

电影里主角穿的服装还没有正式定下来，即使正式敲定了，设计师也会综合考虑演员的身材和气质，对服装进行多次改动，不到正式开拍，演员也不知道自己的戏服究竟是什么样。

仇平让宋砚拿回家的这套军装戏服是临时从剧团借过来的，因为是话剧服，所以设计偏舞台风，主要侧重聚光灯下带给观众绝佳的视觉体验，美观和好看是第一设计要义。

挺拔的深色军装戏服，缝线笔直的衣襟与袖口，闪着金光的纽扣一直扣到最上方靠近喉结的地方，肩头还别着金属质的银色流苏，温荔隐隐还能看出被布料包裹的结实肌肉和又长又直的双腿。

这套军装戏服比他上次在综艺节目里穿的那套还要华丽。

温荔没想到她一句无心之言,宋砚就真的把军装戏服换上了。

剑眉星目、气质冷峻的男人非常适合穿军装戏服,如果当时她试镜的时候宋砚穿的就是这身,她保证更入戏,演得更好。

他穿这身太有感觉了。

宋砚偏头,直面她直勾勾的眼神,叫了声她在剧中的名字:"绾绾。"

温荔的小心脏"扑通扑通"地跳。

"来来来,我们对戏。"

剧本里,绾绾对外是浪荡放纵的娼妓,亭枫是不问政事、一心只爱美人膝的纨绔子弟,两个人有大量的调情台词,不过都只是营造个气氛,毕竟年轻男女为了任务被凑在一块儿假结婚,这事已经挺让人为难,上头当然不会要求他们真牺牲什么,能够掩人耳目就够了。

也就是在这一场场假戏中,情愫开始不受控制地发酵。

绾绾是苏沪一带的人,温山软水般的江南女子,操一口好听的吴侬软语,嗓音里仿佛带着钩子,弹着琵琶给男人唱淫词艳曲时,眼波流转间的媚态与之相得益彰,能勾得人魂魄尽失。

温荔虽然相貌贴合绾绾,但她是土生土长的燕城人,有时候口音没压好,燕京腔就露了出来。为了贴近这个形象,她在为试镜做准备的这些日子里没少找老师练口音。试镜的时候仇导没考这个,现在她正好在宋砚面前唱,让他听听效果。

"解我鸳鸯扣,汗湿酥胸,

把我温存,灯下看的十分真——

冤家甚风流,与奴真相称,

搂定奴身,低声不住叫亲亲,

您只叫一声,我就麻一阵——"

这首小曲改编自蒲松龄大师的叙事诗组之一,谱上婉转暧昧的曲子,听着就更有那个味道了。

温荔知道词的意思,唱着唱着也有点儿不好意思。她虽然学过声乐,但之前主攻的是流行歌曲,歌词都是现代人写的,哪里有古人会玩?

好歹唱完了,因为口音问题,她难得有些不自信,有些腼腆地问道:"还可以吗?"

温荔是真心把宋砚当老师。她和宋砚的事业侧重点不同,拍综艺节目她是宋砚的领路人,拍电影自然是宋砚教她,所以演完一段她就喜欢问他怎么样,可不可以。

宋砚从不骗她,好就是好,不好再来一遍就是了。

"可以。"宋砚点头,"听得骨头都要酥了。"

温荔点头附和道:"你演的这个角色是个根正苗红的文化人,受不了这种歌很正常。"

宋砚笑了，说得更明白了些："我是说我。"

老周在剧本里明明白白地写着"亭枫从小到大身边围绕的都是落落大方的小姐、闺秀，这样的女子在他看来，是烟草，也是毒药，他不可避免地沉醉沦陷，却又不得不拼命克制内心升腾的爱欲"。

剧本外的宋砚不用克制。旗袍真的很夺目，温荔唱的艳曲也很悦耳，撇去对自家太太的偏袒和私心不谈，宋砚依然认为，没有人比温荔更适合这个角色。

在家里工作就这点不好，思想容易开小差，要在试镜现场，宋砚哪里敢这样？别看他表面一副正人君子的模样，好像认认真真地在陪温荔对戏，谁知道他心里在想什么？

她先是呆愣，然后傻乎乎地张着嘴。

宋砚凝眸观察了她片刻，知道她懂了，有的话就不用说得太明白了。

他低下头去寻她的唇，边亲边抱起她去了卧室。

慵懒的午后时光令人昏沉沉的，温荔吞了吞口水。

她仰躺在床上，眼中是宋砚齐齐整整的硬质衣领和扣得一丝不苟的纽扣，里头的白色衬衫露出一道边，她下意识地问了句："你穿这么多，不热吗？"

"有点儿。"

"那你还穿。"温荔小声说，"不怕捂出痱子啊？"

"那你解开啊。"宋砚低声说。

所以说男人都精着呢，什么帅而不自知，他太知道自己哪里帅了，就可劲儿利用勾引心上人。

光他着了道可不行，不能只有自己被一身戏服的心上人撩得心痒难耐，得带着她一块儿跳进欲望的陷阱。

温荔是个感官正常的女人，一不性冷淡，二喜欢宋砚，她终于受不了了，一把攥住他的领子，气急败坏地问道："你勾引我？"

宋砚一脸欣慰："终于反应过来了？"

温荔咬唇，解开他领口处的扣子，狠狠地咬他藏在衣领下的喉结："办了你！"

宋砚喉结震动，声音愉悦："来。"

他总是用对戏的借口骗她！

军装戏服很新，摸上去硬邦邦的，冰凉的流苏落在温荔的皮肤上，跟挠痒似的刮来刮去。旗袍是真丝质地的，柔软滑腻，宋砚那带着禁欲意味的白手套几乎没费什么力气，就从旗袍襟口滑了进去。

被这么个轻盈纤细的姑娘压在身上，她的长发落在宋砚的脸上，他轻轻拨开，但她的头发很快随着她的动作再次在他的脖颈和脸颊上作祟挠痒，他被扰得意乱情迷，摁下她的后脑勺儿，在她的耳边低哑地说了句什么。

她立刻拒绝："不唱！"

然后她捏着他的喉结威胁说："你给我唱，我从来没听你唱过歌。"

"我唱歌不好听。"他说。

"我不信。"温荔觉得他在谦虚，"你声音好听，唱歌能难听到哪里去？"

"真的。"宋砚说，"不然也不会当演员了。"

"你不当演员想干什么？"

"你那时想干什么，我就想干什么。"

温荔笑了："你就瞎说吧你，我那时候想当唱跳歌手，你也想？"

宋砚也笑，目光牢牢地盯着她绯红的双颊，伸手替她理好贴在额上的湿刘海儿，简短地"嗯"了声，算是承认了。

……

事后温荔很不满，把她和宋砚意乱情迷、白日荒唐的责任都推到宋砚身上，聒噪地指责他没好好看剧本，都不理解亭枫这个人物本身，可以说是很不敬业了。

"我好好看了，也理解了。"宋砚"嗯"了一声，懒洋洋地说，"他真能忍。"

温荔捶了一下他的胸，严肃地道："喂，不要侮辱角色。"

宋砚抓着她的拳头，掰开她的指尖，然后将自己的手指伸进她的指缝，和她十指紧扣。

"唐佳人以前是不是喜欢你呀？"温荔突然问道。

宋砚"嗯"了声："是吧。"

他好像是被她告白过。

后来唐佳人就出国发展了，两个人也没再联系，时间太久，他记不太清了。

温荔一脸"我就知道"的表情，点点头说："难怪。"

她原原本本地把自己和唐佳人的对话复述了一遍，骄傲地说道："我还反击回去了，我说你平常还叫我 honey 呢。"

之前在化妆间里，和唐佳人打照面时，宋砚就差把"不熟"两个字刻在脑门儿上了，温荔又不傻，他这么自觉，她怎么可能还会乱吃醋？

她要相信他，当然，更要相信自己的魅力！

宋砚挑了挑眉，附在她耳边说："Honey。"

温荔有些惊讶他的顺从，但还是很受用地勾起唇，回应了一个更肉麻的称呼："欸，我的乖宝。"

他又"哈哈"笑了。温荔有的时候口无遮拦，说的话常常戳到他的笑点。

好肉麻，温荔很不习惯，还是换回了原称呼："算了，还是叫你宋老师吧，你还是叫我……"

不等她说出口，宋砚先喊："学妹。"顿了顿，又加上名字，"阿荔学妹。"

温荔点头："可以可以。"

他又要求："你也这样叫我，和我的名字一起。"

"阿砚学长？"温荔念了一遍，觉得不太顺口，笑了笑，"像拍电视剧。"

宋砚什么话也没说，收起胳膊揽紧她。

温荔觉得，只要她和宋砚提到过去，他就是一副对那段过去记忆犹新，却又不太敢触碰的样子，和她的坦荡大方不同，这种时候他显得格外敏感，似乎想和她一起怀念，却又不敢让她知道他有这种想法。

或许他是有什么不可言说的少男心事吧。

想到他那时候因为缺钱才去拍电影，温荔顿时觉得这个男人就像个小可怜，于是抱着他的腰又叫了几声"阿砚学长"。

如果他愿意提，那她就陪他回忆；如果他不愿意提，只想点到为止，那她也不会再去深问。

到晚上，摄像头终于打开了。

严导非常想问他们一下午没开摄像头到底在家干什么，晚上关也就算了，大白天的也关，实在很不把他严正奎还有他们节目组放在眼里。

严导憋了一肚子的埋怨还没说，宋砚就主动找了过来，说他和温荔今天下午在家换的两身戏服涉及某个电影项目，项目现在未公开，选角都是秘密进行的，不方便通过他们综艺节目公开，所以下午的录制素材暂时还不能播出去。

严导很快想到最近网上铺天盖地都是爆料，真料假料齐飞的《冰城》。

"难道你们一下午都在家里对剧本？"

宋砚面不改色地说道："对。"

"哦。"

严导了然地点点头。偷偷想象的一些东西被宋砚这几句轻飘飘的解释给搞幻灭了，严导心里顿时有种说不清道不明的失落感。

宋砚以为严导是因为下午没拍到什么而失落，于是主动致歉："不好意思，剧组要求，这也是为了工作，希望严导你能理解。"

严导摇摇头："理解。"然后又说，"确实是个好本子，恭喜你们两口子了。什么时候进组？"

宋砚："等综艺节目拍完。"

仇平不喜欢演员在电影拍摄期间还去分心接别的工作，事实上很多大导演都不喜欢，对演员有明确要求——无论是多大的腕儿，在电影拍摄期间都要倾注全部的心血和努力，拍摄的这几个月，最好是切身代入角色，把自己当成这个角色去生活，不要再分心思给别的工作。

算上过两天就要开始录制的第八期，《人间有你》还有四期要录制，电影进组大概是在两个月之后，正好温荔也录完了她的另一档常驻综艺节目《为你发光》，等所有工作完成，他们俩就能专心进组拍戏了。

很快，节目组将第八期的最终台本发给了嘉宾。

第八期依旧是户外录制，录制主题是"回忆"。

之前有一期的部分内容是在大学校园里录制，有高校情侣客串。对唯美的校园恋情环节，观众的评价都很不错。可惜的是嘉宾们并没有参与，只是通过天台闲聊环节简单地说了说自己的青春岁月。

于是第八期的录制，节目组将主题设置为"回忆"，四对嘉宾将会分别"穿越"回到伴侣最怀念的青春岁月，体验在彼此还没有相识的岁月中，对方的点点滴滴。

其他嘉宾都好办，从小学到大学的学业履历都是公开的，唯独温荔不太好办。温荔在上大学之前，所有的学业履历都是保密的，或许涉及什么隐私，节目组查不到，也不可能去查，唯有一年在海外训练的经历是公开的，但由于时间原因，节目组也不可能去海外拍摄。

为此节目组找温荔商议，温荔也很为难。

她当初进圈当艺人，本来就是和舅舅签了军令状，舅舅为了让她吃到苦，禁止她利用温家为事业铺路，她当时毫不犹豫地答应了。现在她混出头了，有没有温家的帮助都无所谓了，也就一直没管自己的履历不能公开这件事。

试完镜，她正好要回温家吃饭，便打算和舅舅商量一下这件事。

她担心自己一个人撑不住舅舅的火力，想把徐例拉上，可是徐例一天二十四个小时被摄像头盯着，压根儿走不开。她想带上宋砚，结果宋砚这两天也忙——他太太都会唱苏沪小调了，可见下了多少功夫，做老师的总不能比学生还懒散，于是他去剧院的频率更高了。

于伟光还给宋砚介绍了好几个退休老将，方便他观摩军人的言行举止。这些已经退休的老将，提起过去时总是有说不完的话，宋砚陪他们喝茶，常常一喝就是一天。

没办法，她只能一个人回家了。

不过出乎她意料的是，一回家，舅舅没说她，直接拎她坐上车，去医院看姥爷。

姥爷温兴逸年轻的时候为了应酬，抽烟又酗酒，老了以后就成了医院的常客。好在他虽然小毛病多，但是身体总的来说还是挺硬朗的。温荔刚走到病房门口，还没进去，就听见她姥爷中气十足地对护士小姐抱怨道："打针打针，天天就是打针打针！我这老胳膊都快被你们戳成筛子了！"

温衍敲了敲病房门，叫了声"爸"。

"来了？"温兴逸侧过头去，看到了儿子旁边站着的外孙女，紧蹙的眉头终于松了松，努嘴说："我还以为要等到自己两脚一蹬那天才能看到微微她闺女呢。"

温荔取下墨镜，朝病床上的老人笑了笑："姥爷。"

正收拾针管的护士小姐看到温荔的脸，直接愣住。

温衍开口赶人："你先出去吧。"

护士小姐立刻低下头，推着输液车出去了。

这层楼只住了温兴逸一个病人，医护人员都是专门照顾他的，所以温荔很放心地跟舅舅过来了。

护士小姐一走，温兴逸对温荔招招手："没良心的外孙女，快过来。"

温荔一过去，他立刻说："瘦了，又瘦了。"

"得瘦，不然上镜不好看。"温荔解释道。

"所以我就说不要当演员！不要当演员！"温兴逸一脸痛心，"瘦成干柴了都。徐时茂这穷酸鬼不但照顾不好微微，连我孙女也照顾不好，他会当爸吗他？"

温兴逸非常讨厌徐时茂这个女婿，外人都叫他女婿"徐大师"，只有他坚定地叫女婿"穷酸鬼"，这么多年了都没有变。

温兴逸一共娶了两任老婆。温荔的母亲温微是他和第一任妻子生下的独生女。温兴逸和第一任妻子是学生时代的初恋，感情很好。温兴逸那时候还是个什么都没有的穷小子，但妻子不嫌弃他，陪着他熬过了最艰难的创业初期，后来兴逸集团起来了，妻子却因病去世了。

他和第二任妻子是商业联姻。这个妻子为他生了两个儿子后，也在十几年前去世了。

比起第二任妻子为他生下的温衍和温征，他明显更偏爱大女儿温微。只可惜温微不听话，年轻的时候偏偏看上了一穷二白的徐时茂。徐时茂现在虽然成了国画大家，但那时候就只是个背着画板的穷学生，后来两个人不顾温兴逸反对，结了婚。

徐时茂明白妻子为他所做的牺牲，在他们第一个孩子出世前，就定好了孩子跟妻子姓。

后来徐例出生，才跟了父姓。

艺术家总是大器晚成，徐时茂也不例外。一家四口好日子没过几年，某次徐时茂带着温微出国采风，结果路上出了车祸，徐时茂落下了腿疾，而温微再也回不来了。

这就是温家几个女人的结局。

算命先生说他们家的男人命硬，还克妻克女，所以温家几个女人的命都不好。

温荔是温家直系唯一的女孩子。很多家庭重男轻女，但温家不是，女孩金贵，就连弟弟徐例都没她受宠。

温荔也没辜负姥爷的宠爱，隔代继承了姥爷的所有缺点：眼高于顶，嘴硬，脾气不好……姥爷的脾气像头倔驴，她更像，说当演员就当演员，十几岁就自作主张贿赂了管家，让他扮家长帮自己签了海外的经纪公司，把温家几个长辈气得不轻。

好在温衍后来把她抓了回来，关了她好些日子，终于把她关老实了。结果她一出关，又签了国内的经纪公司去当了演员，现在工作忙起来，一年都难得回几次家看望姥爷。

温兴逸既生气她这会儿才来看他，又高兴她终于来看他了。

温兴逸拍着温荔的手说了几句，她接到电话，一脸为难地看着姥爷。

"去外面接。"温兴逸叹气道，"你舅的工作电话都没你这个当演员的多。"

"我也赚很多钱的好不好？"

温荔不服气地去病房外接电话了。

人刚离开，温兴逸就沉声问道："宋家那小子呢？没陪我孙女来？"

温衍摇头："没有。"

"不来也好。"温兴逸一改刚刚面对温荔时的态度，冷冷地说，"我一想到这个孙女婿，就替我外孙女委屈。"

温兴逸是个倔脾气。他第一次见宋砚的时候，宋砚才几岁大，被父母养得眼高于顶，一声懒洋洋的"伯伯"叫得他极为不快。温兴逸是从底层做上来的，所以非常不喜欢这个被父母娇生惯养的小少爷，只不过那时候宋砚的父母还是澳城富豪，他不能说什么。如今，无论宋砚在内地发展成什么样，他不喜欢就是不喜欢。

宋砚十几岁的时候他就让温衍警告过宋砚一次。本来宋砚和他外孙女已经没有交集了，结果阴错阳差，他孙女当了演员，又和宋砚碰上了，最后两个人还是结了婚。

没多久，温荔打完电话回来，一脸犹豫地看着温衍说："舅，出来一下，我跟你商量个事。"

温衍下意识地看了一眼父亲。

温兴逸摆摆手："你外甥女有话跟你说你就去。"

关上病房门后，温衍理了理身上的西服，问道："什么事？"

刚刚是节目组打来的电话，温荔只好简单地说明了情况。

"公开你的履历？可以。"温衍点头，语调毫无起伏地说道，"但我们的约定不变，一旦被人知道你和兴逸集团有关，你就立刻回家。"

温荔张了张嘴，试图为自己辩解："可是舅，这是工作，不是我私人的原因。"

"是工作，但你的履历和你的家庭背景息息相关，只要公开了，就有很多条藤蔓让人能顺着摸下去。你应该知道你从小到大念的学校对学生家庭的要求，这不难查。"温衍顿了顿，挑眉，低头看着她苦恼的表情，悠闲地说道，"当初跟我说的雄心壮志，不拿到最佳女主角奖杯不回家，忘了？"

温荔抿了抿唇。她那时候还真是跟舅舅吵架吵急眼了，再加上受到宋砚的刺激，觉得自己要是做演员一定不比他差，才口不择言说出了那样的雄心壮志。

她破罐子破摔地说："那怎么办？我合同都签了，总不能不配合拍摄吧。"

"你的履历不能公开，宋砚的也不能？"

"可是节目组的要求是到对方的学校里去找回忆啊。"

温衍淡淡地说："你那时候三天两头去隔壁学校找柏森，比起你自己的高中，你的大多数回忆应该跟宋砚在同一个地方吧。"

温荔醍醐灌顶，但很快又狐疑地看向温衍："你怎么知道？"

"因为我是你舅舅。"

"这有关联性吗？"

"有。"温衍语气平静，"你要不是我外甥女，我管你是死是活。"

"舅，太诚实是会找不到对象的。"温荔嘴角一撇，讥讽道，"你也老大不小了，外甥女好心提醒你一句，嘴毒的毛病最好改改，否则别说你现在三十岁，就是五十岁了，你也别想找到对象。"

温衍不咸不淡地笑了笑，回讽道："你这样的不照样有傻小子死心塌地地送上门？"

"我哪样？我长得好看，喜欢我的人多了去了。"温荔先是反驳了这一点，然后又意识到舅舅话里的另外一个重点，立刻展现出护短这一特点，"还有，你说谁是傻小子？宋砚他聪明着呢，读书厉害，演戏也厉害，做生意也厉害，十项全能电影最佳男主角，你行吗你？"

温衍嫌弃地看着她，狐疑地说道："你是不是又喝多了？"

温荔说："没有啊。"

"你听听自己说的都是什么话。"温衍顿时更嫌弃了，"哪有女孩子是你这样的？"

温荔"哼"了一声："那是舅你没见过世面好吧。"

温衍淡淡地说："嗯，你见过，一个人跑到国外，在国外瘦成皮包骨，带你去吃个泡菜炒饭都能吃哭。"

温荔悻悻然不说话了。

她当年在海外当选手，那日子着实不是人过的，十几岁的小女孩每天都得面对高强度的训练，米饭都不敢多吃几口，生怕上秤的时候体重又上去了，被形体老师"叽里呱啦"一通骂。

后来温衍找到她，没急着带她回国，而是先带她去了趟医院，给因为高强度训练而伤到满是淤青的胳膊和双腿上了药。

温衍问她："知道错了吗？"

她含着眼泪说："舅舅，我饿了。"

没办法，温衍又带她去吃了东西。吃惯了国内的东西，温衍对国外的饮食十分挑剔，但温荔不同，她胡吃海塞，泡菜都能吃成美味珍馐。

温衍又问她："知道错了吗？"

吃饱喝足的温荔不哭了，倔强地说："我没错！"

温衍终于意识到对这姑娘的一切宽容和体贴只会助长她的嚣张气焰，于是不再废话，直接把人抓上飞机，扔回家关起来。

"孟子说了，"温荔开始引经据典，为自己辩解，"天将降大任于是人也，必先苦其心志，劳其筋骨。我那是为自己现在飞黄腾达做铺垫。"

温衍冷笑一声："别跟我扯那些。温家现在就你一个女孩子，你好好的就万事大吉了。"

温荔张了张嘴："那履历的事……"

温衍冷漠地睨着她说："你老公不是十项全能电影最佳男主角吗？他比我这个做舅舅的厉害多了，让他想办法吧。"

温荔想反驳，但又不知道怎么反驳。

于是温荔只好和节目组解释说，她在读大学之前都是在国外念的书，所以第八期拍摄时，他们一块儿回宋砚的高中母校就行了。

编导把情况跟严导一说，严导几乎没考虑就答应了。

"正好，就得把他们俩摁在一块儿录。"

别的嘉宾也会因为各自有工作而暂时分开，但心里是记挂着对方的，分开的时候也会打电话，或者连线玩个游戏什么的；宋砚和温荔分开工作那就是真分开了，八头牛都拉不回他们那两颗为工作积极献身的心。

在《人间有你》录制第八期的同时，《冰城》选角试镜结束的消息被爆了出来，电影投资方那边已经压不住消息了。

《冰城》很早之前就已经备案立项，国家电影局官网上都能查到备案号。网上的消息来自四面八方，其中最为人津津乐道的就是几个女性角色的选角争议。

投资方比较能忍，各路人马为电影选角争吵不休本来就是常态，不到官宣那天，官微连个屁都不放。

但拿笔吃饭的编剧老周脾气比较暴躁，受到无数网友骚扰后，直接发了条微博。

写作就是我的一切："虽然《冰城》的剧本早已大功告成，但四个主角中有两个我一直没想到合适的姓。现在想好了，提前放出来给各位网友评价一下，温亭枫和宋绾绾，咋样？"

网友愣住了，投资方愣住了，导演也愣住了。

演员连定妆照都没拍，这狗编剧就直接给主角安上了对方演员的姓，网友只要不是傻子都看得出来是什么意思。

仇平直接一个电话打过去，破口大骂道："老周，你都五十岁的人了，喜欢这两口子就喜欢，发这条微博算怎么回事？你幼不幼稚？！"

老周对此的回答是"挺好听的啊"。说实话，如果安上不好听，他也不会用那两口子的姓，毕竟要尊重自己笔下的人物。

编剧的微博号不是真名没有认证，只有非常关注电影圈的人知道。唐佳人的粉丝大多是影迷，很关注电影圈动向，所以知道老周的微博。

老周微博常年不上线，微博内容大多是读书心得，自己的电影上院线时，转发电影官博为自己的电影宣传宣传，文人气质光是看他的微博就能窥见一二。

所以他这条新微博把人都看愣住了。

"好听！"

"温、宋啊，取这两个姓有深意吧。[扶眼镜]"

"这不就是宋砚和他老婆的姓？"

"啊啊啊，周哥，这应该不是巧合吧？@宋砚 @温荔Litchi。"

编剧老周的这条微博完全在电影的宣发内容之外，就连演员本人都不知道。

温荔料到大众会对她拿到这个资源褒贬不一，在演员阵容公布之前，丹姐那边早已做好了准备，没想到有营销号发通稿说唐佳人去参加了试镜，拿到了缯缯这个角色，而宋砚参演的消息早就有人透露过，所以才会有"唐宋"十年后破冰，重修旧好的言论冒出来。

她本人知道试镜结果，所以没什么想法，可"唐宋"粉不知道。唐佳人和宋砚毕竟是十年前的银幕大热情侣，那时候论坛上铺天盖地都是"唐宋"的新闻稿和网友八卦帖，慢慢地，角色情侣就成了倾注真情实感的真人情侣。

但是，宋砚已经结婚了，和自己老婆的真人夫妻又正值大爆，十年都没合作过的"唐宋"粉又出来找存在感，是人都觉得硌硬。

温荔在看到老周这条微博的时候，表情也是诧异中带着不可思议。

她何德何能？

"看来你是真的很合他的心意。"陆丹说，"别辜负人家编剧。"

温荔哪敢辜负？要不是老周的偏爱，她和缯缯这个角色肯定没有缘分，于是她果断地给老周点了关注。

宋砚和老周本来就是互关。没多久，老周也回关了她。

温荔和老周的这个互关操作相当于间接地承认了很多网友的猜测。

温荔拿到这一电影资源引起了影视圈营销号的大规模"团建"，到《冰城》官微正式宣布演员阵容的那天，网上已经闹得沸沸扬扬。

电影《冰城》："久等！国之气数将尽，我辈定当以鲜血护民族无恙，为后辈收复锦绣江山，万死不辞。@Andy 梁贤华 @ 毛灵 @ 宋砚 @ 温荔 Litchi。"

这条微博连带着公布的，还有演员的定妆照。

从演员阵容到出品方都和爆料无异，尤其是宋砚和温荔的定妆照，定妆照右侧写的角色名字明明白白就是编剧周群之在微博上给他这部电影的两个角色取的名字。

定妆照里，宋砚梳着背头，眉如利剑，目若朗星，一身旧式白色西装三件套；温荔则是一袭深色旗袍，玫瑰色妆容复古靓丽，美艳张扬。两个人各有各的英俊和漂亮。

宋砚饰温亭枫。

温荔饰宋绾绾。

按地位，两个人前面还有两位老艺术家，所以电影官微下，粉丝评论时都很克制，等到自家艺人转发了这条微博后，粉丝们激动的心情就不需要再压抑了。

因为定妆照是单人照，所以微博前排评论的依旧是"荔枝"和"月光石"，双方都在恭喜自家艺人拿到这么好的角色，尤其是特别关注温荔事业发展的粉丝。

"期待三力的绾绾！"

"扬眉吐气，啊啊啊！"

"签字笔"也有自己的超话和话题主场。

"#盐粒合作#家人们，我们等到了！他们合作了！！他们真的合作了［哭泣］！！"

"#盐粒合作#有没有大佬把单人照拼在一起？！重酬！！！"

"#盐粒合作#一合作就是这样的大制作！！"

"#盐粒合作#编剧老师是家人吧？太会了，太会了，分别冠上对方的姓，温亭枫和宋绾绾这两个名字真的是浪漫至极［哭泣］。"

还有粉丝拿出那张保存已久的照片。当初这张照片上话题榜被到处转发的时候，谁也没想到这张照片竟然会成真。

立马有粉丝将两个人刚公布的单人定妆照拼在了一起。

美人草三力："#盐粒合作#仲夏月光 × 酒渍玫瑰［图片］。"

"老师你太牛了！旗袍美人混剪三力的素材有了！"

官宣的事情闹得这么大，对温荔拿到顶级配置电影资源的评价自然也是褒贬不一。

唐佳人的微博一直很安静。虽然国内有不少她的影迷，但国外才是她的事业重心，比起国外的社交平台，她在微博上发的内容堪称稀少。

"宋砚和唐佳人没谈过，没谈过，没谈过，宋砚接受采访时澄清过无数次，某些人能不能消停点儿？少信那些谣言好吗？"

"宋砚就一段公开承认的恋情——和他老婆，怎么初恋女友就不能是他老婆？"

374

"看过《人间有你》的都猜得到宋砚的初恋是在高中时期吧，不是温荔也不可能是唐佳人。"

"宋砚拍《纸飞机》的时候不就是刚好在上高中？"

"他那时候为了拍电影休学了好吧，第二年参加艺考考上了戏剧学院。"

"说是温荔的也太假了，温荔在国外上的学，《纸飞机》上映那会儿她还在海外训练，能是宋砚的初恋女友？"

"混演艺圈的还纠结初恋有意思吗？温荔自己都不知道谈过多少个了，还要求宋砚的初恋女友是她？"

温荔躺在床上玩手机，拿小号刷微博，本来只是在看宋砚的八卦消息，看得津津有味，结果被这一条搞得哭笑不得。

她决定为自己澄清一下，于是给这位网友回复："温荔之前和其他男艺人的绯闻都不是真的。"

网友立刻回复："粉丝别来解释，也只有你们才相信你家姐姐感情专一。"

"……"

温荔好心为自己解释，结果还被骂了，这事就离谱儿。

温荔白长了张"花心"的脸，本人的感情经历却近乎空白，大部分和她走得近的异性对她始于颜值，终于脾气，至今除了柏森，身边也没个异性好友。

如果她和柏森不是青梅竹马，又有前未婚夫妻的关系在，估计柏森也早就受不了她跟她绝交了。

也怪她太挑剔了，从小到大，心里认可的异性就只有柏森和宋砚，但是她和柏森太熟，实在发展不出男女之情；和宋砚又太不熟，也发展不出男女之情。

她翻了个身，盯着天花板开始胡思乱想。

都怪那些网友，害得她也在意起宋砚的往事来了。

温荔之前在意的是唐佳人和宋砚的往事，不过宋砚都解释了他们俩没事，她就没再纠结了。

那在唐佳人之前呢？

他有没有喜欢的人？

温荔绞尽脑汁，还是觉得不太可能。

宋砚现在还没回家——他今天又去找那些退休老将喝茶了。宋砚长得剑眉星目，那几个饱经战火的老爷子都很喜欢他，每每见了他都有好多故事要说给他听，他也乐意听。今天估计老爷子们又说尽兴了，把宋砚留在那儿了。

她这时候打电话过去也不方便，万一被那些老爷子误会是在催宋砚回家就不好了。

她又拿起手机，手指在界面滑了滑，最后停留在柏森的名字上。

她想了想，拨过去。

电话接通后，柏森那边的声音很嘈杂，明显是在过夜生活，他本人的声音也是懒洋洋的，吊儿郎当的。

"丫头，找哥有事啊？"

"你找个安静的地方，我有点儿私事要问你。"

"成。"然后温荔听见柏森在电话那头对别人说："我出去打个电话啊。小情人个屁，老子都单身八百年了，我妹。"

温荔等了半天，柏森那边终于安静下来。

"除了哥在感情方面的私事，其他的随你问。"

"我对你的感情史没兴趣，骚孔雀。"温荔先是讽刺他，然后才问，"我要问的是宋砚的感情史。"

"他有什么好问的？"柏森笑了两声，语气里透着漫不经心，"零。"

"真的是零吗？会不会是他偷偷谈恋爱没让你知道？"

柏森"哧"了一声："我俩一天二十四个小时除了洗澡、上厕所都在一块儿，我追过多少妹子他都知道得一清二楚，他谈恋爱能瞒得过我？"

"那……"

柏森的口气这么笃定，温荔反倒不知道该说什么了。

"怎么？不满意我的回答？要不我现场编一段出来给你？"

"编的就算了，我就是上网，看有的网友猜他的初恋女友是谁，跟风猜一下下而已。"

柏森没好气地说："你是不是闲得慌？还听网友猜？你直接去问他本人不就行了。"

温荔叹了口气说："我跟他聊过，但他每次说话都跟猜灯谜似的，我听不懂啊。"

"没那个智商还怪人家说话拐弯。"柏森毫不给面子地嘲笑道，"不过也不能怪你，阿砚本来就是个闷葫芦，要不是走了演员这条路，估计声带都已经退化了。"

温荔跟着他吐槽道："就是，他读高中时跟我说过的话，加起来不超过……"她胡乱编了个数，"五十句。"

"对啊，就他这样的，还初恋女友，他能喜欢上你那都是世界奇迹了。网友不了解净瞎说，你跟他读高中时就认识，也信？"

温荔点头，自信心顿时膨胀，吹了起来："还好他碰上了我，不然岂不是要打一辈子光棍儿？我真是拯救了他。"

柏森在电话那头笑得像公鸡打鸣。

"对对对，你应该让他给你送面锦旗，上面就写'感谢温荔小姐救我孤寡处男命'。"

376

温荔开着免提，笑得整张脸埋在枕头里，肩膀直打战。

柏森喝了酒，损起兄弟来没个度，两个人越说越起劲儿。

宋砚回到家的时候，客厅的灯是关着的，他猜温荔已经睡下，于是径直去了卧室。

刚打开卧室的门，他就听到此起彼伏的笑声。

温荔整个人趴在床上，一双白嫩的腿弯着，跟鸭子浮水似的在空中甩来甩去。

还在和柏森埋汰宋砚的温荔对目前的危险处境毫无知觉，直到身上被一道阴影覆盖，鼻子里嗅到了男人冷冽的味道。宋砚俯视着她，面无表情地说："你们前未婚夫妻聊得挺开心啊。"

说人坏话被当场抓包是种什么体验？

作为被抓包者，温荔心虚且尴尬，并且鸡皮疙瘩自上而下向全身扩散。

温荔不禁庆幸，还好没有为了鼓吹自己的魅力说什么更过分的话。

在宋砚的注视下，她明显意识到自己错了，嘴唇下撇。明明他的脸近在咫尺，但她就是强行眼盲，眼珠子转来转去，不敢正视他。

电话那头的柏森明显也没料到跟自个儿妹子调侃兄弟会被抓个正着，尴尬地笑了两声。

"阿砚，你回家了啊，哈哈。这么晚才回来，去哪儿野了啊？把我这么个如花似玉的妹子一个人扔在家里，太不人道了啊。"

宋砚淡淡地开口："我不这么晚回家，怎么给你们制造聊天儿的机会？"

柏森："你看你这话说的。"

温荔忍不住了，嘟囔道："不就聊个天儿吗？"

宋砚："那我走？你们继续聊。"

说完他就胳膊使劲儿，直起腰，从她的上方挪开，打算从床上下来。

温荔见他真要走，急了，连忙拉住他的胳膊："别走，别走。"

她一扯，宋砚没了支撑，半个身子朝她压下来。温荔也没躲，眼见他整张脸倏地在自己的眼前放大，然后两个人结结实实地撞到了。

温荔的五官立刻皱成一团，她捂着唇，痛得忍不住叫了两声。

宋砚的上唇边缘都被磕红了，痛感袭来，他手指摁着唇揉捏，紧蹙着眉，说不出话来。

因为温荔下意识的叫声，电话那头的柏森思维立刻发散开来。

"喂？你们俩在干什么呢？电话还没挂呢，我还在呢，注意点儿，行吗？"

"喂喂喂？你们俩不会真背着我在做什么吧？"

温荔不想跟柏森多解释，空出一只手，直接摁断电话。没了柏森的唠叨，屋里骤然静下来。

接吻接过无数次了，两个人对彼此双唇相触的感觉很熟悉，但这么激烈的，除了那次意外，这还是第二次。

　　看他的上唇那片都红了，温荔竟然又像从前那样，很幼稚地心慌起来。

　　宋砚抿唇，一时间也没心思再去纠结两个人趁自己不在家煲电话粥的事，轻声对她说："手拿开，我看看有没有磕伤。"

　　"我……我自己去洗手间里看吧。"

　　温荔往后缩了几下，然后猛地从床上跳起来，跑去洗手间。

　　怔怔地看着她跟兔子似的躲进洗手间，宋砚垂下眼。刚刚磕得有些厉害，嘴上隐隐还有刺痛的感觉在，他不自觉地用手抵住唇，深邃的眼眸里闪烁着忽明忽灭的光，他顶着红肿的唇，低低地笑出了声。

　　他倒不是喜欢受虐，嘴唇被磕红了还笑得出来，而是想起了别的。

　　那时候两个人不小心亲到，温荔也是直接风一样地跑了，把他一个人扔在原地发愣。之后几天，温荔都是躲着他走，后来缓过来了，又继续没心没肺地成天在他面前转悠。

　　宋砚在发呆，直到他兜里的手机响起来。

　　是柏森打来的电话。

　　刚刚温荔强行摁断了电话，让柏森心里那颗怀疑的种子不断生长发芽，为了满足自己对这两口子的强烈好奇心，他也顾不上会不会打扰到两口子，直接一个电话打了过来。

　　宋砚的语气不太好："有事？"

　　"还有空接我的电话啊，看来不是在那什么啊。"柏森又是了然又是失望地松了口气，心情相当复杂，"我还以为你们真亲密到那种程度了呢。"

　　宋砚冷淡地"嗯"了一声："挂了，以后晚上少打电话过来。"

　　柏森"欸"了两声，觉得好笑，但还是为自己解释道："你不是吧？你真在吃醋啊？拜托阿砚，就算她是你老婆，你俩现在两情相悦了，我先说声'恭喜'，她好歹也是我发小儿吧，我跟她打个电话又能怎么样？况且你也知道，我们俩不可能有事，她是不是女的对我来说没区别。"

　　他说了一大堆，宋砚全当耳旁风，叹了口气，平静地说："我没怀疑你们怎么，是我小心眼儿，你理解一下行不行？"

　　"……"

　　这人这么坦诚，柏森一时半会儿反倒不知该怎么回答了。

　　"那你小心眼儿也不能伤及无辜啊。"柏森讷讷地说，"还刻意强调我和你老婆是前未婚夫妻，你俩结婚的时候，我可没怪你抢走我未婚妻啊……"

　　宋砚没说话，柏森以为他挂了电话，"喂"了几声，才听到宋砚低沉的回应。

"嗯，我在听。"宋砚顿了顿，说，"抱歉。"

本来这段三角关系就很奇怪，如今宋砚道歉，柏森突然哑口无言。

他和温荔是青梅竹马，又和宋砚是同穿一条裤子的好兄弟，一开始听到宋砚和温荔要结婚的消息，也觉得哪儿哪儿都别扭，知情的几个人打趣他，说他被挖了墙脚，但他心里清楚，他和温荔那丫头没有所谓的男女之情，就算年少时因为那丫头的长相有过一点点好感，也很快被她糟糕的性格掐灭了。

他们在所有人的眼里都是三角关系，只有三个当事人知道，并非如此，即使他的兄弟和他的小青梅竹马结了婚，他也没和这两个人疏远，照旧按以前的方式相处。

"没事，我开玩笑呢，都过去多久了，我可没你那么小心眼儿。"柏森大笑两声，打哈哈说，"你以后也别为这种小事吃醋了，那丫头又不止有我这一个未婚夫，我听人说了，她六七岁的时候，她姥爷就给她指定了一个未婚夫，后来不知道怎么掰了，这才换我顶上，说白了，我就是个替身。所以阿砚，想开点儿，管你老婆曾经有几个未婚夫呢，现在你才是她的唯一。"

宋砚低声笑了起来。

一听到他笑了，柏森顿时放了心，这下他们俩的友谊算是稳住了，最重要的是，总算把柏石传媒的宋大股东给哄好了。

柏森立刻把话题给转移了："话说你俩刚刚到底在干什么啊？我听到那丫头……呃……喊了一声，她怎么了？"

"没事，跟我不小心磕到了。"

"磕到哪儿了？叫得那么凄惨，严重吗？毁容没有？你俩都是靠脸吃饭的啊。"

这人说话总是啰啰唆唆的。

宋砚言简意赅地回答道："嘴。"

"哦，嘴啊。"然后柏森突然意识到不对劲，语气立刻变了，"啊？嘴？"

宋砚叹气道："意外。"

柏森意味深长地笑了两声，语气又恢复到吊儿郎当的状态："阿砚，我记得你有一次好像也是跟一个女生发生了这种意外吧，嘴巴都磕出血了，那几天都魂不守舍的，那天早上我还看到你偷偷洗被子来着……我问问那个女生是谁，你还跟我装哑巴，给我好奇的，全班的女生我猜了个遍，你死活不告诉我是谁，难受死我了。"

宋砚捂额，抽了抽嘴角，问道："那你现在还难受吗？要不我告诉你？"

"不用了，我现在没兴趣知道了。哦对，我再交代个事。你也别乱吃飞醋了，那丫头今天晚上打电话给我，就是跟我打听你年轻时的事。不过你放心，兄弟我最讲义气了，这件事我没跟她说，她也不会知道。"柏森坏笑两声，拖长了语调说，"阿砚，你就放心地把你那纯纯的初恋放在心底永远怀念吧。"

"……"

"我在洗手间里待了半个小时了,再不出去又要被人说我在洗手间里乱搞了。"柏森说,"拜拜了,兄弟。"

电话被挂断。

等柏森回到包间,果然被几个狐朋狗友调侃是不是拐了个妹妹偷偷去洗手间,柏森懒得解释,咧嘴说"是呀,是呀"。

"哇哦,柏总真牛!"

今天这局是柏森请客,以柏石传媒老总的身份叫了几个圈内的朋友过来玩。

"对了,宋砚今天晚上怎么没过来?"

"你看他哪次来过?"柏森靠着沙发,一只手搭在靠背上,另一只手托着酒杯,"在家里陪老婆演偶像剧呢,没空。"

几个朋友纷纷笑起来。

"也是,我要有个温荔那么漂亮的老婆,我也愿意天天陪老婆在家里演偶像剧。"

"放你的屁,就你?就是娶个天仙回来,也管不住你那饥渴的下半身。"

"宋砚能管得住我不能?别双重标准啊。"

柏森喝了不少酒,醉眼蒙眬,哼笑两声:"我们宋总可是跟女孩子意外接个吻都能魂不守舍好几天的纯情少年,你能跟他比?"

拿自己和宋砚相比的男人一愣,紧接着"哈哈"大笑。

"不是吧?这么像偶像剧情节啊。"

"是啊,就是没偶像剧那么唯美。"柏森回想了一下,"当时擦破皮磕出血了都。"

朋友"哧"了一声:"果然偶像剧都是骗小女生的。"

柏森"嗯"了声,又笑起来:"也不全是,起码会心动是真的,因为他当时嘴巴流的血都没他的耳根子红。"

"哇哇哇,那他老婆知道他这么纯情的过去吗?"

"肯定不知道啊。"柏森神秘地将食指抵在唇上,"所以替他保密啊。"

"明白。"

一群人又打趣了宋砚几句。一般朋友局就是这样,谁没来就揭谁的短。

柏森觉得不能透露太多,不然宋砚知道了,又要威胁他退股,所以嚷着让几个朋友换了个话题。

老围绕着一个人说也没意思,于是几个人又说起了别的。

"可惜了,今天宋砚没来,他老婆温荔也没来,好不容易约到她老板,本来还想着老板和艺人俩大美人坐在一块儿多赏心悦目啊。"

仰头喝酒的柏森突然跟卡了带一样顿住了,愣愣地问道:"约到谁了?"

"嘉瑞娱乐的张总张楚瑞啊,你不认识吗?"

何止认识,前女友他能不认识吗?

· 380 ·

柏森立刻放下酒杯，往外走："我明天还有个早会，先回去睡了。"

"你有个屁早会啊，不是你约我们出来的吗？说今晚要喝到肾亏。柏森！柏总！"

柏森刚走出包间，迎面撞上正赶过来赴约的张楚瑞。

女人还穿着利落的职业装，戴着墨镜，烈焰红唇，见撞到的人是柏森，立刻嫌弃地皱起眉，讥讽道："怎么？知道自己这辈子没着落了，赶着去投下一胎？"

"……"

为什么他碰上的女人都是这种，空有一副漂亮的长相，性格一个比一个糟糕？青梅竹马是这样，前女友也是这样。

酒吧的夜生活才开启，第二天一大早就要去工作的人此时却在家里苦恼。

躲在洗手间里的温荔站在镜子前，仔细地看自己的嘴有没有出血，有没有肿起来，明天就要跟着节目组去户外录制，她不能受伤。

还好，撞到的时候他们都是紧紧地闭着嘴的，拦住了坚硬的牙齿，她的嘴没受伤，睡一觉起来应该就能消肿。

确认没磕破皮后，温荔打算出去。

手握上洗手间的门把手，她突然开始迷惑：自己刚刚为什么要跑？是因为想到过去了？

其实那也不是什么大事，只不过某次温荔和朋友吵了架，打算去隔壁学校找柏森，她提前给柏森发了短信，柏森说班级组织了校外游玩活动，让她等他回学校了再来，她非不听，说自己就在教室里等他。

等到了他的教室，她看到教室里竟然有一个人。

还是柏森哥对她好。

温荔突然很感动，觉得虽然她老是和他吵架，但他还是对她很好，听到她要来就赶紧回来了。

她当即就哭了出来，眼眶湿润，看什么东西都模模糊糊的。看到那个清瘦高挑的背影坐在课桌前，从教室外透进来的夕阳洒在他的身上，她就靠着教室后面的墙壁，跟面壁似的站在那儿，向"柏森"大声抱怨起她的朋友。

她们吵得很凶，可是是为什么吵架的，温荔早已不记得了，只记得自己那时候真的很生气，生气到和朋友大吵一架，还扬言要绝交，说着说着就恨恨地发誓："绝交就绝交！我绝对不会跟她道歉！以后我再也不让她用我的沐浴露了！下次我喜欢的歌手来燕城开演唱会，门票我就是卖给黄牛也不送给她！"

等哭够了，也没那么生气了，她胡乱地用袖子擦了擦眼泪，开始怪罪"柏森"。

"喂，我哭了那么久，你都不知道给我递张纸巾啊？"

一直坐在座位上的男生终于站了起来，走过来，递了张纸巾给她。

她用纸巾狠狠地擤鼻子，等鼻子通畅了，她终于抬头说："柏森哥，还是你对我好……"

"好"字还没说完，她突然被眼前的人吓到，除了身高和体形相似，除了穿着一样的校服，他和柏森是完全不同的长相，有着一张英俊干净的脸。

她很少正眼看宋砚，但他眼里的淡漠她很熟悉。

她张着嘴，却说不出一句话来。

好丢脸，她好想挖个洞钻进去。

"……"

"……"

两个人都没说话，也不知道该说什么来打破这个令人窒息的状况，长久的沉默让教室里的气氛又冷了几分。

自己在一个不熟的人面前说了那么多乱七八糟的琐事，哭得一把鼻涕一把泪，还凶巴巴地让他给自己递纸巾。

温荔尴尬得讲不出话来。宋砚抿了抿唇，轻声说："别哭了。"

他一开口，温荔顿时更尴尬了。

她想跑，但这时下课铃响了，走廊上突然多了很多声音，她慌忙擦去眼泪，生怕被人看到自己现在这副样子。

"怎么办啊？我会被笑死的……"

她急得团团转。走廊上都是从教室里解放的"囚徒"，这时候她走也不是，不走也不是。

宋砚蹙眉，将她拉到门后。

"你先躲在这里。"

"这也能躲？我读小学时跟人玩捉迷藏都不躲在门后了！我肯定会被发现的。还有你，柏森哥呢？为什么是你在教室里啊？我警告你啊，不许跟别人说！"

都这时候了，温荔还不忘吐槽。她越紧张话越多，嘴巴"叽里呱啦"地说个不停。

她真的太能说了，宋砚那时候又是个闷葫芦，和她气场不合。

可能是不爽温荔的聒噪，宋砚弯了弯腰，平视着她，眼神里有几分威胁："学妹，闭嘴。"

"哦。"

叛逆如温荔，不知怎么的，突然就闭嘴了。

这时候，教室后门突然被人从外面踢开，宋砚的后脑勺儿被狠狠地撞到。他痛得闷哼一声，整个人向前倾去，温荔反应不及，想接住他又想推开他，就在这短短几秒之内，两个人的脑袋"嘭"地撞上了。

"人呢？都还没回来？"

门外那个踢门的罪魁祸首往里看了两眼，又跑开去找人了。

痛感瞬间袭来，温荔什么都来不及思考，只觉得自己的牙齿都快被撞掉了，她痛苦地蹲在地上，捂着嘴不说话。

宋砚也很痛，不过他比温荔能忍，不至于痛到蹲在地上。鼻间闻到了一点儿铁锈味，他摸了摸自己的嘴唇，果然摸到了血迹。

温荔本来想骂人，但一看宋砚被她的牙齿撞得嘴巴出血，她又骂不出口了。

等痛感过去，强烈的羞耻感就占领了温荔的大脑。

温荔脚底抹油，什么话都没说，直接跑了。

宋砚顶着张破了皮的嘴唇，就这样被扔在原地，一脸茫然。他好不容易才反应过来，在同学回到教室之前，独自落寞地回宿舍处理伤口。

再之后就是她缓过了劲儿，把这事抛在了脑后。

至于宋砚忘没忘，那就不在她的考虑范围里了。

莫名其妙地被勾起了回忆，心思不在现实中，之后温荔洗漱、洗澡、上床睡觉都是浑浑噩噩的，一直在想读高中时发生的事。

宋砚明显心里也有事。等关了灯，躺在同一张床上，两个人却是同床异梦，都心不在焉。

温荔今天连睡前的必备活动——玩手机都没有进行，心里仿佛一直有密密麻麻的藤蔓纠缠着。都怪那些网友，都过去那么久的事了，有什么可关心的，害她也在意起来，给柏森打了电话，如果不是这样，她也不会反复想起从前。

"今天怎么没玩手机？"

宋砚的声音从背后响起，她还没反应过来，他的手就从被子里伸过来，轻轻揽住了她的腰。

"啊。"她这才意识到自己竟然没玩手机就准备睡了，眨了眨眼睛，故意说，"这不是因为和柏森哥打电话惹你生气了吗？不敢玩了呗。"

宋砚笑了两声。

温荔知道自己的借口很烂，他肯定没那么好骗。

可是下一秒，男人低下头，将头埋进她的颈窝，温热平静的鼻息轻轻打在她的肌肤上。

"玩吧，我不生气了。"

温荔歪打正着，心里有些诧异，不过她将错就错，伸手摸摸他的后脑勺儿，语气有些得意。

"宋老师，你不是吧，真生气了？你这么小心眼儿的啊。"

宋砚缓缓叹气，半晌，淡淡地"嗯"了一声。

高傲如温荔，从来都只有别人迁就她、体贴她，这一刻，她心里那微乎其微的母爱本能竟然一下子就被这个男人激发了出来。

她总算知道，为什么有的男人，女朋友跟自己撒一撒娇，就连命都肯给人家了。

温荔酝酿半天，笨拙地解释道："虽然我跟柏森哥是有过婚约，但我跟他没感情，我俩就是兄妹。"想了想，感觉"兄妹"这词也不对，现在男女之间叫"哥哥""妹妹"也很暧昧，她又改口道，"不是，我跟他就是朋友，比纯净水还纯的纯友谊。"

她还是第一次跟人解释自己和其他异性之间的关系。她本来是不想解释的，但是不能让宋砚误会的想法战胜了她的高傲，她磕磕巴巴地解释了大半天，也不知道他能不能消消气。

揽着她胳膊的手又紧了紧，宋砚淡淡地回应道："知道。"

"真的。你要是还介意，那以后我跟他打电话，就当着你的面说。"她咽了咽口水，问道，"好歹认识这么多年了，你总要允许我跟他偶尔联系吧？"

宋砚一口拒绝："不行。"

"啊……"温荔小声吐槽道，"管得这么紧啊。"

连柏森都不允许她联系，那他以后会不会也不许她跟其他男演员演戏，最后发展成不许她拍戏，把她天天关在家里？

这肯定不行，她是一个有事业追求的人。

正当温荔胡思乱想之际，宋砚笑了，从被子里伸出手，揉了把她的脑袋。

"开玩笑的。"

温荔迷糊了，皱眉问道："那我以后到底还能不能和柏森哥联系啊？"

宋砚："能。"

"喊，"宋砚说"能"，温荔突然又不那么满意了，"这么大度，那看来你也没有多喜欢我。"

这回换宋砚迷糊了，哭笑不得地说："你这丫头真是……"

"别跟着柏森哥叫，恶心死了。"温荔嫌弃地撇撇嘴，又说，"咱俩之间不是有特殊称呼吗？"

"温老师？"

"不是。"

"学妹？"

"接近了，还差俩字。"

宋砚懂了，轻声说："阿荔学妹。"

"嗯嗯。"温荔满意地点点头，犹豫了半天，还是问了，"你看网上的讨论了吗？"

"什么讨论？"

"就是关于你……呃……初恋女友的讨论。"温荔突然觉得这俩字说出来好难为情，于是有些结巴地说道，"当然，我不是那种八卦的人，我只是觉得你那时候是真没有喜欢的人。如果非要说有喜欢的……柏森哥？"

虽然宋砚和柏森都明确地向她澄清了自己的性向，但她还是觉得，宋砚那时候如果真有喜欢的人，那么只可能是和他朝夕相处的柏森。

果然，宋砚对她的猜测很不理解："怎么可能是他？"

她紧接着就问了下一句："那是谁？"

宋砚没说话。

温荔心一紧："真的有啊？"她心里有点儿失望，但更多的是埋怨，"柏森怎么搞的啊？他天天跟你在一起都没发现，这个废物。"

宋砚却说："你也没发现，你这个傻瓜。"

"我？关我什么事啊？你那时候对我爱搭不理的，我才懒得管你喜欢谁。"温荔"哼"了一声，但还是忍不住向他打听，"那你跟她谈恋爱了吗？"

"没有。"

"为什么没谈啊？"

"她不知道我喜欢她。"

"啊？你没告诉她吗？"

"嗯。"

"为什么不告诉她啊？"温荔说，"你不像是那种别扭的人啊。"

他笑了笑，自嘲道："学妹，我怕。"

"你怕什么啊？"

"别问了，"宋砚的声音很轻，"好吗？"

他曾鼓起勇气，想要对喜欢的女孩子坦白他的心意，十七八岁的年纪不懂爱也不懂浪漫，初次的悸动令人慌张又难耐。

两个人每次视线对上后他的慌乱和逃避，被她解读成他对她的厌恶和不屑，可他喜欢的人是个粗线条，不对她明明白白地说出来，她就不会懂。于是他学着书里那些老土的招数，在空荡的广场上摆满蜡烛，那一点点微弱烛光聚成的爱心仿佛能带给他信心。

来赴约的却不是她，而是另一个男人。

年轻的男人从车上下来，径直朝他走过来，他忍不住往男人的身后看去，看他等的那个人有没有来。

"别找了。"温衍语气淡漠，"她没来。"

十八岁的宋砚并不是一个喜怒形于色的人，他内敛沉默，听到这个消息后，只是垂下头，把失望和落寞都藏进一双眸子里。

之后温衍对他说的每句话，他一直不想再记起，却又不断地记起。

"你和我外甥女是有过婚约，可那已经不作数了。我父亲为了补偿你和你父母，资助你到内地来念书，目的不是让你们再续前缘。以你现在的能力，你也给不了她我们要求你给她的条件。"

"好好读书吧，我父亲对你的资助只到你大学毕业。"

后来温衍叫来保洁人员，扫走了那一地燃尽的蜡烛。宋砚一根一根地摆好，保洁人员一把扫帚挥过去，就什么都没了。

那时候他心里是怎样的情绪？

屈辱、恼怒、悲愤，还有无力和难过。

他好不容易鼓起勇气，放下了傲气和清高，最后却连自尊都没给他剩下。

她没有来，或许不知道，或许知道，只是用了这种方法变相拒绝他。

他心里最坏的打算不过是被当面拒绝。

可是她甚至都没有来。

这么多年过去，宋砚一直没有忘。

让他把从前难以启齿的少年心事说出口，他不敢，也不愿意。

那不是什么好回忆，宋砚不想告诉她，不想用过去向她索要弥补，换来她的愧疚和难过，没有必要。

他喜欢的女孩子又没有错，只是不喜欢他而已。

只要结局是好的，他如今得偿所愿就够了，那些不好的回忆，就让它们过去吧。

"好，我不问了，不问了。"

温荔嘴上对他妥协，却暗暗下了决心。

你不说，我明天自己去你学校里找。

我要把那个女孩子揪出来，找到她家里去，狠狠地骂她一顿。

每个人都有不愿启齿的往事，温荔尊重宋砚对她隐瞒的选择。

谁这辈子还没有一点儿秘密呢？

男孩子和女孩子的十八岁是同样珍贵并敏感的，宋砚也不可能一出生就成熟懂事，如今会变得这么成熟，一定是经历了什么，让他成长了。

所以温荔没有问，自己去找就行了。如果对他而言那个经历真的很难堪，那她就当作不知道，把那个女孩子，把当初让他难堪的那些人都找出来，翻旧账，狠狠地教训他们一顿，给宋砚出气。

如果她觉得那段回忆并不难堪，那她就明明白白地告诉他，鼓励他大胆地面对，让他知道，那是他最美好的回忆。

悄悄下定了决心的温荔觉得自己就像个女英雄。

只是这次她做了女英雄，不会再像以前那样，扭扭捏捏地跟对方表示只是顺手帮忙,她要告诉宋砚,要跟宋砚邀功,说"我是因为喜欢你才做你的女英雄,所以你要明白我对你有多好,你要加倍对我好回来"。

宋砚睡着了。

她知道宋砚有个在她睡着后偷偷亲她额头的习惯,是某一次她装睡的时候发现的,不过她没揭穿宋砚,担心揭穿以后他就不亲她了。

于是温荔将唇挪到他的额上,轻轻落下一个吻。

睡梦中的宋砚习惯性地将她抱在怀里,调整了呼吸,睡得更沉了。

《人间有你》第八期户外录制地点早在几天前就被爆了料。

娱乐巴哥:

"《人间有你》第八期,台本主题'回忆',三天两夜录制,回访母校。四对嘉宾录制地点——宋砚、温荔,英德国际实验学校;邱弘、陈子彤,燕大附中、明枫中学艺术分校;丁乐博、徐佳,余城二中;严准、齐思涵,临阳师大附中。"

"哇,'争齐斗严'要来我们富得流油的大临阳!!"

"'盐粒'竟然是英德国际实验学校的!"

这条爆料被转发到论坛上,讨论《人间有你》新一期户外录制的帖子立刻建起了高楼。圈内艺人们的学历一直是众多观众津津乐道的话题,光是这个母校回访录制环节就能劝退不少不愿意公布自己那寒酸学历的艺人。

好在《人间有你》的八位嘉宾除了齐思涵进演艺圈较早,学历相对低一些外,其他七位嘉宾都是有正经本科学历的毕业生,在学历上没有可嘲之处。

"怎么只有邱弘那对去两所学校?其他三对都是校友?"

"看艺人百科就知道了啊,温荔和丁乐博高中好像都是在国外上的,齐思涵十四岁就去海外当唱跳歌手了,所以这三对只用去一所学校。"

节目组不去海外录制倒不是因为经费问题,主要是出境的手续太繁杂。《人间有你》的台本是随时更新的,不到总导演在录制前一个星期点头,谁也不知道这期到底要录什么,根本来不及提前准备签证、踩点、做备案。更何况录制节目还要"拖家带口",带着节目组的所有工作人员一起出境。在诸多因素的限制下,节目组只能放弃出境录制。

"我还以为'盐粒'是校友,白激动了……"

"明枫中学艺术分校好像在英德国际实验学校隔壁吧?俩学校经常一起搞活动的。宋砚和陈子彤认识吗?"

"应该不认识,陈子彤比宋砚大三届,她毕业宋砚才在英德国际实验学校入学。"

宋砚和陈子彤确实不认识,就连和陈子彤同校的温荔都不知道她原来是大自己五届的学姐。

摄制 C 组和 D 组要跟着嘉宾赶往外省录制，A 组和 B 组比较轻松，录制地点就在本地。虽然陈子彤曾经就读的学校和宋砚的挨得近，但他们那对今天先去燕大附中录制，第二天再过来这边和温荔他们会合。

摄制 A 组的车正往英德国际实验学校开，路过隔壁明枫中学艺术分校的时候，温荔下意识地往窗外看了一眼。

陈子彤也不知道宋砚是英德国际实验学校毕业的，他们做艺人的平时本来就忙，闲暇时间都用来做自己的事了，除了对家人和朋友，对其他不怎么熟悉的同行的过去并不好奇，也很少特意上网去搜。在知道宋砚曾经就读的高中就在她曾经就读的高中的隔壁之后，她颇觉可惜地给温荔发了条微信感叹。

陈子彤："我怎么就刚好比你老公大三岁？！怎么就这么刚好？！"

陈子彤："我们学校的男生实在太少了，我舍友那时候天天拉着我去隔壁英德国际实验学校看帅哥。说实话，没一个入我眼的。要是你老公在，我的高中生活一定不会枯燥至此！"

陈子彤："［大哭］。"

明枫中学艺术分校每年稳定地向国内几大艺术学院输送人才。

作为一个高中时期经常偷溜去隔壁学校的明枫中学的学子，温荔顿时觉得自己真的好幸运。

作为幸运之子，她给陈子彤发去摸头安慰的表情包。

不过，宋砚刚转到英德国际实验学校的时候并不是很受欢迎。他不爱说话，虽然长得好看，但是给人的感觉冷冰冰的，后来他跟柏森成了好朋友，才渐渐有女生朝他围了过来。

只是宋砚对女生的态度依旧是冷冰冰的。在英德国际实验学校念书的女生从小娇生惯养，平时看看小说，看看电视剧，迷恋一下冰山类型的男主角就够了，现实生活中她们还是偏爱笑容亲切、相处起来舒服的帅气男生，譬如柏森这款。

所以，那时候宋砚的身边除了柏森和几个同性朋友，就没别人了。

陈子彤的现任老公邱弘是个热情奔放的大男人，温荔觉得陈子彤那时候就算认识宋砚，估计也不会看上那时候的宋砚。

想到这里，温荔悄悄地看了一眼身边的男人。

男人察觉到她的目光，侧过头来，唇角扬起，声音很轻地问道："怎么了？"

她顿时心跳加速，迅速侧过头去看车窗外的风景。

还好那时候的宋砚性格不讨喜，否则哪里轮得到她捡漏啊？

当初温荔中考结束以后想进明枫中学艺术分校念书，她姥爷和舅舅都不同意，最后还是她爸帮她从姥爷那里争取来的机会，否则她会被逼着跟柏森在英德国际实验学校念书。

她突然又觉得有点儿可惜。如果她也去英德国际实验学校念书，就能跟宋砚当正经校友了，朝夕相处，也许他们很快就能熟悉起来，高中毕业后还能来一段纯纯的爱恋。

不过命运本来就是这样，她如果不在明枫中学念书，如今很可能不会进圈做艺人，更不要提和宋砚在这个圈子里重逢，然后结婚。

温荔想着想着就笑出了声。

"温老师，想到什么了？这么开心。"摄像师问她。

温荔说："想到了我读高中时候的一些事。"

摄影师颇为可惜地说："可惜温老师你高中是在国外上的，不然也能回你的母校看看了。"

温荔一点儿也没觉得可惜，大方地表示："没事，回宋老师的母校是一样的。"

说罢她朝宋砚挑眉。也只有宋砚懂她的潜台词，淡淡地笑了笑。

正值暑假，学生们除了部分因为艺术类兴趣班或理科实验项目留校，其余的大多回家过暑假了。节目组提前打过招呼，在出示了拍摄准许手续后，车子很顺利地开了进去。

学校的贴吧和论坛以及各个大群、小群早就讨论过了，说有艺人要来学校录节目，等录制这天节目组到了，艺人下了车，几个蹲守在停车场里的学生立刻用手机给所有留校生"通风报信"。

几个小女生不知道是从哪儿蹿出来的。年纪优势是她们身上最昂贵的装饰品，稚嫩青春的脸以及清脆活泼的声音是那么吸引人。

给几个粉丝签了名，温荔去换上节目组一早给准备好的校服，上午在校内的录制正式开始。

现在是上午，阳光刺眼，靠近学校正大门的广场面积很大，中间又没有什么阴凉的地方，但这些都挡不住活力满满的学生。有的明明在家里过暑假，听到群里留校的同学说今天有综艺节目来学校录制，竟然大老远地从家里赶了过来。

英德国际实验学校的校服分四季，一套最多有十六件，包括男生领带和女生领结这样的装饰品在内。现在的校服款式和十年前的不同，早已经改版，但颜色没变，还是英德国际实验学校校徽主打的明黄和深灰。

宋砚换好校服以后，温荔恍惚了一下。

她那时候为什么会因为宋砚性格不怎么样就对他没想法？！冰山类型的少年宋砚也很美好啊！

暑假期间，学校不要求学生在校内穿校服，所以当两位嘉宾穿着校服从人群中走过时，围观的学生立刻挤成一片，纷纷"哇"出声。

他们的校服本来就好看，好马配好鞍，两个艺人穿在身上就显得他们的校服更好看了。

现场有人带了手机，悄悄拍下照片，传到了学校的大群里。

"二位老师，上午好。"围观的学生安静下来后，摄制A组组长开始说开场词，"尤其是宋老师，回到母校的感觉怎么样？"

宋砚很官方地说："学校更漂亮了。"

"穿上了母校的校服，有没有一种穿越时空的感觉？"

"没有，"宋砚顿了顿，语气带笑地说道，"有一种自己老了的感觉。"

围观的学生立刻出声。

"学长不老！"

"说你是学弟我都信！"

"帅炸了！！"

温荔很有综艺感地插嘴问道："那我呢？"

"美！超美！"

"君生我未生！我生君还是那么漂亮！"

两位嘉宾和一行工作人员都笑了起来，摄制组组长也笑了半天。开场之后，节目组开始给嘉宾布置今天的回忆任务。

"我们给温老师设置了一个小小的任务。为了让温老师更好、更深入地体验宋老师的高中生活，请宋老师根据节目组给的提示，带温老师去往校园的几处指定地点，找到相应的钥匙，集齐所有的钥匙，就能获得并开启宋老师的回忆宝箱。"

"回忆宝箱？什么东西？"

"是宋老师的秘密，温老师要做任务才能知道是什么东西。"

温荔看向宋砚，用眼神询问他是什么秘密。

宋砚耸耸肩："是节目组的要求，我不能说。"

温荔不禁想：不会是他初恋的秘密吧？

但她转念一想，这是夫妻综艺节目，节目组和宋砚又不傻，怎么可能是这个秘密？

她好奇，又不是很好奇，但为了制造节目效果，她还是摆出一副斗志满满的样子。

"第一个提示：人间烟火。"

工作人员刚念出提示，两位嘉宾还没猜，围观的学生就猜到了，立刻抢答道："烟花广场！"

宋砚神色微变，不自觉地蹙了蹙眉。

"喂，麻烦同学们不要抢答！让我们的嘉宾自己想。"

这就是在户外录制的弊端，一路上不管给嘉宾设置什么关卡和难题，都会有热情的路人出手相"救"。

温荔知道英德国际实验学校的烟花广场，那里是校园内唯一允许放烟花的地方，不过学生们喜欢去那里，不光是因为那里可以放烟花，还因为那里是他们默认的秘密基地。

到了晚上，广场那里总是光芒璀璨，仿佛夜色下的一抹小小的与世隔绝的白昼。把喜欢的人叫到那里，表明想要和对方许下一个关于未来的约定，在那样温馨而浪漫的氛围下，另一方一般也不好意思不答应。

节目组挑了几个校园内的标志性建筑作为指定地点，让嘉宾过去，因为宋砚也要参与答题，所以地点的安排并没有事先通知他。

他站在广场上，温荔从附近的小卖部老板那儿拿到了钥匙。

小卖部老板把钥匙给温荔，嘴里还叨叨着："我真是见证了好多学生在这里相约的场景，还有几个被老师抓了个正着，啧啧啧。"

"这么倒霉啊。"温荔附和道。

"被老师抓到那还不算倒霉，被家长抓到那才叫惨。"

温荔一脸不可思议地说道："在学校里怎么会被家长抓到啊？"

"女生没来，跟家长告状了呗，男生估计一辈子的阴影都留下了吧。"小卖部老板摇摇头，说，"那男生长得很帅的。"

温荔跟着唏嘘不已。

和小卖部老板告别后，温荔朝站在广场阶梯那儿等她的宋砚跑过去，把钥匙递到宋砚手里，顺便和他说了刚刚小卖部老板跟她闲聊的学生八卦消息。

宋砚不知道在想什么，眸色晦暗不明，对温荔的滔滔不绝，他只淡淡地"嗯"了一声。

"你怎么了？"温荔伸手替他挡太阳，"太阳太大晒中暑了？"

"有点儿。"宋砚说，"去下个地点吧。"

"嗯。"温荔和他一块儿下阶梯，不经意地问了句，"你念书的时候来过这里吗？"

"来过。"

温荔顿时诧异地看向他。

宋砚看上去一点儿也不喜欢烟花广场，她一拿到钥匙，他就离开了，走的时候脚步丝毫没停。

温荔没再问他。之后他们又去了几个任务地点，因为有摄影师跟着，温荔一直没找到机会深入聊这个话题。

最后的任务地点是教务楼。

宋砚当年的班主任还没退休，节目组竟然把她请了出来，她对着镜头夸了宋砚一通。

"不过这孩子当时不太爱说话，有点儿内向。"班主任"呵呵"笑，"谁能想到他竟然当演员了？"

拿到最后一把钥匙后，温荔打开了所谓的回忆宝箱。

里面的"回忆"果然不是她想知道的，而是宋砚读高中时候的班级大合影。

他们班上的女生不多，温荔仔细地把每张面孔都看了一遍，没觉得哪个女生比她更漂亮。

正好这次回校录制节目，宋砚想顺便看望看望其他老师，这是节目台本之外的行程。温荔晒了一上午太阳，好不容易到了室内，立刻找了个空旷的教室让化妆师给自己补妆，再给身上多喷半罐防晒喷雾。

温荔吹了半天空调，出去的时候，节目组的几个摄像师都跟着宋砚去教务楼其他地方找另外的老师去了，留下几个工作人员带她过去。

温荔正要离开，刚刚接受了采访的宋砚的班主任突然叫住她。

"宋太太，我想跟你单独聊聊，可以吗？"

温荔虽然不清楚班主任想聊什么，但还是点头："可以。"

她跟着班主任进了办公室。暑假期间，办公室里值班的老师不多，现在里面就她和班主任在。

宋砚的班主任是个笑容亲切的女人，温荔家里没什么女性长辈，所以对她格外有好感。

尤其是她刚刚在镜头前夸宋砚的时候。

结果两个人单独相处时，班主任的第一句话就把温荔吓了个半死。

"温荔，我记得你，你是柏森的朋友吧？"

温荔干笑："老师，您还记得我啊？"

班主任笑容温和地安慰她道："当然记得啊。放心，宋砚回校前跟我通过电话，我刚才对着你们节目组的镜头什么都没说，你也听见了。"

"哦……"温荔点了点头。

班主任当然知道，面对镜头，关于学生的过去，哪些话能说，哪些话不能说。

"我把你叫过来，是想让你替我还给宋砚一样东西，是他读高三的时候我从他那儿缴来的，本来打算等他申请了好大学或者高考完交给他，没想到他直接去演电影了。我觉得这东西算他的秘密，给其他人吧，我不放心；直接给他吧，他可能都不记得了，所以就转交给你吧。"

392

温荔听得一头雾水："什么东西啊？"

班主任的语气听上去有些含糊："呃，就是你们那个年纪的女生都喜欢的东西。"

温荔更茫然了："啊？女生？"

"十八岁嘛，男生、女生都是很敏感的，男孩子喜欢看这个，也正常其实。"

班主任知道今天宋砚要回学校录节目，一早就把东西找了出来，这时直接从办公桌的抽屉里拿了出来，是杂志。

十年前的青春杂志，专门刊登言情小故事的那种杂志。

温荔看到封面的时候就愣住了。

她读高中的时候就有演员梦，所以当杂志社的编辑来学校挑封面模特的时候，她毫不犹豫地报了名，也不出所料地被选上了。

她只拍过几期，被舅舅发现后就没敢再拍了。

温荔做封面模特的这几期杂志如今都在班主任的手里，是全的，封面已经陈旧泛黄，上面十六岁的她笑容甜美，脸上化着以现在的审美来看有些老土的妆容，动作也是矫揉造作。

杂志封面的电子图如今在网上还有留存，每年都会作为艺人的黑历史被营销号翻出来调侃一番，但实体书早已找不到了，没几个人留着，包括她自己。她嫌那时候的照片土，怎么可能还留着？

时代发展太快，十年前的杂志如今看上去就像是古董。

温荔的表情有些复杂："他以前还看言情杂志啊？"

班主任的表情也很复杂，眼里更多的是怀念之情。

温荔怀着复杂的心情翻开杂志。杂志内页很干净，里面的那些言情故事她已经没兴趣看了，她一页页翻着，试着找寻宋砚阅读过的痕迹。

终于，她找到了，是一个女孩子的名字——"温荔"。

她又翻了几页，又看到了拼音缩写"wl"。

他年少时爱慕过一个人，出于各种原因，这份爱慕说不出口，于是变成了纸张上笔下的名字和缩写。

好像多写一遍这个人的名字，他就能多宣泄一点儿这份隐晦的爱意。

她一直往后翻，终于在某个短篇故事中再次发现了他留下的痕迹。

那是故事中男孩子的心理描写：

"我站在广场上，用点燃的蜡烛围成爱心的形状，对喜欢的女孩说'我喜欢你'。

"她笑着冲我跑过来，柔软的身体扑进我的怀里，那一刻我觉得：真好，我喜欢的女孩，她是那么那么好。"

宋砚在这段话下面画上横线，旁边是他狠狠地凿在纸张上的几个字——"她没来"。

温荔仿佛能从字迹中看出当时的宋砚有多么失望和生气。这一页纸很皱，大概是被他因为难过捏皱的，但又明显在之后被抚平了。

这几本杂志，除了写有她的名字和那几个字，干净又整洁。宋砚没有写日记的习惯，当然不会把所有的心事都写在上面。

但这几本杂志和名字足够说明一切。

温荔才是宋砚整个青春真正的秘密，是他怎么都不愿意坦白的秘密，难堪、悸动、隐秘、深刻，怎么都忘不掉。

他怎么可能愿意告诉她？换作她，她这辈子不会告诉任何人。

因为这段青涩的暗恋真的太丢脸了，无论对男生还是对女生而言，除非他放下了，除非他看开了，才会在未来的某一刻，把这段回忆当作青春的小插曲说出来。

对于这段回忆，他从头到尾都没放下过，也没忘记过，所以怎么都过不去，也释怀不了，更说不出口。

温荔拿着杂志的手在抖。

班主任知道她懂了，也知道自己的意思传达到了，轻声问道："你们现在都已经结婚了，我拿给你看，宋砚应该不会怪我吧？"

温荔觉得自己像个自私又卑劣的偷窥者。

她怎么这么粗神经，这么愚蠢？

偏偏宋砚又这么敏感，这么内敛，她也不知道是该怪自己还是该怪他。

在对某人心疼到极点的同时，温荔又忍不住高兴。

骄傲的小天鹅才不会因为心疼谁就否认自己的魅力。

所以她像精神分裂一样，对着几本杂志又哭又笑。

"呜呜呜……嘿嘿嘿……呜呜……嘿嘿嘿……"

班主任："……"

宋太太这个反应，是班主任完全没想到的。

温荔激动又难过了半天，等心情稍稍平复，她终于意识到自己刚刚可能吓到班主任了。

"不好意思啊，老师……"她吸了吸鼻子，开始为自己辩解，"我们干演员这行的，情绪都比较饱满。"

那宋砚怎么没有？说到底还是个人性格差异。

不过班主任也没戳穿，点头道："理解，理解。"

温荔深深地吸了口气，感觉语气恢复了平静，才又问："刚刚您说这些杂志是从宋砚那儿缴来的？"

"对，这些是宿舍管理员拿给我的。宿舍里其他男生的都是游戏机之类的，宋砚的比较特别，所以宿舍管理员就拿给我了。他的成绩一直不错，我要是去跟他谈心，反而会影响到他，这些杂志不知不觉就在我这儿放了这么多年，我一直没扔。"班主任说到这儿又笑了，"还好没扔。"

温荔双臂收紧，牢牢地抱着杂志。

"宋砚上课的时候会看吗？"这个问题连她自己都觉得荒唐，她又不好意思地补充道，"肯定不会吧。"

"上我的课时没有，上别的课时我就不知道了。"班主任回忆道，"不过在我的课上，他开过小差。"

他们做老师的教了这么多年书，当然清楚没有哪个学生真能一节课都专心致志地听讲，就算是成绩优异的学生也不例外。

某节课，班主任布置完任务，让学习小组拼桌讨论，有的学生在认真讨论，有的学生则是趁此机会偷偷聊天儿。宋砚和柏森那个组的四个男生，面对面将桌子拼在一起。他们组正好坐在不靠近走廊的窗户边上，突然，其中一个男生拍了拍柏森的肩膀。

"欸，柏森，楼下那个是你未婚妻吧？"

"温荔、发小儿、青梅竹马、妹妹，随便你叫哪个，你就只认识'未婚妻'仨字？"

柏森不耐烦地往窗外望去，嘴里"喃喃"道："这丫头不是又跟朋友吵架了吧……"

楼下不只有温荔，还站着好几个女生，她们都穿着隔壁明枫中学的校服。

和英德国际实验学校大面积深灰，只有领带和袖口以明黄色点缀的校服设计不同，明枫中学艺术分校女多男少，他们的校服以杏黄色为主调，像是季节未到所以还没完全成熟的枫叶。

柏森打开窗，趁着教室里讨论声嘈杂，朝楼下喊了声："丫头！你又跑到我们学校来！小心我跟你舅舅告状！"

温荔抬起头，看到柏森，立刻举起胳膊，挥了挥手机，说："你看手机！我给你发短信了！"

柏森左右看了看，发现班主任还没回来，他立刻掏出手机看她给自己发了什么。

除了宋砚，另外两个男生都把头凑了过来。

柏森刚扫了一眼短信，班主任就回来了，问大家讨论得怎么样了。

他赶紧收起手机，推了推身边宋砚的胳膊，挑眉，悄声说："阿砚，咱俩换个位子，你坐到窗户边上去。"

正低头写这节课布置的双语议论文作业的宋砚闻言，抬起头问道："怎么？"

"温荔那天不是跟她朋友吵架了吗？她来找我，但是我们班那天组织外出游玩，然后你正好有事要提前回来，就替我回教室等她过来，还记得吧？"柏森咧嘴笑了，

"她跟她朋友和好了，现在带她朋友来看帅哥。"

宋砚的眼皮颤了颤，语调依旧毫无起伏："哦。"

"'哦'什么'哦'啊，她在短信里跟我说，她是专程带她朋友来看你的。"柏森说，"去，窗户我都给你打开了，你就露个帅脸给人家看一眼。"

柏森拉着宋砚的胳膊，非让他跟自己换个座位。

宋砚就着打开的窗户往外望去。

在楼下站了半天，一直在等他的女孩子脖子都仰酸了，终于看到他了。

宋砚目光平静，温荔先是尴尬地低下头，抿唇，不大自在地摸了摸鼻子。调整好心态后，她赶紧推了推身边的朋友，朋友也赶紧抬起头，接着就傻了，眼中充满了惊艳之色，拉着温荔，不断小声又激动地说："妈啊，这个男生好帅！真的好帅！"

温荔得意地说："没骗你吧，比柏森还帅。"

然后她对楼上的宋砚绽开一个笑容，朝他兴奋地挥挥手："学长，谢啦！"

宋砚微微蹙眉，很快别过头。

没得到回应，温荔有些失望地鼓了鼓嘴，不过目的已经达到，她也没多在意他刻意的冷淡，和朋友手牵手，嬉笑着跑开了。

宋砚抿唇。温荔把他当作自己和朋友和好的工具，只用一声轻飘飘的"谢谢"就打发了他，连声"再见"都不说，就擅自离开了。

和那天一样，他坐在教室里听她诉了好半天的苦，后来一发现自己不是柏森，她立马变了脸色，再之后他被磕破了嘴皮，流了血，她也是一句道歉和关心的话都没有，扔下他就跑。

他魂不守舍了好久，梦里被人撩拨，已经洗过的被子再次下了水；她却这样没心没肺，得知两个人都是初吻后，就对那场意外释然了，觉得自己没亏，一觉起来，当作什么事都没有发生过。

清澄透明的天空中，卷云轻得像丝丝缕缕的薄棉花。教学楼旁栽种的梧桐树还未到花期，花蕊尚在襁褓中，枝丫铺展出无尽的嫩绿。温荔杏黄色的校服裙摆明亮鲜活，擅自闯入这茫茫春色中，同样，那明亮的笑容也不打一声招呼就闯进人的心里。

宋砚盯着那个灵活跑远的任性背影看了好久，直到班主任将他唤回神。

少年握紧了手中的笔，低声道："对不起。"

班主任往窗外看了一眼，并没有责怪，只是语气温和地说："咱们学校的景色是很好看，等下课了再慢慢看也不迟，先把我布置的议论文写完。"

一直到下课铃响，宋砚像是在刻意忽视什么，再也没往窗外看过一眼。

十几岁的学生，轻易就能用悸动的心事奏响青柠般酸涩又稚嫩的小插曲。

"可能是窗外的景色太好看了吧，看着看着就忍不住发呆了。"

班主任在回忆中得出如此结论。

温荔点点头说:"这我也有经验。"她上课也老发呆。

"那这些杂志我就物归原主了。"班主任说,"他现在看到这些杂志估计也挺难为情的吧,接下来就拜托你了。"

"……"

班主任把宋砚这段难以启齿的暗恋心事交给了被暗恋的当事人,她是无事一身轻了,温荔却为难了。

她虽然是粗线条,但也明白,宋砚既然把这这件事藏在心底这么久,到现在都没有告诉她,就是因为很在意它,不想让她知晓。

如果贸然跟宋砚说,"我知道了你的小秘密哟",她是高兴了,虚荣心也得到满足了,但他呢?

他一定会觉得她贸然闯入了他的记忆,偷走了他的秘密。

就算她是他心事里的女主角,也不代表她可以在他面前耀武扬威。

因为这是属于他的记忆,包括她在内,没有任何人有资格借此打趣或者伤害他。

她要保护好宋砚的十八岁,保护好少年十八岁时最隐秘的情愫。

为难的温荔抱着杂志,在工作人员过来催促后,手忙脚乱地将这些杂志塞给了文文。

"藏好了,别给宋老师发现。"

"什么啊这是?"文文看了眼封面,又看看温荔,震惊地说道,"姐,这不是你吗?哇,这算是古董了吧!"

"这是古董那我是什么?千年王八?"温荔没好气地说,"带我先去找Lily姐补个妆,我的眼妆可能花了。"

文文看了一眼温荔的眼睛,眼妆还真的有点儿糊了,还好眼线和睫毛膏都是防水的,所以不仔细看压根儿看不出来。

不过,录制时脸部的高清特写镜头不少,以防万一,文文还是先跟工作人员打了声招呼,才带着温荔去找化妆师补妆。

化妆师Lily边给她补散粉边问:"才补好的妆,你这是怎么了?哭了吗?"

"没,热的。"

文文边摸着下巴欣赏温荔补妆,边"喃喃"说:"可是教务楼里的空调温度开得还挺低的啊,我都打喷嚏了……"

温荔面不改色地改了口:"哦,那就是冷的吧,冷哭的。"

文文:"……"

等补好妆和宋砚会合,温荔不知怎么的,对宋砚突然躲闪起来。下午宋砚带她到处逛校园,她不看路边栽种的树,不看建筑物,不看地标,不看身边围观的学生,老是盯着宋砚。

宋砚一转过头去看她，她就又像是漫不经心地挪开了视线。

她魂不守舍的样子被镜头拍到，摄影师觉得她今天下午的状态不太对劲，发微信给严导问怎么处理，要不要先暂停拍摄。

严导："不用暂停，就这么拍。"

严导："宋砚盯了他老婆那么多期，总算也轮到他老婆盯他了。"

严导："［得意］"

第一天的录制到下午四点正式结束，下午温荔还单独去了趟男寝，本来是想去宋砚以前住过的寝室找找他生活过的痕迹，结果刚进去就迎面撞上个光膀子的小男生。

她没觉得难为情——小男生而已，还对人家笑了笑。

小男生被个大美人看光了上半身，他定睛一看，这个大美人还是电视里经常出现的温荔，一时间也顾不上是被温荔看到了他白斩鸡一样的上半身更难为情，还是光着上半身被摄像头拍到了要上电视更难堪，小男生捂着脸就跑，连签名都忘了要。

没过几分钟，小男生拿着扩音喇叭，站在宿舍的走廊里大喊："温荔来突袭男寝了！！！兄弟们都穿好衣服！！！"

一时间，男寝整栋楼仿佛都震了一震，随即"轰"的一声炸开了。

"温荔女神！！！"

后来，跟拍宋砚的几个工作人员哭笑不得地把这件事给宋砚说了。

宋砚："……"

今天的录制，除了上午宋砚有些心不在焉，下午温荔有些心不在焉，任务过程中被学生们全程跟随围观，答题环节嘉宾们不断收到学生们的提示，其他一切都还算顺利。

节目组最大的收获是采访到了宋砚的班主任。之前给宋砚做专题纪录片的访谈节目曾不止一次找到英德国际实验学校来，想从宋砚的班主任的口中了解学生时代的宋砚是怎样的，但每次都不巧，班主任不是带着学生去国外参加竞赛了就是出差调研去了。

对宋砚高中班主任的采访算是他们节目组的独家素材了，到时候肯定要放在节目里重点播出。

和温荔同样就读于明枫中学的陈子彤今天陪她的老公邱弘去了燕大附中，第二天来明枫中学这边录制。下午录制完毕，他们俩坐车过来，正好跟温荔他们会合，顺便一块儿吃饭。

面对镜头，嘉宾们随意地聊起自己今天在学校里录制过程中遇到的趣事。

嘉宾们身上的校服都还没换下来，邱弘刚和宋砚两口子会面的时候就看了好几眼，如今在饭桌上，邱弘实在忍不住，开始吐槽："不是我说，你们穿这校服是要去拍偶像剧吗？"

校服穿着好不好看，主要还是看人，邱弘和陈子彤都高挑修长，校服穿在他们身上其实也很好看，邱弘这么吐槽，主要还是为了综艺效果。

陈子彤拍了拍邱弘的肩，安慰道："老邱，没事啊，我学校的校服也很好看的，明儿你去我们学校录就能穿了。"

"我不信。"

"嘿，我还能骗你不成？"

说完，陈子彤就掏出手机在线搜索明枫中学的校服，然后拿给邱弘看："好看吧？"

邱弘一看，更羡慕了："太打击人了，这么看来，我们学校的校服最丑。"

陈子彤秉着炫耀的心情，又把手机递给对面的两口子："看看？说句可能得罪你们的话，我个人觉得明枫中学的校服比英德国际实验学校的还要好看那么一点点。"

殊不知对面的两口子其实知道明枫中学的校服长什么样，也认为明枫中学的校服要比英德国际实验学校的好看。

"明枫中学的是更好看。"温荔毫不犹豫地偏心母校，又推了推宋砚的胳膊："宋老师，你觉得呢？"

宋砚不知在想什么，点头："嗯，颜色更好看。"

"过奖过奖，我代替我们学校说声'谢谢'。"

"不过网上这张图是几年前的款式了，现在好像又改动了一点点，不过颜色没变，就是杏黄色吧，有点儿显黑。"陈子彤看了一眼对面的两口子，又看了看自己的老公，"你们穿应该好看，我们家老邱穿就不一定了，他太黑了。"

邱弘瞪眼："你什么意思啊？我这是健康的小麦色好不好？"

"小麦色，小麦色。"陈子彤敷衍道。

吃过饭，嘉宾们坐车回节目组安排的酒店。温荔和宋砚坐一辆车，因为今天的录制内容，两个人都有心事，所以没怎么交流。

下了车，文文叫住温荔。

宋砚下意识地也停住脚步，等温荔和文文说完话。

文文大声问道："姐，你上午给我的那几本杂志不拿回房间吗？"

宋砚："什么杂志？"

文文："就……嗯？！"

"啊啊啊，没什么，没什么！"温荔猛地朝文文跑过去，一把捂住文文的嘴，转头对宋砚干笑，"宋老师你先上去吧，我和文文说点儿私事。"

宋砚望向温荔。他每次观察人的时候都是这样，静静的，莫名其妙地很让人不安。

温荔催促道："你快上去休息吧。"

男人最终什么也没说，转身先上了楼。

等他的身影消失后，温荔才放开文文，责怪道："郁文文！你是不是想卷铺盖走人了？"

连名带姓地被温荔吼了，文文委屈，但更多的是莫名其妙。

"怎么了？"

"你不懂。"温荔烦躁地叹了口气，"男孩子的心也是很脆弱的，这样直接戳破会伤害到他的。"

文文神色茫然："听不懂。"

温荔也没指望文文能听懂，摸着下巴站在原地想了半天，突然想到什么，掏出手机给早已经回房的陈子彤发了条微信。

不一会儿，陈子彤爽快地回复她"OK"。

"我先不回房间了，去子彤姐的房间找她商量点儿事。"温荔点了点文文的额头，"你先帮我把行李放回房间吧。还有，杂志一定给我藏好了，听到没？"

文文捂着额头说："嗯。"

温荔去陈子彤的房间找陈子彤，文文则是拎着温荔随身携带的小件行李去了温荔的房间。

宋砚给开的门，看到是文文，有些惊讶。

"她呢？"

"姐去找陈子彤老师了。"

宋砚没说什么，帮文文把温荔的行李提了进来。

完成任务后，文文恭恭敬敬地说："那我也回房间了，宋老师你早点儿休息。"

文文刚转身，宋砚又叫住她。

文文心里有种不好的预感，果然，下一句，宋砚问她那些杂志到底是什么。

文文含糊地道："没什么啦。"

宋砚挑了挑眉，温和地问道："她让你不要告诉我的？"

文文抿唇，双手合十道："宋老师，我不能失去这份工作，我每个月还要还房贷，麻烦您理解一下。"

"理解。"宋砚微微眯了眯眼，放轻声音，似乎有些失落地问道，"不是其他男艺人的杂志吧？"

"不是！绝对不是！"文文小声说，"是姐自己的啦，宋老师放心。"

说完这句，文文怕再被宋砚套话，立刻跑了。

文文离开后，宋砚坐在沙发上，发了半天呆。

听工作人员说，今天在他去看望其他老师的时候，温荔没有跟过来，是因为他的班主任接受完采访后，找她单独聊了聊。

他心思细腻又敏感，很快便猜到了内情，蓦地抿唇，英俊的脸上显露出几分慌乱和无措。

埋藏了很久的秘密就这样毫无防备地被挖了出来，这个秘密他从未向任何人透露过，就连最亲密的朋友都不知道。

说不清是害怕更多还是羞惭更多，宋砚突然弯下腰，单手扶额，深深地叹了口气。

这天晚上，温荔很晚才回到酒店房间。

她以为宋砚已经睡下，偷摸去阳台上打电话。

因为怕吵醒宋砚，所以温荔即使是在室外，打电话的声音也压得很低，只在偶尔没忍住激动的情绪时大喊了几声"舅舅"，但也很快降低了分贝。

打完电话，温荔又去洗漱，最后悄悄地爬上床，盖好被子，背对着他玩手机。

宋砚一直等到温荔的手机光熄灭，才将她揽进怀里。

知道她已经睡了，但他仍然不敢问得太明显。

"是不是给你造成负担了？"他的声音很哑，他顿了顿，自嘲道，"很恶心吧？"

她印象中那个对她冷漠又疏离的学长其实背地里搜集了所有她做封面模特的青春杂志，在和她的青梅竹马是那样亲密的朋友的情况下，居然喜欢上了她，在被她的家人那样明确地拒绝后，居然还是没有放弃——

如果不能拥有她，拥有和她相同的梦想，至少离她的梦想近一点儿也好。

后来阴错阳差，她放弃了做唱跳歌手的梦想，也站在了国内的聚光灯下，成了一名演员。

他心里那抹遥不可及的光成了他的后辈。

他手上的签字笔那一刻突然出不来墨水。之后出场的温荔朝他礼貌地点了点头，笑容客气疏离，仿佛和他是第一次见面。

也是，他们读高中的时候本来也不熟。

宋砚也点了点头，垂在身侧的手几乎要将手中的签字笔握断，两个人就那样在红毯上留下了第一张合照。

他们明明十年前就认识，第一张合照居然是由媒体镜头拍下来的。

两个人重逢之后的每次相处，宋砚都心情复杂，怕她察觉，又怕她察觉不到。

如今她应该察觉了，但是她装作不知道，至于原因，他不想问，也不敢问。

安静的房间里，回答他的只有怀中人安静的呼吸声。

第二天的录制照常进行，两个人又回到了英德国际实验学校，但上午的录制结束后，下午温荔就不见了。

老婆不见了，当老公的居然没问她去了哪里，工作人员也没提，好像今天的台本内容就该是两个人分开录制，整个节目组都很不对劲。

英德国际实验学校的校园很大，宋砚索性去逛了逛昨天没来得及逛的地方，但是有意绕过了烟花广场。

跟着他的几个工作人员在后面交头接耳。

"你是不是已经跟宋老师说了，让他不要往烟花广场那边去？"

"没啊，我还没来得及说，我以为是你说的。"

"我没说啊。"

工作人员面面相觑，谁也不清楚为什么宋砚没有被提前告知，却自觉地绕过了烟花广场。

算了，反正结果都一样，他们就不去管原因了。

希望温老师那边一切顺利吧。

温荔这边还真不太顺利。她从来没做过这种事，厚着脸皮拜托工作人员帮她买了一箱蜡烛和烟花回来。等东西买回来了，工作人员说要帮她一起摆，她却拒绝了，说要自己摆。

那时候可没有人帮宋砚，小可怜学长自己一个人摆好的，所以她也要一个人摆好。

摆蜡烛听着简单，但仅靠自己，还是有点儿困难。爱心摆多大？要多少根蜡烛？因为自己看不到整体效果，摆着摆着，爱心就歪了，这些都是预料不到的困难。

她还要被工作人员和一帮学生跟看猴子似的围观，真的非常难为情。

所有人都以为这是节目安排，谁也不知道这其实是温荔自己的小心思。

最后她实在受不了周围的目光了，对文文说："文文，你去校外给我买点儿酒过来。"

文文以为自己听错了："啊？姐，录节目期间喝酒是不是不太好啊？"

温荔摆手："没事，我背着镜头偷偷喝，不喝醉，就壮个胆。"

"好吧。"

夕阳渐沉，广场上的光线逐渐暗下来。暑期室外的温度太高，哪怕有水雾小电扇和遮阳伞也不顶用，温荔擦了擦汗，几乎快累瘫了。

她自信地一笑，对工作人员说："可以把宋砚搞过来了。"

温荔临时要改节目组的台本，这事是提前跟严导沟通过的。

严导心里是又高兴又难过，高兴的是，这对终于不用他们台本硬撅头，就会主动给对方惊喜了；难过的是，在知道温荔要给宋砚惊喜后，他给温荔提供了很多新颖的方案，但温荔非常固执，都不要，就要摆蜡烛。

这个方案真的好土。

严导非常嫌弃。

就是不知道宋砚会不会嫌弃，希望他见到这个惊喜后，不要嫌弃自己的老婆太土。

此时宋砚正坐在学校小山后的凉亭里发呆。

摄像师和几个工作人员谁都没有打扰他，摄像甚至走远了几步，将他和凉亭以及凉亭边的灌木丛和小石子路一并拍了进去。

傍晚的蓝天与夕阳交相辉映，天空呈现出深浅不一的紫和橙红。专业出身的摄像师很懂画面构成与镜头语言，《人间有你》虽然是综艺节目，但从第一季至今，唯美的名场面数不胜数，甚至有个别画面被吹成电影质感。

眼前这幅画面虽然平淡，但让人赏心悦目。

宋砚很少参加综艺节目，在电影频道为他拍摄的纪录片里，除了面对面的采访，他在片场里读剧本的身影大多是这样安静的。

纪录片里，和他相熟的导演于伟光说，宋砚是个心思很敏锐的孩子，内在太敏感，外在有时就会显得过于淡漠，这样的人通常不会把喜悲明显地写在脸上，甚至给人清高孤傲的印象，但宋砚其实善于观察，善于理解，所以天生是个演戏的好苗子。

昨天接受《人间有你》节目组采访的宋砚的班主任也说他沉默寡言，不爱理人，但老师和亲近的朋友都知道，他是个好孩子。

如果不是温荔那边的工作人员过来催，没人忍心打扰宋砚独处的静谧时光。

工作人员说让宋砚去烟花广场和温荔会合，宋砚一听温荔在烟花广场，蹙了蹙眉。

"温老师去那里做什么？"

工作人员"啊啊"装傻："编导临时安排的吧。"

宋砚目光微敛，意识到自己今天不在状态，心神恍惚。

他站起身，听从工作人员的安排，准备去烟花广场。

烟花广场对宋砚来说不是什么好的回忆，因为是在镜头前，他不好表现得太明显，可他也不是能把所有情绪都藏得很好的人，所以在往烟花广场那边去的时候，脸色还是肉眼可见地沉了下来。

跟拍的摄像师却很兴奋。

403

一行人快走到那儿的时候，发现周边都是成群结队的学生，尤其是女生，互相抓着对方的手，激动得蹦了起来。

"来了！来了！啊啊啊，他过来了！"

宋砚抬头朝广场上看去。

他有很轻微的近视。太阳这时候差不多已经落山，天色墨蓝中带着微微的透明，照明的路灯适时地亮起，伫立在广场四周。

广场上很热闹，从宋砚的角度望过去，有个身影站在蜡烛组成的微弱光源中间。

宋砚突然停住脚步。

摄像师猝不及防，扛着机子赶紧转了回来："宋老师，你怎么停下了？"

宋砚微微启唇，却无法和摄像师分享自己此刻的心情。

花了点儿时间走过去，他终于看清了这抹杏黄色的身影。

宋砚彻底愣住了。十年过去，明枫中学校服的主色没变，款式和细节有微小的改动，但仍和他记忆中的杏黄色重叠了。

温荔是学跳舞的，宋砚还记得，她读高中时最常扎的发型就是高丸子头。她的颅顶高而圆润，扎这个发型就像是一个鹅蛋上顶了个毛球。后来温荔当了演员，她的造型团队会将她的长发梳成各种漂亮的发型，但她再也没扎过这样的发型。

今天温荔重新扎上了丸子头，干净清爽，利落可爱，还是那副稚嫩年轻的模样。

温荔站在用蜡烛围成的心形中间，这么多烛光，加起来都没有她那双眼睛明亮动人。

她见他过来了，得意地仰起下巴，笑盈盈地看着他。

温荔什么都不用说，他已经懂了。

她将手背在身后，有些扭捏地晃了晃脑袋，短裙下的双腿紧紧并拢，脚尖不由自主地来回磨地，鞋尖都快被她磨平了。

她嘴唇翕动，张开又合拢，"呃"了半天，最后也就憋出来一句："这些蜡烛我一个人摆了好久，送给你。"

在极度难为情的状态下，她还不忘强调是自己一个人的成果。

早知道她就多喝点儿了，现在还不够醉，导致今天下午打好的腹稿根本说不出来。

"那什么，我还准备了烟花，我给你放。"

蜡烛外还立了一圈小型烟花，温荔找工作人员借来打火机，一个个点燃了这些烟花。

大概半米高的花火柱一束束从地面腾起，温荔拉着宋砚离远了些。

"离远点儿看，万一烫着你就不好了。"

一般学生在烟花广场上玩烟花，不会一次性买这么多。"刺刺"的烟花像无数星光，将广场中央照得如同白昼，吸引了不少学生站在旁边围观，就连几个摄影师都被这夜晚的烟花吸引，将摄像机对准了拍。

温荔满意地看着自己的成果，又仰头去看宋砚，悄悄观察他的反应，是高兴还是生气；她这个自作主张的行为，是让他释怀了还是让他觉得被冒犯了。

温荔其实很头疼，因为不知道自己怎么做才能保护好宋砚的十八岁。想了半天，她找子彤姐借来明枫中学的校服，又打电话找舅舅，终于问出了宋砚在青春杂志上写上"她没来"三个字的原因。

死舅舅！等明年正月，她的第一件事就是去剪头发！

跟舅舅的账等录完节目回温家时再清算，现在她满脑子想的都是该用什么方式告诉宋砚。

没办法，她是演员不是编剧，想法不多，思来想去，她也只能想到这个办法。

其实她还是有点儿害怕，担心宋砚还不能释怀。甚至哪怕他好脾气地选择了释怀，但他只要有一点点不乐意，她都没办法原谅自己。

温荔不想让自己和宋砚之间再有任何隔阂，哪怕那隔阂只有一点点；也不想今后他心中某个角落里关于温荔的记忆有任何灰色，哪怕那灰色只有一点点。

宋砚对她那么好，那么喜欢她，他的爱意美好又温柔。她不是一个喜欢占人便宜的人，又演了那么多爱情剧，明白两个人之间的感情应该是对等的。

虽然她还不是一个温柔的人，但从现在开始，她会去学。

宋砚的眼睛一眨不眨地凝视着她，眼眸里的情绪像是被夏季晚风吹得忽明忽暗的烛火。

从愣怔中缓过神后，他英俊的眉眼始终拧着，嘴唇紧紧地抿着，口中干燥苦涩，喉结艰难地上下滚动，想说什么，却什么也说不出口。

最后他轻叹一口气，垂下眼帘，用眼睑遮住了眼尾泛起的红晕，有什么东西却不受控地落下，沾湿了他颤动的睫毛。

温荔离得近，看得一清二楚，她惊讶地张大嘴，下一秒就被宋砚拉进了怀中。

摄像师立刻将镜头对准他们。

这帮年轻的学生看热闹不嫌事大，起起哄来毫不羞涩，那分贝和激动的语气，巴不得他们当场就抱在一起来个法式热吻。

工作人员都是成年人了，相对冷静一些，几个人对视，想笑又有些无奈。

严导还是失算了，之前在群里一个劲儿地吐槽温老师这招太土，结果人家宋老师就真吃这一套。

所以招数不在于新旧，管用就行。

宋砚抿唇，弯下腰，有些艰难地将头埋进她的颈窝。

他招了麦，在周围学生此起彼伏的尖叫声和烟花升腾炸裂的"刺啦"声中，用带着几分鼻音的低沉声音说："别让我被拍到。"

温荔回抱住他，整个人都傻了，也赶紧掐了麦，哄孩子似的安慰他："乖哦，不哭了。"

宋砚轻轻地笑，气息打在温荔的脖子上，怪痒痒的，她不自觉地动了动。

怕自己这副样子被拍到，他连忙又把人抱紧了点儿，结结巴巴地怪罪她："什么啊你……罪魁祸首。"

"学长，"温荔"嘿嘿"笑了，仗着周围吵闹，其他人都听不到，终于在他的耳边说出了自己最想对他说的话，"我暗恋你好久啦，你能不能做我男朋友？"

宋砚又一次怔住了。在高中校园里，周围都是年轻的学生，温荔穿着高中的校服，将自己十年前错过的这一幕告白场景，在十年后用同样的方式还给了他，就好像是十六岁的温荔给宋砚的回应。

她没有明说，而是用这样温柔隐秘，只有他们俩才明白的方式告诉了他，向他坦白，她已经知道了他的秘密，但她不觉得这是负担，相反，她很感激，也很惊喜。

她决定把这份心意以同样的方式还给他，以他爱她的程度去爱他。

就这样，宋砚十年来的那份执念、那个忘不掉又不敢提起的伤口，终于在今天被她用新的记忆给彻底填满了、补上了。

阿砚学长以后再也不会为这段记忆难过了，再也不怕来烟花广场了，因为阿荔学妹已经把这里的记忆变成了明亮温暖的杏黄色。

他抱紧她，低沉地"嗯"了一声，接着回答道："我的荣幸。"

宋砚把人抱在怀里，那颗强有力的心脏正在剧烈地跳动，如同被敲击的大鼓，一下一下有节奏地振动着。

那颗心在想：真好，他喜欢的女孩子比杂志里那些女主角都要好，她是这个世界上最温柔的女孩子。

第二天的拍摄结束后，一行人打道回酒店。

在车上休息的温荔接到严导的电话。跟严导打电话没必要避开宋砚，她直接按了免提。

严导一开口就很直白："今天晚上的录制我刚看了。"

温荔语气羞涩："怎么样？我的表现是不是很不错？"

"不错，"严导先夸了句，紧接着又打击她，"就是招数太土。"

本来高兴了一晚上的温荔立刻垮下脸，幽幽地看着宋砚，用唇语对他说：都怪你，我这是抄的你。

宋砚也不推卸责任，勾起嘴角，用唇语回：对不起，我错了。

温荔白他一眼，紧接着反驳严导："哪里土？我觉得超级浪漫，你看宋老师多感

· 406 ·

动，他……"她迅速反应过来，紧急改口，差点儿咬到舌头，"他多感动啊！"

"感动？没看出来。"

"严导你不是当事人，不会明白的。"温荔非常自信，"观众会明白的。总之，第八期的收视率包在我身上。"

严导给温荔说笑了，调侃道："说实话，我要是当事人，我老婆给我整这么浪漫的一出，我当场就抱着她猛亲了好吗？你们就这？"

此话一说出口，不仅温荔，连坐在前面的两个助理也笑了起来。

只有宋砚比较淡定，手指抵着唇，看着车窗外的风景不说话。

温荔哭笑不得地说："严导……没想到你对你老婆这么热情啊。"

"当然了，你以为谁都跟宋砚似的？"严导语重心长地说，"他综艺节目拍得少不知道，但你是综艺节目的常客了，平常多带带你老公啊，他的反应太平淡了。"

没想到严导不满意的居然是宋砚的反应太平淡了。

她都没有不满意。

温荔当然要为宋砚辩解两句，说："播出了影响不好啊，好多小朋友看咱们节目呢。"

"用你操心这个吗？影响不好的播出时我们会剪掉。"

"……"

温荔疑惑了几秒钟，确定跟她打电话的是严导本人后，无奈地说道："那反正都要剪掉，还亲什么亲？"

严导沉默，过了几秒后强硬地说："你们亲你们的，我们剪我们的，有问题吗？"

温荔一脸迷惑。

"严导，你今天是不是喝酒了啊？"

"没喝。"严导重重地叹了口长气，"你们两口子懂个屁！唉，算了，算了……"

之后严导没再聊今天的录制，而是告诉他们，下个星期第八期节目播出的时候，节目组准备让他们开个公益直播，到时候跟粉丝一起做一期正片的reaction（反应，在综艺节目中指将艺人或粉丝看艺人视频的整个过程录下来，看点就是观看视频时的反应）。

说完这些，严导挂了电话。

车里重新安静下来，不过因为严导的那些话，温荔又莫名其妙地多想了。

连快五十岁的严导对老婆都这么热情，她和宋砚还这么年轻，自己给他准备了这么大个惊喜，虽然他是很感动，还红了眼睛，流了几滴美人泪，但给她的肢体反馈好像是过分平淡了。

她昨天知道宋砚暗恋她这么多年后，说句实话，还好宋砚当时不在她身边，否则就以她当时那激动的心情，肯定把持不住，一个猛扑直接把他亲昏迷。

温荔越想越觉得这个男人好冷淡。

读高中的时候他就冷淡,劝退了十六岁的温荔;现在两个人都长大了,他演了那么多电影,怎么还是这么冷淡?难道这浮华的演艺圈就一点儿也没改变他的性格吗?

温荔就这样想了一路,冰山学长变成冰山老公,她以后几十年的日子算是惨了。

终于到了酒店,进了房间,她憋不住了,边往里面走,边故作正经地说:"宋老师,我觉得严导说的话很有道理,你今天晚上的反应……啊!"

话还没说完,她惊呼一声,整个人被宋砚拦腰抱起。

男人身上好闻的冷冽香味和不容温荔拒绝的话一并灌入她的身体,惹得她不自觉地颤抖,心脏"扑通扑通"地狂跳,手下意识地攥紧了他的衣领。

"我忍了一路。"宋砚言简意赅地说道,"有什么话一会儿再说。"

第九章
少年暗恋得偿所愿

温荔定定地看着他。

她本来的打算是回酒店后，慢慢地和他重温年少时光。他们读高中的时候交流得不多，现在把事情说开了，有很多话可以聊，也许还会彻夜长谈。

但他现在明显没那个耐心陪她聊。

数百万年的进化让人类拥有了智慧，学会了使用工具，在日益完善的社会制度下，他们和普通动物有了最本质的区别，掠夺和欲望不再只受本能驱使，法规和道德的约束教会他们思考和控制。

人类社会普遍提倡的礼节和风度，都依仗后天教育。

所以当人在某些情况下受到动物本能的驱使时，是没有什么理智的。

宋砚也不能免俗。喜欢了这么多年的学妹在今天彻底抚平了他心中的伤口，她穿着高中校服，笑容跟十六岁时一样甜，从收到这份惊喜的第一秒开始，他的心脏就不受控制地跳动，恍若擂鼓，快得似乎下一秒就会因为负荷过度而停摆。

她多淡定，在车上还能和人谈笑风生，却不知道他有多高兴，高兴到晚风都吹不走他脸颊和耳朵上升的温度，高兴到她精心为他准备的烟火和蜡烛的光芒，在他的眼中都没有她身上穿着的杏黄色校服惹眼。

回来的路上，宋砚一直一言不发，脑子里乱糟糟的，过去的记忆和刚刚的经历交织在一起，不断激发他内心的欲望，忍到现在已经是他的极限了。

刚回到房间，走了没两步，他就把人一把拽过来横抱起来。怀中的人柔软馨香，不知道今天喷的哪款香水，瞪大了一双漂亮的眼睛望着他，唇微启，仿佛在隔空邀请他。

明知道她这是下意识的动作，但男人的眼神还是不受控制地越发深沉，最终，理智不敌欲望。等不及抱着她穿过悠长的玄关再走到大床那边，也不管她愿不愿意就在这里，他松开手把人放下，又迅速地将人抵在玄关狭窄的墙上，温热急促的呼吸重重地朝她的唇撞过去。

温荔腰间一紧，身体被牢牢地扣在墙和男人之间，抵抗不能。

她起先没打算反抗，乖乖地仰起头配合，但吻了半天，宋砚连气都不让她换，她就有点儿受不了了。他的唇向下时，温荔才得以喘息。这一刻，她感觉自己的嘴唇和舌头多半是要废了。

"你之前要跟我说什么？"

温荔闭着眼，不想理他。

宋砚也不勉强。他已经从猛兽变回人类，终于恢复到人类形态的他又找回了他的绅士风度，体贴地带温荔去了浴室。

泡过热水澡后，温荔浑身快要散架的骨头终于恢复了一些知觉。

然后她的第一句话就是："你变了。"

宋砚挑眉："什么？"

"你读高中的时候不是这样的。"温荔抿唇，死猪不怕开水烫，觍着脸怀念起以前的宋砚来，"你很禁欲，很清高，很冷漠，很孤傲的。"

她之前还嫌弃那时候的宋砚太冷淡，但跟她刚刚遭受的那些相比，还是冷淡好。

宋砚花了点儿时间消化这几个形容词，声音里还带着几分未消退的欲望，低低哑哑的。

"有吗？"

"有。"

宋砚笑了笑说："没有，我一直这样。"

温荔不信，和他争辩起来："有好吗？那时候你明明……嗯……喜欢我来着，却对我爱搭不理的，这还不冷淡？"

"对不起，你那时候和阿森那么亲密，我以为……"宋砚轻声解释道，"我不知道该怎么办？"

温荔"喃喃"道："我和柏森哥只当对方是好朋友，从来没想过有进一步的发展。"

宋砚是柏森最好的朋友，不会不知道他们俩的这一想法。

宋砚闭眼，声音比刚刚更轻了，吐字像是叹息："但只有你们没当真。"

周围的人都当真了。

每次温荔过来找柏森，身边的人都在起哄，说柏森你的未婚妻来查岗了。

每次柏森和其他女生走得近了些，就会被半开玩笑地指责，说他对不起未婚妻，然后等下次温荔去找他时，他身边的人会立刻去她面前告状。

温荔从被子底下伸手过来，握着他的胳膊解释道："他们怎么想是他们的事，你知道我和柏森哥什么事都没有的。"

"我知道。"宋砚微微一笑，"但是学妹，人的感情是不受控制的。"

忌妒，失望，难过。

不是他理智上知道他们只是普通的青梅竹马，就可以完全不在意。

其实一开始宋砚也警告过自己。

就算温荔曾和他有过牵绊，那层牵绊也早就在父亲破产时被斩断了。

他初来内地，起先对温家小妹并没有任何结识的想法，如果不是阴错阳差认识了柏森，和柏森成了朋友，他和温荔的交集也就终止于父亲破产的那一刻。

刚来内地那会儿，他沉默寡言，班上的同学得知他是资助生，或多或少对他有些议论。

就算是二十一世纪了，也总有一些仗着家庭背景就觉得自己高人一等的人。

譬如温家那几个男人，又譬如那些在背后议论宋砚的人。

来到燕城念书的宋砚已经从天上跌入了泥潭，他曾是金贵的小少爷，如今却需要依靠资助念书。他觉得命运不公，于是消沉冷漠，对周围的一切都很抵触，不在意周围人的目光和看法，只埋头做自己的事。

柏森在的时候，其他人的议论还能少一些；柏森不在的话——

他记得是某个假期前一天放学，他的自行车被人放了气。

罪魁祸首没走，一直站在那里等他过来，然后假惺惺地说了两句同情的话。

"叫你家长开车来接你啊。宋砚，你家里到底是做什么的啊？不会连辆私家车都没有吧？"

宋砚一言不发，眼神却逐渐阴沉下来。

柏森那天一放学就去打电动游戏了，忘了通知温荔，于是向来放学后等柏森一块儿坐车回家的温荔没等到柏森，却看见了宋砚。

那一刻，她的正义感爆棚。

岂有此理，就算宋砚是坨又冷又硬的大冰块，那也不是别人能随便欺负的！

她学着电影里的台词，趾高气扬地对几个十几岁还在玩小学生把戏的男生说："是不是觉得家里有俩臭钱了不起？那巧了，我家比你家有钱，那么我比你厉害，宋砚我罩了。"

接着她冲宋砚帅气地招了招手："学长，上车，我送你回家。"

刚一上车，温荔就露馅儿了。

她是家里唯一的女孩子，照顾她的几个男长辈将她养成了嚣张跋扈的性格，一点儿也没有女孩子的温婉和矜持。

"我刚刚是不是超帅？"也不等他说什么，温荔自我陶醉地感叹道，"我要是个男的，还有柏森什么事啊？"

然后她侧过头来，对他得意地笑了笑。

温家小妹那年正值叛逆期，极其自恋，被帮忙的人还没跟她说"谢谢"，她就已经被自己帅到了。

这样骄傲臭屁到有些搞笑的她却又耀眼得令人挪不开眼。

她担心他这么老实以后还会被人欺负，又不好意思直接说出来，只能嘴硬道："下次再被欺负就直接揍回去，别指望我每次都能恰好出现啊，我可没那么闲。"

宋砚想：她但凡晚出场耍帅个几分钟，他就真揍了。

不过他没说。

既然她觉得自己是个被欺负了都不敢还手的小可怜，那就让她这么认为吧。

她开心就好。

将宋砚送回家后，私家车扬长而去。

宋砚在那一刻有些彷徨，不知该如何压抑胸腔内擂鼓般的心跳。

明知不可以，明知她是谁，他简直无可救药。

渐渐地，这种感觉开始生根发芽。

而后柏森和温荔每次在宋砚面前打闹嬉笑，虽然只是朋友间的互动，但在他眼中，就跟刺似的扎在心底，酸涩又拧巴，而他没有任何理由去阻止和干涉。

如今早已过了叛逆期的温荔张了张嘴，也不知道该说什么，半晌才干巴巴地说："对不起，我不知道你那时候……"

他藏得太好了，真的太好了，她一点儿也没发觉。

她甚至愚蠢地以为宋砚讨厌自己，还为此偷偷抱怨过他不识好歹。

宋砚捏了捏她的脸："不用道歉，你没错。"

"你别对我这么宽容行不行？"温荔突然扁嘴，好像快要哭出来了，"你这样，会更加让我觉得自己是个浑蛋。"

"你确实是个浑蛋。"

温荔一愣，本来都要哭出来了，结果被他突然的控诉弄得又憋了回去："啊？"

宋砚笑了："不过今天你给我的惊喜已经足够抵消了，谢谢。"

温荔"嗯"了一声，瓯声瓯气地问道："那你今天开心吗？"

"开心。"

"有多开心？"

"形容不出地开心。"

温荔好奇地问道："你在广场上看到我的那一刻，心里在想什么？是不是激动得快要昏过去了？那一瞬间你有什么想法？"她顿了顿，又说，"说实话啊，不许拐弯抹角，你知道我这人一根筋，你一拐弯抹角我就听不懂。"

宋砚沉默几秒，跟她确认道："你真的要听实话吗？"

温荔语气坚定："嗯。"

宋砚抿唇，英俊的脸上表情有片刻凝滞。

他喉结滚了滚，在非情欲上头的状态下，说实话还真的有点儿困难。

不过温荔那双好奇的眼睛让他还是没忍心骗她。

宋砚突然抱过她，不顾她的反抗，将她的头牢牢摁进自己的怀里，不许她再用那双眼睛看着自己。

没人知道，十八岁的宋砚，每次见到温荔时都是一副不在意的冷漠神色，实际上他心里想对她做的事和他表现得完全相反。

真是知人知面不知心，她竟然被他的外表给迷惑了，温荔暗想。

"那你呢？"宋砚又反问她，"知道我喜欢你这么多年，学妹你的第一想法是什么？"

"说实话吗？"

"你说呢？"

温荔老实地说："我觉得我太有魅力了。"

"……"

"喂，你这是什么表情啊？是你让我说实话的。"

"是，你说得对。"

"喊。"

两个人就这样躺在被窝里有一搭没一搭地聊天儿。已经是凌晨，第二天还要早起录节目，他们却一点儿都不困。

温荔还没说够，还有好多好多话想要问他。

譬如宋砚当初休学去演电影，是为了她吗？

譬如这些年宋砚是一直没忘记她，还是本来打算开始新的感情，结果两年前恰好和她在红毯上重逢，因为年少的爱而不得太沉重，自尊使然，才又决定继续和她纠缠？

譬如宋砚当初提出协议结婚，其实他根本不需要，所谓同性恋绯闻都是借口，是为了她对吗？

他耐心地一一回答。

"嗯。"

"你太有魅力了，忘不了。"

"虽然有点儿牵强，不过还好你傻，信了。"

由于最后一句有贬低温荔智商的嫌疑，她凶巴巴地冲宋砚龇牙咧嘴。

宋砚闭嘴了，不过唇角依旧是上扬的。

温荔没跟他计较，继续说："我还有问题。"

她今天的话比那天喝醉了的话还要多。

不过现在她的一颗心仿佛飘在天上，整个人晕乎乎的，其实和醉了差不多。

"你问。"

温荔本来这辈子都不打算问他这些。

譬如她在海外练习的那一年一直默默关注着宋砚在国内的消息，那他呢？

譬如后来她回国，发现宋砚先一步完成了她的梦想，于是怀着竞争和追赶他的心理也成了一名演员，他知道吗？

譬如她看了宋砚演的每一部电影，包括那些他仅仅是客串，出场只有几分钟的电影，那他有没有看过她演的电视剧？

宋砚怔怔地望着她。

温荔躲开他的目光，"哼"了一声，嘴硬道："提前声明，随便问问，我没有很想知道啊。"

被褥发出"窸窣"的响声，宋砚贴过来，亲了亲她的唇角。

他笑着笑着，眼睛又湿了。

原来年少时的忧伤也可以这么柔软和甜蜜，让人眼红心塞却又笑起来。

"那你还问。"

"想让你更开心咯。"温荔吞吞吐吐地说，"即使你以前是个大冰块，我也不讨厌你。"

是他先对她爱搭不理，她才顺势摆起架子的。

温荔觉得他真的很优秀，只要努力地去做一件事，就一定可以做好，念书也是，演戏也是。

她虽然自大，但绝不会否认他人的优秀之处。

宋砚就是她亲手盖章的"优秀"。

"怎么样？更开心了吧。"温荔侧头去看他，先是愣了几秒，然后才问道，"你今天是怎么了啊？黛玉上身吗？"

她不是宝玉哥哥，不会哄黛玉妹妹。

温荔手忙脚乱地替他擦眼泪，笨拙地安慰他。

可接下来宋砚的回答害得她也被他传染了，眼睛和鼻子都酸酸的。

她去海外的那一年，宋砚常常登上外网，在海外经纪公司的网页上翻看公开的选手名单，看那上面有没有她的名字。

宋砚将她的梦想作为自己的。他认为，站在她渴望的聚光灯下，这样就能更快地被她注意到，于是他去当了一名演员。

他看过她的作品，每一部都看过，见证了她在镜头前的所有成长和进步。

"你站在桥上看风景，看风景的人在楼上看你，明月装饰了你的窗子，你装饰了别人的梦。"

他们都是那个楼上的人，在不知不觉中装饰了彼此的梦。

如今，一簇光终于和另一簇光拥抱在一起了。

直到晨光熹微，两簇光彻夜长谈，实在困得不行，才不舍地闭上眼睛，拥着对方睡过去。

前半夜的身体交流和后半夜的心灵交流导致最后一天录制的大早上，温荔和宋砚谁都没有被闹钟叫醒。

还是助理过来敲门催，床上的人才悠悠转醒。

温荔团队的首席化妆师 Lily 入行多年，业务能力是行内顶尖的，关键是非常懂怎样化妆能够最大限度地展现艺人五官的优点，温荔有好些传播度极高的照片，脸上的妆就是她化的。

如今真人秀越来越多，艺人们不再只追求精致华丽的妆容。在真人秀的镜头下，连每个毛孔都看不出来，脸颊宛如能掐出水来的上镜素颜妆是大多数女演员对自己化妆师提出的要求。

温荔也不例外。当然，她也知道再贵的粉底液都不如天生的好皮肤，所以平时格外爱惜自己这张脸。

但今天情况特殊。

温荔主动提出："给我多打点儿遮瑕液吧，妆感重点儿也没事，反正节目后期会加滤镜。"

Lily 语气担忧："昨晚没休息好吗？"

女演员的脸可是宝贝，温荔的脸色这么差，她看着都有些心疼。

温荔语气愉悦："没啊，我睡得可香了。"

"那你几点睡的？"

"五点吧好像。"温荔也不确定，侧头问宋砚："是五点吗？"

宋砚收拾得比她快，这会儿正坐在一边等她化好妆。

他点头："接近五点。"

然后其他人都没说话，不知道往哪方面想了，只有温荔的助理文文一时半会儿没反应过来，特别单纯地问道："五点才睡？那五点之前姐你和宋老师在干什么啊？"

话刚说出口，立刻被 Lily 瞪了一眼，文文瞬间就被瞪明白了。

她偷偷看温荔，发现温荔又打了个哈欠；再看宋砚，宋砚居然也打了个哈欠。

嘿嘿。

文文暗自痴笑。

一直到温荔化好妆，准备下楼和节目组会合，喊了声"文文"，让她帮忙拿包，这个傻助理才回过神来。

由于温荔两口子和邱弘两口子在同城，所以台本安排他们在第八期最后一天合体录制，在校园内的指定地点完成节目组布置的游戏任务。

温荔昨天借了陈子彤的校服，虽然昨晚校服裙全程都是被掀起来的状态，所以没弄脏，但由于过程实在不可描述，她也不好意思再把校服还回去。

陈子彤没在意，一套校服而已。

温荔前天晚上突然跑到她的房间里跟她说，想借明枫中学的校服穿，她一开始还挺不解。

直到工作人员告诉她，昨晚温老师穿着明枫中学的校服，在英德国际实验学校的烟花广场那儿给宋老师准备了惊喜。

搞了半天温荔是为了准备惊喜。

"没事，反正节目组给我准备了好几套，我正好穿新的，那套送你吧。"陈子彤眨了眨眼睛，用饱含深意的语气说，"宋砚要喜欢，以后你在家里也可以穿给他看。哦，记得关摄像头。"

温荔："……"

陈子彤的话一听就知道这夫妇俩在这方面明显比她和宋砚更有经验，在家里不方便让节目组拍摄的时候从来没忘记关摄像头。

一天的合体录制完毕，两对嘉宾约定下下期外景录制时再见，然后各回各家。

陈子彤之前考大学的时候，有门文化课的成绩不太好，家里人特意找了个老教师帮她补习，手把手带她把文化课的成绩提了上去。老师早已经退休，现在和丈夫住在学校的教职工小区里，录节目时人太多，陈子彤不便去打扰老师，直到节目录完了，她才买了些礼品，带着邱弘去看望老师。

为了给老师一个惊喜，她没提前通知老师，打算来个"突然袭击"。

结果不赶巧，老师和她的老闺密们出去旅游了，家里只有老师的丈夫在。

"我就说要提前打电话。"邱弘叹气道。

陈子彤无言以对。她本来也是突发奇想，如果不是回母校录节目，她也不会挑这种时候过来看望老师。

不过既然家里有人，他们俩也不算白来，礼物到了就行，等下次有空了再来看老师。

老师的丈夫给他们倒了水，哭笑不得地说："我才送走一个学生，没想到又来了一个学生，我老伴儿这运气可'真好'。"

陈子彤好奇地问道："今天除了我，还有其他人来看老师吗？"

"有啊，也是个女演员。"老师的丈夫说，"不过我电视看得少，叫不出名字来。"

说着，老师的丈夫就打开了电视。

"我记得这几天电视上还在放她演的电视剧……"

现在是暑期，往年的大热剧都会被翻出来反复播出赚收视率，现在电视上播的就是前几年大爆的古装剧。

"欸，就是这个女演员。"老师的丈夫指给他们看。

邱弘愣了半天，讷讷地问道："这不是温荔吗？"

老师的丈夫恍然大悟道："原来她叫这名啊。"

陈子彤看着电视里那张熟悉的脸，就在今天，她们还一起录了综艺节目。

温荔昨天特意问她借了明枫中学的校服去给宋砚准备惊喜，她还以为是温荔觉得明枫中学的校服比较好看，才问她借去穿的。

按年龄推算，温荔应该比宋砚小两届，宋砚读高三的时候，温荔刚好是高一入学。

如果高中真是在国外上的，温荔没必要特意回国内找老师补习高考要考的文化课。

这个圈子树大招风，艺人的知名度越高，隐私就越容易曝光，就连陈子彤自己的百科上，某些经历都被刻意抹去或窜改。

陈子彤："老邱。"

邱弘："啊？"

"我好像知道了一个关于宋砚和温荔的猛料。"陈子彤语气严肃。

邱弘被她的语气吓到，咽了咽口水："多……多猛啊？"

"卖独家的话，大概能赚这个数。"她用手比了个数字，"附赠微博瘫痪的效果。"

邱弘惊讶地张大了嘴，立刻伸手捂住老婆的手。

"他们俩谁出轨了啊？！"

"……"

在这短短数分钟内，邱弘内心天人交战，在金钱和良知之间来回摇摆，最后艰难地说："老婆，你冷静点儿。他们俩的粉丝太多了，咱俩的粉丝肯定吵不过，到时候会被骂成筛子的。"

"……"

那不一定，她的推理如果没错，说不定到时候他们俩的粉丝还会感谢她。

就在邱弘夫妇鸡同鸭讲的时候，一无所知的温荔和她的学长老公都在埋头工作，甚至一个星期过去了，第八期节目的正片都播出了，他们俩还丝毫不知邱弘夫妇发现了什么。

严导早就打过招呼，说等第八期播出时，让他们开个公益直播，内容没什么特别的，就是让他们给自己做reaction。

现在的观众都喜欢看艺人的reaction。有的艺人综艺感好，哏多话也多，坐在那儿吐槽都能逗得观众前仰后合，温荔就是典型的例子。

直播时间还是周六晚上七点半，早正片播出半个小时，这半个小时的目的主要是预热，为即将播出的正片炒炒气氛。

工作人员调试好设备，比了个"OK"的手势，温荔迅速扬起笑脸，对着镜头打招呼。

"晚上好啊，我又带着宋老师来直播了。再过半个小时，我们一块儿看第八期。"

弹幕：

"晚上好。"

"为什么不穿校服直播？我要看校服版的'盐粒'！"

"预告片里的校服绝了！呜呜呜，已经在脑海中写了两天校园小甜文了。"

弹幕里大多在说预告片，温荔这个星期忙着录综艺节目《为你发光》，还没来得及看预告片，不过上一期他们都是录的外景，没有录内景，应该没出什么问题。

温荔好奇地问了句："怎么你们都在说预告片？预告片好看吗？"

弹幕：

"'盐粒'的预告片会不好看吗？"

"就三十秒，还不好看早不当粉丝了好吧！"

"好看但是短。"

"那几秒的广场烟花太美了！［哭泣］正片还有二十五分钟才能看到，好想看完整版。"

温荔看向镜头外的工作人员："那要不先放一下预告片？"

还没等工作人员说什么，弹幕再次刷屏。

"与其去看预告片，还不如去看草老师那个剪辑视频。"

"对对对，放草老师的那个视频！"

"求求你们去看吧，我们草老师真的值得！！！"

粉丝在弹幕里强烈推荐某个视频，有的粉丝担心弹幕刷得太快他们看不见，还特意改了用户名。

温荔和宋砚直播分工明确，温荔负责制造综艺效果，宋砚是综艺节目新人，不会说话，所以负责念粉丝打赏名单。该平台管理及审核非常严格，严禁未成年粉丝打赏，温荔和宋砚对此非常赞成，每次直播都会反复强调这一点。

"谢谢'去看你们那个最新的剪辑视频吧'的十五个深水潜艇。"宋砚念完用户名后笑了一声,"好长的名字。"

宋砚又念了好几个用户名。温荔顺应民意,点头问道:"那就看吧。哪个视频啊?"

弹幕又是满屏长长的网页链接。

一片英文、数字混杂的链接刷过,看得温荔眼花缭乱。

"你们就直接跟我说在哪个 APP 上面看,搜什么名字,我让工作人员搜好了放。"

弹幕又开始集体刷 APP 名称。视频名比较长,粉丝懒得打,直接让他们搜博主的名字。

"直接搜草老师的名字就行。"

"美人草三力。"

"草老师,你在看直播吗?!你被'翻牌'了!!"

"被艺人看到自己的作品大概是每个粉丝这辈子的梦想吧。呜呜呜,草老师,你圆满了!!"

工作人员很快把视频调出来了,并开启了投屏。

此时直播间的画面被切割成两块,一块是直播间,另一块是剪辑视频,实实在在的 reaction 画面。

视频正上方就是视频标题——"[盐粒校园版]明艳校花 × 冰冷校草(强强)"。

这种剪辑视频,一个人躲起来偷偷看还行,在公众场合下外放看那就是公开丢人。

更何况这儿还有一屋子工作人员。

直播最怕的就是冷场,但有这帮兴致颇高的粉丝在,直播间永远都很热闹。

直播间里所有人的脑门儿上仿佛都刻上了三个大字——大意了。

不过……温荔心想,就算有不可描述的画面那也是合成的,应该不会太露骨。

剪辑手:美人草三力。

背景音乐:*Grind Me Down*(《将我捻灭》)(Jawster Remix)。

视频取材:《纸飞机》、《正值青春》、微博之夜红毯转播、《人间有你》第八期预告片以及各种杂志、广告拍摄花絮……

视频简介:国际惯例先表白"盐粒"!校服版预告片谁看了不说一句"绝"?我连夜从床上爬起来写大纲找素材。这次素材较多,时间跨度很长,是从校园到都市,年少相识,相爱相杀,长大后在演艺圈顶峰相见破镜重圆的故事。打工人连续熬夜的产物,求个点赞、投币、收藏三连不过分吧。

这个视频是两天前刚发的,数据非常可观,一直在娱乐区的热门榜上挂着。

视频是顺叙式。在这个视频的背景设定中，同处于领导者地位的温荔和宋砚互相看不顺眼，永远在争年级第一的宝座。

温荔仿佛朗姆酒浸泡下浓郁甜润的酒渍玫瑰，宋砚则像月光下干燥清冽的雪松。

两个人的气质都是侵略感十足，在如此相斥的气场下，"玫瑰"和"雪松"都不愿意承认对方从皮相上带给自己的吸引力。

博主选用的影视素材都是宋砚和温荔早年的作品，青涩感尚在，扮演的角色也相对单纯，眼神干净清澈，少年感十足。

"'般配'这两个字我已经说累了。"

"校服版'盐粒'我可以！"

"才开头我已经快昏了，我还能坚持到后面吗？"

"美人刚出道那会儿真的是冰冷美少年，呜呜呜。"

宋砸和温荔出演的青春类作品不多，就算加上《人间有你》这期预告片的几十秒素材，也不够剪出一条完整的视频，因而在进度条过半后，在节奏感强烈的鼓点下，画面倏地转场，滤镜也从小清新转变为对比度很高的胶片滤镜。

这里博主插入了两个人两年前大热的红毯合照。他们换下校服，穿上了名贵的西装和礼服，褪去青涩，成熟自信，在无数闪光灯前从容微笑。

多年后红毯重逢，两个人站在顶峰平视对方。他们都希望拥有对伴侣的绝对控制权，然而这么多年过去，对方依旧强势得令人讨厌，但那副精致的皮相又是那样令人着迷。

两个人站得老远，疏离陌生，身体都不由得往远离对方的另一侧偏，像是在刻意逃避什么。

弹幕：

"明明互相排斥，却又忍不住被吸引，呜呜呜。"

"玫瑰"先一步沦陷，但又不愿认输。

那就让对方先跳进自己的圈套。

博主用了很多温荔无意识咬唇和微笑的素材，并将这些素材和宋砚的镜头拼贴起来。

弹幕：

"要不是知道三力是个不解风情的木头，我就信了。"

"主动勾引人的三力，我可以！"

在"玫瑰"步步为营的圈套中，冰冷的"雪松"逐步沦陷。

就在"玫瑰"自鸣得意时，画面再次一转，镜头转向另一方的视角。

看似冰冷的"雪松"早在初遇的那一刻就对"玫瑰"有了好感，对她那些小花招儿，他看似被动，实则早已了然于胸，并心甘情愿地落入所谓的圈套中。

她先一步的行动，他之前的忍耐和被动，都化作往后他在床上对她绝对的掌控力。

这里视频被加上黑白滤镜，截取了宋砚在电影作品中的几个微表——唇角轻勾、喉结滚动、侧头睨视以及几声低沉的笑。

"最好的猎人，往往以猎物的方式登场。"

"傻传闻，你才是猎物。"

"你步步为营，我乐在其中。"

弹幕：

"前面还在心疼美人被套路，搞了半天是互相套路！"

"魅惑小狐狸×狡诈大灰狼！！这个设定简直是在我的喜好上反复打滚儿！"

"美人耍心眼儿好帅，啊啊啊！"

两个当事人则是被粉丝的想象力惊到说不出话来。

画面再次转场，屏幕黑了。

"玩够了吗？"

"还不收手？想死吗？"

"那我就让你死。"

这是宋砚的声音，是从他的某部悬疑片里截取出来的，原台词是他作为变态反派和手下的对话，如今和这个画面剪在一起，瞬间就变了味道。

至于温荔的声音，她自己也不清楚是从哪儿截取的，轻轻的一声娇笑，伴随着一声挑衅的"来啊"。

正好这时候背景音乐歌词的中文翻译出现在画面下方。

"宝贝，我会让你如痴如醉，如上九霄。让我吹散你的理智，轻拂你，就在今晚，我们整夜缠绵。"

温荔不可避免地觉得尴尬，整个身体都不自觉地往后缩。宋砚比她好点儿，稍微挪开了眼，脸上是想笑但又要忍住的表情。

就在粉丝们用"两脸尴尬""愣着干吗？快快截图做表情包啊"刷屏的时候，他们的手机倏地黑屏了。

"直接下播可还行？美人、三力，我看不起你们！"

弹幕一片问号，然后没过几秒，黑屏上跳出一行字："您观看的直播由于涉及违规行为暂时被关闭。"

"真的被封了！"

"不是吧，看个视频也犯法吗？"

直播间突然被封，现场的艺人也蒙了。

温荔非常茫然，宋砚比她更茫然，在场的工作人员也很茫然，谁也说不清这到底是谁的问题。

有个营销号把直播画面截取了部分搬上微博，没过多久，前一个话题的热度还没下去，新的热议话题又冉冉升起。

＃宋砚温荔直播间被封＃

直播间被封了，提前下班的温荔却一点儿也不觉得开心，上微博用一个表情简单地表述了自己的心情。

温荔Litchi：「［微笑］。」

热评是齐刷刷的道歉，非常没有诚意的那种。

"姐，我们错了，下次还敢［狗头］。"

"哈哈哈，三力对不起。"

后来这条微博又被搬上论坛，当晚又在话题榜上登顶，二人被全网疯狂地嘲笑。

"有人看话题榜了吗？宋砚、温荔被他们的粉丝坑惨了，太好笑了。"

0L："哈哈哈，笑死我了！宋砚、温荔今天直播，然后直播间被封了，哈哈！！！"

1L："真的假的？"

2L："离谱儿他妈给离谱儿开门——离谱儿到家了。"

后来那条害得直播间被封的视频被众人闻讯赶来竞相打卡，播放量"噌噌"地往上涨。

"听说这就是'始作俑者'？"

"流芳百世，名垂千古。"

制作这则视频的"签字笔"美人草三力在微博上发表了一条因为被"翻牌"而激动地喊了一长串"啊"的长微博后，又@了宋砚和温荔，公开对两位艺人表示了歉意，又特意在末尾加了一句"我会继续努力的"。

温荔气得直接发誓自己以后再也不会用小号给这位粉丝的任何视频点赞了。

直播间被封没多久就解封了，但直到《人间有你》第九期的正片播出，宋砚和温荔都没有再开过直播。

给了艺人一个星期以上的冷静期，他们怎么也该重新面对现实了。

趁着温荔给游戏代言拍完定妆照休息的片刻，经纪人找了过来。

"下个月你过生日，你有想法吗？"陆丹问温荔，"之前都是跟粉丝开见面会，直播过生日，今年你想怎么过？跟宋砚一起？"

"他没空吧。"温荔说，"他不是跟着剧组去滨城体验角色了吗？"

《冰城》的拍摄日期越来越近，宋砚为此推了不少商务活动，开始为电影的前期准备投入大量的时间和精力。

422

"你可以叫他回来陪你过生日啊。"陆丹说，"你要是不跟他一块儿过，咱们今年就还是继续办粉丝见面会，或者，你生日那天《盛唐幻想》正好有个职业选手的娱乐直播赛，到时候会去不少艺人，游戏方说你去的话，可以帮你准备。"

陆丹这几个月帮温荔谈下的最有价值的代言就是《盛唐幻想》。

《盛唐幻想》是国民度极高的老网游，因为今年有周年庆，又正好出了手游端，上一个代言人的合同也到期了，所以找上了温荔。

温荔没什么反应："都行。"

看她反应平平，陆丹有些无奈："你最想怎么过？寿星公的意见最大。"

"我想和宋老师一起过。"温荔说。

陆丹笑了："那你就打个电话，让他回燕城陪你过生日啊，又不远。"

"那多没面子。"温荔撇嘴说，"再说这也耽误他工作啊。"

陆丹太了解温荔的性格了，知道她别扭，所以只能给她出招儿。

"那你就暗示他一下啊，他要不回来就算了，你今年就还是跟粉丝一块儿过。"

温荔点头，觉得这个方法很可行。

然后她虚心请教道："怎么暗示？"

经纪人也很久没谈恋爱了，每天为她家艺人的事东奔西跑的，完全没心思考虑男人。

温荔这么问她，反倒把她给问住了。

"就……发条朋友圈暗示一下，说希望生日那天能收到惊喜，这样？"

温荔得令，立马拿出手机发朋友圈。

没几分钟，她就收到了好些个点赞和评论，有圈内好友的，还有几个熟悉的制片人的，就是没有宋砚的点赞、评论。

陆丹："宋老师也在忙吧。"

"应该是。"

温荔不觉得陆丹是在敷衍她，宋砚是真的忙。

第九期《人间有你》录完第二天，宋砚就马不停蹄地飞去了滨城。温荔原本打算一块儿过去，但游戏代言的官宣实在不能再拖了，代言宣传照和宣传片的拍摄行程又最近才排上，没办法，她只能先完成手头的工作。

她为此还找仇导道了歉。仇导却没多在意，解释说电影还没开机，剧组这次去滨城就是先提前采个风，由于剧本问题，要借用不少特殊地点，因此需要提前向当地的政府部门申报，所以这次剧组出差并不强求演员一定要跟去。

宋砚完全是出于个人习惯所以跟着去了——他习惯为每一部戏提前做足准备，这部戏选在滨城拍，他跟着剧组去了，可以跟着角色提前熟悉这座城市浓厚的历史底蕴和风土人情。

他能在短短十年间就走到如今这个地步，不是没有原因的。

在娱乐产业日趋快餐化的年代，"短"是所有资本方对娱乐产物的一致追求。没有什么比时间更宝贵，在某些资本方的眼中，给出相同的周期，耗费时间和精力只打磨一部爆扑概率五五开的作品，和制作好几部大爆看命，但就算扑了也能赚的流水线快餐作品，后者的短期收益远胜前者。仍旧坚持前者的行业人员，要不就是纯粹出于热爱，至于红不红，赚不赚，不在他们的考虑范围内，他们只是单纯地热爱这份职业，热爱自己的作品；要不就是类似仇平，已经在行业中站到了金字塔尖端，有口碑，有基本盘，作品也不愁招不到广告商，于是能够静下心来打磨细节，争取交给院线观众一份满分作业。

能和仇平这样的导演合作，准备的周期再长，对演员来说也是值得的。

比起一年拍摄好几部观众过目就忘的快餐作品，大部分有追求的演员都希望自己能够做到一年哪怕只有一部作品，但这部作品班底好，质量高，影响深，长期收益稳定。

温荔的两部常驻综艺节目都将在一个月后完成收官录制，之后她就再也没有综艺节目行程，非必要的商务活动也会暂时中止，到时候进组专心拍戏。

没关系，宋砚在认真工作，她也在认真工作，反正离她的生日还有一个月，晚点儿再提醒他也一样。

正好这时摄影师叫温荔过去看看成片效果，她收起手机。

"来了。"温荔转头对陆丹说："既然游戏方邀请了，那就在游戏方的活动上过生日吧。这个月团队忙得团团转，正好省了准备时间，到时候丹姐你帮粉丝多要点儿票，送给他们当福利。"

这个选择是最好的，也是陆丹最中意的，既省团队的时间，又能帮游戏方宣传，而且粉丝也不用自己辛苦准备应援了。

陆丹点头，又问："那宋老师那边？"

"到时候他忙就算了呗。"温荔笑了笑，"之前他生日当天我不是也因为有工作没跟他一起过吗？他连粉丝见面会都没开，好像是品牌方帮忙庆祝的。我还有粉丝陪呢，没事，反正丹姐你也知道我和宋老师又不是只过这一个生日了，以后有的是机会。"

摄影师那边又催了："温老师，来一下！"

"来了。"

温荔提着裙子小跑过去。

陆丹看着自家艺人的背影，突然有种"吾家有女初长成"的错觉。

她琢磨了半天，自家艺人都这么懂事了，做经纪人的当然也要懂事点儿。

温荔刚刚下意识的那句"想和宋老师一起过"绝对是真心话，陆丹笑了笑，掏出手机打算给宋砚的经纪人打个电话，和那边的团队商量商量，起码在温三力小姐生日那天，让异地的夫妇俩团聚。

宋砚有没有看到温荔的那条朋友圈她不知道，反正她家里人肯定是看到了。

徐时茂还在国外，不方便给她打电话，发了条微信问她想要什么生日礼物。

物质方面，温荔确实什么都不缺，也没什么特别想要的："爸，你在外面照顾好自己，就是给我的最好礼物。"

妈妈已经没了，要是爸爸的身体也不好，温荔这几年也没法儿全心全意地工作，所幸徐大师的身体还不错，这么多年过去了，他也渐渐地从老婆离世的悲伤中走了出来，父女俩虽然很少见面，但都不用为对方操心。

或许这才是最舒服的父母和子女的关系，时时想念关心，却又不会打扰对方的生活。

徐时茂好半天没回，温荔又发了个："人呢？"

"在。"

"谢谢女儿关心。"

"今年爸爸还是送你一幅生日贺图吧。"

温荔答应了。

之后父女俩就没聊了。过了十几分钟，徐时茂的助理发给她一条微信，委婉地说明老师最近比较多愁善感，虽然在国外不能赶回来陪她过生日，但希望她这个做女儿的理解一下，不要和老师吵架。

温荔莫名其妙，她没跟他爸吵架啊。

助理也莫名其妙，那老师为啥哭了？

温荔："……"

救命，她亲近的男人最近为什么都变成了哭包？

除了徐时茂，还有她那个舅舅温衍，问她生日打算怎么过。

看到她回复说还是跟粉丝一块儿过，温衍回："你还记不记得自己姓什么？"

温荔："不记得，我失忆了。"

温衍："……"

温衍："生日那天回趟家，家里人帮你过。"

温荔的气还没消，硬气地回了句："不回，我决定正月之前都不回家了。"

温衍："你是要为了宋砚跟我断绝关系？"

温荔："没，等我正月剪个新发型再回去跟你拜年。"

过了几秒，温衍回复："你诅咒我？"

隔着屏幕温荔都感受到温衍那冷冰冰的气场。

隔着手机屏，他能把她怎么着？温荔非常嚣张地回复："恭喜舅，答对了［鼓掌］。"

她还特意补充："该诅咒只对本人大舅舅有效，对小舅舅无效，小舅舅长命百岁。"

没几秒，温衍带着熊熊怒火的语音通话打来了。

温荔直接挂断，还暂时把温衍的微信名拉进了屏蔽名单。

这一举动让温荔神清气爽，连带着后来几天在《为你发光》的录制现场，徐例那张往日只觉得欠揍的脸，她看在眼里都觉得无比顺眼。

《为你发光》的第三次音乐舞台表演已经录制完毕，通过这三次表演，徐例的人气"噌噌"地往上涨。

徐例经纪公司的这步棋走对了，至少等节目录完，徐例以个人创作歌手的身份再发专辑，应该不用太担心销量问题。

第四次舞台表演是特别篇，由嘉宾和参赛选手合作表演。温荔在第一期节目中的舞蹈表演播放量已经破了千万次，人气很高，节目组想让她再来个舞台表演，于是她也被安排了表演。

选手们可以依次选择自己最想合作的嘉宾。

棚内，节目正在录制，徐例前面的选手已经各自选好嘉宾，现在到他了。

徐例是不想跟温荔凑在一块儿的。上次他去温荔的车上和她单独见面说话，总感觉被许星悦看到了，但那之后又过去了一个月，节目都录了两三期了，也没见许星悦有什么动静，搞得他也不确定那天到底有没有人看到他上了温荔的车。

徐例想选专业歌手，但他姐在节目录制开始前特意把他抓到一边儿说话，命令他待会儿一定要选自己这组。

当时他不屑一顾，眼皮子都没撩一下："凭什么。"

温荔："姐说话你都敢不听？你想造反？"

徐例笑了："我会怕你？"

"行，你不选我也行。"温荔点点头，"以我现在的地位，你一个还没出道的小新人，能不能出道还不是我一句话的事？"

"……"

温荔威胁完，又换上亲切的笑容："怕不怕？"

…………

想到这里，徐例深吸一口气，在众人包括镜头的注视下，不得不违心地说："我想选温老师。"

说完他看向温荔。他姐真不愧是当演员的，那个意外又惊喜的表情演得太真实了，要不是提前见识过她的嘴脸，他就信了。

"哇，真没想到你会选我啊！欢迎，欢迎。"

等所有选手都选好嘉宾后，嘉宾和选手分别进入自己那组的专属练习室。

和徐例一起的还有另外四个选手，全都是温荔的粉丝，一进练习室里，他们就"温老师""温老师"喊个不停。

"温老师，这段桥梁音乐的男女合舞部分，你要在我们几个之中选一个来跟你一起完成，你想选谁？"

这首歌是买的海外歌曲的翻唱版权，本来是男女二人合唱的歌曲，节目组买过来填了中文词，又在原舞的基础上重新做了编排，变成了一女五男的团舞，但中间的桥梁音乐部分保留了原版精髓，保留了男女双人舞，还是那种贴面的热舞。

嘉宾会提前知道自己的表演曲目，但选手们不知道，选了嘉宾之后，才知道要跟嘉宾合作什么曲目。

徐例突然有种非常不妙的预感。

果然，温荔装模作样地纠结了一番，说不知道选谁，那就准备字条，抽到谁的名字就选谁和自己共同担任桥梁音乐热舞部分的中心位，然后抽中了写有徐例的字条。

其他选手天真地以为这真的是随机抽取，立刻兴奋又忌妒地抱住徐例。

"徐例牛啊！！"

"你小子运气也太好了吧！！"

徐例抽了抽嘴角，不知道温荔是怎么暗箱操作的，心情非常复杂。

抽完签就是练习。几个月下来，零基础的徐例也积攒了点儿舞蹈基础。他本来也有点儿跳舞的天赋，再加上肯花时间练，哪怕起点比较低，水平也渐渐赶了上来。

前面的练习还好，一到和温荔合舞的部分，他就浑身僵硬，表情也很不自在。

徐例本来就皮肤白，又长了张清俊斯文的脸，局促紧张的时候看上去特别像小狗，其他四个队友以为他是害羞，还安慰他，让他放松下来。

害羞个屁，他那是硌硬。

只有温荔知道他是怎么回事，休息期间把他拉到没摄像头的休息室里说话。

温荔哭笑不得地说道："小时候咱俩打架都比这亲密，你骑我我骑你，一个娘胎出来的，你有什么好矫情的？"

徐例咬牙切齿，沉沉地说道："小时候是小时候，现在是现在，你和我都二十多岁了，你搞这出是想等节目播出以后气死姥爷和舅舅？"

"他们不会看这种节目的，放心吧。"

"那阿砚哥呢？"徐例又问。

温荔顿了顿，撇嘴说："你懂个屁啊，我就是为了他才不选其他人的。"

徐例无言以对。

"能不能跳？"她不知道怎么突然烦躁起来，"不能跳就换个人，到时候宋老师生我气你负责。"

徐例恨恨地吐了一口气，说："道德绑架。"

"到时候你出个人专辑，我直接买个几万张支持你成不成？"

温荔冲徐例眨眨眼。

"你少用这种恶心的眼神看着我。"徐例"啧"了声，"跳吧跳吧，我就当被猪占了便宜。"

温荔眯眼，冷笑道："你要不是我弟，能有和我跳热舞这么好的福利？做梦吧你。"

徐例立刻回讽道："我要不是运气不好跟你一个娘胎出生，你当我稀罕？"

温荔怒极反笑，抬起手就要朝他的脑袋打过去。

徐例一把抓住她的手腕，直接摁住，温荔挣了半天没挣开，然后她的脑瓜就被他弹了一下。

温荔痛得叫了一声："兔崽子！"

"真以为我现在还打不过你呢？"徐例勾唇，懒懒地说，"让着你罢了。"

然后他放开温荔，她立刻逮住机会踮起脚，狠狠地回了他一个脑瓜崩。

徐例低"啧"一声，没打算回击，揉着额头问道："下个月过生日想要什么礼物？"

温荔没好气地说道："你不还手让我揍一顿。"

"没可能，说点儿可能的。"

"那就随便吧。"温荔说，"你要能顺利地出道，到时候别麻烦我给你资源捧你就算生日礼物了。"

徐例微愣，又倏地笑了："你不靠捧都能混到现在，你怎么知道我不能？"

"你？你不行。"温荔语气肯定，自恋至极，"你没我有魅力。"

"……"

温荔拍拍他的肩："走了，回练习室练舞了。"

"爸每年都会给你画一幅画。"徐例叫住她说，"我不会画画，但会写歌，我写首歌送你吧。"

温荔下意识地问道："不收我版权费吧？"

徐例一副便秘的表情，深深地叹了口气说："没救了你，"然后勾了勾唇，冷冷地说："收，版权费一亿元。"

"那我不要了。"

"你说不要就不要？反正我写出来了，你就得给钱。"

"兔崽子，你这是讹人！"

"你道德绑架我，我讹你怎么了？"

又吵了几句，两个人一前一后从休息室里出来。

徐例出来的时候下意识地往四周看了看，没看到什么人，遂放下心来，觉得是自己太多疑了。

徐例穿过走廊。从休息室到练习室只有一条路，五间练习室都在这条走廊上。他看见许星悦从走廊的另一边走过来，见到他后还笑着跟他打了个招呼。

"……"

经常玩游戏的徐例总觉得，许星悦这个笑像是在憋什么大招。

亲姐弟贴脸跳热舞，起先不习惯，跳着跳着也就习惯了，总比和不熟的艺人合作好，要避嫌不说，万一闹出了绯闻，连澄清都拿不出有力的证据。

好在现在大部分粉丝都比较清醒，温荔和徐例的拉郎配粉是有，但都深知女方已婚的事实，从来都是在自己的小世界里自娱自乐，绝不冒头。

《为你发光》的官微放出下期音乐舞台表演的预告片后，粉丝们的评论都是些"感谢前辈提携后辈，期待正片"之类的官方说辞，官微评论区一片和谐。

直到第四期嘉宾合作的音乐舞台表演路透在论坛上被爆出来。

"第四期音乐舞台表演嘉宾路透。我押徐例将成为你区潜力股之一。"

0L："现场刚录完，五个舞台表演我都看了。严准那组舞台效果最好，是嘉宾碾压选手的级别。Icy那组的说唱词我听清楚的部分写得也可以，听说是选手自己写的词。

"齐思涵和许星悦那两组都挺好的，男帅女美，但可能嘉宾是女艺人，要避嫌，所以和选手互动起来没那么有激情。重点来了，温荔那组绝了！中间桥梁音乐的双人舞部分直接给我看得浑身起鸡皮疙瘩，全场尖叫。你区老嘲她演技不行，她当年要是唱跳歌手出道，到现在绝对是唱跳歌手界扛把子的水准。下面楼放图。"

1L："［图片］［图片］［图片］……"

温荔那组的舞台照，楼主拍的刚好是双人舞的部分。一头金发的温荔正靠在徐例的肩上，双手懒洋洋地搭着徐例的胸膛，徐例的手则是环住她的腰，两个人靠得很近，四目相对。

10L："温荔真的适合染这种夸张的发色。"

12L："肯定是假发啊。她都快进组拍戏了，怎么可能染头发？"

15L："对不起，你区虽然'签字笔'很多，但我还是要说这俩太配了！明艳张扬大前辈 × 清秀纯情小弟弟我可以！！"

27L："第一期温荔跳舞的时候我就喜欢上了那个眼神！"

35L："有预感，等正片播出，他们两个要在我区刷屏了……"

因为正片还没播出，所以音乐舞台表演只有简单的路透，不过有的人因为是家属身份，有特权，所以能够提前看到表演。

从剪辑师那儿要来了自己跳舞的片段，温荔第一时间就把它编辑成小视频发给了远在滨城的宋砚。

温荔："怎么样？"

温荔："姐弟舞台表演帅不帅？"

没几分钟，宋砚直接打来电话。

温荔期待地问道："看了吗？"

"看了。"宋砚声音低沉，"你染头发了？"

"不是，我戴的假发。"温荔觉得他关注的重点不对，"你怎么关注头发去了？我问你，我跳得怎么样啊？"

宋砚很谦虚："这不是我的专业领域，评价不了。"

"我没让你做专业评价，你直说好不好看就完事了。"

"好看。"

温荔不满地说道："就只有'好看'两个字啊？你的反应还不如现场那些观众的反应热烈。"

宋砚却答非所问："你是故意的吗？明知道我在滨城回不来。"

温荔没听懂。她只是觉得这次舞台效果很棒，而且是姐弟合作，也不怕宋砚看了吃醋，搞到视频后就第一时间发给他了。

"什么啊？你别岔开话题，我问你好不好看。"

他叹了口气，嗓音微哑地说道："好看到恨不得立刻从滨城回来把你绑在床上和你做上三天三夜，这个回答够热烈了吧？"

"……"

温荔张大嘴，隔着手机都被宋砚这句话撩拨得浑身发热，头顶上仿佛爬了几千只蚂蚁，让她尴尬又不知所措。

"怎么不说话了？"宋砚问道。

他刚刚的回答她不满意，现在他热烈起来了，她又受不了。

或许是宋砚以前话太少，温荔觉得他还是没把握好和她交流的艺术，客气的时候又过分客气，狂野的时候又过分狂野。当然，她必须承认，无论是哪种过分……都很帅。

温荔故作嫌弃："你变了。"

宋砚："变什么？"

温荔咬唇，说："你变骚了。"

那边的人沉默片刻，声音带笑地问道："那你喜欢吗？"

"我喜不喜欢有什么重要的？"温荔别扭地说，"嘴长在你的脸上，你想说就说呗。"

宋砚一副"全听老婆的"的口气，轻描淡写地说："话是说给你听的，你要是不喜欢，那我以后就不说了。"

温荔掀开车帘瞥了眼四周，捂着嘴，压低了声音，对手机那头的男人恶狠狠地说："只会耍嘴皮子算什么真男人？光说不练假把式。等你回来，做不到三天三夜，我就发微博告诉全国人民你不行！"

"可以。"宋砚淡定地道，"别求饶。"

一涉及男人某方面能力的问题，宋砚的轻狂和自负一点儿都不亚于平时就很自恋的她。

温荔怕了，宋砚刚刚那些话明摆着在逗她，她不甘心处于下风才那么说的，他怎么还认真起来了？

"你能不能别一天天老想那些乱七八糟的东西？你去滨城是去工作的，工作期间开小差，对得起仇导吗？"

温荔又开始了她最擅长的强词夺理，没理也能给她说出大串道理来。

宋砚笑了两声，说："我开小差还不都怪某个乱七八糟的东西先给我她自己跳舞的视频？"

温荔的反射弧比较长，等反应过来后，她又想笑又有点儿生气——笑他拐弯抹角说想她，又气自己想不出更肉麻的话。

"哦，对不起，"温荔拼命按捺上扬的嘴角，"那我挂了。"

"挂吧。"宋砚说，"以后这种视频就别发给我了。"

温荔没想到他会这么说，很受打击，口不择言地说："为什么啊？你刚刚也说好看了，好看你都不想看吗？而且我之前跳舞的视频，你不是还背着我自己偷摸看吗？"

难道是两个人最近感情太好了，她太主动了，所以她对他的吸引力就没那么强烈了？

温荔不愿意承认是自己魅力下降，开始找其他理由。

"是不是我不适合跳这个风格的舞？"

"不是。"宋砚欲言又止，但在温荔步步紧逼的追问下，只能用非常无奈的语气说，"你之前跳的都是独舞，但这个是和异性跳的双人舞。"

"啊？"温荔先是茫然，然后愣了好久，突然间不知道该说什么，"啊，这样啊……"

宋砚沉声说："挂吧。"

也不等她说什么，他直接挂了电话。

这还是宋砚第一次不打招呼就主动挂掉温荔的电话，要换作平时，她肯定恼了，大骂他不识好歹，但现在她紧紧攥着手机，一脸的得意和甜蜜。

回过神来，温荔给徐例发了条微信控诉他的性别："你为什么不是个妹妹？"

徐例也不知道是用他偷藏的第几部手机给温荔回的微信。

兔崽子："你在说什么屁话？"

兔崽子："你凭什么是个人？"

挂掉电话的宋砚握着手机发了会儿呆。

回想自己刚刚在电话里说的那些，他终于后知后觉地觉得有些丢脸，扶着额头独自叹息。

想必那姑娘现在正在得意。

脑海里浮现出那张熟悉的笑脸，他莫名其妙地跟着笑了起来。

先让她得意吧，回酒店以后他打个视频电话过去，看看她脸上的得意表情是不是和他想象中的一模一样。

滨城西郊的影视基地还是一片盛夏的景象，驻扎在这里的几个剧组还在炎炎烈日下赶戏。

这个城市降雪的时节比较早，等到《冰城》正式开机，滨城差不多就该下雪了，届时这里一片白茫茫的景象，符合剧本整体沉重和灰暗的基调。

从影视基地出来，宋砚坐上车，准备回酒店休息。

一直在车上等他的助理阿康侧过头来说："哥，刚仇导找你来着，不知道你去哪儿逛了，他让你给他回个电话。"

"好。"

宋砚干脆现在就拨通了仇导的电话。

"阿砚，"仇平在电话里说，"老于也来滨城了。"

"老师怎么来了？"

"下个月滨城有电影节，今年的主办方和老于有交情，老于今年没作品，过来当嘉宾撑场子的。"仇平说到这儿又笑了起来，"不过老郭有作品，奖已经定了，出席就能拿。他还特意带了他新电影的女主角过来，他挺捧那姑娘的。你先别急着回酒店休息，等我和老周一会儿，晚上咱们跟主办方一块儿吃个饭。"

电影节这种活动，权威的很权威，闹着玩的也不少，奖项含金量相差很大。有的人不在乎所谓的含金量，觉得走个红毯也能赚不少曝光，奖项能拿一个是一个，写在百科上还能唬住不少圈外人。

宋砚不知道很正常，像他这种权威奖项拿了不少的男演员，或者唐佳人这种国外电影节的红毯常客，都不知道这里下个月有一场电影节。

仇平发话，宋砚就没有立刻回酒店，坐在车上等了会儿。

没多久，仇平和老周过来和他会合。两个人直接上了他的车，说了地址，让助理把车子往晚上吃饭的地方开。

车上，仇平也没闲着，跟老周聊起了组织这次饭局的郭导。

"老郭这饭局十有八九是给他干闺女铺路的。"

老周："演员？"

"不是，"仇平语气悠闲，"小歌手，搞唱跳的，老郭的新电影是她的处女作。"

"处女作？那她以前没演过戏？连电视剧也没演过？"老周显然有些惊讶，"郭导胆子这么大？"

"他亲闺女都不知道为了那小歌手跟老郭吵多少回了，但老郭死活要捧她，一部电影算什么？"仇平说到这儿，又看向宋砚："我记得这部电影的男主角，老郭一开始找的是阿砚吧？"

宋砚微微蹙眉："有吗？"

"没有吗？"仇平也不确定了，"我记错了？"

"管他有没有呢，阿砚要是接了郭导的，不就没法儿接咱们的了？"老周不关心其他，只关心自己的剧本，"比起跟个不认识的小歌手搭戏，还是跟自己老婆搭戏更自在。"

"这跟老婆有什么关系？温荔这姑娘吧，虽然银幕经验不多，"仇平说到这儿顿了顿，自信地说道，"但她有灵气。在我们剧组的话，有我带着，她的上限应该会非常高。就算她不是阿砚的老婆，我也更乐意看他们俩合作。"

宋砚替温荔接下了仇平的夸赞。

"我太太要是听到仇导这番话，估计尾巴又要翘上天了。"

"你老说温荔尾巴要翘上天，可每次跟她见面，我看她都挺谦虚的，不骄不躁。"仇平意有所指地冲宋砚挑眉道，"你太太是只在你面前翘尾巴吧？啊？"

宋砚也挑了挑眉，笑而不语。

仇平："啧。"

老周："啧。"

车上几个人闲聊着，时间过得很快。

他们三个还不算最晚来的。

"咦？老郭还没来？"和其他人打过招呼后，仇平环顾四周，"搞什么？这饭是他请的，说要一块儿吃，结果他人呢？"

于伟光答："他干闺女今天刚在燕城录完节目，耽误了点儿时间，这会儿还在路上呢，刚打来电话，让咱们先动筷子。"

仇平摇头："那哪儿行，请客的都还没到，我们怎么好动筷子？等等吧。"

等了半个多小时,桌上一群人都已经聊热了,郭导才带着他的干闺女姗姗来迟。

"不好意思,不好意思,来晚了,我先自罚三杯。"

罚过酒,郭导带着他的干闺女一一和桌上的人打招呼。

等郭导的干闺女来到宋砚面前的时候,宋砚坐着没起身,撩起眼皮看她,对眼前的人似乎有那么点儿印象。

她鞠了一躬,用乖巧的语气打招呼道:"宋老师好,我是许星悦。"

他想起来了。

这是和他太太同公司的师妹,他太太好像不是很喜欢这个师妹。

"星悦是你的粉丝。"郭导在旁边说话,"当初阿砚你没接我这部电影,最失望的不是我,是这丫头,跟我闹了大半个月,说我邀请你的诚意不够,你才没接,我哄了好久才哄好。"

这部电影的投资很大,许星悦之前从来没接触过任何影视剧,在演员这行完全是白纸一张,出道就是电影女主角,明眼人都看得出来郭导有多捧她。

郭导一直带着许星悦到处敬酒,等一圈酒敬下来,许星悦明显有些醉了,脸色微醺,看上去更加清纯动人。

许星悦侧头往宋砚那边看过去。

宋砚的左边坐着于伟光导演,右边坐着仇平导演,都是高不可攀的大导演,看上去对她也没什么兴趣,所以她也没机会上前说什么。

直到宋砚来了个电话,起身出门去接。

许星悦借口上洗手间,跟着出了门。

有人发现她跟着出去,冲郭导暗示:"你这个干闺女,看上去对宋砚挺有兴趣啊。"

"小姑娘嘛,喜欢宋砚那样的很正常。"郭导笑着说,"长得好成就又高的年轻男人谁不喜欢?"

"她不知道宋砚已经结婚了啊?"

郭导活了大半辈子,什么年纪的女人没接触过,轻易就能看破自己这个干闺女的内心。

"怎么可能不知道?"

"那老郭你就一点儿都不在乎?"

"我又不是第一天认识宋砚,他要真想乱搞也轮不到她。许星悦这丫头现在反正挺老实的,我还蛮喜欢她的,只要不越过我的底线,"郭导淡淡地说,"睁只眼闭只眼算了。"

言外之意就是,她一旦越了底线,那他要怎么给她教训,都是她自作自受。

许星悦并不知道包间内郭导和其他人的对话,她跟着宋砚出来,见宋砚站在廊上和人打电话。

"在外面吃饭，还没回酒店。"

他好像是在和谁报备行程。

然后男人突然笑了："什么？有异性。"

"温老师，你是和异性热舞，我就是和人坐一张饭桌，这怎么能一样？"

许星悦很快猜到宋砚是在和谁打电话。

她想了想，走上前去，提高嗓音喊了声："宋老师！"

宋砚顺着声音侧头看过去。

许星悦语气天真："我来催你回去喝酒啦。"

宋砚嘴角的笑意突然收敛，刚刚那副温柔的样子也消失殆尽。

许星悦神色惊慌，立刻道歉道："对不起，是不是打扰到你了？"

"开免提。"电话那头的温荔说，"我来。"

宋砚本来想说什么，但听到温荔的一声命令，他就把免提开了。

"开了吗？"温荔问道。

"开了。"

"许星悦，你是不是有什么大病？你长得又不丑，又会赚钱，张总也捧你，就你这条件，找个单身男人快快乐乐地谈个恋爱不好吗？你要糟践自己我不拦着，但你眼前这个男人的连头发丝儿都是我的，就算哪天我玩腻了不要他了，也轮不到你，懂吗？"

温荔一番轻蔑又张狂的发言直接把许星悦说得面色发白。

许星悦还没来得及说什么，宋砚先沉声问出口了："你玩腻了不要我了是什么意思？"

温荔突然意识到自己刚刚的发言过于嚣张，立刻解释道："你听我解释，我不是那个意思……"

宋砚蹙着眉，取消了免提。

"解释吧。"

温荔是真的没那意思。她就是放狠话，没想到宋砚关注的重点居然在这上面。

她就是按剧本说个台词走个流程，一般剧情都是一个人说完了"你听我解释"，另一个人就会直接离开，根本不听任何解释。

所以现在她很迷茫，宋砚让她解释，她也不知道要怎么解释。

宋砚关注的重点全然偏了，尴尬的不只温荔，还有许星悦。

许星悦已经完全被忽略。她张了张嘴，声音和脸色一样苍白："宋老师？"

这是她第一次在私人饭局上见到宋砚，之前郭导也带她参加过几次饭局，但宋砚每次不是提前走了，就是有其他事没来。

她终于在今天和宋砚碰上了。没有摄像头，也不是在聚光灯下，这顿饭就好像是普通的朋友聚餐，宋砚的穿着很日常，和其他人交谈时，脸上始终挂着淡定温和的微笑。

　　刚刚郭导带她跟他打招呼，他看在郭导的面子上，也接受了她的敬酒，还对她笑了。

　　虽然是疏离而礼貌的笑容，但他不再对她视若无睹。

　　"你刚刚没有听到我太太的话吗？"宋砚目光冷峻，语调毫无起伏，"郭导和我都不是傻子，你不要自找没趣。"

　　他的话并不算多直白，却砭人肌骨，一股寒意从许星悦的脚底直蹿头顶，她脸上的温度却相反地突然上升，仿佛被扇了几巴掌，颜面扫地。

　　没了郭导在身边，这就是宋砚对她的真正态度。

　　宋砚说完，又走远了继续打电话。

　　宋砚刚刚提到了郭导，许星悦终于意识到自己贸然跟出来的行为有多鲁莽，她站在原地踌躇片刻，闭眼咬牙，深深地吸了口气，做好了心理准备，才胆战心惊地回到了包间。

　　郭导在和人喝酒，见她回来了，冲她招招手。

　　"星悦回来了。来帮忙喝几杯。"

　　许星悦刚坐下就被迫喝了好几杯，酒的度数很高，辛辣呛人，辣得她嗓子生疼。郭导几乎是逼着她把酒灌进去的，直到她实在受不了被呛出了眼泪，将酒杯推开，侧头大声咳了起来，郭导才放过她。

　　敬酒的人打趣道："哟，脸红了。老郭，你这干闺女的酒量不行啊，平时还得加强锻炼。"

　　"多练多练，下次你能喝几盅，我就让她陪你喝几盅。"

　　听到这话的几个人"哈哈"大笑。

　　许星悦一言不发地听着，默默地给自己倒了杯茶。

　　"你怎么就回来了？"郭导突然凑过来在她的耳边小声问道，"不跟宋砚在外面多聊聊？"

　　她惊恐地睁大眼，立刻否认道："没有，我刚刚去洗手间了。"

　　"是吗？"郭导没否认，替她理了理刘海儿，好声好气地说，"星悦，做人要知足，我给了你这么多，换作宋砚，他会给你吗？就算你有那个本事跟了他，换他捧你，他给你的会比给他老婆的还多吗？"

　　许星悦愣愣地听着郭导的话，浑身冰冷。

　　郭导看她的表情，知道自己的话对她起了作用，又放了剂猛药："看到咱们对面的仇导演和周编剧了吗？没我，就凭你自己，就算拼了命地往上爬，这辈子也未必能赶上人家。"

许星悦突然鬼使神差地问了句："但如果他老婆背叛了他呢？"

宋砚那么高傲的男人，许星悦想起刚刚他看她那冰冷的眼神，此刻还是心有余悸。

他和他太太感情再好，也禁不起背叛的考验。

到时候他就离婚了，而他太太靠他得来的那些资源自然也就飞走了。

郭导没什么耐心陪她思考这些事不关己的假设，冷下脸说："那也是人家的家务事，不是你该管的。"

包间里的人还在继续喝酒，包间外还在打电话的宋砚已经没了喝酒的心思。

温荔一直在敷衍他，对于刚刚的话，半天也解释不出个所以然来。

"真没什么意思。"温荔含糊其词道，"说给别人听的，又不是说给你听的。"

"但我听到了。"

"谁让你听了？你刚刚把耳朵捂起来不就行了？"

宋砚好半晌没说话。

温荔也不敢挂电话，小心翼翼地问道："你还在听吗？"

宋砚语气平缓，语调没什么起伏地问道："我听什么？不是你让我把耳朵捂起来？"

"又没让你现在捂。"

"抱歉。"宋砚说，"因为我不知道温老师会不会在下一秒又冒出刚刚那样的话来。"

温荔解释道："我不会跟你说那种话的，我刚刚那是为了气许星悦。"

宋砚又反问道："你是气她还是气我？"

"气她气她，我发誓。"温荔无可奈何，有些气馁地说，"喂，咱们能不能一致对外啊？许星悦明摆着对你有想法，你不去说她，反过来说我做什么？"

有情绪的男人不好敷衍，宋砚现在软硬不吃，油盐不进，淡淡地说："我不关心谁对我有没有想法，我只关心你对我的想法。"

"……"

短暂的沉默后，温荔小声说："我对你什么想法你还不清楚吗？"

"本来清楚，"宋砚转而又说，"但刚刚你那句话又让我不确定了。"

"我那是夸张的说法！不代表我真的那么想。"

宋砚让她换位思考："那如果我为了气阿森，也说了那样的话，你听了会有什么反应？"

温荔反问道："那你真的会说那种话吗？"

她不相信。

"不会，"顿了顿，宋砚平静地控诉道，"但你会说。"

"一定不会有下次了。"温荔在他看不见的地方撇了撇嘴，又补充道，"玩腻了不要你这种情况根本不存在好吧。"

"那不一定，毕竟这个圈子里诱惑多。"

"喂，这话应该由我来说吧。"温荔哭笑不得，"虽然我对我自己的魅力有自信，但也不能确保你不会有二心。"

"我要有二心早就有了，"宋砚叹气，"何苦浪费这么多年时间等一个傻子开窍。"

"欸，你骂谁傻子呢？"

宋砚终于低低地笑了："骂你，听不出来？"

"喊，我不跟你计较。"温荔想了想，又试探着问道，"你刚刚笑了，不生气了吧？我刚刚那句话真的不是真心话，我发誓。你非要为了这个跟我无理取闹，我是真不知道该怎么哄你了。"

"我知道，"宋砚一只手握着手机，另一只手闲闲地扶在栏杆上，仰了仰脖子，直视头顶上刺眼的光源，微微眯起眼，淡淡地说道，"但是我很胆小，不禁吓。"

她应该不会明白，也无法感同身受，宋砚并不强求这个，但他还是希望她不要再说那些即使是玩笑，也还是会吓到他的话了。

电话那头的人沉默好久，突然鼓起了十万分的勇气，大声说了句："我爱你！"

她虽然不明白，也没办法感同身受，但她在乎他的感受，所以他说他胆小，她就立马大声示爱，告诉他别胆小。

宋砚一时没反应过来："嗯？"

"我说我下个月过生日。"上一秒还在大胆发表爱的宣言的温荔下一秒又变回往常那个别扭鬼，"你懂的吧？"

宋砚垂眼，要求道："前一句，再说一遍。"

温荔开始推三阻四："等你忙完回燕城了再说。"

"那我今天……"

他的话立刻被打断，温荔恶狠狠地说："请你好好工作！别让我瞧不起你！"

宋砚笑了，"嗯"了一声："好，我先好好工作。"

温荔高傲地从鼻子里挤出来一声："嗯。"

宋砚又问她："你想要什么生日礼物？"

温荔："你。"

宋砚神色一滞，心里顿时又因为她说的那个字掀起万丈波澜。

他喉结滚了滚，声音蓦地低沉下来："好，等着。"

温荔听他的语气，总觉得哪里不对，但又怕是自己思想太肮脏，立刻澄清道："我的意思是要你平安回来，你想到哪儿去了？"

宋砚笑了两声，也不明说，慢腾腾地说道："等我回来你不就知道了？"

"……"

温荔面红耳赤，开始后悔自己为什么会脑子一抽，说那些肉麻的台词招惹他。

她且等着，宋砚暂时没空重温刚刚的暧昧，回了包间，继续应酬。

包间里吵吵闹闹，宋砚那根刚被挑起来的心弦很快恢复了平静。

郭导喝高了，正嚷嚷着让大家围起来看他干闺女跳舞。

有几个人立刻用筷子敲桌，起哄道："干闺女来一段！"

被起哄的许星悦并不情愿，但又没法儿拒绝，见宋砚这时候刚好回来，她的脸上又多了几分无措和羞赧。

宋砚显然没什么兴趣看她跳舞，没跟着起哄，其他人都把目光聚焦到跳舞的许星悦身上，而他垂着眼皮，趁着现在没人喝酒，抬手让服务员给他盛了碗饭，淡定地用起了晚餐。

许星悦跳完舞，桌上的人又开始喝酒。等一顿饭终于吃完，时间已经很晚了，一行人互相告别后，准备回酒店休息。

附近的星级酒店就一家，几个人正好同路。路上，剧组的工作人员在影视基地出了点儿小情况，仇平接到电话后就坐车赶了过去，让老周和宋砚先回酒店。

老周今晚喝了不少酒，灵感大发，在车上拿出随身携带的小本子"唰唰"地写了好几页，一下车就扔下宋砚，打算趁着灵感还在脑子里，赶紧回房间用笔记本电脑记下来。

宋砚揉了揉眉心，旁边跟着的助理阿康关心地问他需不需要扶。

许星悦就是在这时候找过来的，说有话要对他说。

"是有关温师姐的事情。"许星悦看了一眼他的助理，说，"多一个人知道对师姐没好处，所以宋老师能不能让你的助理先回避一下？"

郭导一回房间就倒下了，没空管她，她很不喜欢今晚宋砚对她的态度，借着浓浓的酒意，就这样冲动地找了过来。

阿康看了一眼虽然喝了挺多但此时还是挺清醒的宋砚，又看了看面对喝多了的已婚男人非但不避讳，反而找上门来还要求单独相处的许星悦，心里不禁替砚哥和温荔姐同时捏了把汗。

许星悦这个理由果然用得好，宋砚让阿康先回房间，然后靠着酒店走廊的墙，言简意赅地说道："说。"

许星悦有些惊讶："我们不进房间说吗？"

宋砚淡淡地反问道："去哪个房间？郭导的房间？"

许星悦低下头，咬唇说："那就在这里说吧。"宋砚侧头看了看走廊里的监控摄像头，不确定这家酒店的摄像头带不带录音功能。万一眼前这位安排了人隔着老远偷拍，他即使是跟人站在酒店的走廊里说话，到时候也说不清楚，还是有必要提防一下。

宋砚直接掏出手机，漫不经心地打开了录音功能。

宋砚面对许星悦看起了手机，手机屏背对着许星悦，她以为他是不耐烦听她说话，所以一心二用玩起了手机。

"温师姐出轨了。"为了让自己的话听上去更有说服力，许星悦还告诉了他"奸夫"的名字，"出轨对象是《为你发光》里一个叫徐例的选手。"

宋砚："……"

离谱儿。

第十章
鲜花掌声永伴周身

许星悦说完，试探地看向宋砚，想观察他的反应。

但她预想之中的恼怒和诧异都没有。

宋砚笑了，眼神明显是在说"荒唐"。

这反应在许星悦的意料之外，她被他的笑弄得晃了一下神。

宋砚本来就是疏眉朗目的英俊长相，因为入圈入得早，多年磨炼下来，周身散发出的成熟气质让他看上去孤高却不傲慢，无论是戏外还是戏内都让人很难挪开视线。

许星悦是新人，从出道到现在一路走来并不容易。她好胜心强，慕强心理也重，对宋砚这种类型的男人，内心有种天然的崇拜和好感，触碰不到时还好，只当成大前辈那样仰望；现在触碰到了，站在了他的面前，某些蠢蠢欲动的念头就不由自主地占了上风。

她如果能征服这样的男人，如果能把这样的男人从样样都比她强的师姐手里抢过来，那也就等于"证明"了自己。即使没有郭导捧她，她也比师姐强。

许星悦换上了小心翼翼的语气，犹豫地说："是真的，我已经好几次看到师姐和那个选手单独见面了，师姐看那个选手的眼神也很不对劲，上一次他们在休息室里待了半个多小时，出来的时候我看到师姐的衣服都有点儿乱……"

宋砚的第一反应不是许星悦有没有说谎，而是姐弟俩那天是不是在休息室里打架，才把衣服给扯乱了，让人抓到了"把柄"。

他一直没有说话，手机还在继续录音，他的沉默变相地给了许星悦几分鼓励，她又说了很多温荔和那个选手在节目录制中的疑点。

"师姐是个很好的人，平时在公司里也很照顾我，如果不是几次目睹，我根本不相信她会出轨。而且这是你们夫妻之间的私事，我知道我这个外人不方便插手，反而会被说是多管闲事。"许星悦顿了顿，突然自嘲地笑起来，"可是，即使是我多管闲事，我也不想宋老师你一直被蒙在鼓里。我真的不理解师姐为什么会忍心伤害你，如果是我……"

许星悦神色凄凄："算了，是我异想天开了，宋老师你又怎么会在乎我对你的感情？可如果宋老师不嫌弃，如果我能让你暂时忘记师姐带给你的伤害，我随时都在的。"

宋砚不动声色地看着眼前这位，心想：他太太的师妹现在这副楚楚可怜的做派，他这辈子大概都不可能从他太太那里看到。

换他太太，台词大概会是"我能看上你是你八辈子修来的福气，跪谢吧男人"这样的。

许星悦说了一大堆，正期待宋砚的反应。

"说完了吗？"宋砚的语调依旧没什么起伏，他好像压根儿就没听进去她的话。

许星悦眼角快落下的泪水又硬生生地缩了回去，点头："嗯。"

"好。"宋砚给助理打了个电话，"阿康，过来一下。"

这十几分钟不知道躲在哪儿的助理阿康又冒了出来。

"送她回郭导房间。"

说完，宋砚转身往自己房间的方向走去。他今天喝了不少酒，刚刚又浪费时间听许星悦讲了一大堆话，现在只想回房间好好躺一会儿。

"欸，好。"阿康点头，又看着许星悦："许小姐？"

许星悦难以置信地叫住宋砚："宋老师！"

宋砚显然烦了。他的性格本来就不算多温和，也不怎么亲切，面对不想应付的人时，他更是一点儿耐心都没有。

他太太和小舅子的关系并未对外公开，他不是当事人，没有资格擅自告诉外人。

空口无凭，就算温荔和徐例不是姐弟关系，许星悦的这种行为也能算诽谤了。

而且许星悦刚刚那些似是而非的话也让他很烦躁。

"我爱她就够了，别多管闲事。"

宋砚丢下一句话，直接进房间，关上了门。

许星悦大受打击，脸颊火辣辣的，前所未有的挫败感直接击垮了她的骄傲。

宋砚的那句话就是在变相地警告她：哪怕温荔伤害了他，哪怕温荔做了对不起他的事，也轮不到她来管，他看不上她。

比起温荔直白的讥讽，宋砚的话更让她觉得屈辱。

许星悦也不知道自己是怎么走回房间的。

她看着床上那个鼾声如雷的老男人，突然觉得很讽刺，自己走到今天，牺牲了那么多，结果还是差了师姐一大截。

她这些年拼命练习才换来了一个出道名额，温荔空降节目就是最受瞩目的见证官；她拿到了一个好的电影资源，想要和宋砚合作，他却毫不犹豫地推了剧本，转而和温荔合作了一部更好的电影。

她就是想证明自己比师姐强而已，师姐花了那么多年才走到今天，而她只用了一年就达到了很多艺人这辈子都够不到的高度，有错吗？

许星悦坐在床尾，掏出手机解锁，正好微博推送了一条营销号的消息。

她的电影定妆照居然还不如温师姐给代言游戏拍的宣传照好看。

"对比有点儿残忍。"

"温荔碾压不是很正常吗？现在的年轻女演员随便放一个进女团就是门面水准，但高颜值的唱跳歌手有几个？"

"温荔的脸放在同期女演员里都是拔尖的，拿许星悦跟她比，太不公平了吧。"

许星悦深吸一口气，关了微博，调出手机里的视频。

《为你发光》马上就要收官，最后一期节目即将录制完。等节目的热度慢慢降下去，以公司对温荔的重视，这些压根儿就算不上确凿证据的偷拍视频到时候就更好公关了。

她不能再等了。

刚刚跟宋砚打小报告的时候，许星悦丝毫没提自己不但好几次目睹温荔和徐例私下单独会面，且每次都拍了下来。

知道在自己和温荔之间，宋砚的心是无条件偏向温荔的，于是她留了一手，没把拍下来的视频给宋砚看。

许星悦也没料到宋砚会录音。

他把录音直接发给温荔，看姐弟俩想怎么处理这个"误会"。

温荔收到这段录音后才恍然大悟，原来狗仔就在自己身边。

就算其他人不知道她和徐例是姐弟，可徐例每次在节目镜头前都对她不咸不淡，除了第四次音乐舞台表演找了徐例做搭档，其余时间她和徐例的互动少得可怜，根本没料到会有人误会她和徐例的关系。

不过想想也明白了，她自己觉得没什么，但可能在别人眼里，这种行为就叫作"做贼心虚"或者"刻意避嫌"。

确实也不是只有许星悦这么想。

《为你发光》第四次音乐舞台表演因为有路透爆料嘉宾和冠名品牌见证官会加盟，播出之前热度就相当高，正片播出的那个晚上，独家网播平台还因为用户人数过多，出现了短暂的页面卡顿。

正片和爆料说的无异。嘉宾严准和几位选手的舞台效果是最棒的，而选手们和异性前辈合作的舞台表演中，见证官温荔带的那一组选手舞台表演是最有看点的。

原版歌曲无论是原唱还是编曲，乃至编舞都很经典——男女双人舞，鼓点节奏感极强，在海外已经火了好多年，至今仍是后辈唱跳歌手必学的歌曲。为了不浪费这昂贵的版权费，节目组在舞台妆造上花了不少心思，效果也非常好。

温荔之前在节目上跳过两次舞，每次的风格都不同，这次又是全新的风格。

她穿着连身抹胸短裙，外罩机车皮衣，一头及腰的金发，张扬性感。

和她搭档的选手徐例也一改往常清秀的妆造，化了稍重的小烟熏眼妆，因为被选为这次舞台表演的中心位，所以身上穿的是和见证官同款的机车皮衣。

两个人大改以往的风格，都是偏硬朗狂野的朋克风妆造，双人互动的舞蹈动作又是张力十足，在强烈的白色聚光灯下，视觉冲击被无限放大。

弹幕和现场观众一样只会尖叫。

"三力姐姐给个机会吧！！！"

"抢老婆了！@宋砚。"

徐例的舞蹈有个将手放在温荔腰臀之间的挑逗动作，但表演中他没张开手，而是握拳虚虚地搭在上面。

"绅士手，爱了。"

"我们梨崽！绅士典范！"

舞蹈结束时，这里有个男女对视的镜头，徐例垂眸看着怀里的温荔，额间的汗水打湿了刘海儿，他面色微红，喘着气，喉结因为喘气的动作而不断地上下滚动。

温荔仰头看着他，在舞台的背光灯下冲他笑了笑，又说了句什么。

徐例抿唇，挪开了眼。

"三力说的是'表现不错'吧？"

"呜呜呜，我们梨崽喘气喘得这么性感，本质还是纯情少年。"

"对不起，让我背叛一秒！他俩搭配真的好让人心动！"

"前面的能不能滚？就是前辈对后辈的夸奖，别胡说八道！"

节目播出后，嘉宾严准和见证官温荔的舞台表演双双上话题榜大火。

"我不允许首页还有没看过《为你发光》这两个合作舞台表演的姐妹，一个是男性魅力爆棚、视觉效果炸裂的群舞，另一个是张力最大的双人舞，都来看！！！我再说一遍！温荔要是去当唱跳歌手，绝对是扛把子！还有，徐例娃子是个宝藏，可清纯可性感！"

这次的音乐舞台表演算是节目组回馈粉丝的福利，所以并没有排名次环节，人气一直不算上游的徐例靠着这个和温荔合作的舞台表演，人气高歌猛进，在最后一期节目录制的前一个星期，人气值直冲前三名。

徐例人气大涨，这本来是好事，直到音乐舞台表演受到广泛关注，越来越多地把他和温荔配对的言论开始涌现。

本来冷到北极圈，且粉丝这辈子都不会有机会名正言顺地出现在大众面前的"双立"，因为某些营销号似是而非的通稿走进了大众视野。

在最后一期录制的前一个星期，越来越多的营销号开始发布内容相同的通稿。

"《为你发光》中见证官温荔和选手徐例的合作舞台表演大火，有网友顺藤摸瓜发现这两个人此前在节目中有很多暧昧的小互动，'双立'会是真的吗［思考］？"

微博是著名的粉丝大本营，这些通稿的评论区里，回复者的身份不尽相同，但目的相同，那就是骂无良营销号。

"抱走梨崽，请大家多关注我们可塑性极强的小梨崽。"

"一年的业绩就指望三力了是吧？不要脸的营销号［嘻嘻］！"

"三力已婚，大家直接举报。"

有粉丝及时澄清，这些似是而非的营销通稿没掀起多大波澜，直到最后一期节目录制当晚，在投资方和平台的大力推广和营销下，《为你发光》的热度空前，关于选手的通稿和营销铺天盖地，直接把微博变成了《为你发光》专场。

就在这空前的热度中，带"铁证"的爆料来了。

"大传闻！《为你发光》，二字人气女艺人和某小新人的出轨传闻！"

楼主也不废话，直接放了几个视频。

这些视频都是在公司里拍到的，有在车外的，也有在休息室外的，标准的偷拍角度，标准的偷拍清晰度，主角大家都相当熟悉。每一个视频都是二十分钟以上，楼主表示只进行了倍速处理，不信的话可以去网盘看原倍速的原视频文件。

也就是说，温荔和徐例每次的单独相处都超过了二十分钟。

即使他们在视频里没有任何肢体接触，但孤男寡女，特意躲开节目组的摄像头，在车上或是休息室内单独相处二十分钟以上，只要是个思维正常的人都会多想。

出轨本就是公众很感兴趣的事件，且现在这个传闻未经证实。根据社会学家奥尔波特和波斯特曼的总结，流言（R）＝重要性（I）×暧昧性（A）。重要性不用多言，温荔和徐例正处在公众关注的峰值上；暧昧性更不用说，足足一个星期的铺垫，各种煽风点火、似是而非的言论，让人们对这个流言产生了充分的好奇心。

因此在短短一个小时内，#温荔出轨#这个词条迅速登上了微博话题榜前列。

这个话题一上，温荔的个人超话广场和"盐粒"的超话广场迅速被抨击声占领。

"嘉宾跟选手出轨？？以后哪个节目还敢找异性嘉宾？？"

正在后台化妆的温荔看到消息后，手都是抖的。

在这个时间点爆出这个流言，幕后的人明摆着是计算好的。

最后一期节目录制当晚，节目组、所有的嘉宾和选手都忙着收官，根本无暇分心。而且见证官和选手的出轨传闻让收官期热上加热，虽然对节目组和"出轨"的两个当事人是大丑闻，但参与最后一期节目录制的其他人确实坐收渔翁之利，拥有了超高曝光度。

温荔已婚，刚和宋砚官宣出演《冰城》，这是今年备案的影视剧项目中最受关注的一部电影，顶级投资，顶级班底，顶级演员阵容，温荔拿到这个顶级的电影资源，就意味着她的演艺转型之路正式迈出了第一步。

但她能拿到这个资源，在圈外人看来，和宋砚脱不开关系。

包括她现在手头上的《盛唐幻想》代言，这个游戏的上上个代言人也是宋砚。当初游戏公司找上来，也是希望通过她再向宋砚争取新一季的代言合作，但是宋砚近几个月为了准备电影，推了很多商务活动，包括《盛唐幻想》的代言，游戏方最后只能先签下温荔。

《盛唐幻想》这次的周年庆和手游线上活动需要请一位歌手来演唱全新的主题曲，嘉瑞的张总不愿意这个好资源落在别人手里，直接向游戏方推荐了和温荔同公司的许星悦，游戏方也因为温荔的关系同意了。

同公司的师妹许星悦此前还拿到了郭导的电影资源。这个资源虽然比不上《冰城》，但也足以碾压一众女艺人，很多人说嘉瑞这次下了血本捧这对师姐妹。

这个出轨的传闻如果坐实，温荔的电影资源是丢定了；而游戏的周年庆活动上线在即，游戏方来不及去找新的代言人撑场，温荔的代言人身份极有可能被同公司的许星悦顶替。

通过之前宋砚发给她的录音和这些不难推测的结果，温荔用脚指头想都知道这个料是谁爆出来的。

她什么也顾不上，让文文赶紧去找丹姐，自己起身。

发型只做了一半儿，温荔直接去了选手的化妆间。

事到如今，她和徐例的关系也没有遮遮掩掩的必要了。

看温荔就这么不打招呼进来，一群选手脸上神色各异，徐例显然也看到了网上的消息，冷着脸没说话。

"你们先出去一下，我和徐例单独聊聊。"

选手和工作人员面面相觑，相继离开。

徐例语气平静："许星悦做的。"

温荔睁大眼："你怎么知道？"

"之前我们几次单独见面，结束后我都看到她了。"徐例冷冷地说，"我就说她为什么一直不曝光，原来是在等今天。"

"你既然早知道，怎么不事先告诉我？"

徐例闭了闭眼，承认道："是我太天真了，以为她没曝光是因为没证据。"

"兔崽子，演艺圈没那么好混的，没证据算什么，泼脏水又不需要证据。"温荔叹了口气，冷静片刻后说，"我已经联系了经纪人，澄清的通稿会马上写好发出来。节目组那边说话题可以撤下来，但观众都已经进场，公关的手暂时伸不到这里来，我们堵不住现场观众的嘴。到时候我先上去公开澄清，你再上去表演。"

徐例淡淡地问道："为什么是你先上台？"

"现场那么多观众，总有人耳聋眼瞎听不到也看不到澄清，你不怕被扔鸡蛋啊？"

"那你不怕？"

"我比你出道早，这只是小场面，而且马上就能澄清。但是你不一样，你没经历过。"温荔不想说得太严重给他压力，尽量让语气平稳。

徐例却跟块石头似的不听劝："你别仗着是我姐就逞英雄。"

"你是我弟弟，你小时候贪玩家庭作业写不完，都是我帮你写完的，我不逞英雄谁保护你？"

"得了吧，你就帮我写了几道题，还都是错的。"

温荔心虚地眨了眨眼，突然吼道："兔崽子，我对你的好你都不记得，这点儿鸡毛蒜皮的小事你倒是记得挺清楚啊？"

"我都记得。"徐例垂下眼，抿了抿唇，嗓音很低，态度却坚定，"所以我这次还个债，我先上台说，等澄清完了，没人扔鸡蛋了，你再上。"

温荔张了张嘴，想说什么，又被徐例嫌弃的眼神给堵了回去。

"你的发型是怎么回事？疯女人一样。去弄好。"

温荔瞬间炸毛："我要不是急着过来安慰你，至于头发只做到一半儿就……？"

徐例睨着她，傲慢地说道："我一个男人要你安慰什么？"

"兔崽子一个，还男人。"摆摆手，见他的心态没受影响，温荔放下心，说，"那你到时候先上台吧，反正有保安在。我现在去找许星悦算个账。"

徐例"嗯"了声。

温荔终于笑了，开玩笑地问道："还没出道就跟我这个超一线女演员传了个出轨的绯闻，享受了一把万众瞩目的感觉，很荣幸吧？"

徐例抽了抽嘴角："荣幸个屁，恶心还差不多。"

"我再给你一次机会，你好好组织语言，不然到时候你顶着一张鼻青脸肿的脸上台别怪我。"

"你再给我一百次机会我也是这个回答。"徐例皱起眉头，一脸抗拒，"被传跟你出轨，我还荣幸？我有病吗？"

温荔恶狠狠地说："你就是有病，眼瞎病，不知你姐有多美。"

徐例愣住，然后盯着眼前这个自恋狂确实挺美的脸，倏地勾唇笑了。

温荔被他笑得浑身发毛："你嘴角抽筋了？"

徐例没搭理她，风马牛不相及地说了句："你的生日礼物我要提前给你了。"

"都这时候了，你觉得我还会关心什么时候收到生日礼物吗？"温荔板着脸，郁闷地说道，"等这件事解决了，咱俩等着回家挨顿批吧。"

一想起舅舅那张冰山脸，她就烦躁。

听温荔提起回家，徐例顿时也白了脸。

姐弟俩不怕被传"出轨"，但怕被舅舅骂。

从选手的化妆间里出来，温荔没理会其他人的目光，反正该澄清的立刻就会被澄清，她现在不想浪费口舌。

她直接去了许星悦的化妆间。

此时，徐例也在工作人员的安排下作为第一个出场的单人表演者上了台。

最后一期节目录制全程直播，现场人声鼎沸，同步直播的网播平台的弹幕也是热闹纷呈。

不过事情没温荔想的那么糟，现场虽然很吵，但没人扔鸡蛋。

平台上那些骂人的弹幕也全部被粉丝澄清的弹幕取代了。

"有的人别急着骂，先去看微博，看完不觉得被打脸再回来骂也不迟。"

"懒得看公关澄清文的直接搜'徐时茂工作室'，亲姐弟被传出轨就离谱儿，只能说爆料的人有病！"

"微博直接搜'徐时茂工作室'，三力和梨崽是亲姐弟！是徐时茂大师的儿女！造谣他们出轨的滚啊！"

弹幕不断刷屏，引得一群不明所以的网友去搜微博。

微博话题第一原本是温荔的公关团队安排的澄清公关长文，这时候已经变成徐时茂几分钟前发的微博。

徐时茂工作室："我为有这一双儿女而骄傲！@温荔litchi @为你发光徐例［图片］。"

照片上是还年轻的徐时茂大师，他站在中间，左边，还是少女模样的温荔亲昵地挽着他的手；右边，还是小屁孩儿的徐例紧紧地牵着他的手。

有的时候，再好的公关文、再诚恳的澄清言论也会有人懒得看，即使条理清晰，也会被说是避重就轻，他们只愿意相信自己相信的。

这个认证过的微博号，这张老照片，这时候比任何公关文都好用。

这时，巨大的会场中，无数聚光灯聚焦在舞台上。徐例第一个上台。他没有延续上一期大火的朋克风造型，而是穿回了少年感十足的白衬衣和牛仔裤，面容白皙，清俊斯文，手里抱着把吉他，和第一期的打扮一模一样。

"音响老师不用放音乐了。事出突然，我想临时改一下我的表演曲目。这首歌刚写好，还没给别人试听过，包括我想送给的那个人，我也不知道好不好听。

"她快要过生日了，这是我送给她的生日礼物。"徐例从第一期冷漠到最后一期的脸上突然露出了腼腆的笑容，整个人显得干净柔软，"这首歌名字叫《姐姐》，送给我的姐姐温荔，提前祝她生日快乐。"

"啊？？？"

"姐弟？？？"

"造谣的人滚出来！！！"

"三力和梨崽是亲姐弟，三力没有出轨，三力和美人天生一对！"

正在看最后一期节目录制直播的观众不知道有多少，光是现场的就已经数以万计，应援灯牌围成璀璨的星海，徐例不知道这些灯牌中有多少是为他而来的。

他刚刚听到了人群中杂乱却大声的"梨崽，我们相信你"。

他才在公众视野中出现了如此短暂的时间，就收获了这些粉丝的信任和支持；他的姐姐站在聚光灯下那么多年，她的粉丝们肯定都相信她，换作她上台，想必支持的声音会更大。

所以她才愿意逞英雄，一是因为她比他更禁得住诋毁和诬蔑；二是因为她知道，哪怕上台了有被扔鸡蛋的风险，也一定有人愿意相信她。

她明明很胆小，却又很大胆，为徐例，也为粉丝。

现在她应该去找人算账了。

徐例深吸一口气。当事人不在现场听虽然有些可惜，但庆幸的是，他没那么害羞了。

此时的温荔正不顾一路上其他人诧异的眼神，径直往许星悦的化妆间走。

反正她不打算再和许星悦维持什么表面和平，以后嘉瑞要么有她没许星悦，要么有许星悦没她。

许星悦正坐在化妆镜前化妆，化妆师先发现了温荔，惊讶地说道："温老师？你怎么……？"

没等化妆师说完话，温荔直接提脚，冷着脸狠狠地踹了许星悦坐着的椅子一脚。

许星悦撑着座椅把手稳住身体，抬起头，愠怒地质问道："师姐，你干什么？"

温荔掐住许星悦的下巴，眼中怒火更盛，咬牙切齿地道："在公司里我压你一头，你不服很正常，我弟一个还没出道的新人，粉丝还没你粉丝的零头多，没招你没惹你，你恶毒后妈转世吧，还搞他？"

下巴被掐得生疼，但许星悦被温荔刚刚的话震惊到，甚至忘了挣扎。

"你弟？什么意思？"

"听不懂人话？徐例是我弟弟，亲弟弟。"温荔加重了语气说道，"造谣我跟我亲弟弟出轨，你是脑子有病还是心理有病？"

许星悦睁大了眼，脸色刹那变得煞白。

怪不得她那天和宋砚说的时候，他不但没有生气，反而笑了起来，原来是在笑她的愚蠢行为。

温荔放开许星悦，不想多说什么，直接掏出手机，调出了宋砚发给温荔的录音，也不管化妆师是节目组的人还是许星悦团队的人。反正这段录音会被公开，以牙还牙。

当时宋砚和许星悦离得近，酒店的走廊里又安静，手机很清楚地录下了许星悦对宋砚说的每一句话，包括她楚楚可怜的口气，还有表面善解人意实则想要乘虚而入的心机。

只有宋砚在场，这些话许星悦还能说得面不改色，可在大庭广众之下，当着化妆师的面，录音被公放，饶是脸皮再厚，她也受不了这样的羞辱。

化妆师异样的眼神以及温荔眼中的厌恶让许星悦羞愧难当，许星悦僵硬地站起身，伸手想要把手机抢过来。

"你挺能忍的，留了一手，挑热度最高的今天爆出来。"温荔往后一躲，"不过也不是只有你会留一手。"

许星悦彻底慌了："不要师姐！"

"你是艺人，应该知道流言传播的速度永远比澄清的速度快，你放视频引导舆论，但凡我和徐例不是姐弟，只是关系好一点儿的朋友，无论我们怎么澄清，出轨的帽子永远别想摘下来。"温荔冷笑，讥讽道，"我只是曝光你当小三未遂，你就怕成这样？"

许星悦浑身发抖，说不出话来。

最后她终于憋出来一句："对不起……"

"做错了事，一声'对不起'就敷衍过去了？"温荔平静下来，"不过你道歉也没用，我不原谅。"

许星悦挣扎道："张总和投资方不会答应你爆出来的！"

"错了。就算你倒了，以后没法儿再为公司和投资方赚钱了，你觉得公司和投资方真的会为你这个人可惜吗？他们可惜的不过是前期在你身上的投入，一旦发现挽救不回来了，就会换个人捧，这个圈子里永远不缺他们需要的摇钱树。"

温荔入行比许星悦久，远比她了解这个圈子背后那些真正的掌权者。

艺人会更新一批又一批，而资本才是永恒的。

温荔一字一句地说："真正会为你可惜的是你的粉丝。他们爱你，信任你，在你风光的时候为你庆祝欢呼；你拿了好资源，他们比你更开心；你获得了认可，他们比你更激动；在你被人诬蔑的时候，在证据出来之前，所有人都不相信你，但他们相信自己喜欢的那个你，努力帮你澄清，为你辩解，给你支持。但你呢？你觉得自己配得上他们吗？"

许星悦睁大了一双泪眼，讷讷地道："为什么跟我说这些？"

"我以前的梦想也是做唱跳歌手，最后没做成，才去当了演员。"温荔说，"你站在了我很羡慕的起点上，本来有个很好的开始。我真的不明白，有的女孩子明明优秀又努力，只靠她自己，就算会走得不那么顺，花的时间会长一点儿，也迟早会得到她想要的，为什么她就是等不了，非要走岔路？"

许星悦刚出道那会儿，眼睛明亮，笑容热烈，元气满满，被鲜花和掌声围绕，那都是那时努力的她该得的。

许星悦目光闪动，牙齿紧紧地咬着唇。

"师姐，我……"

"你不用哭，都是自作自受。"

温荔的话直白而残忍。

温荔没有任何犹豫，把录音发给了张楚瑞，附带了一句："你保她我就跳槽去柏石。"

张楚瑞回复得毫不犹豫："最近看中了个新人，条件不错，以后商务活动你多带带她。"

一个许师妹被放弃，还会有很多替代她的师妹。

做完这些，温荔回到自己的化妆间。等所有选手单人表演完毕，她还要上台公布排名，所以只做到一半儿的发型还得继续做。

刚进去，她就看见化妆师Lily和她的助理文文两个人肩膀贴着肩膀站在房间里实时转播舞台表演的屏幕前。

她喊了几声Lily，对方没反应。

她只好走过去，结果发现Lily和文文都是泪流满面，哭得比许星悦还惨。

温荔吓了一大跳："你俩怎么了这是？"

"呜呜呜，姐，"文文吸了吸鼻子，"你弟唱歌真的太好听了。"

"有这么好听吗？"

她又不是没听过徐例唱歌，他的嗓音条件不错，唱歌确实挺好听的，但还没有好听到让人泪流满面的程度。

温荔被勾起了好奇心，将目光转向转播大屏，只可惜这时候徐例已经唱完下台了。

她忙着找许星悦算账，居然错过了徐例的演出。

她在微博上一搜，几分钟之前的直播的录屏就出来了。

因为徐例是临时换歌，音响里没有属于他的伴奏，他就这么站在立式麦克风前，指尖轻轻拨动吉他琴弦。

偌大的舞台上，刺眼的灯光柔和下来，只有干净的吉他琴音和同样干净低沉的嗓音回荡，曲调清新治愈，听众的眼前仿佛浮现出轻轻拍打岸边的白色海浪、温柔的海风、清澈的蓝天和鸣叫的海鸟。

小时候一睁眼就能看到她的微笑，
可那时对于年幼的我她是个烦恼，
她有狮子座的骄傲，
还有我最讨厌的唠叨，
夏夜鸣蝉尖叫，我们也总是争吵，
花园里躲藏玩闹，
恨不得让月亮把她带走吃掉。
后来我和她长大，
栀子花染上成熟的印记，
月亮牵走了她，
看着她大笑着奔向她的光影，
我明明孤单却又那么开心。
后来我和她长大，
终于明白她对我的意义，
月亮抱走了她，
替我包容她今后所有的任性，
我明明湿了眼眶却又庆幸……

缓缓唱完高潮部分，最后，年轻男人嗓音重回平缓，像是在"喃喃"自语。

我想告诉她的月亮，
我是她的弟弟，
也是她的城墙；
她是我的姐姐，
也是我的暖阳，
当月光不足以让她永远明亮，
我会重新让她燃起光芒，
一如小时候那样活泼张狂。

一首歌结束，歌词中一字未提爱，听众回味后却发现字字都在诉说爱。

在成团营地的这几个月，徐例学会了跳舞，学会了最初级的说唱，也学会了怎样让自己的声音融入一个团体。

但他一个人站在舞台上，安安静静地唱歌，缓缓诉说他歌词中的故事时，才是他最初也是最真实的样子。

舞台上属于这首歌最安静的几分钟结束，台下倏地响起尖叫声和掌声。

"竟然听哭了。"

"这个'月亮'是指宋砚吧？宋砚的外号就是'月光'，啊啊啊！"

"所以这是一首写给姐姐和姐夫的歌，哈哈哈。"

"独生女突然好想要个弟弟。"

"我疯狂地忌妒温荔！！！又会写歌又爱姐姐的弟弟谁不想要？！"

"不知道她喜不喜欢。"徐例拿起麦克风，轻哼了一声说，"算了，不重要，你们喜欢就好。"

"喜欢！！！"

"是亲姐弟！粉丝认证了绝对是！这如出一辙的嘴硬心软的样子！"

"梨崽放心，三力敢不喜欢，我们粉丝带头揍她！"

"她敢不喜欢吗？她必须喜欢！"

"呜呜呜，我喜欢三力，喜欢美人，现在又好喜欢梨崽，难道我这辈子注定栽在这家人身上了吗？"

"前面的姐妹，你还可以顺带喜欢徐大师！一家四口整整齐齐，哈哈。"

温荔："……"

不喜欢就要揍她？这什么粉丝？

一旁的Lily和文文正在观察温荔的表情，文文小心翼翼地问了句："姐，什么感觉？"

"哼，"温荔吸了吸鼻子，小声说，"一般般吧。"

这首歌要不是徐例写的，只是徐例唱的，她才不会这么高兴，这么喜欢。

姐弟俩现在还不知道，远在国外的爸爸从女婿那儿听到消息后，不顾时差匆匆登上微博，更顾不得组织语言，下意识地用最简单的话和最直观的照片替他们澄清了谣言。

温荔和徐例的姐弟关系经过"出轨传闻"的发酵和铺垫，一被爆出来就直接占了话题榜前几名。

娱乐巴哥："今晚绝对是话题榜前几名刷新最快的一次了吧。半个小时就换一个话题榜，《为你发光》最后一期节目录制是彻底火了。最扯的是几个小时前网友们还在骂温荔出轨选手，立马就被打脸——两个人是亲姐弟，还是亲爹徐大师亲自发微博打脸。"

瓜瓜通缉令:"大家的关注点从出轨转移到了姐弟俩身上,就我一个人在吃惊这是什么神奇的家庭吗?爸爸是国画大师,姐姐是高人气女艺人,弟弟是创作歌手,关键是一家人的颜值都绝了(虽然现在徐大师有点儿发福了)![捂脸哭]。"

"你还忘了一个人,女婿是优秀电影演员。"

"那张照片上要是有宋砚,就真的一家四口凑齐了!"

"就我一个人在好奇姐弟俩的妈妈去哪儿了吗?"

瓜瓜通缉令回复:"徐大师丧偶很多年了,姐弟俩的妈妈已经去天上了。"

"怪不得只有三个人的合影。不过妈妈肯定也超级漂亮,不然生不出三力和梨崽这么绝的姐弟[哭泣]。"

温荔和徐例的关系被爆出来后,评论也不全是正向的,最后一期节目录制的直播还在继续,不少人怀疑徐例的人气蹿得这么快,是因为温荔在背后捧他。

出轨传闻已经被澄清,徐例的粉丝大方地站了出来,列出一系列数据,力证他们梨崽是靠自己的人格魅力吸引了粉丝,才一步步走到了最后一期节目录制的舞台上。

徐例的公司一开始送选手去参加《为你发光》,就是抱着让他们去节目上混个脸熟的目的,等于把人丢到了大公司放养。

所以徐例的人气能这么高确实在他们的意料之外。

"等你发歌,"温荔说,"跟你公司说销量这块儿不用担心,我买爆。"

徐例没什么反应,倒是其他选手纷纷围着徐例激动地说:"徐例,你上辈子是做了多少好事,这辈子这么幸福!"

徐例觉得自己是挺幸福的,在节目录完后还发了条微博安慰粉丝。

《为你发光》徐例:"我上这个节目就是为了吸引粉丝的,现在成功地吸引到你们了,我满足了。"

评论:

"既然吸引到我了就要负责!快写歌出专辑!《姐姐》的音源赶紧上线,我要单曲循环一百天!"

"嘀——催《姐姐》音源上线卡。"

第二天,又来了新传闻。

昨天爆出来的是视频,今天的则是录音。

许星悦上个星期因为参加电影节去了滨城,这是公开行程,宋砚那时候也正好因为剧组工作在滨城,和被爆出来的录音的时间完全对得上。

比起似是而非但仍然不好澄清的视频,这段声音熟悉、吐字清晰的录音仿佛重重一锤,直接将说话的人锤到了地心。

在如此铁证下，许星悦的粉丝无可辩驳，也不知该从何澄清。

在没有任何确切证据的情况下造黑谣，诬蔑姐弟出轨，明知道宋砚是已婚男人还凑上去，这段录音明明白白地将所有事实摆在了大众的眼前。

无数辱骂反噬而来，许星悦一方没有任何公关——嘉瑞放弃了；郭导并不想为此得罪宋砚夫妇，也放弃了；许星悦本人没有任何辩驳，直接发了一条长微博，对师姐、对师姐的丈夫、对她的粉丝郑重地道了歉。

一年前刚出道的时候，她最忙，也最快乐，粉丝爱她，她也爱粉丝，她是粉丝追逐喜爱的星星，而粉丝是她的盔甲和长矛。

"我的粉丝们，对不起，我辜负了你们的喜欢。愿你们在将来的生活中找到那颗更值得你们喜欢的星星，希望那颗星星永远明亮，永不熄灭，照耀你们前进的路。虽然没资格再说这句话，但仍然谢谢你们这一路的陪伴。"

没多久，许星悦最大的个人粉丝站宣布关站："谢谢 star 在这一年带给我们的快乐，再也不见，祝好。"

之后许星悦如何，没有多少人会关心。

这个圈子里永远不缺充满朝气的年轻艺人，一颗星星陨落，还会有无数颗星星升起。

与此同时，最后一期节目录制结束后，徐例在最后一期节目录制舞台上唱的那首《姐姐》横扫各大音乐平台，拿下日榜第一，直接大爆。

徐例的粉丝们总算放心了，虽然他们的梨崽最后没能作为男团成员出道，但他本来就是一个创作型歌手，最适合站在聚光灯下安安静静地唱自己的歌，吉他和麦克风就是他最好、最默契的队友。

《姐姐》的歌词浅显易懂，歌词中的那个月亮指的是谁并不难猜。

此时远在滨城的"月亮"当然也猜到了。粉丝们疯狂@，希望"月亮"出来说句话，他也登上微博，回应了徐例的歌词。

宋砚："月亮知道了。@徐例。"

"我想告诉她的月亮，要对她好。"

"月亮知道了。"

《姐姐》是徐例送给姐姐温荔的生日礼物，在最后一期节目录制的舞台上被演唱，加之姐弟俩那一晚处在舆论的风口浪尖上，给这首歌带来了空前的热度。

舞台上需要视觉冲击感强烈的劲歌热舞，当然也需要安安静静的抒情歌。

加之这首歌的质量确实不错。

在综艺节目录制期间，徐例并不是人气最高的选手，结果最后一期节目录制结束之后，短短数天，他微博的粉丝数量涨了一百多万，这个数值已经足够和一众高人气男艺人相提并论。

有姐姐的人气打底，现在姐夫又发了这样一条微博，徐例的首个个人单曲无论从哪方面来说，都抓了一手天和牌，这么有力的宣传和曝光度，是《为你发光》中的其他选手比不上的。

好几个影视剧的制片方发来影视原声带邀约的时候，公司给徐例安排的经纪人甚至还没正式上岗。

公司老总兴高采烈地在会议上宣布，从下半年到明年的艺人经营企划紧急调整，公司将在旗下所有的音乐新人中力捧徐例。

得到老总高度重视的徐例一脸淡定，反问老总给王亦源准备的出道曲怎么样了。

王亦源最近一边参加通告，一边参与自己的出道单曲筹备——公司原本的打算是等徐例被淘汰，让两个人组个二人组合，合并人气一起出道。

现在徐例的单曲大爆，不再需要搞二人组合，公司就更改了策划，让王亦源和徐例分别出道。

"亦源哪，他不急。"老总打哈哈说，"咱们现在的重点就是，你在节目上唱的那首歌的现场版音源，版权是咱们和节目组那边共同拥有，所以你得赶紧找时间去录音棚正式录制一版，作为你个人的数字单曲，在平台上收费，这事不能拖。"

《姐姐》原本就是送给温荔的生日礼物，徐例写这首歌的时候压根儿就没想过要发表，在最后一期节目录制的舞台上唱，完全是赶鸭子上架，借这首歌澄清所谓的出轨绯闻。

本来是送人的生日礼物，现在作为他的个人单曲发表了，他已经是利用这份礼物吃了红利。

"重新录一版可以，但收费就算了。"徐例淡淡地拒绝道，"这首歌本来就是属于我姐的。"

老总原本还想再说什么，但一看徐例那副跩了吧唧，摆明了油盐不进的样子，只能无奈地同意他的要求。

"行吧，那就你自个儿做主。关于你的个人出道专辑，歌最近可以写起来了。"

徐例点头答应，又问了一遍王亦源的出道曲。

老总算是服了，这人对自己的音乐版权不关心，对朋友倒是上心得很。

老总当初签下徐例也是看中了他的才华和相貌，谁知道捡了个宝。

反正温荔那边，他一个小音乐公司也得罪不起，不如送个人情给徐例，还能向温荔示好。

反正创作歌手的潜力巨大，以后多的是好歌诞生，长期利益不可估量。

会赚钱的资本家对摇钱树总是多一些包容心。

"知道你俩关系好。"老总点头,"在准备了。亦源的人气没你的高,出了以后你记得多帮他宣传。"

徐例回答得很爽快:"好。"

等开完会,老总就去找了王亦源,催他赶紧写歌。

王亦源一猜就知道是谁帮的忙,立刻去找了徐例道谢。

"兄弟,谢了,真的。"

徐例"嗯"了一声,脸上没什么表情:"开会的时候顺便提了句而已。"

王亦源也不戳穿他,顺着他的话夸张地道:"哇,原来我兄弟这么有面子,顺便提一句咱老总就上了心!"

徐例抿了抿唇,没理他。

王亦源早就习惯了徐例这副别扭的样子,亲昵地搂上他的肩膀。

徐例挣了一下,没挣开,就随他去了。

"原来这就是和我女神弟弟做兄弟的感觉吗?赚到了,赚到了。"王亦源"嘿嘿"一笑,"我说你瞒得也太好了吧,我当初还以为你也是我女神的粉丝。"

当初隐瞒姐弟身份是徐例和温荔的共识,如果不是为了澄清出轨传闻,他估计一辈子都不会公开两个人的真实关系,他才不想顶着"温荔弟弟"这个光环出道。

"粉丝?"徐例"哧"了声,"也就只有不了解她的人才会被她的外表迷惑。"

"哦,你没被你姐的外表迷惑,"王亦源点点头,"那你写歌给你姐表白干什么?"

徐例蹙眉:"你的理解水平没问题吧?这是表白?"

"这不是表白是什么?弟弟向姐姐表白啊。"王亦源感叹道,"你真的好爱你姐啊!"

徐例被王亦源的这句感叹激起一身鸡皮疙瘩,他脸色阴沉,猛地甩开王亦源的胳膊,一言不发地径直往前走。

"喂!徐例!"

王亦源在徐例的身后喊了他好几声,他都装作没听见。

表白个屁。王亦源这人的理解能力有问题。

徐例从公司里出来,坐上公司给他安排的车,经纪人告诉他,现在要去赶一个音乐直播电台的通告。

节目收官后,徐例搬离了选手宿舍,行程才终于有了些艺人的样子。

"电台那边还邀请了一个神秘嘉宾跟你一块儿录,你做好准备。"

经纪人的话让徐例倏地皱起眉。

"谁?"

"要提前知道是谁那还叫什么神秘嘉宾?"经纪人挑了挑眉,"你去了就知道了。"

徐例预感不好，一旦涉及某个人，他的直觉就特别准。

等他到了地方，节目正式开始，没过几分钟，主持人说了句"有请我们的神秘嘉宾"后，从录制室的门外走进来一个人。

出现在录制室里的温荔冲徐例挑了挑眉。

徐例抽了抽嘴角：果然。

温荔入座后，向听众打了个招呼："各位好，我是温荔。"

滚动的实时弹幕立刻激动起来。

"三力！"

"姐姐！"

"哈哈哈，三力来给我们梨崽撑场子了。"

"你怎么来了？"徐例直接问道，"不是很忙？"

"他们请我来的啊。"温荔说，"我怕你不会说话给我丢脸，所以过来帮帮你。"

徐例不咸不淡地笑了笑。

正好见上面，徐例顺便跟她说起了《姐姐》的版权问题——又不是什么不能公开的消息，徐例没那么多避讳。

徐例说："这首歌的版权按理来说应该是你的。"

"这首歌是你写的，版权归你归我都无所谓。"温荔话锋一转，得意地说，"但这首歌毕竟是你送给我的礼物，要不这样，你现场弹吉他唱一遍给我听，版权我就不要了，赚的钱都归你。"

徐例理都没理。

"版权我不要，赚的钱也归你。"

温荔心想：这小子怎么跟石头一样？她也固执地跟他争起来："我不要版权，我又不缺那点儿钱，我只要你当着我的面唱一遍给我听。"

"唱你个头。"徐例"啧"了一声，不耐烦地道，"你没手机？自己去软件上听。"

姐弟俩就这么在录制室里为歌的版权归谁争辩了起来，主持人插不上话，只能无奈地说："如果是刚打开我们电台的听众朋友，请千万不要误会这是什么相声小品栏目，我们这是正经的音乐电台。"

弹幕：

"他害羞了，他害羞了，他害羞了。"

"梨崽，你个傻玩意儿，你姐姐不在乎什么版权，她只想听你当面给她唱啊！"

"好家伙，这么火的歌，版权就被你俩踢皮球似的踢来踢去。"

之后还有问答环节，不能为了一个版权耽误节目录制，温荔翻了个白眼，索性放弃。

"爱唱不唱，谁稀罕听你唱！"

徐例挑眉，哼笑道："你不稀罕刚刚跟我闹什么？"

温荔也笑："这首歌是你送我的，现场给我唱一遍怎么了？"

"只是送你一首歌，没义务给你唱。"

"那你还当什么歌手，你去当作曲家好了。"

"要你管？"

直到问答环节开始，这个话题才终于揭过。温荔只是作为神秘嘉宾来这期电台节目客串，之后还有别的通告，到点就离开了。

一直到她离开，徐例都没松口。

神秘嘉宾走了，主持人又和徐例聊起《姐姐》这首歌。

"有粉丝很想知道，在《姐姐》这首歌里，徐例你在歌词中写的'月亮'指的是宋砚老师没错吧？"

虽然宋砚自己都在微博上回应了，但很多人还是希望听到创作者亲口承认。

徐例承认了："是。"

主持人继续问道："不过有粉丝发现，你在歌词的前半段里回忆自己和姐姐小时候的故事时，'月亮'这个代称也出现了，那么前半段中的这个'月亮'指的又是谁呢？"

徐例短暂地沉默了。

写歌的时候他没注意到，但深究起来，其实应该是指柏森哥。

小时候姐弟俩经常吵架，柏森哥就给他们劝架。有次两个人吵得狠了，还是小毛孩儿的徐例气急败坏地冲柏森喊："哥哥你赶紧把这个母老虎带去你们家！我再也不想看到她了！"

柏森每次都是吊儿郎当地说不要，他养不起。

后来他们都长大了，为自己的学业、事业分开了，鲜少再回家，更别提见面。

温荔却和宋砚结了婚。

徐例知道柏森哥和阿砚哥是很好的朋友，但这两个人和他姐之间的故事，他不清楚。

但他也知道什么该说什么不该说，于是笑了笑，含糊地表示："天上的月亮不就一个？"

这期电台节目刚结束，温荔客串的那几十分钟的片段就被传上了网。

有网友将原视频搬到了论坛。

0L："我是独生子女，一直很想要个兄弟姐妹，这首歌我快单曲循环一周了。满心欢喜地期待他们俩合体好好展现一把姐弟情，结果两个人从头互相吐槽到结尾，虽然我全程嘴角带笑，但我的心麻了，想问问这就是真实的姐弟情吗？"

2L："有兄弟姐妹的告诉楼主，是。"

5L："说实话，我听《姐姐》时，真的以为他们平时相处应该挺甜的，没想到居然是这种相处模式。"

25L："哈哈哈，他们俩的性格真的好像，听了电台的谁不说一声这绝对是亲姐弟？"

30L："说个事，'双立'超话留下来的现在全都是喜欢姐弟情的了，哈哈哈。"

40L："看得出来他们的感情其实很好，就是都很嘴硬［摊手］。"

55L："所以三力还是和她老公最配啊！！'盐粒'才是最棒的！"

101L："但是'盐粒'第十期同框都是视频连线！爱不动了，爱不动了，我先爬看看姐弟。"

因为宋砚去了滨城，且温荔在燕城也有工作走不开，《人间有你》第十期不但延播了一期，之后的一周嘉宾们也是分开录制，摄像 A 组兵分两路为他们拍摄素材。

《人间有你》给嘉宾的自由度非常高，台本占比低。节目组会向嘉宾提出互动建议，但不会强制嘉宾执行，一切以嘉宾的感受为主，即使是在家里安装摄像头录制，也不会打扰嘉宾的私生活。它给人的感觉既像综艺节目，又不像综艺节目，更像一本夫妻生活日记。正是因为这种轻松的录制环境，《人间有你》第一季播出时备受好评。

这样的节目设置有利也有弊，前几期里也有嘉宾因为各自有工作通告而暂时分开录制。

一期有四对嘉宾，就算其中某一对某一期无法同框，还有另外三对可以看。

但换作宋砚和温荔就不同了，他们是四对嘉宾中热度最高，也是最受路人关注的一对，从第一期到第九期，虽然在节目中的占比不算特别高，但起码每期都是在一块儿录制的。

已经被玩成梗的"'盐粒'三十秒预告片"这回并没有延续它短小却精悍的风格，"盐粒"的同框甚至只有节目组安排的视频连线。

两个人的粉丝"签字笔"一直是出了名的好哄，对"签字笔"来说，当初他们俩答应来参加综艺节目已经是意外之喜，如今九期节目录制下来，有这么多甜蜜的细节，说是天降惊喜都不为过。

可能也是因为前九期的意外之喜实在太多，被养刁了胃口的"签字笔"飘了，忘了自家艺人是个什么德行。

两个人自两年前结婚开始，因为各自工作忙，一直是聚少离多，如今只是因为工作半个月没见，正片的评论区里，"签字笔"倒先心疼上自己了。

"分开的是他们，难受的却是我们。"

"温荔要是我老婆，我还出什么差？家人们，把'宋砚不识好歹'打在公屏上。"

也有理智的"签字笔"解释。

"《人间有你》的定位本来就是展现人间真实的偶像剧啊，前九期是偶像剧，第十期暂时回归了真实而已。美人和三力都是艺人，艺人本来就工作时间不定，又经常飞来飞去的，不可能天天腻在一起。"

"半个多月还好吧，他们之前不见面的最长纪录是半年，新喜欢上他们俩的姐妹都淡定啦。"

"盐粒"短暂歇业，"签字笔"无处可去，导致"双立"异军突起。

"家人们，我先走一步，去隔壁看看双立姐弟情了，等他们俩什么时候做点儿夫妻该做的事了我再回来。"

"夫妻不恩爱和兄妹有区别吗？"

"先溜号了，等'盐粒'互动了敲我。"

终于，《人间有你》第十一期的录制时间正好和温荔的生日撞上，大批"签字笔"又在超话里呐喊："这还不回来，过分了吧。"

在滨城忙到神隐，偶尔才上线的宋砚终于再次上线，并转发了《人间有你》有关第十一期节目录制的微博。

结果"签字笔"压根儿不买账。

"笑死，汽车撞墙了你知道拐了，股票涨了你知道买了，粉丝跑了你知道互动了。"

"梨崽难道不比美人强？美人再过两年就三十岁了，男人一过三十岁就老了。姐妹们，都给我有骨气点儿，别回头！让他知道我们不是那么好忽悠的！"

徐例没料到事情会发展成这样，还特意给宋砚打了个电话，用刚学到的话为自己辩解。

"阿砚哥，粉丝言论请勿上升本人。"

宋砚没介意这个，反倒在电话里笑了起来。

徐例不确定地问道："阿砚哥？"

"嗯，在听，没事。"宋砚说，"最近还有写歌的打算吗？"

"有，公司让我准备新专辑的歌。"

"那等你忙完自己的新歌再说吧。"

徐例听着宋砚的话，估计对方应该是要请他帮什么忙。

他索性直接问了。

"是有个忙要请你帮。"宋砚说，"想请你帮我写一首。"

姐夫这是在跟他邀歌吗？

不过这不是最让徐例惊讶的，最让他惊讶的是："阿砚哥，你会唱歌吗？"

和宋砚认识的这些年里，徐例从来没听他开过嗓，对唱歌而言，嗓音条件是一码事，音准和音感是另外一码事。

宋砚很坦然地说："我唱歌不跑调。"

见他强调自己唱歌不跑调，徐例心里有数了——八成好听不到哪里去。

徐例语塞，忍住了笑意说："那行，等阿砚哥你回来咱们再细说。"

今年的生日，温荔并没有举办粉丝见面会，而是由《盛唐幻想》的游戏方在当天直播职业娱乐赛活动的县城为她庆祝生日。

她的个人超话早在半个月前就举行了抽奖活动，抽中活动门票的粉丝可以免费进场。这次活动无须粉丝组织应援，全由游戏方策划，给团队和粉丝都省了不少心。

宋砚是在温荔生日的前两天，和摄像A组负责跟拍他的小分队一起回来的。

刚回来他就先去找了游戏方。

《盛唐幻想》此次十周年庆典活动的策划，总公司全权交给了和他们达成长期战略合作，同时也是负责开发十周年端游新副本和全新手游端的风树科技公司。这是一家相当年轻的公司，朝气蓬勃，首席执行官如今还不满三十岁。

首席执行官长得跟柏森有点儿像，有一双狭长的狐狸眼，容貌俊美，今天没穿西装，只穿着简单的T恤长裤，更像个刚毕业的大学生。宋砚到他的办公室时，这位老总正对着电脑打游戏。

"宋先生，"首席执行官冲宋砚笑，"是为宋太太的事来的吧？"

"对，打扰杭总了。"

被叫作杭总的年轻首席执行官引宋砚在会客的沙发上坐下，直截了当地说："本来就想让宋先生和你太太接下我们的双人代言，结果负责这事的沈总告诉我，你因为有其他工作在身给婉拒了。我们的十周年庆典活动你要是赏脸来，我连代言费都省了。"

宋砚微笑："杭总客气了，这是我的荣幸。"

"这次十周年庆典活动，我们为《盛唐幻想》的端游开辟了一个全新的副本地图。"杭总没多说游戏本身，很快又将话题绕到了宋太太身上，"是这样的，活动当天，宋太太会在现场为我们新副本当中的boss（老板、头目，在游戏中指体形大、力量强且难缠、耐打的敌方对手或者不受玩家操纵的怪物）配音以助兴。这个boss身上是有故事的，故事里有一个对boss来说至关重要的角色，我们也专门请了配音演员。不过，活动当天，比起让配音演员和宋太太合作，我想，宋先生你来的话，现场效果可能会更好。"

"什么故事？"

"我刚刚就在玩这个副本，宋先生有没有兴趣看看？"

宋砚是《盛唐幻想》的上上个代言人，之前是玩过游戏的，对于游戏的世界观有大概的了解，很容易就厘清了新副本的故事情节。

配音而已，没什么难的，宋砚直接答应了。

"活动当天我会到场的消息，希望杭总能暂时替我向我太太保密。"

杭总先是一愣，很快心领神会地点头："明白。"

宋砚来也就为了这件事，聊完就准备告辞。

"对了，宋先生，活动结束以后，我能不能问你和你太太要张双人签名？"杭总叫住他，顿了顿，说，"就是你和你太太在两边签名，中间画一颗爱心的那种。"

"嗯？"

宋砚下意识地发出一声疑问，显然没料到是这个请求。

杭总立刻解释道："是帮我妹妹要的，她是你和宋太太的粉丝。"

原来是"签字笔"的请求。

宋砚失笑："没问题。"

从大楼里出来，宋砚坐上保姆车，在车上等他的工作人员对他说严导已经知道他从滨城回来了，想和他见面开个会。

宋砚："什么会？"

"关于第十一期的拍摄计划。因为正好赶上了温老师的生日，"工作人员说，"严导想在这一期里让全体节目组给温老师过个生日。"

游戏方要帮她过生日；节目组也要帮她过生日；温家那边几个男人也想让她在生日那天回趟家，好帮她过生日。

粉丝更是早在大半个月前就在他的微博下面提醒，说三力要过生日了。

就算他没回来，想必她这个生日也会过得很开心。

宋砚微微笑了："那严导心里有计划了吗？"

"有，不过他没跟我们说。"工作人员突然压低了声音，"他说要给温老师一个超大惊喜。"

宋砚总觉得，严导每次说要给什么惊喜，最后一定会变成惊吓。

到时候这份惊吓害得他被"连坐"被太太指责就得不偿失了。

宋砚非常巧妙地婉拒道："那就不用跟我商量了，都交给严导决定。我不跟着掺和，否则两个惊喜就变成一个惊喜了。"

之后工作人员将宋砚的原话复述给严导。

严导潇洒地应允："行，那就随便他。"

反正惊喜够大，有宋砚在没宋砚在是一样的效果。

寿星公本人翘首期盼了好久，她的生日终于到了。

当天零点，她的手机里涌来好多生日祝福，特别是爸爸，算好了时差，零点一到准时给她打了个电话祝她生日快乐。

"一转眼都已经是结了婚的大姑娘了。"徐时茂在电话里感叹，"今天打算怎么过？还是和粉丝一起过？"

"差不多，今天把工作和生日合在一块儿解决了，省心。"

"今天过生日还工作啊？"徐时茂问，"那阿砚呢？他不陪你？"

温荔有些失落地皱了皱鼻子："他在滨城，有工作回不来。"

徐时茂没责怪，但语气还是免不了有些无奈："你们俩也别老是想着工作，钱是赚不完的，生日这天怎么也要一起过才像话。"

温荔大度地说："没事，他过生日的时候我也没陪着过啊，生日而已嘛，又不是过完这个生日就没下个生日了。"

聊了大半个小时，最后徐时茂嘱咐温荔别熬夜赶紧睡，她一一应下，和爸爸说了声"晚安"，挂掉了电话。

然后她也没睡，继续看手机。

宋砚的生日祝福也是掐点儿发过来的，是一句简单的"生日快乐"。

其实前两年他也是掐点儿送祝福，那时候温荔还很感动。

可是现在心境不一样了，她对宋砚的要求好像高了那么一点儿。

换作以前，她可能会指责他为什么不回来帮她过生日；但现在，她更体贴了，既然他忙，那就算了吧。

虽然她觉得，无论今天有多少人帮她庆祝生日，都不如宋砚一个人陪她过。

温荔一觉睡到天亮，大清早起来化妆打扮，从家里到活动现场，几乎见一个人就收获一句生日祝福。

《盛唐幻想》的十周年庆典活动在下午正式开始，一直持续到晚上。因为录制地点和温荔家隔了几个区，距离比较远，游戏方贴心地在周边为她订了家酒店，这样活动结束后她可以先在酒店里休息一晚，第二天再返回家里。

下午的活动流程是职业选手和知名艺人组队的娱乐赛，原本艺人嘉宾的名单中有许星悦的名字，结果她出了事，名字自然就被主办方给划掉了，改成了女团Starry Tears。

目前许星悦已经停止了所有的艺人活动，这样一来，Starry Tears就失去了核心和人气最高的成员，运营公司于是重新选了一个女孩出来担任核心。

演艺圈不就这样，一个人倒了，另一个马上就顶上了，永远不缺引人注目的人。

到目前为止地位还很稳固的温荔正逢今天过生日，是整个活动现场的焦点。

娱乐赛开始之前，几个年轻的职业选手分别和她握手的时候，手都是抖的。

握手过后，选手和艺人各自入座。

"她真的好好看！"一个选手捂着胸口夸张地说，"刚刚离得好近，我感觉我的心都要跳出来了！"

另一个选手提醒说："你矜持点儿，现在是公放麦，所有人都听得到的。"

现场充斥着各种尖叫，直播的弹幕他们也看不见，不过镜头此时给了温荔特写，她侧头朝职业选手的坐席那边挥了挥手，示意自己听见了。

这位职业选手尴尬万分，直接整个人瘫软在椅子上。

下午的娱乐赛气氛很不错。这种比赛输赢不重要，所以几个解说的主持人把吐槽的重点放在了选手和艺人身上。

到晚上，端游新开发的全新副本地图正式上线。

《盛唐幻想》以盛唐时期为历史背景，在此背景下进行人物创作和世界观拟定，在这个世界里，人妖共存，每个NPC（Non-Player Character 的缩写，意思是非玩家角色，指不受玩家操纵的游戏角色）和副本 boss 都有自己的故事。

新的副本 boss 是只猫妖，温荔给游戏拍摄的代言照就是这位 boss 的打扮。为了给新副本做宣传，游戏方安排她在今天的活动现场亲自为这个 boss 配音。

小柒是一只猫妖，刚修炼成人形后就因为好奇来到了人界，只可惜那时她修为不高，看着也就小女孩的模样，被人贩子抓住卖到了黑市。

有些凡人的可怕程度不亚于任何魑魅魍魉，小柒被卖入妓院，又被一位前来招妓的军营将领高价拍下初夜，她本能地反抗，用自己微弱的法力击伤了将领。

将领发现了她是妖，将她带回了军营。妖有时对人来说并不是威胁，尤其是这种法力微弱的小妖，给她戴上缚魂锁，待她成长，迟早会变成一件锋利的兵器。

在残酷的训练之下，小柒成了一名优秀的死士，没有任何感情，只会服从和杀人。

将领将她作为礼物献给了为之效忠的琼王爷。

老皇帝沉迷于炼丹，昏庸无道，他的十几个儿子拉帮结伙，明争暗斗，其中琼王爷文武双全，是最有竞争力的皇子之一。

现场大屏上的动画此时播放到了将领将浑身是伤的小柒带到王爷面前。

因为是动画，所以里面的所有人物都是无可挑剔的绝美建模脸。

温荔给小柒配音的时候，觉得自己的声音配小柒这张倾国倾城的猫妖脸，违和感应该不算太强。

现场观众的反应也很好，在她张口配音的那一刹那就沸腾了。

动画里锦衣华服的王爷微微睁开眼，看着眼前跪着的这个衣不蔽体的少女。

王爷启唇问道："她可有名字？"

温荔突然瞪大了眼，这个声音……

现场和屏幕前的观众是旁观者,听得也更清楚,反应比她的反应更快。

"这是宋砚的声音吧?"

"是美人的声音!!!"

"这是现场配的,还是提前录好的啊??"

他不是还在滨城吗?

温荔也不清楚这到底是他提前录好的,还是在现场配的,她暂时收敛情绪,继续自己的配音工作。

小柒是琮王爷最称手的兵器,没有感情,只会服从命令,王爷让她杀谁她就杀谁,手段毒辣,又快又狠,却从不要求什么,平时就静静地站在一边,面无表情地等候王爷的吩咐。

她渐渐长大,褪去稚嫩的模样,王爷注意到了她的容貌,身边的人也注意到了。

有个与王爷交恶的兄弟软硬不吃,唯独好美色,他打算送一个女子去那兄弟身边。

王爷的幕僚早就注意到了王爷身边的那个女死士。

"王爷身边就有一个倾城容貌的女子,何须再费心寻找?"

小柒只懂杀人,王爷让她去勾引男人,她万年神情不变的脸上终于出现了几分迷惑。

"勾引是何意?"

王爷失笑,一时间也不知该怎么和她解释,只让人带她去换下身上的死士服,换上了她这个年纪的姑娘应该穿的衣裳。

小柒换好了衣裳,又描了眉,抹了香粉和口脂,再次出现在王爷面前。

王爷怔住了,好半晌都没说出话来。

刚生根的悸动,最后还是没能长出芽来。

被许多人看好的琮王爷最终在皇位之争中落败,新帝比他更无情,弑兄杀弟。曾经风光无限的王爷,一朝落败,就成了逃犯。

小柒一路护送王爷逃亡,可王爷终究是凡人之躯,新伤旧伤反复发作,击垮了他的身体,他最终被一箭穿心,奄奄一息。

人之将死,有的话再不说就没机会说了。

小柒不懂情爱,不懂王爷的话,只知道王爷死了,自己效忠的主人死了,作为死士的职责就是为主人报仇,再自戕跟随主人而去。

之后宫中便传言新帝被妖妃蛊惑,本朝百年基业难保。

新帝死后,朝堂再次陷入纷争,百姓苦不堪言,那个妖妃却在一夜间消失得无影无踪。

玩家在副本最后一关的任务,就是斩杀这位祸国妖妃。

当玩家胜利，妖妃将化作一缕萤火魂飞魄散时，背景音乐响起，王爷临死前对她说的话再次响起：

"小柒，我一直未曾告诉你。

"我原是觉得你与男儿无异，那日突然起了逗你的心思，让你去换了身女裙，谁知你穿上后，竟是我先败下阵来。

"我心悦你。"

将死的小柒终于懂了王爷的话，心满意足地闭上了眼。

剧情结束。温荔已经可以肯定王爷的声音是宋砚的，只是不确定他是不是在现场。

众人还沉浸在副本悲伤的剧情中，剧情里的王爷已经恢复了他平时的声音——没那么低沉，也没那么冷峻，带着点儿笑意。

"温老师，生日快乐。"

现场沸腾。除了主持人和部分工作人员，在场的所有嘉宾和观众都不知道这个配音环节除了有温荔，还有宋砚参与，更不知道他就在现场。

弹幕闪过一片"啊啊啊"，现场也很吵，温荔脑子里"嗡嗡"的，一边觉得宋砚果然还是那个宋砚，高中的时候摆蜡烛那招儿就够俗的，没承想十年过去了，他的套路依旧是那么俗；一边又觉得这男人真牛，明明是游戏方的活动，愣是被他的突然出现和一句"生日快乐"搞得好像整个会场都是他为她布置的。

晚上的活动结束，温荔的生日进入尾声。今天的直播会给微博造成多大的冲击，话题上了几个，粉丝现在是什么反应，暂时都不在她的考虑范围之内。

活动现场和酒店离得不远，短短的路程中，温荔一言不发，等车子到了地方，她直接让助理和司机下了车。

文文也没打算留下，毫不犹豫地下了车，坐电梯上了楼。

此时，温荔的房间里热闹非凡，挤满了人，严导和摄像组的工作人员就不说了，其他三对嘉宾也都在。他们事先和游戏方以及温荔的团队通好了气，趁着温荔在游戏活动现场，偷偷潜入她的房间，将这里作为生日会场，进行了全方位的精心布置。

文文语气激动："姐回来了，就在车里，这会儿在跟宋老师说话，估计马上就上来了！"

正在酒店房间里吩咐工作人员布置气球和彩带的严导立刻催促道："快点儿，都快点儿，万一露馅儿，被她提前发现了，就没有节目效果了！"

房间里的人忙着布置，都不知道今天在活动现场发生了什么。文文异常兴奋，手脚比画地告诉他们今天在活动现场，宋砚的突然出现给了在场所有人多大的惊喜。

"行了，那又不归咱们节目组管。"严导冲文文招招手，"别戳在那儿，过来帮忙，一会儿温荔真该上来了。"

"哦。"

等布置得差不多了，严导开始发号施令。

"摄像机准备好了吗？"

"准备好了！"

"麦呢？"

"开了！"

"好的，可以关灯了。都找地方躲好了，待会儿门一开，温荔一走进来，咱们就"嗖"的一声站起来，齐声唱《生日快乐歌》！我负责捧蛋糕，其他人负责拉彩带，明白了吗？"

众人异口同声地回答道："明白！"

严导满意地点头："好的，第十一期的收视率就拜托各位了。"

工作人员们团结一致，信心满满。他们仿佛看到第十期的低潮彻底退去，前方迎接他们的，是那如火山爆发直冲云霄的第十一期收视率，还有堆成小山的年终奖金。

其他三对帮忙布置会场的嘉宾说不羡慕那是假的。

尤其是邱弘，甚至责怪起了自己的出生日期。

"倒了霉了，我过生日怎么就没赶上咱们节目录制？"

严导一视同仁："第三季你要还来，我们也给你搞一个。"

邱弘撇嘴："搞一样的那还有什么惊喜？"

惊喜是肯定有的，游戏方给温荔订的酒店套房够大，几个人躲在窗帘后，几个人躲在沙发后，几个人躲在桌子后，灯一关，谁也不知道这里头竟然潜伏着一个连的人。

终于，刷房卡的声音响起，众人屏息以待。

严导的计划是以开灯为信号，温荔一开灯，他们就"嗖"的一声站起来，结果人进来了，灯却迟迟没开。

他们听到了身体撞墙的声音。

这是没开灯看不清路撞墙了？

就在众人迷茫于到底是继续蹲着还是站起来时，有两个人说话了。

先是宋砚带着些沙哑的声音："礼物上门，还喜欢吗？"

再是温荔别扭娇嗔的声音："废话，不喜欢那我现在在干什么？"

然后是宋砚的低笑声："拆礼物？"

一动不动蹲着的众人终于意识到了不对劲。

"……"

救命。

温荔今天是真的开心。

在游戏方和团队的精心安排下，刚刚整个活动现场的人都为她唱了《生日快乐歌》，她本来以为这个生日已经很圆满了。

直到宋砚出现，她再怎么想故作姿态，也控制不了内心的狂喜。

车子一开到酒店停车场，她就支开了司机和助理。宋砚一上车，她就在宋砚愕然的眼神下扑了过去。

平时很少主动的人一旦热情起来，他根本招架不住。

被突然袭击的男人先是怔了几秒，随后很快反应过来，被她含着的唇瓣略微上扬，喉间溢出两声轻轻的笑，张开唇，无声地示意她别老摩擦两片唇瓣，大胆地进来玩。

她吻得有些霸道，不仅紧搂着他的脖子吻，还把口红全都蹭到了他的嘴上，整个身体都朝他倾过去，宋砚只能背抵着座椅，将她抱到腿上，握着她的腰，扶她坐稳。

两个人安安静静地在车子里接吻，直到下颌都有些发酸了，才换成贴唇浅吻的动作。

宋砚的呼吸明显有些乱了，眸光不复清明，深沉灼热。

"在这儿？"

温荔倏地睁大眼："啊？"顿了顿又问，"是那啥的意思吗？"

宋砚被她逗笑了，稍微冷静下来，捏了把她的脸，低声承认道："是，但还是回房间吧。"

停车场的环境毕竟不太安全，他们还是别冒险了。

从停车场坐电梯上楼回酒店房间，其实也就几分钟的路程。

两个人都心知肚明一回到房间会发生什么，脑子里全是乱七八糟的想象，这段路就变得无比漫长又格外磨人。

温荔刷开房门，室内黑漆漆的一片。

关着灯好像气氛更佳，于是谁也没想过要开灯。温荔为自己刚刚的主动撩拨付出了代价，还来不及关上门，就被人一把揽进怀里，宋砚一边低头专心吻她，一边抬腿踢上了门，整个动作行云流水又急躁难耐。

温荔被摁在墙上，在一阵阵呼吸交换后，身体渐渐躁动起来。

她的手就搭在他的衬衫衣扣上，却完全使不上力，一颗扣子就解了半天。

她越是磨蹭，宋砚就越是燥热。

男人这时候已经没什么理智可言了，嗓音低哑，荤话张口就来，"想得不得了。"

"……"

"……"

"……"

宋老师这是被谁上身了吗？

如果说刚刚那些暧昧不明的"拆礼物"之类的词还能骗一骗在场的成年人，夫妻俩或许真的只是纯洁地拆礼物，那么这句直白又大胆的话就真忽悠不过去了。

宋老师居然会说荤话。

文文拼命捂着嘴，神色痛苦，面欲滴血，卡在喉咙里的尖叫声已经快抑制不住了。

躲在暗处的工作人员没有导演吩咐，不敢轻举妄动，但又实在很痛苦，只能无声地狂吼。

"怎么办啊？？？！！！"

"严导！！！"

"还不出去吗？？？！！！"

"再不出去真要出事了！！！"

此时的严导已经陷入了天人交战中，一边后悔自己为什么要整这一出，一边又不自觉地庆幸还好整了这么一出。

做人真的好难，做个好导演更难。

最后还是为人的道德底线打败了内心深处的邪念，严导闭眼，心想：一把年纪的老爷们儿，有什么可尽的，然后双手捧着蛋糕"嗖"的一下站了起来。

黑漆漆的酒店房间里，沙发那儿突然蹿出来个人，靠着墙面对着沙发的温荔本来正在和宋砚调情，视线随意地扫过前方，当场给吓蒙了。

"什么玩意儿？！"

宋砚先是被温荔的喊声吓了一跳，转过头又吓了一跳，神色惊诧，瞳孔微微放大，他立刻伸手摁下了灯的开关。

房间里瞬间大亮，两个人眯了眯眼睛，看清了这人是严导。

在他们呆滞的目光下，严导"喀"了声："晚上好。"

"……"

"……"

两口子相当不给面子，面对他的问好一言不发。

严导尴尬之余，心想不能只有我一个人承受，愣是硬着头皮吼了一声："人呢？开灯了！《生日快乐歌》还唱不唱啊？"

还没反应过来严导这话是什么意思，躲在侧边沙发后面的文文先站了起来。

温荔瞳孔放得更大，房间里每多冒出来一个人，她脸上的温度就升高一度。

躲在桌子后面的，还有躲在窗帘后面的，跟地鼠似的，一个个从洞里冒出来，这时候她手上要是有锤子，恐怕就直接照人的天灵盖狠狠地敲过去了。

宋砚抿着唇，英俊的五官稍稍扭曲，眼睑猛颤，最后闭眼侧过头，试图掩耳盗铃。

在场所有人的表情都很复杂，一时间竟分不清到底谁更尴尬一些。

严导掏出兜里的打火机点燃了蛋糕上的蜡烛，示意所有人："预备，唱。"

他力求将气氛推到尴尬的最高峰，在场的各位今天谁都别想好过。

一群为了年终奖金的打工人拍着巴掌，音调不一地唱了起来：

"祝你生日快乐——

"跟所有的烦恼说 bye（再见）！Bye！对所有的快乐说 hi（嘿，表示问候）！Hi！亲爱的！温老师！生！日！快！乐！每一天都精彩！"

温荔："……"

这场面太让人窒息了。

温荔甚至觉得今天不是自己的生日，而是自己的社会忌日。

成年人有成年人最后的体面，谁也没提刚刚开灯前的事，温荔僵硬地吹了蜡烛，僵硬地谢谢了节目组的所有工作人员和嘉宾，僵硬地表示自己很感动。

总算熬完这漫长的几分钟，工作人员赶紧离开，三个女嘉宾跟逃难似的撤离，三个男嘉宾脸皮没那么薄，逃离的背影没那么狼狈，尤其是邱弘，他没有脸皮，甚至傻不拉几地冲宋砚两口子干笑了两声。

"哈哈，我们撤干净了，你们继续。"

文文本来也想跟着其他人逃走，仗着自己个子矮，混在人群中，打算偷偷溜出去，结果被温荔一把抓着胳膊拽了出来。

节目组其他工作人员朝文文递来爱莫能助的同情眼神，头也不回地离开了。

"怎么回事？"温荔几乎要将牙齿咬碎，"郁文文！瞒着我和节目组一起搞我！想卷铺盖走人了是吧？！"

文文快哭了："姐，我不知道你和宋老师会一进来就……"

后面的话她怎么都说不下去了。

"就怎么？！就怎么啊？！"温荔已经羞愧到失去理智了，"小别胜新婚没听过？！"

文文面红耳赤，只好将求助的目光转向一旁的宋砚。

宋砚用力地揉了揉眉心，深深地叹气。

原来严导说的"惊喜"是这个。

现在怪罪谁都没用了，事情已经发生了。

赶走了文文，温荔整个瘫倒在沙发上，以绝望的语气对宋砚说："我想死。"

宋砚也不知道该说些什么，走到沙发旁，在她的边上坐下，从兜里掏出真正的礼物盒。

"真正的生日礼物。"他说,"看看。"

温荔现在对"拆礼物"这仨字有心理阴影,坐起身来,犹豫地接过他手里的小盒子,打开后发现是条项链。

生日当晚,温荔失眠了,等好不容易睡过去,她梦到自己被扒干净了扔在马路上,所有人都在对她指指点点,然后她拼命地跑,中途碰见了同样被扒干净了的宋砚。

看到宋砚也这么惨,梦里的温荔得到了些许安慰,竟然笑出声:"嘿嘿。"

还在连夜和严导微信谈判的宋砚突然听到床上的人发出一声怪笑,凑过去看她到底是什么状况,结果发现她仍然没醒,脸上却挂着诡异的笑容。

"宋老师,这么巧,你也没穿衣服……"

宋砚:"……"

宠了嘉宾十期,现在都倒数第二期了,第二季都快收官了,为了节目的收视率,必须自私一点儿了,所以严导这次的态度相当坚决——全删是不可能全删的,顶多给某些不太和谐不能播出来的字眼消个音。

严导坚决到就差以死相逼了。

算了,大不了等节目播出那天暂时断网,温荔在心中这样安慰自己。

但这是互联网时代,断网哪有说的那么容易?节目播出那天,家里肯定是待不了了,于是温荔选择躲回温家。

宋砚其实是不太想去温家的,但温荔要他陪着,他也只好陪着。

今天温家的唯一女丁要回家,几个男人自然都放下了手里的事,在家等着她回来。

结果这周六除了温荔夫妇回家,舅舅温衍还命令徐例也回趟家。

现在,徐例已经录完了节目,搬离了集体宿舍,也没有任何借口不回家了。

于是三个人坐一辆车,脸色都不太好,好像坐上了一辆开往地狱的车。

与此同时,《人间有你》的官微在微博延迟发布了第十一期节目的预告片。

人间有你:"#'盐粒'三十秒预告片#第十一期来了来了来了!节目组特意为温老师@温荔Litchi准备了生日惊喜,没想到还有意外收获!大家猜猜看是什么意外收获呢?[思考]周六晚八点,第十一期,大家等着被甜死吧!"

很多粉丝在点开预告片之前就回复了,多数是这样的:

"文案君已经开始自欺欺人了是吗?"

"我说了,不搞点儿那啥的情节我是不可能回头的。"

第十一章
粉丝意外迎来春天

这次的预告片依旧是雷打不动的三十秒。

预告片一开始就是节目组的自述:"节目组为了给温老师一个生日惊喜,特意潜伏在酒店的房间里。"

一行人布置完现场,关了灯,紧接着响起严导压低的声音:"都别出声。"

镜头跟着暗了下来。

弹幕也都在抖机灵:"嘘——"

然后,房门"嘀"的一声被刷开了,连观众都下意识地跟着镜头里节目组的人屏息。

这段没有画面,因为摄像师也没料到他们会直接不开灯,根本来不及拍。

"礼物上门,还喜欢吗?"

"废话,不喜欢那我现在在干什么?"

"拆礼物?"

弹幕:

"什么意思?!什么意思?!什么意思?!"

"送了什么礼物?为什么拆礼物不开灯?"

夜视镜头被打开后,镜头里显示出站在墙边的两个人正额头抵着额头说话。

宋砚声音沙哑:"想得不得了。"

然后他低头啄了一下温荔的唇。

紧接着画面一跳,灯已经开了,来到了众人给温荔唱《生日快乐歌》的镜头。

然而弹幕全都沉浸在刚刚那个低头啄唇的画面里。

"家人们,我不是在做梦吧?他们是嘴对嘴了吗?"

"好的,这个亲亲让我一个旋转跳跃又爬回了'盐粒'的坑!姐弟有什么好看的?夫妻才是最棒的!"

三十秒的预告片播放完,再看评论区的回复,风向已经彻底变了——

说文案自欺欺人的改口说"对不起是我格局太小",说不可能回头的改口说"我回头回出颈椎病",嚷嚷着节目组是骗子的改口说"对不起,节目组不是骗子,我才是骗子"。

为了嘉宾的社会颜面,节目组非常聪明地将这段素材做了取舍,删减了不适宜在合家欢黄金时段播出的画面,又保留了审核允许的亲密镜头。

严导很自信,这个程度足够了。

即使是很短的片段,还是有人发现了蛛丝马迹。

"盐粒"夫妇日常博文再次出动:

"'想得不得了'这种明晃晃的表白就不说了,我们重点关注一下拆礼物。注意看开灯以后,美人的衬衫扣子最上面的两颗是解开的,还有点儿皱,这说明什么?这说明礼物就是他自己,三力拆的礼物就是——她!老!公!

还有,你们没发现美人的嘴边糊了圈红晕吗?只是啄下嘴巴,三力的口红至于糊了美人满嘴吗?绝对是疯狂地用舌头甩了对方的嘴唇才能亲出这个效果啊!"

"牛啊,姐妹!"

"谢谢,孩子已经笑傻了。"

"学到了,以后就说'拆礼物',这就去找男朋友实践。"

严导一边看这些评论一边佩服。

这帮小女生是真的强,竟然从开灯后宋砚身上的蛛丝马迹推理出他们开灯前在干什么。

不过,想象的画面永远比不过眼见为实。

严导的唇边不自觉地挂上一抹得意的笑容。

预告片晚了两天发布,延迟至周六,就比正片播出早几个小时。正好粉丝都不用熬两天等正片出来,下午看完预告片,晚上就能看详细版的正片。

温荔之所以敢放心大胆地回温宅断网躲风头,就是因为温宅一楼客厅的电视基本上就是个摆设,除了打扫卫生的阿姨会趁闲暇打开看一会儿,家里的三个男主人都很少碰。

姥爷温兴逸最近身体又出了点儿小毛病,在医院里住着;大舅舅温衍是一个无情的工作机器,恨不得每天住在公司里;小舅舅温征最近交了个女朋友,天天不着家,在外面和女朋友逛荡。

三个男主人为了迎接温家唯一的女丁回家吃饭，才难得凑在一块儿。

温兴逸本来挺高兴外孙女回家，但一看她还领着孙女婿，脸上的笑褶子顿时又收了起来。

不知怎么的，每次看到宋砚这张冷淡脸，他都会想到二十年前宋家父母还没破产那会儿，这小子那副趾高气扬的小少爷样子。

得知姐弟俩今天留宿温宅，阿姨早早地就把两个人的房间都收拾好了。

吃过晚饭，一家人从餐厅移动到客厅。

心情不好的姥爷只能将怒火发泄到徐例身上，骂他小兔崽子没良心，为了歌手梦大半年都不着家。

徐例也不敢反驳，任由姥爷痛骂。

做兄弟姐妹的一般都特别喜欢在这时候幸灾乐祸地看热闹，温荔也坐在客厅里的沙发上。宋砚坐在她旁边，眼睛是在看手机，耳朵有没有竖起来听小舅子被姥爷教训那就不知道了。

等姥爷中场休息，抽空喝茶的时候，温荔学着姥爷训话的语气，赶紧跟上一句："没良心的小兔崽子！"

徐例狠狠地瞪了她一眼。

温荔毫不客气地回瞪，直到舅舅温衍走过来，拍了拍温荔身后靠着的沙发垫。

"你别光顾着幸灾乐祸。"温衍语气不善，"我问你们，你俩那个跳舞的视频是怎么回事？亲姐弟贴在一起跳那种舞，像话吗？"

姐弟俩的事情最近在网上闹得沸沸扬扬的，温衍也听了一耳朵，一时兴起去网上搜了搜，直接搜到了热度最高的那个热舞视频。

还"那种舞"，说得多伤风败俗似的，姐弟俩同时腹诽温衍"老古董"。

明面上不敢反驳，温荔耷拉着脑袋试图让徐例背黑锅："我那是为了帮徐例拉人气，结果蹭了我的热度他居然都没出道，废物。"

徐例气笑了，毫不客气地回讽道："哦？那是猪说不想和其他选手跳舞，怕自己老公看到了吃醋，威胁我跟她一起跳舞的？"

莫名其妙地被卷进来的宋砚抬起了头。

温荔没想到徐例会当着家里人的面揭她的短，当即就要跟他开吵。

"行了，吵什么？"温衍语气不耐烦，"二十多岁的人了，成天'叽叽喳喳'的，像什么样子？"

姐弟俩互瞪，但谁也没敢再开口。

"懒得跟你计较。"徐例伸手拿过茶几上的遥控器，"我看电视。"

电视机被打开，偌大的客厅终于热闹起来。

"你和阿砚哥今天晚上是不是有个综艺节目要播来着？"

徐例突然想起这个，直接换了频道。

温荔倏地睁大眼，三两步跑到徐例面前，一把夺过遥控器，猛地又把电视机关上了。

除了宋砚了然地抿了抿唇，其他几个人都是一脸疑惑。

徐例尤其不爽："搞什么？看个电视你也要管？"

"多大的人了，还以为你们是看《喜羊羊与灰太狼》的年纪啊，还抢遥控器。"温兴逸"啧"了声，"打开，正好让我看看我孙女平时在电视上是什么样。"

"我不上镜，我本人比电视上好看一百倍。"温荔立刻凑到姥爷面前，"您直接看我这张脸就行。"

温兴逸："……"

温衍二话不说抽走了遥控器，在温荔想阻止却又不敢阻止的眼神下再次打开了电视机。

和女朋友煲完电话粥才过来的温征见电视机被开了，惊讶地说道："哟，我们家的电视机今天竟然上工了？"

温衍调到播放《人间有你》的卫视台，此时正片已经播了十几分钟，戏剧性地刚好放到节目组给温荔过生日那段。

就算现在家里人围着看她演的电视剧，看到男女主角卿卿我我的情节，哪怕是剧本规定的，她都会忍不住脚趾抓地，更何况是本色出演的综艺节目。

其实正片已经将过生日那段删得差不多了，但家里人的反应还是充分说明了什么叫此地无银三百两。

温兴逸："小王呢？到吃药时间了吧？白请个护工，还得我自己去叫她。"

徐例："我去上个厕所。"

温征："我再去打个电话。"

刚刚还热闹的客厅里突然只剩下三个人了。

只有温衍一脸淡定地看完了温荔过生日的整个片段，因为体内的老古董滤芯已经自动替他过滤了之前那一小段夫妻亲密又无营养的情话。

他觑了一眼温荔，哼笑道："宁可在外面过这么尴尬的生日，也不愿意回家让家里人帮你庆祝，你挺能的。"

温荔："……"

看完外甥女和外甥女婿的片段，温衍没兴趣再去看其他嘉宾的，起身离开了客厅。

温荔冲温衍的背影吐了吐舌头，又往宋砚身边靠了靠，和他贴着。

"你刚刚怎么没找借口离开？"

"我走了你不是更尴尬？"宋砚语气平静，"有我在还能帮你分担点儿。"

温荔立刻感动地看着他:"你真好。如果刚刚我舅说我,你也能帮我分担几句就好了。"

宋砚笑了:"他对我的意见难道还少吗?"

温荔知道,除了她爸爸和弟弟,好像这几个姓温的都不是很喜欢宋砚,她也不知道到底是什么原因。

此时她就像个夹在老婆和老妈中间的男人,无论怎么调和,都很难将一碗水端平。

"放心,你又不跟我舅过日子,你跟我过日子。"温荔一把挽住他的胳膊,"我对你没意见就行了。"

宋砚捏了捏她的下巴:"温老师开窍了,嘴这么甜。"

"是真心话好吧。"温荔又说,"对了,严导前几天跟我说了,《人间有你》的最后一期很可能会去澳城录。"

宋砚听到自己家乡城市的名字,下意识地挑眉。

"徐例不知道我们的情况,之前还说我跟你结婚两年多了都没去过婆家。"温荔终于说出了重点,"我觉得我们现在这样,我不去看看你父母确实有些说不过去了,要不就趁最后一期拍摄,我去拜访一下你的父母吧?"

宋砚微愣,似乎没想到她会主动提出来。

"你说真的?"

"真的啊,骗你干什么?"温荔说,"你父母喜欢什么样的打扮?我多准备几套衣服带去澳城。"

宋砚刚张口准备说什么,温荔就打断了他的话,自信地道:"算了,我这么好看,无论穿什么,你爸妈肯定都会喜欢的。"

结果没过几秒,她又开始犹豫:"但是这样显得我没诚意吧,都不精心打扮。这样,你是你爸妈生的,你们一家三口应该品位差不多,宋老师你喜欢我穿什么?"

"你穿什么我都喜欢。"宋砚突然凑近她,压低声音说,"不穿也喜欢。"

温荔照着他的胸口狠狠地来了一拳头。

客厅里没人,电视机开着,两个人肩膀贴着肩膀说悄悄话,直到温衍不知道又从哪儿冒出来,说温兴逸找宋砚去房间里单独说话。

宋砚走后,温衍才睨着温荔,责备道:"在家里注意点儿。"

温荔盯着温衍半天,突然笑了:"舅,你忌妒了。"

温衍莫名其妙:"我忌妒你什么?"

"你不是忌妒我,你是忌妒宋砚。"温荔仰起头,得意地说,"你忌妒宋砚有我这么一个漂亮老婆可以说悄悄话。"

温衍面无表情地说:"自恋是病,有空去找专家挂个号治治吧。"

温兴逸单独找宋砚说话，这让宋砚有些莫名其妙。

毕竟自从两年前他和温荔结婚，温兴逸就一直不待见他，别说单独说话，就刚刚所有人都在客厅里，温兴逸也没跟他说什么话。

不过姥爷不待见孙女婿，孙女婿也未必就待见姥爷。

温兴逸不开口，他更懒得说话。

"今天正好你陪着荔荔过来吃饭，咱们就把话说清楚了。"

温兴逸一直用探究的眼神打量宋砚，最后什么也没打量出来，终于说话了。

"我们一直没告诉荔荔两家长辈开玩笑定过'娃娃亲'，荔荔气她舅舅在她念高中的时候不打招呼就随意替她处理人际关系，舅甥俩还为你吵了一架。其实，换作别人，我不会让温衍去找那个人单独谈话，就因为和荔荔有传闻的是你，我才不乐意。"

温兴逸讲话很不客气，宋砚也不知道有没有在听，神色一直淡淡的，看不出情绪来。

"听说你去年还拿了个商科学位？"

"嗯。"

温兴逸眯眼，直截了当地问道："你一直没放弃荔荔，这些年在背后为她做了那么多，到底想干什么？是不服气，还是要报复我？"

宋砚蹙眉，终于知道为什么自己一直被提防。

什么报复不报复的？

做生意，成王败寇是常事，当年他的父母在生意竞标中落败，上亿的投资都打了水漂儿，温兴逸眼见形势不对，立刻撤了资，不地道，却无可厚非。

合作本来就是为钱，没钱自然别提什么合作。

他的生活因此发生了翻天覆地的变化。由奢入俭难，是人都很难接受这样的落差，年少时，他也确实为此抱怨过。

如果当初温兴逸肯拉一把，而不是立即撤资、撇清关系，他又何必蹉跎十年，在感情上逐渐变得敏感自卑，本来就不爱表达的性格变得更加沉闷，到现在才和她真正走到一起？

不过现在情况已经好了，幸好她帮他把那段回忆变成了美好的回忆，给了他足够的安全感。

她总觉得自己做得还不够，想要对他再好一点儿，但其实已经足够了。

"我父母现在在澳城过得挺好的。"宋砚语气平静，"我也没那么无聊。"

温兴逸一怔，还想追问："那你为什么……？"

宋砚目光淡淡，坦然地道："我做这么多，不能就只是因为爱她吗？"

温兴逸半晌没说话。

古稀老人两鬓斑白，原本精神矍铄的面容最近因为各种小病而显得有些憔悴，他不知在想什么，突然说了句："我们温家就这么一个女孩子。"

所以一家人都很疼爱她，即使他们的疼爱方式就是简单粗暴地在物质上对她无限纵容，替她安排好人生中的所有事情，包括事业和婚姻，让她不用操一点儿心。

无奈孙女叛逆，甭管是事业还是婚姻，长辈觉得好的，她通通不喜欢，跟她妈妈和姥姥一样。

他们温家的女人犯起倔来，谁都奈何不了。

想起早逝的发妻和女儿，温兴逸的目光柔和下来，声音也不自觉地放轻了。

"你父母当年破产的事，虽然责任不在我，但论人情，我确实做得不地道。"

温兴逸必须承认这一点，毕竟当初他和宋砚的父母交好。

他确实伤了宋砚父母的心。

不过这只是他和宋砚父母的往事，和温荔无关。

"不论你是不是为你父母的事才和我外孙女结婚，宋小少爷，我都不信任你，但这是我的观点，我左右不了我外孙女，她是什么性格，我很清楚。两年前她不声不响，连招呼都没跟我们家里人打一个就和你结了婚，如果不是被你使了什么手段给骗了，那就是真的喜欢你。"

温兴逸话锋一转，目光犀利，眉宇间掠过几分威严："最好是第二种。"

宋砚神色冷淡，似乎在思忖什么，并未作声。

房门突然被敲响。

温兴逸："谁？"

"爸，"伴随着开门声响起的还有温衍的声音，语气里带着几分无奈，"你和宋砚聊完了吗？"

"怎么了？你有事啊？"

"我搞不定温荔，那丫头太吵了。"温衍揉了揉眉心，有些无奈，"让宋砚应付吧。"

温兴逸好笑地道："怎么？竟然连自己的外甥女都吵不过了？"

"……"

倒不是吵不过，就是这丫头一直揪着他没女朋友这件事不放，他解释说工作忙，她就反问谁工作不忙，他说没有找女人的打算，她就问他是不是不讨女人喜欢拿这个当借口。

温衍实在是烦，换徐例，这时候可能已经挨揍了，但温荔已经是这么大的姑娘了，舅甥俩年岁相差又不大，他不可能真动手教训她。

温兴逸不知道内情，但儿子难得一脸烦躁又无奈的样子，摆摆手对宋砚说："行了，该说的我都说完了，你去吧。"

宋砚点头，起身离开房间。

等宋砚离开后，温衍才问父亲："您刚刚跟宋砚说了什么？"

"没什么，就是关于他父母的事。"温兴逸顿了顿，说，"也是稀奇，宋砚这孩子……之前和荔荔有缘的时候看不上她，不知道他是怎么喜欢上她的。"

温兴逸还记得二十年前宋砚跟着父母来温家做客的情景。

小小的男孩子秀气漂亮，五官虽然稚嫩，却已经能看出将来长大后会有多俊眉朗目。

温兴逸心念一动，拿出孙女的照片，指着照片上的小丫头问宋砚："以后我把孙女嫁给你做老婆好不好？"

小小的宋砚瞥了一眼照片，直接拒绝说"不要"。

温兴逸一想起这件事，就觉得又气愤又好笑。

"如果他有别的目的，"温衍顿了顿，目光冷峻，"我不介意再做一次棒打鸳鸯的事。"

"那要是你外甥女又埋怨你怎么办？"

温衍毫不在意，淡淡地道："随她去，埋怨我也好过被其他男人骗。"

温兴逸点了点头，又对他说起了小儿子的事。

"听说温征找女朋友了，你去查一下那女孩子的家世。"

"好。"

温兴逸又将目光放在温衍身上，突然问了句："你呢？有打算吗？我之前给你安排相亲你为什么都不去？"

"我？"温衍皱眉，又想起刚刚温荔埋汰他的那些话，不屑地"哧"了一声，"女人太吵，影响我工作。"

温兴逸没说话，心里却在想：会不会等他这个做老子的都入土了，子孙们为他扶棺送葬，他这大儿子还是光棍儿一条？

宋砚回到客厅，眼睛找了一圈都没看到温荔的身影。

在客厅里打扫卫生的阿姨告诉他，温荔已经回卧室去了。

他道了谢，转身又上了二楼。

温荔正在打电话，看到他来了，冲他招了招手。

宋砚走到她身边坐下。

温荔冲他笑了笑，嘴上仍在和电话那头的人说："嗯，到时候都推了吧，等《人间有你》的最后一期录完就直接进组拍戏了。"

她大概是在和经纪人说话。

"去澳城那几天前后的活动也推了。"温荔看了看宋砚，"喀"了一声说，"我应该会在澳城那边多待几天……不干什么，去看公公婆婆。"

经纪人也不知道在电话那头调侃了什么，温荔突然抿起唇，理直气壮地说："那从现在开始有这项行程了，而且以后定期会有。"

她刚说完这句话，脸颊一侧突然有温热的东西覆上。

宋砚轻轻吻了下温荔的脸。

温荔直接愣住，陆丹在电话那头"喂"了半天，温荔才讷讷地回过神来："没事，我先挂了。"

挂掉电话后，温荔直接捂住刚刚被亲的侧脸。

"你捣什么乱啊你？"

"我高兴。"

"高兴你就捣乱？你是熊孩子吗？"温荔故作不满，抿唇说，"算了，我不跟你计较。"

然后她起身，拿上今天从家里带过来的换洗衣服，准备去浴室洗澡。

平时有工作的时候，不是温荔大半夜回来，就是宋砚大半夜回来，今天难得放假，等两个人都洗完澡上床，还不到晚上十点。

温荔现在还不困，舒服地躺在床上，背对着宋砚玩手机。

玩了没多久，她感觉到床动了动，一回头，宋砚说去打个电话。

她没在意："去呗。"说完她继续玩手机。

《人间有你》节目组的几个嘉宾自己私下拉了个大群，如今节目已经录制到最后一期，大家都处成了朋友，此时几个人正在群里讨论去澳城录节目顺便游玩的事。

毕竟等节目录完，他们就很少有机会再聚了。

澳城不大，之前因为工作大家去过几次，出名的那几个景点都逛过了，想趁着这次去澳城，去些小众的地方逛。

邱弘："本地人有推荐吗？@宋砚。"

齐思涵："宋老师，求推荐啊。@宋砚。"

温荔替宋砚回："他在打电话，这会儿没空看微信，待会儿回。"

众人明白，很快又聊起了别的。

等了十几分钟，邱弘又在群里问："还没打完电话？"

温荔："嗯。"

邱弘："说这么久，他在跟谁煲电话粥呢？"

邱弘本来是随口一问，温荔却在意起来。

除了跟她，宋砚还能跟其他人煲电话粥吗？

温荔望向阳台上的那个背影。

他跟谁在打电话，还要特意回避她去阳台上？

宋砚这时候并不知道温荔在背后默默观察他。

"你回来的话，你老豆肯定开心死了。"电话那头的女人"呵呵"笑，"砚仔，这次会带温小妹回来吗？"

"会，因为是回去录综艺节目，所以她也会去。"

女人感叹道："咁多年都喺电视剧里睇到，唔知面对面系乜感觉（这么多年都是在电视剧里看到，不知道面对面是什么感觉）。"顿了顿又换了普通话，"啊，她学会白话了吗？"

"应该听得懂一些。"

但宋砚现在给母亲打电话的主要原因不是这个。

当初决定结婚的时候他没想那么多，现在要好好过日子，要考虑的就比较多了。

"温家的长辈不太待见我，说实话，我有点儿挫败感。"宋砚笑了笑，温柔地说，"所以我希望等我带温小妹回家的时候，你和爸爸能多给她一些回应，表现得更喜欢她一点儿。"

素来高傲的小天鹅为了这次回澳城见他父母，提前做了这么多准备，又是挑衣服，又是推工作，可见她有多重视。

宋砚的语气轻描淡写，电话那头的宋母却听出了他的情绪。

她笑道："难道温小妹不招人喜欢吗？"

宋砚顿了顿，低声说："招人喜欢。"

"是啊，你看你喜欢温小妹都这么多年了，可见她有多招人喜欢。"宋母说，"所以，对她有点儿信心啊。"

宋砚："好。"

"那你们这次过来录节目，会采访我跟你爸爸吗？我看前几期他们还去你高中采访了你的班主任。"

"看情况，如果你们愿意，可以安排。"

母子俩一聊就是大半个小时。

卧室里的温荔等了半天，宋砚还没打完电话。最后，她还是没忍住好奇心，起身溜到了阳台上，正好听见宋砚对着电话里的人低低地笑了两声。

她心想不对，二话不说推开了玻璃门，晚风瞬间吹散了室内空调覆在肌肤上的凉意。还没等她开口，宋砚先发现了她。他将食指举在唇上，无声地对她说了声"嘘"。

温荔站在旁边听他打电话，想到他之前趁她打电话搞突袭，把她都给搞蒙了，越想越觉得太没面子，得以牙还牙，加倍奉还给他才解气。

宋砚不知道温荔现在正一肚子坏水儿，还在听宋母在电话那头的细心嘱咐。

本来老实地站在旁边的人突然伸手一把搂住了宋砚的腰，他没反应过来，低下头，不解地看着她。

　　温荔勾唇，笑得有点儿坏，挠了挠他的腰。

　　宋砚下意识地动了一下，轻轻地拍了拍她的手，用唇语说：别闹。

　　她没听，又去挠他的胳肢窝。

　　宋砚没忍住，沉声"嗯"了一声。

　　温荔敏锐地听出从手机里漏出来的声音是个女人的声音。

　　"砚仔？"

　　温荔踮起脚，双手捧着他的脸往下摁，然后贴过去，用嘴堵住他的嘴，不准他说话。

　　这就叫加倍奉还。

　　宋砚嘴角扬了扬，用手掌拨开她，还作势在她的脸颊上拍了拍。

　　温荔瞪眼，无声地威胁：你敢打我？

　　他仍然笑着，对电话那头的人说："是温荔。"

　　"嗯？她给我送夜宵来了。"

　　温荔两手空空，觉得他大晚上的在做白日梦。

　　"那我吃夜宵去了。"宋砚说，"晚安，妈。"

　　妈？

　　温荔沉思了几秒，发现自己非常愚蠢地误会了什么。

　　宋砚挂掉电话，温荔恶作剧的心思也消失了，她硬着头皮，难得讨好地问道："你想吃夜宵是吗？那我去给你泡碗面？"

　　宋砚似笑非笑地看着她，想知道她为了转移话题还能说出什么话来。

　　温荔"好心"地劝道："但是晚上吃夜宵会发胖的，所以你还是别吃了吧。"

　　宋砚微笑，语气淡淡又很正经地说道："没事，吃你不会胖。"

　　温荔懂了。

　　原来宋砚说的"夜宵"就是她。

　　温荔作势要跑，宋砚顺手就将她抱了过来，她如往常般别扭地骂了两句，但宋砚低下头亲她的时候，她也没拒绝。

　　有时候她这样欲拒还迎反而更能刺激到男人，宋砚很吃这一套，从无例外。

　　温宅四周栽满绿植，盛夏的夜晚万物争鸣。温荔悄悄睁开眼睛，他好像有感应般跟着睁开眼，他的眼睛像一块不染星光的夜幕，又掺杂着深沉的情绪。

　　宋砚很轻地笑了一下，眼里的那片情绪突然又浓烈了几分。

　　然后他又闭上眼，指腹摩挲上她的耳垂，舌头撬开她的牙关。

　　随她看，她看她的，他吻他的。

近一个月没见，到温荔生日那天，原本气氛已经很到位了，却被好心办坏事的节目组硬生生打断，羞愤的后劲十足，自此之后的同床共枕，两个人都只是安静地睡觉，他的躁意无处发泄。

从阳台转移阵地至室内后，宋砚少了点儿耐心，多了点儿凶猛。

男人从后方探出头来，额头抵着她的脖颈，时重时轻的呼吸挠痒般侵袭她的肌肤。

他冷淡的嗓音已经全然变了，沙哑低沉，低笑着说："好像是你吃我。"

双手被他摁在头顶上方，趴在枕头上的温荔被这句话刺激到，身体跟着紧缩起来。

本来就脆弱的身体被她的这个动作狠狠地撩拨到，宋砚不自觉地从喉间发出一声沉沉的"嗯"。

他虽然得到了纾解，却又不太尽兴。

某方面的自尊心作祟，也不知道是要证明给她看还是给自己看，宋砚没放过眼前的人，霸道地拽过她，将她翻了个身，又压了上来。

他在亲昵中逐渐丢掉了理智，时不时附在温荔耳边说些露骨的话，听得人耳根发热，她受不了，但又很喜欢。

温荔平时是个很高傲的姑娘，但有时候人在屋檐下，不得不低头，该卖惨还是要卖惨的。

"你今天好凶。"温荔软绵绵地说，"我都要散架了。"

男人有时候真的很好哄，她这么一说，他喉结微动，低声笑了。

酒足饭饱，餍足的宋砚把她抱在怀里，偶尔低头亲一亲她的额头。

温荔突然想起他刚刚在跟他妈妈打电话，顺口问他们聊什么聊了那么久。

"聊你。"

"聊我？"温荔怀疑地说道，"你不是在说我的坏话吧？"

宋砚闭着眼，语气轻缓地说道："我又不是你。"

"我没在家里人面前说过你的坏话好吧。"温荔先是反驳，而后想到了什么，突然放缓了语气，"我姥爷和舅舅就这样，老封建了，一时半会儿扭不过来的。咱们过咱们自己的二人世界就行，如果他们说什么让你不高兴的话了，你就跟我告状，我帮你出气。"

她跟个熊孩子似的"哼哼"两声，十足的护短态度："你放心，我才不做什么一碗水端平的事，我就偏心你。"

宋砚捏了捏她的鼻子："那他们要是把气撒在你身上怎么办？"

"嘁，他们早就管不动我了，最多就是说我两句。"温荔骄矜地说，"他们舍不得的。"

就像今天她埋汰舅舅，舅舅被气得不轻，但最后也只是说了句"你哪儿像个姑娘"，就躲着她上楼了，眼不见为净。

"不过，他们为什么会对你有意见啊？"温荔扫了一眼他的脸，疑惑地道，"忌妒你长得帅？"

宋砚："可能吧。"

温荔本来只是开个玩笑，没想到他还当真了，她当即"啧啧"道："你好自恋！"

宋砚心想：论自恋，还是自己怀里的宋太太更胜一筹。

至于他和温家人的矛盾，他并不在乎。

老婆坚定地说"我就偏心你"，他就算委屈，有她宠他，再委屈他也不觉得委屈了。

短暂的一日假期结束后，紧接着的工作行程是《人间有你》最后一期的录制。

刚坐上飞机，温荔就开始紧张了。

因为紧张，在飞机上她都没睡，最后抵达澳城机场时，其他嘉宾都是精神饱满，就她打着哈欠，一脸困顿。

还好她戴了墨镜、口罩，全副武装，接机的粉丝也看不出来。

嘉宾的行程是半公开的，宋砚是澳城人，这座城市是他的主场，于是机场大厅内，"月光石"大军在数量上力压其他嘉宾的接机粉丝。

这么多人迎接，颇有种宋砚在外面混出息了荣归故里的架势。

温荔身边也有不少粉丝围着，这些粉丝大多是本地人，问她会说白话没有。

她用白话回答道："会，不过只会讲一点点啦。"

"标准标准。"本地粉丝夸赞道，"跟姐夫学的吗？"

不知道从什么时候开始，"荔枝"对宋砚的昵称已经变成"姐夫"，温荔觉得这个昵称比直呼大名要亲切，每次听到粉丝这么叫宋砚，她都觉得心里甜丝丝儿的。

"不是啊，他很少说白话。"

和粉丝一路闲聊，走到车子边后，她没急着上车，而是站在原地等宋砚过来。

宋砚在熙熙攘攘的人群和摄像头的围绕下走过来。银蓝和西柚色的应援色混在一起，"荔枝"和"月光石"这几个月来因为两个人参加了夫妻综艺节目，着实碰上了不少次，有几个专门接机的铁杆粉丝甚至都混熟了。

两边粉丝的想法都是，只要你哥（姐）对我姐（哥）好，那咱们就相安无事。

两位艺人正要一前一后上车，突然听到人群中传来一声呐喊："你们俩！最后一期录制了，支棱起来啊！来个猛的！甜晕我们的那种！"

"荔枝"和"月光石"："……"

来了来了，"签字笔"的呐喊虽然会迟来，但是最终会到达。

平时被"签字笔"这么闹，宋砚还好，还会笑一笑，但温荔会表现得很不好意思，故意别过头去。不过她就这性格，粉丝都清楚。

今天她却破天荒地举起了手，冲呐喊声那边比了个"OK"的手势。

虽然戴着墨镜、口罩，看不见她的表情，但她的意思很明显。

粉丝们先是愣了一下，然后才难以置信地欢呼起来。

"三力！！我爱你！！"

坐上车后，粉丝们的尖叫声渐渐远去。

今天坐了几个小时的飞机，节目组的计划是让嘉宾先在酒店里休息一个晚上，第二天再正式开始录制。

第二天上午，节目组果然非常没有新意地把拍摄地点选在了澳城著名景点之一的教堂广场前。

无论是来拍综艺节目的还是来拍戏的，似乎都中意这个景点。

这座教堂是经典的葡式建筑，异国风味浓郁，精致繁复的圆柱和窗框边纹华丽异常，建筑的整体颜色却柔和素净，比普通的欧式建筑又多了几分岁月的痕迹。

严导用扩音喇叭宣布了今天的游戏规则，最后又特意加了句："由于宋砚是本地人，为了公平，在游戏过程中，宋砚不能提醒温荔，有工作人员监督，如果提醒了就算是作弊，直接扣分。"

还有这种操作？

温荔没好气地说："那我不就等于只有一个人做任务？"

邱弘在旁边幸灾乐祸："你要对自己的智商有点儿信心嘛，你一个顶俩没问题的。"

温荔努嘴说："弘哥，你就是站着说话不腰疼。"

陈子彤捶了一下她老公，提议道："那我们就一起吧。反正我们的任务地点离得近，一起行动也不耽误时间。导演，我们可以组队吧？"

严导点头："可以，随意。"

布置好任务后，嘉宾们分别赶往自己的任务地点。

邱弘夫妇为了照顾温荔，先一起去了节目组给温荔布置的任务地点。

温荔感激万分，然后朝宋砚递了个"要你何用"的眼神。

宋砚："……"

节目组不会安排车辆送他们过去，嘉宾们只能自己研究路线坐大巴赶往任务地点。

节目组给的提示词是"天空与河"。幸好澳城不大，游客也多，交流方便，就算没有宋砚的提醒，他们也很快找到了地方。

在这座金碧辉煌的购物中心内，最有名的景色就是室内天空与河。人站在桥上，抬头是一片湛蓝，低头也是一片湛蓝，就像是在室内建成了一座小型的水城。

他们刚刚上楼的时候，陈子彤注意到楼下好像有小部分地方被清场了。

大部分综艺节目在室外录制时有保镖和工作人员在旁边护着，没有清场的必要，除非节目组要借用这个地方做什么特殊任务，才有清场的需求。

于是陈子彤猜测道："楼下好像是在拍戏。"

温荔则完全没注意。

几个人在三楼的室内河景点完成了任务，准备赶去另一个任务地点，照着原路坐电梯下楼时，正好碰上了楼下的剧组暂时收工休息。

"真的在拍戏啊。"邱弘惊讶地道，"巧了，也是从燕城来的剧组吗？"

四个嘉宾跟一堆工作人员，到哪儿都是大阵仗，剧组的工作人员自然也注意到了。

原本正在跟演员讲戏的导演顺势看了一眼，突然兴奋地道："阿砚啊！"

刚刚做任务的时候全程透明人的宋砚突然被叫到名字，朝那边看过去，见是和他合作过的导演。

顿时，除了他，另外三个人也想起来了。

他们前不久好像刷到过有新电影开机的话题。其实开机不是什么大事，每天都有无数剧组开机或者杀青，这部电影开机之所以上了话题榜，是因为这部电影的女主角是唐佳人。

前阵子唐佳人试镜《冰城》失败，结果让温荔拿到了角色，营销号带她们俩的名字连着发了好几天通稿，意见不一。

偏向唐佳人的觉得温荔是靠自己老公才拿到这个角色的，唐佳人输就输在她不是宋砚的老婆，否则以她的实力，不可能被温荔压一头。

偏向温荔的则觉得，导演和投资方都不是傻子，宋砚是有面子，但面子还不至于大到能够替他们决定角色人选的地步，即使温荔拿到这个角色和宋砚有关，她自身的实力才是最重要的因素。

就像仇平说的，唐佳人错过了《冰城》，还会有好本子排着队等她，所以她又立刻接到了新剧本，就是现在在拍的这部电影。

本来在拍综艺节目的过程中偶遇电影剧组也算是缘分，但是他们这是夫妻综艺节目，碰上的剧组里，饰演女主角的又是唐佳人……

邱弘夫妇不了解宋砚的私生活，可混圈这么多年，有关宋砚和唐佳人的八卦消息，听闻的没一百条也有几十条了，就算宋砚在每次的采访中都否认了拍《纸飞机》的时候和女主角因戏生情，但八卦杂志和营销号为了热度，该怎么编还是怎么编。

久而久之，大家就默认了，宋砚的前任是唐佳人。但是现在宋砚已婚，往事已经随风，所以也没什么人再把这拿到明面上说道了。

邱弘夫妇总觉得这个状况很像带着现任碰上前任。

唐佳人很大方地和几个艺人打了招呼，对宋砚的态度也没什么特别，一视同仁。

宋砚很淡定，礼貌地回应了。

温荔比宋砚还淡定，还顺便跟唐佳人聊了两句。

也不知道是因为大家都是演员，所以格外会演，还是真的只有外人觉得这个会面有点儿不合时宜，当事人压根儿没觉得有什么。

这个简单的偶遇就这么平淡地结束了。

《人间有你》节目组的几个工作人员心想：这段等播出时大概率是要被剪掉了。

不过，正片剪掉也没什么用，外景录制，多的是网友拍路透传上网。

就在四位嘉宾接着赶往下个任务地点的时候，某娱乐论坛的最新路透帖子将这次两方都没想到的偶遇曝光了。

"《人间有你》路透，澳城，看到'盐粒'和'万子千弘'了。"

0L："如题，楼主刚好在澳城旅游，听说今天《人间有你》在澳城录外景，就过来凑热闹。两对先是在商场三楼做任务，下楼的时候有个剧组在拍戏，这个世界就这么小，你们猜碰上的剧组是哪个？"

1L："那边本来就是剧组取景胜地，碰上个剧组有什么稀奇的。"

5L："一秒解码，《廿五的月光》，女主角唐佳人。"

7L："楼上确定没解错码吗？？？"

12L："哇，这真的不是在演狗血电视剧吗？哈哈哈，宋砚带着老婆录夫妻综艺节目碰上了八百年前的前任女友。"

15L："不是前任女友，没交往过，能不能别造谣了？"

20L："宋砚只有一段公开的感情，就是和他现在的老婆温荔，明白？"

30L："可是不公开不代表没有吧。之前《人间有你》不是有一期他自己都承认读高中的时候对一个女生有过好感来着？谁都有过去，就算现在他结婚了也没必要否认过去吧。"

35L："青春期对异性有好感不是很正常吗？能不能别跟否认了八百遍的绯闻扯在一起？"

45L："宋砚否认了唐佳人又没否认过，每次采访提到宋砚时唐佳人都是模棱两可的态度，怎么解释？"

还在录节目的当事人对此毫不知情，此时宋砚正好接到严导的电话，说负责采访他父母的那个摄像小组已抵达他父母的家。

早在几天前，宋砚就和父母通过话，不能对节目组透露的个人隐私他已经提前和父母说明，所以也没什么不放心的。

"那就麻烦严导了。"

挂掉电话后，宋砚把手机还给了负责保管手机的工作人员。

温荔顺口问道："严导那边已经到你家了？"

"嗯。"

温荔抿了抿唇，嘀咕道："没想到严导居然比我先一步见到我公公婆婆。"

宋砚父母家是一幢位于高档住宅区的三层小洋楼。节目组提前打好了招呼，车子很顺利地过了大门，停在了小洋楼门口。

宋母站在门口迎接。她今天特意盘了发，脸上的妆容精致。宋砚的鼻子、嘴巴和他妈妈的有几分相似。

虽然体形已经略显富态，但依旧能看出这位妈妈年轻时的风采。

能生出宋砚这样好看的人，妈妈肯定差不到哪儿去，宋母和工作人员想象中的样子并没有多少偏差。

宋母将工作人员迎进去，让家里的阿姨给他们每个人都沏了杯花茶。

"没想到采访不和他们一起，我还以为今天就能见到砚仔和温小妹。"

严导解释道："实在不好意思啊，太太，他们这时候还在录外景。"

"没事的。"宋母不在意地摆了摆手，"等他们录完再来看我是一样的。"

采访的台本是早就准备好的，摄像师在家里找了个背景比较好看的地方当作采访背景。

这次采访的问题和那次采访班主任的大差不差，先问宋砚小时候的事，再问宋砚和温荔夫妻俩的事。

宋母显然比班主任更了解自己的儿子，问题差不多，她的回答却是更加详尽。

健谈的宋母说普通话的时候有些平仄不分，带着些许白话口音，听上去很有特色。

被问到宋砚十几岁时的事，宋母又开始滔滔不绝了。

"我们砚仔那时候很纯情的，喜欢女孩子都不敢表白，等好不容易鼓起勇气决定表白了，对方却失约了，他还跟我打电话哭诉说，'妈妈，她没有来'。"宋母侃侃而谈，边笑边说，"哎哟，真的好可怜哟。"

"……"

儿子读高中的时候跟喜欢的女孩子表白失败，为什么当妈的这么高兴？

要不是母子俩长得像，他们都要怀疑这是不是亲妈了。

但这不是重点。

负责问问题的女编导尴尬地说："阿姨，那个……关于宋老师表白失败的往事，能不能等我们采访完再说啊？"

宋母张了张嘴，有些困惑："为什么呀？你们不爱听吗？"

"不是不爱听，就是……"女编导犹豫再三，委婉地说，"我们这是夫妻综艺节目，所以还是把重点放在宋老师和温老师身上比较好。"

宋母更困惑了："是在他们两个身上啊，我说的就是砚仔和温小妹的往事啊。"

编导："啊？"

摄像师："啊？"

严导："啊！！！"

严导反应之大，除了宋母，其他工作人员也被吓了一跳。

"太太，"严导一个箭步上前，双目放光，语气激动，"请问一下，他们俩很久以前就认识吗？"

宋母犹豫了片刻。

采访的前几天，儿子打来电话，嘱咐她有些东西不方便对着镜头说，其中就有他和温小妹小时候有过口头"婚约"的事情。

其实，就算儿子不嘱咐，她也不会说。宋父因为温家撤资和撇清关系对温家颇有怨言，但他也是商人，也懂其中的利益取舍，虽有不满，却无从谴责，只是此后，他再也没提起过温家，也再没去过燕城。

顾忌着丈夫的面子，宋母说："是啊，以前砚仔去燕城读高中，那时候他们两个就认识了。"

整个摄像小组都震惊地张大了嘴。

严导："嘿嘿。"

之后的采访就由严导代替了编导的位置。总导演不愧是总导演，脱稿都能和宋母相谈甚欢，几个后辈听得是心服口服。

等送走了一脸满足的严导和他的摄像小组后，宋母上楼去找丈夫。

"采访的人已经走了，你可以出来了。"

刚刚一直躲在二楼房间里的一家之主这才从里面走出来。

宋砚的俊眉朗目遗传自父亲，父子俩都是周正英俊的长相，宋父的五官和面庞已经染上了岁月的风霜，成熟和威严的气质比儿子更甚。

宋父问妻子都跟那帮人说了什么，聊了这么久。

"没什么，都是砚仔和温小妹以前的事。"宋母微笑，"砚仔读高中的时候不是喜欢人家吗？就说了一些往事。"

宋父语气惊疑："什么？温兴逸当初做的那些事情他不是知道吗？傻仔还喜欢温兴逸的外孙女？"

宋母这才意识到宋父也不知道这件事，连忙闭嘴。

宋父就宋砚一个独子，那时候家大业大，对儿子抱有厚望，对他的要求也严格，而小时候的宋砚骄矜自负，自命清高，因此和父亲的关系不太好。

不过还好宋砚有个温柔的妈妈，教会了儿子为人处世亲和友善，才没让儿子变成和他爸爸一样的大男子主义，他有父亲的傲慢冷峻，也有母亲的细腻温柔。

妈妈和儿子关系更好，儿子也更愿意跟妈妈倾诉心事，这很正常。

宋父心里虽然不太爽快，但也没什么好说的。

宋母宽慰道："他是和外孙女结婚，又不是和外公结婚，温兴逸是温兴逸，温小妹是温小妹啦。"

宋父轻叹道："叉烧仔啦。"

宋母耸耸肩，嘱咐道："过两天温小妹来看我们，你个老豆不能再躲着不出来了知咩（你这个老爸不能再躲着不出来了知道吗）？"

"嗯。"

搞定了丈夫，宋母又给儿子打了电话过去。

她和严导聊得太久，打电话过去的时候，正好宋砚那边的外景录制工作也结束了。

听到母亲把他和温荔的往事说给了节目组，电话那头的男人先是叹了一口气，而后在母亲担忧的问话中笑了笑，说："没事，说了就说了吧。"

宋砚去燕城念书的那几年很少和家里联系，宋父严父派头十足，儿子不联系他，他索性就放儿子在那边磨炼。

唯独宋母日思夜想，今天烦恼砚仔的普通话说得怎么样了，明天又烦恼儿子一个人在北方过得习不习惯。

但她给砚仔打电话问他的近况，他每次都是同样的说辞——在那边一切都好，学习和生活都很习惯，从不肯多透露真实的情况或倾诉心事。

做孩子的越是懂事，做母亲的越是心疼。

终于，某次宋母照旧给儿子打电话过去，他第一次没用那种淡然平静的声音告诉她一切都好。

砚仔低声说："她没来。"

宋母不解地问道："谁没来啊？"

砚仔沉默了几秒，说："温荔没来。我为她摆了很多蜡烛，蜡烛被学校的保洁阿姨清理了。"

通过这么短短几句，宋母就懂了所有。

之后的每次通话，儿子再也没提起过温荔，或许是觉得丢脸，或许是已经释怀。

宋母也没再问，尊重儿子的选择。

两年前，他突然对父母说决定结婚，宋父虽然心中硌硬，却也没有阻止，只是感

491

叹了句"孽缘";宋母在知道他的结婚对象后,先是惊诧,然后是忍俊不禁。

既然他们现在都已经结婚了,宋母也不觉得那段往事是什么不能说的事情。

宋砚显然是和宋母想的一样,他的语气听上去很淡然,像是完全不在意了。

不顾曾经与温家的恩怨也要和温小妹结婚,砚仔一定很喜欢温小妹;而能把砚仔心里深埋不见底的回忆重新翻找出来,又帮他把缺憾换成圆满,温小妹一定也很喜欢砚仔。

宋母终于松了口气,还好没有闯祸,还好有温小妹。

两天一夜的外景录制完毕,在节目组的镜头前,所有嘉宾依依不舍地告别,在教堂前拍了合照,还互相送了小礼物,画面美好又浪漫,拍摄过程中,就连工作人员都忍不住落泪,感叹第二季这几对嘉宾之间氛围是真的好。

录完最后一期的当天晚上,四对嘉宾约了严导和工作人员去吃大排档。

白天的浪漫氛围顿时荡然无存。

邱弘举着酒杯,老大哥做派十足地说:"回燕城以后,我做东请你们喝酒,一定都得来啊,听到没?谁不来我就把谁挂微博!"

他又看向严导:"严正奎,你也得来,不来,以后你搞什么新综艺节目都别想请到我了!"

严导一脸无奈:"好好好,来来来。"

整个节目组和嘉宾们互相敬酒,无论是哪边的敬酒,严导永远是喝得最多的那个,很快,他这个大老爷们儿就打了个酒嗝儿,脸上浮现出醉意。

趁着邱弘缠着几个摄像师拼酒,严导抽出身来,朝宋砚两口子走过去。

正好温荔这时候在和宋砚说悄悄话,说的就是严导的事。

"我觉得这两天严导看我们俩的眼神总是怪怪的。"温荔说,"我问他什么事吧,他又神神秘秘的,说是人多不方便。还有编导那几个人,就那天去你父母家采访的那个小组,不知道是不是错觉,我觉得每个人看我的眼神都很奇怪。"

说完这些,温荔又不放心地问道:"是不是那天采访出了什么问题啊?"

这两天忙着外景录制,又是最后一期,节目组更是打起十二分精神,从上到下都没个空闲,宋砚妈妈的采访素材压根儿没来得及剪,准备等回了燕城再和宋砚他们商量。

已经被宋母提前"剧透"的宋砚神色淡然,见严导朝他们这桌走过来,笑了一声,说:"说曹操曹操到。"

"曹操"一到,屁股刚坐下,开口就是一句:"不是我说,你们俩也太不厚道了吧?"

温荔蒙了:"啥?"

于是严导把那天采访期间从宋母那里听到的故事大致和他们两个当事人说了。

温荔先是惊讶她婆婆为什么知道，而后是担忧地看向宋砚，用唇语问他怎么办。

她是没什么关系，又不是什么见不得人的过去，但他们俩过去的事对宋砚来说是不太美好的，所以她还是有点儿担心他。

"我是不知道你们为什么瞒着，多美好的一个故事啊，跟电视剧似的。但你们要是真有什么特别的原因不得不瞒着，反正现在还没开始剪片，不能播的话提前跟我说。"严导摆手说，"都最后一期了，我可不想功亏一篑得罪你们。"

宋砚淡定地道："没什么不能播的。"

他这么坦然，严导和温荔都愣住了。

温荔拽了拽宋砚的衣服，凑到他耳边小声问道："你以前不是不愿意被人知道吗？怎么突然改主意了？"

"没有不愿意了。"宋砚也附在她耳边说，声音清亮，带着笑意，"多谢你。"

被当面致谢，致谢者还是自己的丈夫，温荔顿时有些不好意思地摸了摸鼻子，豪迈地拍了拍他的背，大气地道："咱俩谁跟谁啊，不客气！"

严导已经去和那天去宋砚家采访的摄像小组喝酒了，走过去的时候碰上邱弘两口子，邱弘问严导怎么笑得满脸褶子。

严导高兴之余，也不计较邱弘说他满脸褶子，挑着眉说了他那天去宋砚家采访得到的意外惊喜。

邱弘很惊讶，他老婆陈子彤却没什么反应。

严导莫名其妙："邱弘，你老婆怎么一点儿都不惊讶啊？"

邱弘也不知道。等严导走了以后，陈子彤二话不说，迅速去找了温荔。

她早就在那次去拜访老师的时候猜到了这个事实，只是大家都是同行，这个圈子里谁都有秘密，既然温荔瞒得这么好，就代表有隐情，爆出去不说得罪人，在利益不冲突的情况下，也破坏了这个圈子同行相处的默认规则，所以她才憋到现在。

"合着你们读高中时就认识这件事能说啊。"

温荔不解陈子彤为什么这么激动："呃，是可以说，怎么了？"

"早知道能说我就先爆给媒体了。"陈子彤打了个酒嗝儿，恨恨地道，"真是，光这爆料费我就能赚多少啊！"

邱弘在旁边听着，终于弄清楚了事情的原委，一脸沉痛地跟着说："你跟我说的时候，我还以为是他们俩谁出轨了，还劝你别冲动，我……陈子彤，这又赚钱又赚他们夫妻粉丝好感的大好机会你居然就这么拱手送给了严正奎！"

温荔："……"

夫妻俩就这么顶着两张"错失一亿元"的脸，十分心痛地喝完了下半场的酒，和严导的春风得意脸形成了无比鲜明的对比。

这天晚上，节目组和嘉宾们都喝了不少酒。第二天，节目组和其他三对嘉宾因为还有别的工作安排，先一步离开了澳城。

温荔则是强行从宿醉中清醒过来，拖着疲惫的身体去了公公婆婆家拜访。

此前她紧张了好几天，腹稿都打了好几个版本，结果全都没派上用场。

宋母很好说话，无论温荔说什么，她都给予温柔的回应。

宋父看着不太好说话，但话不多，儿媳妇上门，他随便问了几句，脸上的表情始终淡淡的，之后又带着她去了家里的小祠堂。

现在是新时代了，小辈们回家没那么多规矩，去小祠堂里磕个头上炷香就够了。

搞完这些，宋父把儿子和儿媳丢给宋母让她接待，自己在祠堂里待了很久。

"她是温兴逸的外孙女。"宋父对着牌位轻声说，"希望各位阿公不要怪罪到她头上，一代的恩怨一代了结，我不愿殃及子女。"

温荔不知道公公为什么在祠堂里对着牌位待了那么久，也不太敢问，她觉得公公和年少的宋砚还有她舅舅温衍的气质有点儿像。

但宋父不是宋砚，也不是温衍，温荔着实不知道该怎么和公公相处。

在公婆家住了两天，临走前，宋母嘱咐了一大堆，宋父只问了一句话，是对温荔说的。

"这两天你有没有做噩梦？"

温荔觉得这问题莫名其妙，但还是老实地摇头："没有。"

宋父"嗯"了一声，没再说其他的话。

去机场的路上，她问宋砚这话是什么意思，宋砚摇了摇头，表示不知道，然后笑着看她满脸困惑，左猜右猜，越猜越偏，最后只得作罢。

在《人间有你》最后一期的正片播出的前几天，温荔已经赶往滨城，参与《冰城》的开机发布会。

《冰城》的官微也在当天发了微博。

《人间有你》的最后一期澳城之旅，节目组没有再为四对嘉宾剪单独的预告片，而是将四对嘉宾的镜头整合成一个较长的预告片，意味着这最后一期以嘉宾合体活动的形式完美收官。

《人间有你》录制期间，温荔他们和唐佳人的剧组偶遇这件事很早就被当时在场的网友给爆了出来，连照片都有，所有人包括在场的工作人员都以为节目组肯定会把这段素材给剪掉。

结果出乎意料，节目组非但没剪，还把这段素材放进了预告片。

不管是粉丝还是普通网友，对这件事都是百思不得其解。

"有人看《人间有你》最后一期的预告片了吗？节目组搞什么啊？为了热度，居然连'盐粒'偶遇唐佳人那段都没剪？"

"这季度热度最高的综艺节目就是《人间有你》了，还要多高的热度啊？"

"且不说唐佳人到底是不是宋砚的前任女友，在'盐粒'参加的综艺节目里出现就是很硌硬人啊。"

"佳人好好拍戏结果被某节目组和夫妻碰瓷蹭热度就不惨吗？"

一直到正片播出的前一天，"前任出现在现任的夫妻综艺节目里究竟是怎样的迷惑操作"这个话题热度一直居高不下，隔一段时间就会被提起的"唐宋"再次死灰复燃回到了营销号的视野中。

唐佳人和宋砚究竟有没有交往过这个老生常谈的话题再次掀起网友辩论大战。

虽然宋砚多次否认，但"唐宋"粉手里有两个相当有力的"证据"。

一是当年宋砚演技生涩，没有上过系统的表演培训课，眼神戏却相当到位。

但凡了解表演这门科目的人都懂，考验演员情绪的诸如哭戏或者离别戏，仅靠通晓表演理论知识是不可能打动观众的，这时候就需要演员代入自身情感，并把这种情感放进戏里，才能达到最好的效果，让观众共情。

二是宋砚的那段眼神戏，每次在采访中被问到时，唐佳人的回应都是含混不清的。

"唐宋"粉翻出了其中一个采访视频，记者问唐佳人如何评价宋砚在处女作里的眼神戏。

"很惊讶，明明我跟他那时候算不上熟悉，不拍戏的时候甚至都说不上几句话。"唐佳人笑着说，"那一瞬间我甚至以为他就是陈嘉木。"

前半句被自动忽略，眼神深情到连唐佳人都分不清宋砚和陈嘉木，这也是部分粉丝始终坚定地认为他们曾有过一段恋情的铁证。

彼时温荔正在剧组里补课。虽然她在电影开拍前已经上过几个月的课，但仇导还是让她进组后在没戏的时候跟着老师多学习。

节目正片播出当日，网络平台和卫视同步播放，正片刚发布，弹幕就相当热闹了。

在镜头中，宋母说了很多宋砚小时候的趣事。

等她说起儿子读高中的时候喜欢一个姑娘时，弹幕一下子炸开了锅。

就在弹幕争吵不休时，宋母又说话了。

"我说的就是砚仔和温小妹的往事啊。"

弹幕瞬间集体消失，紧接着，水火不容的两方阵营齐刷刷打出满屏幕的问号。

镜头里，就连导演都蒙了，反应过来后，激动地问了句"他们以前就认识吗"。

宋母再次给出肯定的回答。

反应快网又不卡的网友已经纷纷回过神来，不发问号改发"啊"了。

采访宋母的环节结束，镜头直接切给了还在澳城录制外景的几对嘉宾。

宋砚夫妇和邱弘夫妇一块儿行动，在商场内偶遇了唐佳人的剧组。

两边的态度都是落落大方，谁也没有表现出一丁点儿尴尬。最后告别时，剧组的导演还特意打了招呼，说知道这个综艺节目的热度高，等节目播出后记得帮他们宣传一下电影。

这段素材节目组之所以没有剪，也是因为出于人情，帮剧组的导演宣传电影。

甚至可以说，唐佳人出现在《人间有你》里，是一项对双方都有好处的正向宣传，也压根儿不需要避讳什么，因为她和宋砚就没有过去，十年前也只是单纯的电影合作。

刚刚在弹幕里吵吵闹闹的唐佳人粉丝这回彻底没声了，浩浩荡荡地来，灰头土脸地溜。

最后一期节目的正片整整两个半小时，刚开播那会儿就已经上了好几个话题，几乎是每几分钟就上一个新话题。等到宋母出现，再也挤不下这么多新话题的微博服务器终于宕机了。

"微博到底什么时候修复？！我没地方喊'啊啊啊'了！"

"备忘录啊，姐妹！！我已经打了两页'啊'了！！"

"我刚刚在宿舍楼里把宿管阿姨都喊过来了，哈哈哈！！对不起我今天扰民了，但是我就是要告诉全世界的人，美人和三力他们是彼此的初恋！！"

等微博终于通畅后，"盐粒"夫妇日常博文已经写好了小论文：

《人间有你》第一期到最后一期的完整复盘：

根据美人和三力读高中时就认识这个结论依次往前推，前面十一期里好多甜甜的细节！！特别甜！！！

…………

美人在蓉城那一期说过，他那时候面对女孩子，因为害羞，所以故作冷漠，这个女孩子就是三力。

美人和三力都说过自己的初吻是在念书的时候而不是荧（银）幕上，他们的初吻对象其实就是对方。

他们回高中母校的第八期，三力穿着明枫中学的校服给美人摆蜡烛告白，是因为三力读高中的时候就是明枫中学的学生，那不是三力的告白，那是三力给美人的回应。

他一直喜欢她，喜欢了好多年，也等了好多年，她在意识到以后，立刻给了他同等的回应。

还有几个场外细节！弟弟给三力写的歌，那个月亮，他小时候希望月亮把三力带走吃掉，说明他们小时候就认识。还有爸爸徐大师给他们送的那幅国画，以及宋妈妈叫三力'温小妹'，这明显就是对小女孩的称呼，都可以证明他们俩从小就认识。"

"@美人草三力的那个校园到职场的视频绝了，草老师真是大预言家！"

"快乐！我现在真的好快乐！"

"签字笔"们根据结论倒推过程，扒出了越来越多的细节，用显微镜照一照，就发现每一个曾经被忽略或者让人觉得迷惑的点其实都藏着深深的爱。

这种感觉就像是买彩票或者开盲盒，原本不抱任何希望，结果发现彩票中了头奖，盲盒抽中了超稀有款。

《人间有你》收官期的热度还没消退，《冰城》的官微已经开始了新一轮的互动。

参与互动的不全是演员，也有导演和工作人员。

官微最新发的一个小花絮里，仇平在给温荔讲戏，一开始，温荔的表现不太好，后来仇平耐心地对她说了些什么，那之后，她在拍摄中就逐渐找回了状态。

扛着摄像机负责拍摄花絮的剧组工作人员问："有点儿好奇刚刚仇导是怎么向温老师指导眼神戏的呢？"

"哦，其实挺好理解的，这是老于，就是于伟光导演的法子。"仇平说，"新人演员不太容易入戏，尤其是感情戏，于伟光就会教这些演员，让他们拍戏的时候在心里想着自己喜欢或讨厌的人，这样就很容易入戏了。这法子听着土，但效果挺不错的，宋砚当初就是靠这个法子拿了电影新人奖。"

"所以美人那个一眼万年的眼神是代入的三力？！"

"别发了，别发了，孩子都长蛀牙了！"

"能不能给一点儿喘息的机会？！要么不互动，要么就齁死粉丝是吧？！做人不要这么极端好吗？？？"

这个花絮一发出，对宋砚那个眼神耿耿于怀了多年的唐佳人懂了，那些"唐宋"粉当然也懂了。

之前模棱两可，是因为唐佳人也不确定，才给了粉丝遐想的空间。

现在她已经没什么不确定的了。

温荔是宋砚的过去时，也是他的现在进行时和未来进行时。

"宋砚不是陈嘉木！！他的心里和眼睛里从来就没有装过别人！！！他的女主角就只有他老婆！！"

"美人出道十年，唯一真实并承认公开的感情就只有和我们三力的！！"

"温荔和宋砚必须是命中注定！！！"

此前"唐宋"粉已经闹了很久，不单是和"签字笔"吵，"荔枝"和"月光石"也被他们闹得不胜其烦。

平常泾渭分明的"月光石"和"荔枝"在这种需要集体作战的时候特别团结。

"我哥出道十年，合作过的女演员两只手都数不过来！"

"我们三力和姐夫天生一对！"

就在"月光石"和"荔枝"披上战甲兢兢业业劳作的时候，"签字笔"在干什么？

"签字笔"们正在超话里过大年，没工夫掐架。

夫妻超话的背景图早已被换成大红背景金字底的喜庆图。

美人草三力："家人们，求小甜歌推荐！！！用来剪新视频的！！越甜越好！！"

"有一说一，小甜歌格局太小，配不上'盐粒'。"

"《好日子》。"

"《春节序曲》。"

"推荐'过年超市必备歌单'。"

喜庆风的夫妻剪辑视频一出，整个超话的风格就变得不对劲起来。

有个粉丝拼了张宋砚和温荔的合照，铺了层红底，在他们的脑门儿上各加了道闪亮亮的金光特效。

这条博文迅速大火被转发了几万次。

一开始转发内容还相对正常，后来偏题就偏到了喜马拉雅山。

"保佑公考上岸。// 保佑考研上岸。// 保佑考编上岸。// 保佑明天我能中个五百万元。"

此时在剧组里拍戏，消息闭塞的某两个人还不知道他们以"锦鲤"的方式出名了。

后来，粉丝们得到消息后过来探班。粉丝随艺人，艺人土，粉丝决不允许自己时髦，必须跟随艺人的脚步，所以粉丝的应援横幅也从之前高级又文艺的，诸如"你是仲夏那一抹银白的月光，我是那月光下鸣叫不停的夏蝉"或"再甜的妃子笑也比不过温荔你对我一笑"变成了以下——

"恭喜宋砚先生十年暗恋成真！全体'签字笔'发来贺电！"

"燕城木材厂倒闭了！温荔千金带着她的小姐夫砚仔跑路了！我们没有办法，原价都是一两亿元的木头女人，现在通通只要一块二！"

"土味告白哪家强？澳城砚仔你最狂！"

"宝贝，我昨天买蜡烛了，买的哪种烛？我对你爱的追逐。"

搞得整个剧组除了被探班的温荔和宋砚，其他人都笑得不行。

电影拍摄期间，《冰城》的剧组管得比较严，粉丝过来探班算是给辛苦的拍摄过程带来了不少乐趣。

整个剧组从主角到群演工作态度都很认真，基本上就是影视城和酒店两点一线，于是温荔最近的乐趣就变成了逛某宝收快递。

她有时候在某宝上搜自己的名字，会出来很多同款衣服、同款首饰的商品链接。

男演员的同款比较少，她一时兴起，搜了一下"宋砚"，跳出来的第一条是"宋砚同款惊喜浪漫高档表白神器气氛 LED 蜡烛附送心形气球和打气筒"。

商品图旁边附了一张不知道从哪部电视剧里抠下来的温荔哭照，还加上一排字："女友收到礼物后感动哭了！"

温荔看了一眼销量，简直离谱儿，月销居然有四位数。

单纯的男孩子真的好多。

温荔点开评价，发现差评虽然比较少，但胜在真实。

其中有一条差评是："根本不管用，直接给了我一巴掌，说没有宋砚的脸就别搞这么土的表白。后面的兄弟别买别买，如果你自信自己的颜值可以比肩宋砚的，那当我没说。"

她一边笑一边把手机递给宋砚看，还非常善良体贴地安慰他："我不觉得土就行了，你不要在意别人怎么想啦。"

"嗯。"宋砚淡淡地点头，然后把助理叫了过来，将手机交给助理："这几家店，告他们侵权。"

温荔："……"

在仇平手底下拍戏并不轻松，他的要求很高，有时候一个镜头不满意，让演员反复拍摄几十遍都有可能。温荔习惯了赶进度的电视剧拍摄，在剧组里没少被他说。

这么大的人还被说教，温荔一开始也有点儿不爽，不过宋砚和其他两个主演老师有时候没及时进入状态也会被说，她心里就平衡多了。

老艺术家和宋老师这几位前辈都会被说教，她挨的那点儿批评算什么，放平心态，慢慢进步。

得益于仇导的高压指导，她第一次在一部戏中完全沉浸进去。后来仇导说她就说得少了。有一次聚餐仇导喝多了酒，还骄傲地说终于把一块璞玉给磨出光晕来了。

电影的拍摄周期是三个月，快到年底的时候，整个滨城已经是白雪压城。

连着几个月的高强度工作，仇导终于答应在跨年夜这天给所有人放个短假，等假放结束继续拍，争取在过年前杀青。

在温荔准备回燕城跨年前，仇导还给她留了作业。

"绾绾最后和亭枫死别的那场戏，你哭得还是不太够，情绪还没有完全起来，哭得太漂亮了。你要想，那是你和你爱的男人这辈子的最后一面，你一闭眼，就什么都没了。这种哭应该是撕心裂肺的那种，眼泪和鼻涕'哗'的一声齐齐下来。"

仇导说完这些，又拍了拍温荔的肩膀："回去好好琢磨琢磨。"

温荔点头："欸。"

在剧组与世隔绝了几个月，再回到燕城的时候，她都感觉有些陌生。

她和宋砚前两年的跨年夜没有一次是在一块儿过的，那时候也没有一起过的想法；现在不同了，跨年夜当然要一起过才算回事。

宋砚白天要和于导会面，和她约好晚上一块儿吃饭。

温荔一个人在家里等他回来，有个人先找上了门。

她从猫眼儿里看到那个人，愣愣地开了门。

"舅舅？你怎么来了？"

西装革履的温衍站在门口，言简意赅地说道："你姥爷让我接你回温家过元旦。"

温荔小声说："这里住了很多艺人的，你不怕被狗仔拍到啊？"

"网上都已经知道你是从明枫中学毕业的了，再加上你和徐例还有姐夫的关系也已经曝光，"温衍勾了勾唇角，淡淡地道，"我就算被拍到又有什么所谓？"

"也是。"温荔点了点头，"但是我今天已经跟宋老师约好了啊，要一块儿跨年。"

"你先去换身衣服。"温衍看了看她身上毛茸茸的兔子家居睡衣，皱眉说，"我和你一起等他回来，再接你们回家。"

"行，"温荔点头，侧身让温衍进来，"那你先进来坐，我去换衣服。"

温衍"嗯"了一声，换了鞋进去。

温荔径直去了卧室换衣服，温衍在客厅里闲坐。他没兴趣打量外甥女家的装修和布局，低着头看手机。

安静的客厅里，电视柜旁的座机突兀地响了起来。

温衍起身，走到卧室门口敲了敲门："来电话了。"

卧室里传来温荔的声音："舅舅你先帮我接吧。"

温衍叹了口气，又原路返回，按下座机的免提。

他没有先打招呼的习惯，于是等对方先说话。

电话里传来的是个陌生男人的声音："温小姐，您好，新年快乐。我是金律师，今天给您打电话是想讨论您和宋砚先生两年前拟定的结婚协议。现在已经是年底，协议已经到期，请问您是怎么打算的？"男人在电话里说，"半年前您单方面与我拟定了离婚协议书，请问宋先生觉得这份协议书还有什么需要补充的条款吗？"

温衍眉目微敛，唇渐渐抿紧。

等温荔从卧室里换好衣服出来，对温衍说"可以走了"的时候，温衍直截了当地问道："你和宋砚的离婚协议是怎么回事？"

温荔张了张嘴，说不出话来。

半年下来，如果不是律师这时候找到她，她已经完全忘记了自己和宋砚协议结婚的事。

"刚刚是你律师打来的电话。拿婚姻当儿戏，你当结婚是过家家吗？"温衍平静地发问，"如果这件事被你姥爷知道，你知道自己会有什么下场吗？"

温衍二话不说，直接命令道："先跟我回家，回家再说。"

"那你能不能别跟姥爷说？"温荔的声音越来越低，"协议是真的，但那已经是半年前的事了，我保证我和宋砚之间的感情是真的。"

她的解释有些苍白，因为她没有办法否认自己半年前确实有和宋砚离婚的打算。

温衍侧过头，深吸了一口气，缓缓地叫她的小名："荔荔。"

温荔虚弱地应道："欸……"

"最近温征交了个女朋友，你知道吗？"

"知道。"

"那个女孩子的家境和我们家的家境不匹配，而且她的家庭关系比较复杂，所以你姥爷并不想让那个女孩子进门，让我想个办法打发掉她。"

温荔想到他们曾经对宋砚做的事，心里并不奇怪。

"很多情况下，爱情并不能打败现实，就比如你姥爷，他和你亲姥姥的感情很好，你姥姥过世后，他一直没有再婚，可最后呢？他为了集团，为了自己的生意，还是妥协娶了我母亲，生下了我和温征，即使他们之间没有爱情。

"有时候他的决定是很武断，我不否认，但他是为你们着想才替你们做决定，我同样是这个想法。我不怪你和温征埋怨我。你回答我，即使我把话说得这么明白了，你依旧相信宋砚吗？你确定你没有看错人？"

温荔想也没想就点头，笃定地说道："我相信他。"

"好，我可以先不告诉你姥爷。"温衍点了点头，平静地道，"你把宋砚叫来，我和他谈谈。"

温荔却愣住了："舅舅……"

舅舅今天怎么这么好说话？

"怎么？"温衍睨了她一眼，"给你们机会都不要？"

温荔立刻说："没怎么没怎么，我现在就给他打电话。"

原本还在外面办事的宋砚接到电话后立刻赶了回来。

他明显是着急忙慌赶回来的，脸上和身上都带着冬季的冷杉味。

温衍就坐在客厅里，见外甥女婿回来，也没说什么，让他去书房跟自己谈。

温衍先进了书房，宋砚走在后面，温荔不知怎的，突然拽住了他的衣服。

宋砚回过头来看她："怎么了？"

她突然没头没脑地问了句："学长，你觉不觉得我们现在很像罗密欧和朱丽叶？"

宋砚微愣，而后摇头："不像。"

温荔没料到他连这点儿面子都不给，不满地道："我难得这么文艺，你就一点儿面子都不给？"

宋砚笑了笑说："罗密欧和朱丽叶的故事虽然挺浪漫，但不适合我们。

"好像经历过越多挫折的爱情就越是经典，也越容易被后人记住称颂，但我不需要被别人记住，也不想用挫折来证明我们之间的感情。如果你家人觉得我们门不当户不对，那我就让自己变成和你门当户对。你家人担心我给不了你的，我现在都能给你；他们给不了你的，我也能给你。

　　"学妹，你是朱丽叶，而我绝不是罗密欧。你可以一直高傲下去，我不需要你为我受委屈。

　　"你只需要等我朝你走过来。"

　　温荔一直高傲，哪怕面对宋砚埋藏十年的爱意，换作其他人或许会觉得这份感情很沉重，自信也给予她信心，她配得上他的喜欢。

　　如今，高傲了二十余年的温荔欣喜而惶恐，终于有了这样一种想法——她何德何能，又何其幸运。

第十二章
"盐粒"夫妇光荣毕业

她下定决心,突然上前两步越过宋砚,先进了书房,牢牢地挡在了宋砚和舅舅之间。

温衍不知道她要做什么,微蹙着眉说:"你先出去等,我和宋砚单独谈谈。"

"为什么要单独谈?他是我丈夫,你是我舅舅,"温荔语气坚定,不容置喙,"你俩说事有什么是我不能听的吗?"

说完她就径自抱胸坐下,高仰着头,一副唯我独尊的模样。

温衍盯了温荔半晌,她丝毫不怵,大胆地回视。

"做什么?"温衍顿时觉得好笑,又睨向宋砚,挑眉问道,"怕我把他怎么样?"

温荔不屑地道:"喊,你俩要是动手,舅舅你未必是宋老师的对手好吧。我们宋老师打戏很牛的好吧。"

宋砚微怔,不动声色地垂下眼皮,小幅度地勾起嘴角,不自觉地咬了咬唇。

温衍"呵"了一声:"那你摆这张护犊子脸是要给谁看?"

"你以前对宋老师说过很多不好听的话。"温荔说,"以前是我神经大条,才让我们宋老师受了这么多委屈,现在有我罩着他,别说动手,你哪怕想对他说一句重话都没门儿。"

温衍略感诧异,问道:"你竟然也会护着人了?"

明明那时候他不许她早恋,她直接将一堆压根儿没打开过的信件通通塞给他,让他帮她解决那些烦人的男生,才让他在那些信件中看到了宋砚的信。

温衍还记得他将此事告诉父亲温兴逸的时候,父亲的语气有多心虚,又有多慌乱,一连问了好多问题。

"宋家想干什么？他儿子又想干什么？接近我外孙女又有什么目的？……"

那时候他和父亲都坚定地认为，他们是在保护温荔。

那个当年被家人保护的丫头，现在却站在家人的对立面去保护其他男人。

"舅舅，我知道你和姥爷在担心什么，你们从前不准我做这个做那个，我也没埋怨过你们。但现在我不吃家里的，也不用家里的，赚钱你们会赚，我也会赚，我有自己的思想和判断了。"

温荔说到这儿哽了一下，缓了口气，继续说："我姥姥很早就离开了姥爷，让姥爷伤心难过了那么多年。我妈因为一场意外离开了我爸，让我爸变成了孤家寡人。但我敢肯定，即使结局不变，给他们机会重来一次，姥爷和我爸还是会选择跟姥姥和我妈走到一起。因为担心未来会发生什么变故就对感情畏首畏尾，那我觉得活着也太没意思了。"

她的话一针见血，温衍倏地敛眉，沉默以对。

"这个人有多好，你们不知道，但我知道。"温荔的话掷地有声，"我还是那句话，有我护着他，你们要再想棒打鸳鸯，这一棒子先打我，看我会不会放手。"

温衍目光复杂，好半晌都没有说话。

温荔放在背后的手抓住宋砚的手，他原本以为她是怕舅舅仍然会反对，找他寻求信心，她却反握上他的手，像他每次安抚她那样，拍了拍他的手背，无声地对他说"有我在"。

"……"

宋砚实在没忍住，哪怕咬着唇，也还是笑出了声。

温衍也勾起唇，浅浅地笑了两声，说："说完了吗？回家吧。"

在温荔即将把"老古董"三个字骂出口的时候，温衍又淡淡地补充道："车子就在楼下，你姥爷特意吩咐让我带你们俩回家一块儿过元旦。"

"啊？"温荔的脑子差点儿没转过弯来，"哦。"

她本来准备了一大堆演讲稿，结果老古董的脑子突然转了个弯，把她打了个措手不及。

一行人坐上温衍的私家车回到温宅，温荔才发现原来舅舅今天不光带了她和宋砚回来，还把徐例一块儿带回来过元旦了。

本来温衍还联系了徐时茂，但年底飞机票紧张，徐时茂被堵在了国外，过年的时候才能回来。

温衍一到家就去了父亲的房间，就在温荔已经做好了再跟姥爷抗争一回的准备时，温衍又出来了。

不过这次温兴逸不是叫宋砚单独说话，而是叫了温荔。

温荔觉得奇怪："姥爷只找我吗？不找我家宋老师说话了？"

温衍难得玩了把冷幽默："有你护着宋砚，哪儿还敢找他？"

"也是，"温荔没听出舅舅的潜台词，还挺得意，"有我在，谁敢找他麻烦？姥爷也不行。"

结果温荔进去，也就是把她跟温衍说的话跟温兴逸重复了一遍。

她始终不明白，为什么他们对宋砚的成见这么大。

外孙女一直逼问，最后温兴逸也不想再瞒了，将往事都说了出来。

温荔沉默了半天，平静地总结道："所以姥爷您对他的成见，其实是因为心虚，对吗？"

被说中心事，温兴逸老脸一红。

"几个月前我去了趟澳城，见了他的父母。"温荔说，"我很庆幸他们没有因为我和姥爷您的关系而对我有什么偏见。"

温兴逸惶惶地张了张嘴，不知道该说些什么。

"好了，就因为您这一通操作，我现在更爱宋砚了。"温荔一脸熊孩子样，嚣张地说道，"您要是再欺负宋砚，就别怪我在亲情和爱情之间做出抉择了。"

"你要做什么抉择？"

"为爱放弃豪门千金的身份，带他私奔。"

温兴逸满脸黑线："你这丫头是不是电视剧演多了出不来戏了都？"

"您也知道这不是在演电视剧啊？现在这种剧情拍出来都没人看。"温荔说到这儿，又替宋砚打抱不平起来，"说到电视剧我就想吐槽，当初您让舅舅去棒打鸳鸯的时候，好歹也让舅舅揣张五百万元的支票去吧。"

温兴逸一脸不明所以："什么玩意儿？"

温荔语重心长地说道："我说咱们家这么有钱，姥爷您做人不要太小气。"

"……"

"姥爷，当年您也不看好我爸爸，可我爸爸有让您失望吗？"温荔突然一本正经地说，"我知道您对他有成见不是因为他那时候没钱没能力，而是那年我妈陪着他出国，结果出了意外，我妈去世了，而他还活着，您是怪他间接害死了我我妈。但如果当年可以选择让谁丢了这条命，我爸一定会毫不犹豫地选他自己。"

祖孙俩在房间里聊了足足一个小时，至于他们在房间里到底说了什么，房间外的人也不知道，只知道温荔出去时，手里拿了张字条，而温兴逸立刻叫家里的护工给他拿了降压药进去。

温荔被她姥爷叫进房间单独谈话时，宋砚也被小舅子徐例叫到了他房间里说话。

小舅子找姐夫也没别的事，主要是宋砚之前请他帮忙写歌，他一直把这件事记在心上。

现在他自己新专辑的原创歌差不多都写好了，终于抽出空来帮姐夫写歌。

"曲子已经写好了，就差填词了。"徐例说，"录音样带我过两天发给你，至于歌词，阿砚哥，你要自己试试吗？"

对于自己不擅长的领域，宋砚向来不说大话。

"我从来没写过歌词。"

"没事，你先试着写，我会帮你修改的。"徐例话锋一转，又说，"不过我觉得，无论改不改，只要是你写的，我姐都会喜欢。"

"那还是请你帮我修改吧。"宋砚笑着说，"不能因为她好哄，我就不认真准备礼物。"

徐例莫名其妙地觉得有些牙酸——被这俩人的肉麻酸到的。

"阿砚哥，你真的读高中的时候就对我姐……"徐例欲言又止。

宋砚点头："怎么了？"

徐例看着他，语气复杂地说道："没怎么，就是哥你真的藏得太好了。"

小时候徐例真是一点儿都没发现，刚看到话题榜那会儿，他的震惊程度不亚于任何粉丝或路人的震惊程度。

十年前的温荔和宋砚都只是青涩懵懂的高中生，更何况那时候还是小屁孩儿的徐例，估计脑子里都没那根弦，没看出来太正常了。

"不过我没看出来不奇怪，毕竟我跟你就只有放学以后你来家里给我补习的时候才见得到，"徐例神色迷惑，十分不解，"但柏森哥怎么也没看出来？"

就在姐夫和小舅子双双沉默时，温荔过来敲门："兔崽子、宋老师，下楼，柏森哥来咱们家了。"

真是说曹操曹操到。

柏森今天不打招呼突然过来，把温家几个人都吓了一跳。

他喝了点儿酒，姿态懒散且吊儿郎当的，不过在长辈们面前态度还算不错，先是去房间里跟温兴逸打了声招呼，又向温衍道了声"新年好"。

柏森疑惑地道："咦？温征舅舅呢？"

"和他女朋友跨年去了。"温衍非常看不惯柏森这副吊儿郎当的样子，语气微冷，"你喝酒了？"

"所有人都有对象，就我是孤家寡人。"柏森语气幽幽，又突然想起什么，看着眼前这座面色冷峻的"冰山"，一脸欣慰，"哦，差点儿忘了还有舅舅你。"

温衍的脸顿时更臭了，正好这时候温荔他们几个后辈下了楼。

看着不着调的柏森，温衍嫌弃地别过眼，又看向宋砚，冰山舅舅突然觉得现在这个外甥女婿不要太顺眼。

"他交给你们了。"

温衍一个甩手，直接上楼回房。

舅舅一走，徐例连忙上前和柏森打招呼："柏森哥，你怎么突然过来了？"

"我听说你们家今天打算一块儿跨年，过来凑个热闹。"柏森转头，看向一旁站着的宋砚两口子，突然说："你俩，过来。"

要换作平时，两口子肯定是不会理柏森的，但今天也不知怎么的，柏森叫他们两个过去，他们还真的就乖乖地过去了。

柏森指着自己的脑袋说："这是什么？"

温荔："头发？"

"不对，"柏森语气严肃，"青青草原。"

宋砚："……"

"青个屁啊。"温荔忍不住反驳道，"咱俩的关系比纯牛奶还纯，你别乱给我扣帽子，不了解的还以为我怎么你了。"

"我知道咱俩的关系比纯牛奶还纯，但别人不知道啊！死丫头，就因为你，老子这几天被那帮狐朋狗友笑惨了！"柏森突然也激动起来，"读高中的时候别人都以为你是我未婚妻！还有你，宋砚，还说是我兄弟！你们今儿必须给我个交代，你们到底是什么时候搞在一起的？你们就算搞在一起了，不能跟我说一声？什么狗屁青梅竹马，什么狗屁兄弟，你俩是都没长嘴吗？"

对这一长串指责，温荔并不接受，理直气壮地说："我们是两年前搞在一起的，结婚的时候不也通知你了吗？什么叫没长嘴？"

"死丫头，你当老子家里没装网线？！你们读高中的时候要是没发生什么，那什么初吻是怎么回事？！"

宋砚两口子无语至极，而小舅子徐例现在的处境就是相当尴尬。

面对姐姐的"三角恋"，做弟弟的实在不想插手，想溜，又怕待会儿柏森哥和阿砚哥一言不合打起来，身为罪魁祸首的姐姐劝不住，所以他还是强忍着尴尬站在原地继续旁听，等他们打起来好及时劝架。

宋砚叹了口气，无奈地道："你失忆了？我被你笑了好几天的事你忘了？"

柏森愣了几秒，混沌的大脑开始重新梳理记忆。

"原来那个时候你的嘴巴是被温荔这丫头给撞出血的……原来真相就在我面前。"柏森恍然大悟，一屁股坐在沙发上，颓然地说道，"小丑竟是我自己。"

"……"

"……"

徐例等了半天，两个男人也没打起来，他庆幸之余，心里还有淡淡的失望。

他姐的魅力还是不太行。

柏森冷静了一会儿，非常有男二风度地说了句"祝你俩幸福"，被温荔一声无情的"快滚"给打破最后的体面，迎着十二月凛冽的寒风，悲伤地离开了。

　　"奇了怪了，咱俩都结婚两年了，他现在一副失恋的样子是演的哪出？"温荔简直莫名其妙，"难道他也暗恋我？"

　　宋砚也觉得柏森反常，不过后来看到温荔的老板张楚瑞发的一条在夜店里和几个年轻小帅哥喝交杯酒的朋友圈，就明白过来了。

　　搞了半天柏森不是因为被青梅竹马和兄弟齐齐"背叛"才这么狼狈，而是被前女友伤了心，但又没资格管前女友跟谁喝交杯酒，为了发泄心中的苦闷，才跑过来找他们的麻烦。

　　柏森的突然到来和离开没能在温家掀起什么波澜。

　　一家人围在桌旁吃了顿跨年饭，姥爷年纪大了，熬不了夜，吃过晚饭没多久就要回房睡觉，临走前还问了宋砚一句："今年过年你和荔荔是怎么安排的？你带她回澳城，还是你俩都留在燕城过年？"

　　宋砚回："听她的。"

　　温荔说："前两年都是在燕城过的年，今年去澳城过吧。"

　　她本来以为姥爷会不高兴她去澳城过年，没想到老人家不但没阻止，反而点点头，说："行，要是今年没什么亲戚上门，我也去趟澳城。"

　　温荔和宋砚都愣住了。

　　最后还是外孙女不怕得罪老人家，小声问道："姥爷，您要去澳城找打吗？"

　　平时老板着张脸的温衍没忍住，"噗"的一声笑了出来。

　　"温衍，你笑个屁！我是你老子！"温兴逸骂完儿子，又冲外孙女吼道："我去道歉！道歉！"

　　温荔："……"

　　说白了这还是去找打啊。

　　温兴逸气冲冲地回了房间。没过多久，徐例突然来了写歌的灵感，灵感一来，别的事都顾不上了，他也匆匆地回了房间。

　　客厅里转眼又只剩下三个人。

　　不会看外甥女眼色的温衍岿然不动，仍然坚如磐石地坐在客厅里。

　　温荔实在忍不住了，委婉地开口问道："舅，你觉不觉得你的脑门儿在发光？"

　　温衍气定神闲地回道："嫌我碍事，你们不会回房间？"

　　"……"原来这个老古董什么都懂，就是存心坐在这儿当电灯泡给她添堵。

　　"只用眼睛瞪是瞪不死我的。"

　　温衍闲闲地往后一靠。跨年夜，没有工作缠身，难得慵懒自在，他好心情地跟外甥女斗起嘴来。

温荔收了目光，突然换成一副孝顺的模样："舅，我决定过年的时候去寺庙替你求姻缘。"

温衍一挑眉，漫不经心地道："与其替我求那种没用的东西，还不如替整个温氏多求点儿来年的财运。"

温荔一口拒绝："我不，我们家已经够有钱了，我就要替你求姻缘。"

温衍："……"

温荔一笑："求你来年遇上个女人，她不爱你，你却爱惨了她，无情资本家为爱沉沦，最后还一无所有。"

温衍被这恶毒至极的话气得太阳穴"突突"跳，撇着唇嗤笑道："你这想象力当演员真的浪费才能，不如转行当编剧。"

"等着吧舅，那寺庙很灵的。"

"封建迷信。"

舅甥俩斗嘴，宋砚在一旁听得耳朵疼，连电视都看不进去。好在温衍不想再浪费口舌做这种无谓的争吵，单方面停战，起身上楼。

宋砚思忖片刻，还是起身跟了过去。

温衍转头看他："有事？"

宋砚直截了当地问道："为什么替我们隐瞒协议的事？"

老爷子今天反应如常，就说明温衍肯定没把协议的事告诉老爷子。

"她说要棒打鸳鸯先打她。"温衍说，"看着长大的丫头，我哪儿舍得？"

等宋砚重新回到客厅，温荔有些惊讶："你去洗手间这么快？"

"只是洗了个手。"

"哦。"温荔没怀疑，冲他招了招手，"过来坐。"

等他坐下，她立马靠了过来。

宋砚这时候也没什么心思看电视了，将温荔的手抓过来，一边玩她的手心肉，一边轻声问道："今天和你外公在房间里聊了那么久，都聊了什么？"

温荔靠在他的肩上，不以为意地道："没聊啥，我把我姥爷教育了一顿。我不是说过吗？在温家，有我护着你，绝不会让你受一点儿委屈！"

宋砚只是笑，对她说了声"谢谢"。

温荔觉得自己担不起这声"谢谢"，"喃喃"地说："姥爷把以前的事都告诉我了。为了让你父母接受我，你替我说了不少好话吧？"

"没有。"

"不用安慰我，人之常情嘛。"温荔想得很开。

"真没有，没费多少力气。"他说，"你本来就讨人喜欢。"

温荔不信，"嘁"了声，问道："那为什么你小时候我姥爷给你看我的照片，你说不要我给你当老婆？"

他小时候是个少爷脾气，心高气傲，换作任何一个小丫头他都看不上，倒不是针对温荔。

但实话是万万不能说的，于是他说："是我小时候眼瞎。"

温荔非常满意这个回答，傲慢地"嗯"了一声："自我认知很明确。"

被宋砚挑起了自信心，温荔又开始自恋了："今天我替你嘲讽我舅舅那几下，帅不帅？"

"帅，"宋砚附在她耳边说，"帅得我魂不守舍。"

温荔瞬间就起了一身鸡皮疙瘩，"哧哧"地笑了起来。

她一直蹭他，电视机也变成了电灯泡。

宋砚暗示她："回房间吧？嗯？"

温荔："但是还没到十二点，我还要倒计时的。"

宋砚："在床上数。"

"……"

十二点一过，还是宋砚提醒她新的一年到了。

"对了，"温荔突然想起什么，爬起来裹着被子去找衣服，从兜里掏出一张纸递给他，"给你的。"

宋砚接过来一看，是张五百万元的支票。

"这是什么？"

"我姥爷欠你的。"温荔眨了眨眼睛，"嘻嘻"一笑，"拿去买辣条。"

宋砚哭笑不得，将支票随意地放在床头柜上，又将她抱在怀里，拍拍她的头说："学妹，新年快乐。"

"新年快乐，学长。"温荔笑眯眯地说，"新的一年要更爱我。"

"好。"

宋砚知道自己在撒谎。

因为他清楚，自己对她的爱已经到了顶点，已经不可能比现在更爱她了。

短暂的元旦假期过后，温荔和宋砚又将精力投进了剧组。

放假前仇平给温荔布置了哭戏作业，本来仇平也没抱希望，没想到过了个元旦假期，她竟然真的领悟了。

监视器里，温荔哭得一把鼻涕一把泪的，看得有些共情能力比较强的工作人员都跟着落了泪。

等仇平喊了"卡"，她都还没回过神来。还是宋砚抱着自己老婆不住地安慰，抽泣声才渐渐停下来。

仇平觉得他对温荔的潜力真是又低估了，等下了戏特意把她找过来，问她是怎么领悟的。

"就按仇导你说的啊，我就是想象那一刻死的是我自己，那是和我们宋老师的最后一面。"

仇平突然喉头一哽，目光闪动。

"我一想到我死了以后，他可能没过几年就找人二婚了，"温荔叹了口气，"难受。男人都靠不住，我还是争取多活几年看着他吧。"

"……"

仇平的那句"你真的好爱他"就这么卡在了喉咙里。

"那就趁着你这个情绪还在，赶紧拍最后一镜吧。"

温荔点头："欸。"

在短暂的人员休息和设备调试时间过后，仇平高声让各单位准备。

"来，大家都赶紧准备，开拍了。温老师最后一镜，待会儿我们就要恭喜温老师杀青了。"

工作人员们齐齐应声。

滨城现在室外温度零下几十摄氏度，他们所在的室内拍摄场地又是影视城内某座由石块围成的地牢，没有集中供暖设施，为了场景还原，这些石块也砌得并不牢固，石块之间缝隙很大，刺骨的寒风"嗖嗖"地往室内灌，哪怕周围架了火堆又有小型保暖设备，所有人还是裹上了厚厚的羽绒衣。

温荔身上唯一一件单薄的旗袍戏服早就被糟蹋得不成样子，她深吸几口气，做好充分的心理准备，一鼓作气掀开了身上的厚毯子，在冰凉的地上躺下。

化妆师蹲在旁边帮她补脸上和身上的"血浆"。

宋砚身上的狐裘大衣虽然比不得羽绒衣，但好歹也能挡风，温荔羡慕不已，冲他招了招手。

宋砚走过来在温荔身边蹲下，她一把薅住他领口处的狐毛，摩挲了几下，感觉好舒服。

宋砚低低地笑了几声，将手里的暖宝宝盖在她的肚子上，又用自己干燥温暖的手帮她取暖。

"坚持一下。"

温荔冷得牙齿打战，吸了吸鼻子，自信地冲他比了个"OK"的手势。

这场是温荔的杀青戏，需要极为饱满的情绪和极强的戏剧张力，仇平把这场戏安排在最后一场，就是希望她能通过之前的铺垫演绎，在最后一场戏中彻底地融入绾绾这个角色。

绾绾死了，死在了冬天，死在了阴冷血腥的地牢里，衣衫褴褛，痛苦万分，狼狈至极。

场务举着打板器，落下清脆的一声，最后一镜正式开始。

这里没有偶像剧那样舒适的拍摄背景，对演员的情绪和台词功底都是极大的考验，在身体和心理的极致重压下，温荔闭上眼片刻，再睁开眼的时候，泪水就顺着眼眶流了出来。

她嘴唇干裂，其中还夹杂着血丝，她艰难地启唇，绝望而无声地向眼前的男人发出请求。

导演和监制都微眯着眼，死死地盯住监视器，将镜头里两个演员每一个细微的表情变化都收进眼底。

宋砚在这一镜头里，对绝望悲怆情绪的释放程度应该是弱于温荔的，温荔的情绪更加外放——因为之前的酷刑，宋绺绺的声带已经彻底坏掉，再也说不出话来，此时是撕心裂肺般哑声大哭；而温亭枫更隐忍，因为剧本设置隔墙有耳，他纵使想哭也不能哭出声，纵使愤怒哀痛到了极点也不能发泄出来。

监视器里，男人下颌颤动，颈部肌肉不断收缩，竟像是也被毒哑了般连一个字都吐不出来，目光哀凄，地牢内映入他眼中的火光忽明忽灭。他没有痛哭流涕，而是吞声忍泪，难过到呕心抽肠。

两个人对情绪采用了两种截然不同的处理方式，一动一静，一外放一内敛，都很好地把握住了角色特性。

当枪声响起时，最后一镜结束，仇平揉了揉眼角，顿了几秒，才低声喊："卡！"

温荔显然还没从刚刚的情绪里走出来，最后一个镜头拍完，她已经完全感觉不到冷了，躺在地上一动不动，整个人哭到有些虚脱，紧紧地闭着眼不肯睁开，胸口剧烈地起伏，还在不停地流泪。

宋砚也没能走出来，闭着眼，低着头，不住地揉捏眼皮，喉头哽咽。

这种爆发力十足的戏后劲很足，演员入了戏，结束之后短时间出不来是很正常的，工作人员也识相地没上前去打扰，等他们从戏里缓过来。

地上太冰，宋砚将温荔抱在怀里安慰。

虽然看着是宋砚在安慰温荔，但她莫名其妙地觉得他抱着她，其实是在安慰他自己。

男人似乎是在害怕什么，呼吸急促，一双胳膊牢牢地圈住她，死死地将人抱在怀里，一丝劲都不肯松，令她动弹不得。

一钻进宋砚温暖宽厚的怀抱，温荔也顾不上能不能动弹了，紧绷的神经瞬间放松下来，顿时哭得更大声了。

仇平啼笑皆非，侧头跟其他人打趣道："不知道的还以为宋砚在欺负自个儿老婆呢。"

温荔的手紧紧地攥着宋砚身上的衣服，虽然脑子已经哭成了一团糨糊，但一听到导演的话，她立刻边抽泣边替宋砚说话："他怎么可能欺负我……"

宋砚一愣，失笑："傻吗你？仇导开玩笑的。"

温荔傻乎乎地瞪着双泪眼，一时半会儿没转过弯来："啊？"

她刚刚下意识地说了什么？

仇平笑得肩膀乱颤："耳朵挺尖啊，宋太太。行，现在我们都知道你老公从来都舍不得欺负你了。"

刚刚还挺沉重压抑的片场气氛顿时变了，在场所有的工作人员都笑了起来，有几个年轻胆大的还喊了几声"温老师这是在向我们炫耀呢"。

最后一镜结束，晚上剧组给温荔特别准备了一个小型的杀青送别宴。

"你这几个月的苦没白吃，我也没找错人。"仇平朝温荔举杯，仰起头，干脆地喝下一整杯酒，大笑道，"老周更没有看错人。"

编剧老周语气略带骄傲地说："我说了吧，缩缩不会让你失望的。"

获得了从导演、编剧到绝大部分看过片子的工作人员的赞美，得意扬扬间，温荔还不忘端着酒杯去感谢宋砚。

"宋老师，我敬你一杯。"

宋砚似乎有些惊讶她要和自己喝酒，不过很快反应过来，朝她举起酒杯。

"你最后那场戏演得太好了，我本来还没那么激动的，我得感谢你。"温荔一本正经地向他道谢，"合作很愉快。"

宋砚笑笑，和她碰杯："也多谢你，合作愉快。"

夫妻俩玩客套，旁边围观的人都在"啧啧啧"。

温荔对宋砚是认真道谢，而宋砚对温荔的道谢也不是玩客套。

她的进步实在太快，下午最后那场戏，他是被她牵动着彻底进入状态的。

宋砚想起了去年《人间有你》官微因为温荔的一句话发的一条微博——"你活着在这世上，对我来说就是最大的惊喜"。

他似乎领悟了这句话的含义——幸好他们生活在和平的年代，等待虽久，但最后还是好好地重逢了。

温荔在四位主演中戏份相对来说比较少，因此最先杀青。

不过，包括宋砚在内的另外三位主演在她离组后的几个星期内也陆陆续续地杀青了。

剧组选择在滨城最冷的几个月拍戏，等终于拍完了，已经开春了。

《冰城》去年开始筹拍，今年年初杀青，经过漫长的后期制作加成片送审，终于在今年上半年开始了正式的宣发。

作为偏主旋律的谍战片,《冰城》的宣发相比其他商业片有天然的优势,关注度极高。

温荔这次的转型轰轰烈烈,从去年到今年都没有进新组拍摄其他影视剧。

她这次如果撑起了角色,就意味着以后在影视剧本上有了更多选择,不再局限于偶像剧这一个类型;如果没有,最多就是被网友嘲一嘲烂泥扶不上墙,地位依旧在,再回到偶像剧的范畴,照样有各种好剧本任她挑选,但后果是她以后再想拿到像《冰城》这样级别的顶级电影资源会难如登天。

温荔和她的团队都不想错过这次绝好的转型机会,因而在电影上映之前,所有人都把精力投入了《冰城》的宣传之中。

这段期间,她跟着剧组跑了不少城市做宣传。剧组宣传也有意借助她和宋砚的热度,电影还没上映,官微就陆陆续续发了不少两个人的剧照和片场物料。在如此卖力的宣传下,再加上其他两位主演都是口碑极好分别拿过最佳男主角和最佳女主角的大前辈级老艺术家,《冰城》的关注程度堪称空前。等到暑期来临,官方还没正式开启《冰城》的电影票预售通道,各大电影评论网估计的预售票房就已经突破了近年院线电影的最高预售票房。

正面的宣传营销开展之后,一定会有负面消息反噬而来。

至于这负面消息究竟是来源于电影出品方或投资方的对家,还是来源于与导演、编剧甚至是主演有利益冲突的同行,那就不得而知了。

在电影正式开启电影票预售的前几天,某问答平台上的一条匿名回答被营销号转载到了微博上。

"演艺圈有哪些听上去离谱儿但是是事实的传闻?"

新回答:"有个一旦曝光就会导致内娱某夫妻的粉丝集体崩溃的真传闻。

"某两个人真的是协议夫妻,去年两个人本来都打算离婚了,结果他们离婚前参加的综艺节目大爆,两个人都吃到了婚姻的红利,男方又顺便帮女方拿到了她自己团队这辈子未必够得上的电影资源,两个人为了利益又达成了新的协议,就没离。"

更新:"现在电影快上映了,就看女方到底是不是扶不起的阿斗。她要是撑不住,到时候搞得票房、口碑双崩盘,害得男方的口碑跟着下滑,说不定男方一气之下真和女方散伙了,到时候粉丝们就等着集体崩溃吧。"

这条爆料的指向性实在太强,一被转载到微博就立刻上了话题榜。

"'盐粒'???"

"我刚喜欢上他们,你就告诉我'盐粒'真的是协议夫妻??"

"不是吧,第二季《人间有你》我刷了好几遍,最后一期看了不下十遍,我觉得他们是真的甜啊!要真是假的,那我只能膜拜,好莱坞欠'盐粒'一个奥斯卡

［摊手］。"

去年《人间有你》播出前，宋砚和温荔是协议夫妻的传闻就一直有，但那时候他们连同框照都没几张，更不要说特意表现出恩爱的模样，演艺圈里的假夫妻多了去了，他们俩哪怕真的是协议夫妻也不稀奇，所以这一传闻只激起了几朵小水花，很快就无人在意了。

但《人间有你》第二季大爆，"盐粒"已经坐实了年少相识又互为初恋的关系，在这一年里吸引了无数人，包括许多东亚观众。最近《人间有你》打算开第三季，虽然两个人不再继续加盟，但仍旧合体为第三季录制了前期宣传片。

所以"协议夫妻"的传闻这个时候被爆出来，负面影响远大于去年。

由此可见，这个爆料是掐准了时间爆出来的，并有意造势闹大。

一时间，骂男方、骂女方的都有，而电影《冰城》还没上映就收到了各种恶意评价。

电影方和艺人方反应都相当迅速，还没等舆论真正发酵起来，就做了最迅速最及时的公关处理。

与此同时，作为宣发工作的一部分，《冰城》向全国部分城市开放点映。

点映第一天，电影论坛上出现了一个帖子。

"买了《冰城》的点映票，现在准备进场。奔着仨优秀电影演员去的，不看好温荔，她的颜值演偶像剧我是服的，但银幕我还是……总之，兄弟们等我看完出来反馈，要真的烂，这雷我先替你们踩了，你们就不用浪费钱了。"

"等楼主反馈。"

过了两个小时，电影的第一场点映结束，楼里等待楼主反馈的人开始催促。

"楼主！！！人呢？？？"

"楼主，你说句话啊！！"

就在楼里呼叫楼主的时候，消失了快三个小时的楼主冒头了。

"我是楼主，我回来了。兄弟们对不住，没坚持住。"

"啥意思？"

"这电影有这么烂？楼主没看完就提前溜了？"

楼主再次冒头："说起来挺丢脸的，快三十岁的大老爷们儿差点儿没哭瞎。我收回主楼黑温荔的话，我爱她，我想给她当铁杆粉丝。"

楼主对温荔的态度转变之快，打了楼里一众等反馈的兄弟一个措手不及。

"楼主，你没事吧？？？"

"楼主，你被盗号了？？？"

"楼主本人，没被盗号。趁着点映票便宜，兄弟们快去看，能薅多点儿电影院的羊毛就多薅点儿，我温荔老婆真的值得！"

"同为男人，我对楼主很失望。"

但无论楼里的男性同胞怎么嘲讽，楼主都无动于衷，帖子也因为"楼主被秒打脸"盖成了高楼。

回帖的人越来越多，回复的语气也从一开始的调侃变成了尖锐的嘲讽。

"哟，温荔团队亲自下场炒作来了？"

"自导自演帖没意思，出楼了，大家都散了吧。"

眼见帖子越盖越高，楼主不得不再次出来说明。

"我没收钱更没有卖号，一帮小妹妹扎堆的地方我也没兴趣，论坛老年人一个。这帖子我不会申删，希望你们能坚持自己的想法，看完电影以后千万别自打脸。当然，你们要爱上了我也不阻止，回这帖子跟我道个歉就成。

"至于我老婆和宋砚是协议结婚的传闻，如果这是真的，那真是太！好！了！看看我！！我没宋砚长得帅，没他会赚钱，但我有一颗比他更爱你的心！！！"

"那什么，我看了下楼主的资料，号很老，零几年就在论坛混了，而且确实是老电影迷，给不少电影写过影评。如果真是拿钱办事，那我只能说佩服，潜伏十几年就为了在这一刻露出庐山真面目下场帮温荔炒作……"

多亏了这个热门帖子，电影论坛里一些原本在《冰城》铺天盖地的宣传下起了逆反心理，并不打算看的电影爱好者最后还是没忍住好奇心，提前买票去电影院看了点映。

点映一个星期后，各个影视打分平台上的评分发生了转变，如潮好评迅速淹没了点映前的那些差评，《冰城》前期因为与某些利益方发生冲突而得到的负面评价慢慢消失。

在购票官方平台开启预售的当天，《冰城》当日的票房和发行方预估的数值大差不差，一个小时内就破了这季度院线电影的首日预售票房纪录。

一部电影想要卖座，前期的宣传不可或缺；可一部电影想要叫座又叫好，电影本身的质量才是关键。

《冰城》目前最大的争议点其实就是温荔，前期网上很多针对电影的唱衰言论说白了就是在针对她。

平息这些争议的最好方法，不是积极公关，也不是冷处理，而是用最好的作品和状态去回击这些争议。

温荔这段时间一直老老实实地跟着剧组去各大城市跑路演做宣传。网上那些说她是扶不起的阿斗，和宋砚是协议夫妻，以此进行利益交换的言论，有丹姐和幕后团队帮她处理，她并没有分心理会，而是争取用最好的状态来面对每一场路演到场支持她的那些粉丝。

"是金律师那边的问题，"陆丹说，"他们律所的实习助理收了出品方竞争对手的钱。不过金律师很专业，他会处理好的，你不用担心。"

温荔终于舒了口气。

原来是利益之争，她和宋砚不过是被拎出来的靶子而已。

终于到了电影正式上映的前一晚，温荔不出意料地失眠了。

她自认为已经在《冰城》里贡献了最好的表演，包括宋砚在内的三个前辈，每一场和他们的对戏，她都受益匪浅，也没少挨仇导的骂。

在拍摄的那几个月里，她甚至都不是温荔，就是宋绾绾。

如今宋绾绾终于要正式登上银幕，接受大众的评审，是好是坏，是成功还是失败，比起那些因为对她个人的喜恶而偏向主观的赞美和贬低，她更在意那些中肯的评价。

温荔这天晚上在床上辗转反侧。

身边的男人平静沉稳的声音响起："别紧张。"

她有些惊讶："你怎么也没睡？"

宋砚："睡不着。"

温荔"喃喃"道："你也会睡不着？"

"这不是很正常吗？"宋砚笑了笑，"无论之前拍了多少部好作品，到了下一部作品，就完全是一个新的开始，紧张和担忧是必然的。"

其实今晚不光是她，所有为《冰城》付出过心血和精力的人都很难安稳入睡，哪怕是在上院线方面已经有丰富经验的导演仇平。

温荔看他也紧张得睡不着，顿时就没那么焦虑了，暗暗地靠过来，攥着他的手指问："你会为我骄傲吗？"

宋砚反握住她的手，轻声说："你一直都是我的骄傲。"

《冰城》首映当天，所有主演来到燕城国家图书馆出席首映礼。除电影团队外，首映礼现场还邀请了不少圈内导演和演员过来助兴撑场面。

坐在观影席上，所有主演跟观众一同随着厅内暗下的灯光进入了银幕中的故事。

二十世纪前叶，对整个民族而言，新的磨难刚刚开始。

老艺术家梁贤华和毛灵饰演的付既明夫妇接到调派通知，北上至滨城，并通过引荐接触了刚回国的温亭枫。

"说来也是讽刺，我读的那些书，还有学校里的老师们，都告诉我自由和人权的可贵。如今呢？"说到这里，温亭枫嘴角勾起嘲讽的笑，"真是虚伪至极。"

付既明夫妇当即确认了这位温少爷的立场。

电影在这里分为双线，分别从付既明和温亭枫两位男主角的视角切入剧情。

付既明和他的夫人陆清玲年少相识，他们的感情就像是从地平线上初升的太阳，炽热且明朗，带给人无尽的希望和力量。

编剧对另一男主角的感情线则是做了全然相反的安排。

大少爷与风月女子的爱情故事，大少爷不顾所有人的反对将其娶进门，这故事听着旖旎动人，实则是镜花水月，压抑绝望。

比起年纪较长又彼此熟识，一个眼神就知道对方在想什么的付既明夫妇，这对年轻的假夫妻对"另一半儿"则是陌生而警惕的。

他们对对方还有戒心，对外却不得不扮作为爱痴狂的恩爱夫妻。

中间有段情节是温亭枫和宋绾绾为做戏，在房间里"胡闹"。

真实情况是两个人一个坐在床上，另一个坐在凳子上，隔得老远，坐在床上的亭枫在推床，坐在凳子上的绾绾在假吟。

场面尴尬且透着股冷幽默，观影席上发出阵阵笑声。

等官员终于离开，绾绾这才收了声音，松了口气，转头想对温亭枫说什么，没想到他直接躺在了床上，背对着她。

宋绾绾不解："少爷，你怎么了？"

床上的男人哑声说："你先出去。"

到底是窑子里出来的姑娘，听到他的声音，又看到他背对自己那稍显狼狈的模样，绾绾懂了。

她的声音实在太好听，唱歌时就很勾人，呻吟时更加勾人。

"呃，是我的责任。"她嗫嚅道，"要不我帮你纾解吧？"

背对着宋绾绾的温亭枫忽地睁开眼，无措地咬了咬唇。

观影席上又是一阵笑声。

温荔也在笑，还坏心眼儿地戳了戳旁边男人的胳膊。

宋砚面无表情地拍开了她的手。

"不用，"温亭枫拒绝了，"你不是风月女子。"

宋绾绾笑着说："可我就是啊。"

"你不是，"温亭枫坚持道，"对我来说你不是。"

"其实我很喜欢念书的，我小时候去书院上过学，那时候先生还夸我聪明，说我学什么都快。"

说到这儿，姑娘攥着手指，声音又低了几分："后来我就没地方念书了。"

床上的男人突然说："你要是喜欢念书，从明天开始我教你。"

宋绾绾愣了愣，目光微微闪烁，轻声对他道了句"谢谢"。

这一晚他们背对而眠，谁都没有睡着。

两个人心里都有感觉，身边的这个人对自己来说好像有些不一样了。

电影前半段的铺垫已经到位，后半段的剧情急转直下。

宋绾绾躺在地牢冰冷潮湿的地上，身上只披着一件单薄的旗袍，旗袍早已褴褛不堪，她对温亭枫摇了摇头，用黯淡绝望的眼神告诉他自己已经等不到被救出去的那一天了：杀了我吧。

温亭枫下颌颤动，几乎将嘴唇咬出血来。

他的妻子死了，他却不能为她放声大哭。

她浑身是伤，死得屈辱又凄凉，而他甚至都不能为她披上一件蔽体的衣物。

"绾绾，不疼的。"

这样带着哄骗的温柔语气，是他唯一能给她的安慰。

她应声，乖乖地闭上了眼。

温亭枫亲手给了她解脱。

电影末尾，灰暗的滤镜消失，画面重新明亮起来。付既明因病离世的那天，他的夫人陆清玲迎来了一位多年不见的好友。

已显老态的温亭枫虽已是满头白发，却仍是身姿挺拔，俊朗沉稳，听说他后来迁至港城，终身未娶。

"这次回来，一是为了祭奠既明兄，二是为了我夫人绾绾的事。我的一位学生来自苏城，恰好认识她的远亲，听说这位远亲的手里还留着我夫人少女时期的旧照。"

电影最后的画面停留在付既明和陆清玲的晚年合照以及由电脑合成的少年少女模样的温亭枫和宋绾绾的合照。

少女时期的宋绾绾穿着学生装，蓝衫黑裙，手里还捧着书，扎着两个麻花辫，那是她最干净美好的年纪，也是她真正的样子。

片尾曲响起，银幕开始播放演职人员表，厅内的灯光亮起，电影彻底结束。

唏嘘声顿起，除了已经看过无数遍电影成片，此时内心波动不大的剧组人员，其他人大都攥着纸巾擦眼泪。

首映当天，《冰城》拿下当日票房冠军。

几个专业影评人也在当天发表了对这部电影的评价。

"一开始，我就对《冰城》的制作班底和演员阵容极有信心，而导演和编剧的功力以及三位优秀电影演员的表现也都如我预料的那样，没有让我失望，但也没有太大的惊喜，因为期望值已经拉到了最大。如果非要说惊喜，对我而言，这部电影最大的惊喜就是温荔。"

…………

"如果说整个剧组都是温荔的老师，那么温荔这个学生，她交出的答卷在我心中是满分。

"坐在电影院里的那两个小时，我不记得她是温荔，她只是宋绾绾。

"我想象不出第二个宋绾绾。"

相当高的评价，尤其是最后两句。

让观众忘记了演员本人的形象，相信他（她）就是戏里所饰演的那个角色，这样的评价是所有为角色倾注了心血的演员都梦寐以求的肯定。

当然，也不是所有人都对剧情毫无怨言。

譬如怀着巨大期望买了电影票进了电影院准备看甜甜蜜蜜谈恋爱的"签字笔"。

首映当天，"盐粒"超话里哀号一片。

"我看前面还以为亭枫、绾绾拿的是先婚后爱的剧本，还在那儿跟我闺密笑得跟俩傻帽儿似的，我果然还是太年轻了！！！"

"家人们，我哭疯了，从电影院一直哭到家，根本停不下来，呜呜呜。"

"悲剧！你'盐粒'第一次合作你给我悲剧？！"

"老师！！！求妙手回春啊，老师！！@美人草三力。"

看过的人大部分是这种反应，让还没去看的人瑟瑟发抖。

"悲剧吗？那算了我还是不去看了［哭泣］。"

"除了悲剧，这电影真的没任何毛病。而且那个年代的爱情悲剧很正常，不要因为是悲剧就错过了一部好电影啊。"

"三力、美人真的演得好！真的！去看吧！别怕！这么多姐妹陪你一起哭怕什么？！"

口碑需要时间去积累、发酵，很快，几日后的票房就打破了首映当天创造的日票房纪录。

之后的票房一路水涨船高，《冰城》拿下周票房冠军，紧接着又拿下了月票房冠军。

在盛誉和直线上升的票房面前，那些意义不明或者不符合部分人期望的差评显得微不足道。

电影的整体基调虽然是压抑的，但所反映的价值观是正向积极的。

可即使是正向又积极的，还是不能掩盖电影的两对情侣中有一对是悲剧的结局。

或许是为了安抚被虐到的观众和"签字笔"，知名剪辑手美人草三力在得到官方授权后，以极快的速度剪出了全网第一个"温亭枫×宋绾绾"的视频。

"［盐粒夫妇前世今生］［温亭枫×宋绾绾］留洋大少×风月女子

"剪辑手：美人草三力

"背景音乐：《多情种》

"视频取材：《冰城》（感谢电影方授权！）

"视频简介：按照惯例先向'盐粒'表白！《冰城》已经看了三遍，后劲太大了，真的是一个很好的故事，希望大家在为美人和三力合作开心之余，也能从亭枫和绾绾的故事中体会到电影想要告诉我们什么。"

电影里已经有大量同框，这次剪辑手终于不必再动用黑科技强行让两个人同框。

温亭枫初见宋绾绾时，宋绾绾纤纤玉指夹着烟，红唇微张吐着雾，美到了极致，也轻浮到了极致。

可那并不是宋绾绾真正的样子，临死前，宋绾绾恳求温亭枫去一趟她的苏城老家。

她用尽最后一丝力气对他说："请替我去一趟苏城，我的家就在那里，我的父母和兄弟姐妹也都埋葬在那里，若我的家有幸还在，请去我的闺房，替我寻一张我的照片，烧给我。"

宋绾绾没有告诉温亭枫，其实她也是有私心的。

她想让温亭枫看看那时的她，如果可以，她想请他忘掉现在肮脏不堪的宋绾绾，只记住那时候的宋绾绾，因为那是她最干净、最漂亮的年纪。

多年后，温亭枫去到宋绾绾的故乡，从她的远亲那儿拿到了她的照片。

他没有履行约定烧给她，而是将这唯一的照片留在了身边。

他留着这张照片，就好像留住了她。

其实，无论是十六岁干净天真的她，还是长大后娇娆妩媚的她，对温亭枫来说都是宋绾绾，都是他喜欢的姑娘。

那个时代的爱情，平淡和幸福仿佛是遥不可及的理想。

温亭枫和宋绾绾谁也不敢说出"爱"字，到头来阴阳相隔，也不知道彼此倾心。

前世的剧情和电影内容大差不差，视频快结束时，风格突然一转。

紧接着出现的是红毯上的宋砚和温荔，他们穿着现代的装束。

字幕落下——

"你相信前世今生吗？"

最后是剪辑手一段长长的感言——

"那个时代凄美绝伦，胭脂和旗袍点缀着女人的容颜，每一缕烟光都模糊着人们的目光，你当然可以热爱那个时代，也可以怀念那个时代的纸醉金迷，但请一定别忘记，几十年前，在同样的土地上，曾有一群年轻的姑娘，她们也正处于花季，她们也曾那样鲜活明艳，她们为了我们，做出了我们无法想象的牺牲。

"敬所有有名和无名的先辈。

"铭记历史，我们将会在阳光下继续朝着更明亮的地方奔去。"

视频结束。

与此同时，《冰城》的几位主演也纷纷发了长微博。

在宋砚屈指可数的原创微博中，他发长微博的概率简直微乎其微。

宋砚：

"十年前，有个女孩子告诉我，她想当演员。那时的她很耀眼，我够不到。

"但我想配得上她。

"后来我成为一名演员，在追逐她的这条路上，我找到了我的个人价值，收获了无数影迷的喜爱。

"我爱她，同样热爱演员这份职业，感谢她对我的回眸，感谢所有影迷对我的驻足。

"很高兴《冰城》或多或少为你们带来了惊喜，这次合作，最高兴的不是她，也不是粉丝，而是我。

"她是我的学妹，也是我的初恋女友。

"如今我终于实现了我的梦想，和她站在了同一盏聚光灯下。

"这份迟了两年的正式说明，终于可以光明正大地向大家炫耀。

"我和十八岁时喜欢上的女孩子修成正果了，她是我的学妹，也是我的初恋女友，她叫温荔。"

长微博的末尾是宋砚和温荔的合照，分别有两张：一张是他们学生时代的合照，穿着校服，很容易就能看出来是电脑合成的；还有一张是他们现在的自拍合照，两个人都在对镜头笑，温荔侧头靠在宋砚的肩上，双手捧脸，笑得羞涩而甜蜜。

一向话痨的温荔这次出乎意料地惜字如金，她转发了宋砚这条微博，只配了一个简单的"［得意］"表情。

"前世今生！！！"

"美人和三力就是亭枫和缩缩的转世！！他们是幸福结局！！！"

"心累，没什么想说的，就想告诉所有的'签字笔'：恭喜你们！！！有生之年你们如此幸运搞到了'盐粒'！！！"

"协议结婚是吗？好！老子现在就宣布，'盐粒'这份协议的期限是一万年！"

至于影视论坛那个变相带动了《冰城》点映的帖子，除了很多层主回来道歉，还有楼主悲伤地发问："三力和宋砚真的不是协议结婚吗？难道我真的一点儿机会都没有了吗？"

"兄弟，宋砚都追了十年才追上，乖，咱别自取其辱了好吗？"

当然，无论论坛上的人怎么吼，宋砚和温荔本人都看不到就是了。

《冰城》的成绩远不止在票房上。

同年，《冰城》入围国内最权威 A 类电影节，共获得六项提名，分别是最佳影片、最佳导演、最佳剧本、最佳美术、最佳男主角和最佳女配角，是今年电影节所有入围电影中拥有最多提名的影片。

温荔在知道自己被提名了最佳女配角的时候，整个人都是蒙的。

这部电影是双男主角，前辈毛灵才是女主角，所以女配角自然是温荔。

"提名即肯定。"仇平特意打电话过来恭喜她，语气比她还兴奋，"就算没拿奖，对你来说也是里程碑式的进步了。"

也不知道他们是不是故意的，电影节开幕当天，温荔穿了身黑色的雪纺礼服，而宋砚穿了身银灰色西装。

这一幕让无数人梦回三年前那张广泛传播的同框图。

但是这一次，被无数闪光灯围绕，两个人大方自信地面对镜头，已经没了三年前的陌生感和疏离感。

这次工作人员再递给他们签字笔，两个人同时在签名板上写下自己的名字。

晚上的颁奖典礼上，会场内富丽堂皇，群星璀璨，镜头扫到温荔和宋砚时，温荔比了个"耶"的手势，然后推了推宋砚的肩膀，非让宋砚跟着比一个土土的"耶"。

负责给最佳女配角颁奖的正好是《冰城》中搭档的前辈梁贤华和毛灵。

梁贤华和毛灵照例打趣了几句，然后梁贤华打开手中的信封，刚看到里面的名字就笑了起来。

"是我们绾绾啊。"梁贤华看向台下，"温荔，恭喜你。"

台下的温荔直接愣了。

她是真没想到。本来她觉得自己在电影这条路上还要拼搏好些年，结果现在直接拿了个最佳女配角，算是朝最佳女主角的门槛跨了一大步。

在场也有很多人相当吃惊，不过《冰城》大家都看过，温荔的表演确实可圈可点，拿这个最佳女配角绰绰有余。

好的剧组、好的导演、好的搭档以及有天赋并且肯努力的演员，天时地利人和，才造就了如此幸运的结果。

"去啊。"坐在她旁边的宋砚说。

温荔提着裙摆起身，刚穿过座位走到过道这儿，就有好些人过来恭喜她。

其中还包括郑雪。

温荔不知道她要干什么，结果郑雪一把抱住了温荔。

"恭喜，迈出了相当大的一步。"郑雪轻声说，"不过我不会输给你的。"

温荔拍了拍郑雪的背，以示恭候。

唐佳人的位子比温荔的稍微靠前，她是前辈，没必要起身对温荔说"恭喜"，而且因为宋砚的关系，她们一直被传不和。

温荔在路过唐佳人的位子时下意识地往她那儿看了一眼，正巧撞上了唐佳人的目光。

唐佳人冲温荔笑了笑，用唇语说了句"恭喜"。

虽然温荔的竞争对手多，但这些竞争对手并不吝啬对她道一声真情实意的

"恭喜"。

温荔上了台，从梁贤华的手中接过奖杯。她虽然没准备致谢词，但听也听过上百次了，于是从导演到合作演员——感谢过去。

梁贤华提醒她："好像还忘了一个人哟。"

"没忘。"温荔咧嘴笑，"最后感谢宋砚老师，千言万语不如一句'爱你'。"

她又开始了，土味情话。

宋砚失笑，冲台上的温荔点了点头，表示自己已经收到了来自她的感谢。

"我感觉我们这个台上好像缺了一个人啊。"一旁的毛灵突然故作疑惑地说，"好像再上一个就凑齐《冰城》的全家福了吧？"

导播立刻机智地将镜头切给了台下的宋砚。

宋砚今天只有一个最佳男主角的提名，不过这个奖项最后才会揭晓，而且这次得奖的大概率是梁贤华前辈，宋砚今天也没有被主办方安排上台主持颁奖的任务，所以全程在台下坐着当观众。

舞台后方的特大屏幕上出现了宋砚的特写，他还没反应过来，坐在他身边的仇平和老周也入了镜，他们反应快，立刻推着他让他赶快上台。

颁奖环节的发言本来就是嘉宾即兴发挥，如今两个颁奖嘉宾让宋砚上台，于是全场的目光都转向了宋砚这边，看热闹似的催促他上台。

宋砚在起哄声中上了台。

刚上台梁贤华就打趣道："来来来，快站到你太太身边来。"

温荔手里还捧着奖杯，表情非常茫然。

她是上来领奖的，怎么他也上来了？

宋砚明显是被赶鸭子上架，两个人都没想到会在颁奖典礼的现场被起哄凑到一块儿。

特写镜头里出现了他们俩有些尴尬又不得不露出微笑的脸。

比起嘉宾，后方的粉丝明显更兴奋，一看到两个人同时站在台上，欢呼声响彻典礼会场。

"哇，粉丝都好兴奋啊。"站在侧方舞台上的主持人笑着说，"来，请导播把镜头切到粉丝席，我采访一下为什么粉丝这么兴奋。"

导播立刻切到负责拍摄观众席的镜头。很多粉丝不愿意出镜，用手上的应援灯牌遮住了脸，有个年轻女孩子在和旁边的人说笑，没反应过来，被镜头抓了个正着，还是旁边的人先反应过来，激动地猛拍她的胳膊告诉她上镜了。

"你好，小姐姐。"主持人笑着问道，"我看你这么高兴，请问你是谁的粉丝啊？"

女孩接过工作人员递来的话筒，小声说："我是'签字笔'。"

这时候，女孩旁边的人夺过话筒，声如洪钟地说道："她很出名的！"

主持人被吓了一跳。

台上的温荔和宋砚也被吓了一跳，但很快反应过来这个熟悉的声音是谁的。

"什么？很出名？"主持人来了兴趣，问道，"那叫什么名字啊？"

女孩又从旁边的人手里把话筒抢了过来，特别不好意思地说："美人草三力。"

在场不怎么上网也不怎么混圈的演员们都没什么大的反应，观看直播的观众却惊呆了。

"这是草老师？！"

"草老师竟然这么娇小可爱吗？！"

温荔："……"

宋砚也愣住了。

"他也很出名的。"女孩觉得不能自己一人暴露，立刻指着旁边坐着的人，把他也给卖了，"这是铁肺老哥。"

如果不是今天主持人一时兴起提到了粉丝席，两位艺人压根儿想不到"签字笔"中另一位知名粉丝铁肺老哥人不如其名，竟然只是个清瘦文弱的小哥哥。

"铁肺老哥？？！！"

"铁肺老哥这看着顶多一百二十斤，肺就得有一百斤重吧？？"

"铁肺老哥和草老师看上去还挺般配的，哈哈哈。"

"那我想问一下，你们对宋砚和温荔在《冰城》里的表演有什么评价吗？"

两个人齐声回答道："演得超棒。"

"那对他们今后可能的合作，粉丝有什么建议吗？"

女孩欲言又止，用胳膊捅了捅身边的人，铁肺老哥也是犹豫了好几秒。

"不是什么专业建议，就是粉丝的私心，可以说吗？"

主持人点头："可以啊，采访粉丝当然是要听到你们的真实想法啊。"

铁肺老哥深吸一口气，豁出一张脸皮怒吼道："那你俩以后多合作有吻戏、床戏的作品成吗？"

他身边的美人草三力以及这一块儿的粉丝纷纷害羞地侧过头挡住了脸。

现场爆发出意味深长的大笑声。

"床戏这个我们今后再期待，但是吻戏的话，他们要想亲给你们看也不用特意接吻戏吧？"主持人"哈哈"大笑，"反正是夫妻啊，现在是不是就能给我们亲一个？"

星光熠熠的电影节颁奖典礼上，嘉宾席前排坐着的都是电影圈的大佬，全都是前辈，这帮前辈也没个前辈的样子，一听主持人这么说，立刻在台下起哄。

"亲一个！"

"亲一个！亲一个！"

被这样一帮不敢得罪的前辈大佬起哄还是第一次，温荔不知道该怎么拒绝，显然有些慌，求助地看向宋砚。

和她的慌乱羞怯不同，宋砚冲她挑眉，眼里都是笑意。他不经常笑，但每次看向她的时候，眼里和嘴角的笑意都有些止不住。

一个演员无论多么擅长表演，有些情绪都是藏不住的。

就像他看向爱人时，脸上溢满了怎么也藏不住的缱绻爱意和温柔。

这次宋砚依旧是人狠话不多，直接伸手抬起温荔的下巴，低下头吻过去。

高朋满座，全场响起欢呼声，他们在人声鼎沸中接吻。

"哇哇哇！！！"

主持人直接对着麦克风喊出了声，台下的前辈们纷纷冲台上投来热烈的眼神。

还站在台上的前辈梁贤华和毛灵没想到向来内敛的宋砚今天会这么大胆，下意识地别过脸，一脸暗喜又不得不非礼勿视的表情。

直播弹幕也在和现场所有的嘉宾、观众一起疯狂。

颁奖典礼进行到尾声，梁贤华获得最佳男主角，《冰城》剧组在六项提名中拿了五个奖项，是今天来参加电影节的剧组中收获最大的一个。

台下都是些演员，术业有专攻，典礼自然需要邀请专业歌手过来助兴。

徐例一个才出道一年的新人歌手会被邀请到权威电影节的舞台上做嘉宾，自然是仰仗了他姐姐的光环。

"是首新歌，还没发行，今天是第一回唱。"在大佬云集的场合，新人歌手有些腼腆，"希望某个人能喜欢。"

在如此隆重的颁奖典礼上，徐例终于暂时卸下了他的吉他，有了音响伴奏，有了雾蒙蒙的干冰和柔和的灯光烘托氛围。

《月亮致你的信》

作词：宋砚、徐例

作曲：徐例

编曲：徐例

你明亮的眼睛，

有点儿打扰他的清净。

吵闹傲慢的狮子，

让金牛脱离了他可掌控的行星轨迹。

…………

你可知自己在他心中来去自如像流星，

害他难过伤心，

却依旧不舍将你从脑海中忘干净。

他没有勇气，
明明无数次想要靠近，
但找不到和你共同的话题。
他将自己所有的彷徨和紧张都给藏进，
伪装平静的心，
和手上那突然失了墨的签字笔里。
他想告诉你，
你回眸的那一瞬光景，
他所有的等待都有了意义。
终于月亮等到了你。

干净温柔的嗓音在最后一声欢喜的呢喃声中结束。

典礼现场鸦雀无声，众人还没从歌曲安静的氛围中出来，而屏幕前的粉丝早已听懂了歌里每一个字的意思。

"家人们，我们被美人写进他送给三力的歌里了，呜呜呜。"

"遗憾未曾参与你们的过去，但今后你们的荣光都有我们陪伴。"

"宋砚！我爱你！温荔！我爱你！听到了吗？'签字笔'永远爱你们！"

颁奖典礼最后在无数掌声中圆满落幕。

当晚的颁奖典礼直播吸引了无数路人点进"盐粒"的超话，一点进去就能看到已经更新的超话简介——

"嘿，你好。

"欢迎关注'盐粒'超话，加入'签字笔大军'。

"宋砚 @宋砚 × 温荔 @温荔 Litchi。

"他们是我们的美人 × 三力。

"他们是彼此的阿砚学长 × 阿荔学妹。

"他们是父母眼中的砚仔 × 温小妹。

"他们是童话里的仲夏月光 × 酒渍玫瑰。

"我圈知名粉丝微博指路→ @导演严正奎 @导演仇平 @写作就是我的一切 @美人草三力 @铁肺老哥。

"仲夏夜晚，蝉鸣不止，那抹银白的月光温柔地落在了他钟爱的玫瑰上。

"敏感的'金牛'也找到了愿意永远宠爱他的'狮子'。

"——世界第一甜，'盐粒'一万年。"

（正文完）

番外一

《月亮致你的信》又爆了。

徐例的商业价值又"噌噌"地翻了几番。

没哪个新人歌手能有徐例如此好的运气,不过他本人真的不太有成就感。

之前爆的《姐姐》,是他送姐姐的生日礼物;现在爆的这首,是姐夫送姐姐的礼物。虽然歌的版权是他的,原唱也是他没错,但他总觉得自己不是因为才华而红,而是因为沾了他姐温荔的光才红。

这两首歌的版权他原本是想直接送给姐姐和姐夫的,但他们都不要。

也是,他们俩在演艺圈的地位比他的高,赚得也比他多,哪儿看得上这点儿版权费?

一首歌火了,往往会出现各种版本的翻唱,最近连某个乐坛大前辈都在某音乐综艺节目上改编翻唱了这首歌。

徐例的唱功其实不如大前辈的唱功,但翻唱版本再好听也不能贬低原唱版本这是规矩,于是原唱徐例的地位还是很稳的。

在某个人眼中除外。

猪:"我觉得他唱得比你好听。"

然后她发来那位大前辈唱歌的视频。

徐例:"哦。"

他的冷淡并没有换来他姐的闭嘴,温荔又"叽里呱啦"地说了一大堆谁谁谁又翻唱了这首歌。

徐例:"你到底想说什么?"

然后温荔的电话就打了过来。

"我看最近网上好多翻唱版本，突然很好奇，为什么这首歌宋老师他自己不唱啊？"

徐例沉默了几秒，淡淡地说："词写好以后，阿砚哥来我们公司试录过。"

"录过？"温荔的语气立马兴奋起来，"唱得怎么样啊？你怎么都不发给我听一下啊？"

"删了已经。"徐例说，"阿砚哥刚出录音棚就让我删了。"

温荔也沉默了几秒，试探地问道："那么到底唱得怎么样啊？"

徐例向来心直口快，吐槽起人来毫不留情，唯独对阿砚哥，因为小时候的"滤镜"，有着难以磨灭的崇拜和尊敬，考虑了半天，非常委婉地说："没有技巧，全是感情。"

"……"

因为徐例的这句评价，温荔对宋砚的歌喉竟该死地在意起来。

于是温荔去网上搜"宋砚唱歌"这一关键词，发现原来不止她一个人在好奇这件事，网友们也很在意。

《月亮致你的信》的词作者明明白白地标上了宋砚的名字。宋砚作词，徐例作曲，送给温荔的一首歌，原唱是徐例很正常，毕竟小舅子是专业歌手，由他来唱最好不过。

这首歌火了，几乎全网都在翻唱，光是音乐软件上名为"各种翻唱版的《月亮致你的信》"的歌单，里面就有好几十首。

也不知道是宋砚自己有意回避，还是真的无人提议，出道十一年了，他至今没在公众面前开过嗓，白瞎了这么清亮磁性的好音色。

歌单下面有不少粉丝留言。

"我觉得这些翻唱版本里少了个宋砚版，家人们，你们觉得呢？"

"虽然梨崽原唱已经很绝了，但还是想听美人版的。"

"楼上+1，那深情又温柔的声音对三力唱……光是想象我已经腿软了。"

"会不会其实美人只在私底下唱歌给三力一个人听？因为这首歌是他写给三力的情书，所以他只唱给三力一个人听。"

"楼上姐妹好会想象。"

"谢谢，已经开始傻笑了。"

温荔："……"

你们想多了吧。

但她又不得不承认，这些评论确实让她有些心痒痒。

她不想直接对宋砚说"我想听你给我唱情歌"，这太不符合她高傲的性格，于是她只能暗暗地试探，比如找一个难得两个人都没有通告在家里休息的一天，躺在沙发上看电视。

她特意选了个音乐节目看，每个歌手上台唱歌她都要点评一通，然后说："唱得很好，可惜音色不是我喜欢的。"

宋砚对这种节目没什么兴趣，也不懂唱歌方面的专业问题，温荔点评一句他就附和地"嗯"一声。

温荔看他没什么反应，又说："我觉得你的音色不错。"

宋砚看着她："啊？"

"要不你唱两句我听听？"温荔说，"我给你点评一下。"

宋砚挑眉，顿时懂了她拐弯抹角的到底想干什么，笑了笑，婉拒道："我就不在关公面前耍大刀了。"

"我也不是专业的啊，只是训练过一年而已。"温荔立马又谦虚了起来。

"不了。"

他态度坚决，温荔顿时想到了粉丝们的评论。

什么只唱给她一个人听，都是扯淡。

温荔生了闷气，居然在心里责怪起粉丝，都怪那帮粉丝把她的期待值无限拉高，现在宋砚不肯唱歌给她听，害得她被拒绝。

"算了，"她一生气就有点儿口不择言，"说什么送歌给我，现在你送我的歌全网都在翻唱，我听了几十个版本了，就是没听你唱过。"

"你弟弟不是唱了吗？"

"我弟唱的能跟你唱的比吗？"

宋砚哭笑不得："他是专业歌手。"

"这跟专业有什么关系啊？你唱的跟那些专业歌手唱的意义就不一样。"

宋砚垂眸打量她："怎么不一样？"

"算了，算了，"暗示到这份儿上他还不懂，那温荔还能怎么办？她佯装满不在意地说，"不唱就算了。"

然后她直接关掉电视，打算回房间生闷气。

宋砚拉住她，轻声解释道："之所以让你弟弟唱，是因为我唱歌没有他唱歌好听。"

温荔说："我情人眼里出西施，你还怕我嫌弃你吗？"

宋砚："你会。"

他太了解她什么德行了。

温荔瞪大眼："你就这么不信任我？你不是很爱我的吗？"

宋砚不知道为什么就扯到爱不爱这个问题了，被她逼得无奈，近乎恼羞成怒地说:"我追了你十年,现在人是你的,心也掏给你了,还不爱?"

温荔愣了一下,本来是赌气随口说的一句任性话,没想到他竟然真的回答了。

她也不是真的生气,就是耍耍小姐脾气而已,很懂得见好就收,立刻轻哼,扭捏地道:"那有多爱啊?"

她全然忘了自己刚刚有多高傲。

猫嘛,就是这样的,它表面对你不理不睬,但你要伸手给它顺毛,它还是会发出愉悦的"咕噜"声。

她倒不是故意装傻充愣,就是和宋砚腻在一块儿,气氛到了,本能地在和对方调情。

吵架是永远吵不起来的,一个纵容,另一个又特别会见好就收。

宋砚真是又好笑又无奈,但他又实在非常享受现在这样被她闹,捏了捏她耸起的鼻子,低下头亲她。

"还想以吻缄口啊你。"她眨眨眼,故意埋汰道,"这是作弊。"

温荔哪儿知道自己这时候自以为是在捉弄男人的样子有多可爱。

为了表示自己没有作弊,之后宋砚就把人压在了沙发上。

"大概就是这么爱你。"他喘着气,边撞她边对她低语,"懂了吗?"

番外二

温荔知道此时自己是万万不能嘴硬的。

"懂了,懂了。"

她莫名其妙地想起了一句土味情话:"如果爱,请深爱;如果爱,请用力爱。"

宋砚笑了笑,从额间沁出来的汗滴在温荔的锁骨上。

半晌,等她的骨头彻底酥了,他才松开她,俯下身,一边低下头又去吻她,一边平复自己急促的心跳。

温荔不甘心,趁机轻轻地咬了口他的唇。

"咬我做什么?"宋砚含糊地问了句,也咬了一下她的唇。

温荔:"唱歌。"

温荔刚刚神志都快被他撞飞了,现在找回神志后,她的第一反应就是继续两个人刚刚的话题。

宋砚没想到她会这么倔强,揪着这个话题不放,看来是真的很在意。

他叹了口气,将人抱在怀里,试图说服她:"真的不好听。"

温荔开始战术性恭维:"人无完人,你长得这么帅,光是脸就足以弥补一切。"

宋砚素来淡定的脸上难得地露出了无奈又为难的表情。

温荔用期待的目光看着他,一双眼亮晶晶的。

"宋老师?"

宋砚不说话,喉结上下滚动,似乎内心正在进行激烈的挣扎。

她突然伸手环上他的脖子,稍微仰起头亲他的鼻尖,换了种称呼:"学长。"

宋砚坚挺的心理防线瞬间崩塌了。

他低下头,将唇贴近她的耳朵,在她的耳边轻轻唱了起来,呼吸像羽毛一样摩擦着她的耳朵。

听徐例唱和听宋砚唱的感觉果然是不同的。

徐例的音色更有少年气，清朗明澈；宋砚刻意压低了嗓音，显得低缓深沉，但很容易听出他的不自信。

不知道为什么，明明是有瑕疵的，温荔却好喜欢。

他只唱了一小段，然后就把头埋进她的颈窝，佯装睡着，不说话了。

温荔评价道："好听。"

宋砚依旧没说话。

紧接着，她的下一句冒了出来："就是有点儿走音。"

当然这也不能怪宋砚，只能说老天爷没给他吃这碗饭的天赋，把他的天赋全点在智商和演技上了。

宋砚皱眉："……"

他莫名其妙地想到了以前念书的时候，她过来看他们打篮球。

那时候他的目光依旧落在球场上，没有人看出他其实有些心不在焉。

投进一个三分球后，柏森最先激动地跑过来抱住他，一边用力地拍他的背一边兴奋地说："帅啊，兄弟！"

她刚刚有在看自己吗？

她有看到刚刚的那个三分球吗？

有柏森在身边，十几岁的宋砚什么也不能对她说，想着或许能用这种方式把她的注意力吸引过来一些。

中场休息时，他听到柏森很得意地问温荔："看到你哥我刚刚的篮下投球了吗？帅不帅？"

"拿一分而已，看把你嘚瑟的。"温荔毫不客气地埋汰柏森，然后用下巴指了指旁边的少年，"刚刚宋砚学长那个三分球难道不比你的帅？"

一旁的宋砚握着水瓶的手不自觉地紧了紧。

很快，温荔和柏森又把话题扯到了别的地方，宋砚唇边的笑意却一直延续到中场休息结束。

他也是骄傲的，也有攀比心，所有的事都想做到完美。

他希望自己在喜欢的女孩面前永远都是完美的。

十几岁的宋砚如此，现在的宋砚依旧如此。

完美的形象被打破了，他不咸不淡地问道："嫌弃了？"

温荔立刻否认："没有，绝对没有。"

宋砚勾了勾唇，送给她一个意味不明的眼神。

"你能不能再唱一遍给我听啊？"温荔突然来了兴致，"我用手机录下来，这样以后我想听的时候,你就不用再给我唱了,我听录音就行。"

宋砚终于恼羞成怒地笑了:"别得寸进尺。"

温荔缩了缩脖子。她对宋砚的印象一直都是他很帅,很优秀,无论做什么都是完美的,好像找不出缺点,但随着他们的感情越来越好,他渐渐朝她暴露出一些普通男人的缺点,但这些缺点在她的眼中全都微不足道。

甚至可以说,这个男人在她的眼里就是好到连缺点都是可爱的。

温荔盯着他说:"你现在好可爱啊。"

宋砚听她夸过几回,对作为男人被夸可爱这件事有了抵抗力,于是也没多大反应,平静地夸了回去:"没你可爱。"

他冷淡的反应非但没有劝退温荔,反倒让温荔更兴奋了,她一脸被萌到的表情,突然将他抱了个满怀。

"你最可爱。"温荔"嘿嘿"笑,"我们宋老师又帅又可爱。"

被个姑娘跟抱大型玩偶似的抱在怀里蹭来蹭去,身体和心理上,宋砚享受又不太享受。

等终于被蹭出火来了,他低"啧"一声,彻底没了耐心,一把将人压住。

荒唐的午后,窗帘都被拉上,不过还有一丝光漏进来,映出温荔此刻柔弱无力的模样。

她浑身上下只有嘴还是硬的,明明已经无力承受,却还不忘抱怨:"你又不可爱了。"

她的样子燎原般点燃了宋砚的心房,他笑了两声,低沉的嗓音里带着几分急促:"可爱能治得住你吗?"

反正到最后,温荔虽然听到了宋砚唱歌,心满意足,但在身体上付出了巨大的代价。

下午突然来了兴致的胡闹让两个人夜间的临睡时间变得纯洁。

靠《冰城》获奖后,温荔的电影剧本选择就多了起来,一般是陆丹先帮她筛掉一批,再让她自己选喜欢的。

刚刚陆丹又发来了两个剧本。

温荔看了,觉得这两个剧本差不多,她都不是很感兴趣,挑不出来。

丹姐:"要不让你老公给个意见?"

于是温荔把那两个剧本给宋砚看,问他哪个好。

今年《冰城》一连入围好几个电影奖项,宋砚和另一位男主角梁贤华共同被提名最佳男主角,不过前辈到底是出道多年,银幕经验丰富,拿下最佳男主角的桂冠实属预料之中。

梁贤华上台领奖的时候，还特意提到了宋砚，说长江后浪推前浪，他等着下一次为后浪颁奖。

宋砚挑剧本的眼光一直很高，在这之后，整个团队对剧本的选择更加上心，不会因为追求宋砚和太太再次合作的机会而对剧本放低要求。虽然现在网上希望两个人二搭的呼声很高，但好剧本不是说来就来的，即使其中一方满意，也需要同另一方交涉，所以合作还需要再等机会。

宋砚看过剧本后，和她讨论了一些内容，最后问她："你喜欢哪个？"

温荔："都还行吧。"

她反应平淡，就说明对这两个本子都不是很感兴趣。宋砚当然看出来了，于是建议道："那就再看看吧。"

本来温荔还挺犹豫，可是一听宋砚的建议，发现正好和她的想法对上，再加上他在银幕上是她的前辈，顿时给她增添了不少信心——要耐心等待，好本子不怕晚。

她把意思转达给陆丹，陆丹倒也没坚持，告诉她："你才转型成功，目前还需要保持曝光度，不能沉寂太久。剧本可以再挑，但既然最近没有进组拍戏的打算，那就多上综艺节目露露脸吧。"

上综艺节目无所谓，温荔全权交给经纪人替她决定。

陆丹替她答应了一档音乐综艺节目的邀约——作为飞行嘉宾去录制一期。

节目上，温荔作为嘉宾唱了首歌。她受过专业训练，站桩唱歌是没什么大问题的，一首歌唱完，其他嘉宾都是一顿猛夸。

其中有个嘉宾还特意提到了徐例："我想问问这是遗传吗？姐弟俩唱歌都这么好听。"

温荔没听她爸妈唱过歌，所以也不清楚是不是遗传，含糊地道："可能是吧。"

另一个嘉宾立刻又提起了宋砚："那我想知道你老公宋砚唱歌到底怎么样啊？"

没想到温荔直接笑了起来。

"宋老师唱歌很好听吗？"

温荔"哈哈"大笑，等笑够了就吹道："好听！天籁之音！人间难得几回闻！"

节目组和众嘉宾都被唬得一愣一愣的。节目播出以后，网友们也被唬得一愣一愣的。

后来，宋砚的歌声是天籁之音这事不知道怎么的越传越广。这本来也没什么，直到某领导听到这个传闻。

宋砚本来就是圈内的模范艺人，每年台里搞主旋律晚会颁青年奖大多有他一份儿。

有了这个传闻，今年晚会不再只是请他过去当嘉宾了。

经纪人柯彬把这个好消息告诉他："今年上头搞晚会，想邀请你去和国家队级别的歌手合作唱开场曲。"

　　宋砚以为自己听错了："什么？"

　　"这还得感谢你太太。"经纪人重复了一遍刚刚的话，并欣慰地道，"都天籁之音了，就别藏着掖着只私底下唱给你太太听啊，上晚会唱给大家听。"

　　宋砚："……"

　　天籁之音的门槛现在这么低了吗？

番外三

到底是该感谢老婆帮他拿了个好资源,还是该怪老婆瞎吹他的歌喉,宋砚不清楚。总之,为了这个晚会,他临时抱佛脚去学了个声乐。等上晚会唱歌的时候,多亏还有身边的专业歌手带着他唱,这首歌算是有惊无险地完成了。

晚会的这几分钟被某个专业做音乐鉴赏的博主截下来传上网。这位博主是出了名的耳朵厉害,专业歌手有时候出错了都会被他拎出来嘲讽。

结果到了宋砚这儿,博主风格大变,从往常的犀利无情变成了温和慈爱,于是在网友论坛引发了热议。

0L:"音乐圈那位著名的犀利哥对宋砚这'滤镜'得有一万米厚了吧?"

1L:"呵,你以为'你区白月光'的名号是说说而已吗?"

3L:"别说犀利哥,就连我爸妈那天晚上看晚会都夸宋砚,说作为一个演员,唱得很不错了。这充分证明,大众好感度不高,你现场唱得跟录音版的一模一样都是难听;大众好感度高,你唱跑调都是天籁之音。"

4L:"其实也没说错啊,音色满分,所以抵消了技巧上的缺陷。"

10L:"这就一万米啦?那温荔对她老公的'滤镜'岂不是有十万米厚?"

20L:"说实话我还挺好奇,'盐粒'要是生了孩子,那他们孩子的唱歌天赋到底是好还是不好?"

30L:"应该好吧,毕竟温荔和她弟都很有音乐天赋,大概是基因遗传,肯定会遗传给下一代的。"

35L:"学过生物的都知道,遗传这东西是有概率的,万一遗传到宋砚的音乐基因怎么办?"

55L:"'盐粒'自己都没考虑生孩子的事,你们倒是挺操心的,哈哈哈。"

后面楼就歪了。

"就我一个人不在意孩子遗传美人和三力谁的基因比较多吗？"

"做不成他们的老公老婆，那就做他们的儿媳女婿！"

"楼上的也太能等了吧，这一等起码二十年。走迂回路线，OK？我们梨崽还是单身，我已经拿着爱的号码牌等着当'盐粒'的弟媳了。"

后来，关于这次音乐点评的话题一上热搜，又一拨人因为姐姐姐夫而拥进徐例的微博，嚷嚷着要领取爱的号码牌。

徐例跟他姐平常很难见面，终于等到某次回家吃饭的时候，把这事跟温荔说了。

"你和阿砚哥的事能不能不扯上我？"徐例没好气地说。

温荔没好气地说："我和宋老师帮你吸引粉丝你还不乐意了。"

徐例冷哼道："这吸的是粉丝吗？"

"不是粉丝是什么？油条啊？"

"……"

徐例抿唇，不自在地别过脸，不理他姐了。

等上了桌，姥爷照例在桌上问起姐弟俩最近工作和生活方面的情况。

"快进组拍新电影了。"温荔直接替身边的宋砚说，"他也是。"

"你俩一起？"

"没，分开的。"

姥爷有些失望地说："之前你俩拍的那个谍战片挺不错的，我还以为这次又是合作。"

《冰城》的题材狠狠地戳中了老人家的心，比起年轻人来，他离那个苦难的岁月更近，也更加有共鸣，所以电影上映之后，老人家还自掏腰包在好几家电影院包了场，并且让温衍发通知下去，从集团的燕城总部到各大城市的分公司，所有员工都有免费看电影的福利。

很多公司都会举办这类请员工看主旋律电影的活动，着实替《冰城》挣了不少票房。

"就因为之前合作得不错，第二次合作才要更加谨慎啊。"温荔笑眯眯地说，"起码不能让姥爷您失望。"

老人家笑了两声，心里暗爽，嘴上却道："说得好像你俩是为我才一起拍电影的，贫嘴。"

问完外孙女，老人家又问外孙子："小例，你呢？"

徐例："在写歌。"

简单明了的回答，老人家不懂写歌，点了点头，没再问他工作方面的事情，问起了别的："那感情方面呢？找女朋友了吗？"

徐例刚想说什么，温荔先插嘴了："姥爷，您不知道，现在好多人都管他叫老公。"

"哦？真的吗？"老人家很吃惊，"嘿，你个臭小子还挺多情啊。"

"……"

长这么大恋爱经验还为零的徐例突然就被扣上了个多情的帽子。

老人家说完外孙子还不忘说儿子。

小儿子温征最近因为女朋友的事和家里闹翻了，这次家庭聚餐也没回来，老爷子的炮火就集中在了大儿子温衍身上。

"你外甥都比你厉害。"老人家斜眼，朝大儿子"哧"了一声，"三十多岁的人了，连个女朋友都没有，像话吗？"

一旁的温荔幸灾乐祸地捂嘴，笑得特别开心，宋砚却替她叹了口气。

果然，下一秒，温衍就把炮火转移到了温荔身上。

"爸，您催我也没用，还不如直接催您外孙女。"温衍瞥了一眼外甥女这小两口儿，似笑非笑地道，"争取快点儿抱上个曾孙。"

还不等姥爷说话，温荔抢先表示："我是事业型女性。"

老人家张了张嘴，只好说："行吧，那我就争取再多活个几年。"

他看了一眼温衍："争取活到你结婚。"又看向温荔和宋砚："你俩生孩子。"再看向徐例："你收心找个正经女朋友。"

这话说得在场的几个人都差点儿以为自己有多不孝顺，欺负了老人家。

女艺人的花期很短，温荔想要趁着自己还年轻多拼事业，谁催也没用。

好在宋砚对生孩子这事也不太热衷，网上关于他们俩孩子的猜测也就闹了一阵，很快就被新的八卦消息淹没。

姥爷提了那一回后就再没提，因为他心里清楚，外孙女大了，有了自己的家庭，也有了自己的事业，姥爷和舅舅是彻底管不住她了。

直到又过了好几年，温荔拿到了属于她的最佳女主角桂冠，这事才又被提起。

不过老人家还是没跟外孙女明说，去找了孙女婿。

"阿砚，"姥爷问，"我认识的大夫还挺多的，男科的也有，要不你找个时间见见？"

这句话的潜台词已经很明显了。

当然，宋砚也不能怪姥爷，毕竟温荔是他外孙女，姥爷的心肯定是偏向温荔的。

宋砚啼笑皆非，没有在意姥爷的话，但后来在跟自己父母的视频通话中，这个问题又被提及。

论传统，其实宋家的思想也很传统，不比温家开放到哪儿去。

宋父很不擅长应付儿媳妇这种活泼的性格，趁着儿媳妇在通话中去上洗手间，酝酿了很久的他终于开口暗示儿子："你是不是哪里有问题？要不你去医院检查看看？"

温姥爷和宋父之间还有芥蒂没消除。温姥爷心虚，不敢凑上去找骂；宋父脾气倔，不肯轻易和解。除了逢年过节，两个人是能不联系就不联系，唯独在这件事上挺默契的，温荔和宋砚不生孩子，两个人的第一反应都是宋砚这边有问题。

宋砚："……"

宋母拍了拍丈夫的胳膊："你个老头跟儿子说什么呢？"

宋父表情尴尬，不说话了。

"随意呀，生孩子这件事最辛苦的是温小妹，当然要以她的想法为主，妈妈不急的。"宋母说，"而且你们两个还这么年轻，多过几年二人世界也好啊。"

正好这时候温荔回来了，刚巧听到了婆婆的这句话，立刻摆出一副恃宠而骄的样子。

宋砚看到她的样子，笑着挂掉电话，冲她招了招手。

温荔走过来在他身边坐下，顺势把头靠在了他肩上。

她明知故问，语气愉悦："刚在跟你爸妈打电话？"

"嗯。"宋砚捏着她的鼻子，低低地说，"真受宠啊你。"

无论是娘家还是婆家，都这么喜欢她。

温荔得意地仰起下巴，抱着宋砚的胳膊说："没关系，他们宠我我宠你嘛。"

宋砚睇她，懒懒地"嗯"了一声。

"那等我们有了孩子呢？"

温荔笃定地道："也最宠你。"

半晌，他又问："那你更爱谁？"

温荔"嘿嘿"笑了两声，觉得这男人有的时候真是固执得有些幼稚，而这种幼稚只有她一个人才看得到。

她笑起来的时候眼弯弯的，平时爱嘴硬，但某些时候又很会说话，每一句甜言蜜语都能重重地砸进宋砚的心底。

她搂着他的脖子说："那当然是更爱你啦。"

宋砚就吃这套，嘴角不自觉地勾了勾。

可怜的宝宝，在这人世间还没影，目前连个受精卵都不是，就因为被担心分走妈妈的心而被爸爸当成了"敌人"。

番外四

在姥爷和父亲的催促下，宋砚仍旧没有去看大夫，因为他很清楚自己到底行不行。

那必须行。

演艺圈隐婚生子的艺人不少，但温荔实在没必要，她和宋砚的恋情从一开始就是公开的，宋砚不需要靠单身形象吸引粉丝，温荔如今也转型成功，有好消息自然可以光明正大地和网友分享。

这次怀孕，温荔在辛苦的同时等于给自己放了个长假。

宋砚也放了假，为了不被太多媒体记者打扰，他特意陪温荔去到澳城待产，这些日子全程陪护，直到温荔顺利地生下宝宝。

夫妻俩并不在意孩子的性别，所以也不打算提前知道，想要保留这份惊喜直到孩子出生。

这也就导致宝宝出生以后，因为身体不好不方便到澳城来陪护的姥爷第一时间打来电话，在手机里一直问："男孩女孩啊？"

特意从燕城赶过来的温衍为了不打扰温荔，特意到走廊里接这个电话。

温衍微笑道："是男孩。"

手机屏幕里的老人家没憋住，下意识地感叹了一声："啊，不是女孩啊……"

听出老人家的失望，温衍问道："怎么？您不喜欢男孩？"

"也不是，只要是我外孙女生的，甭管男女我都喜欢，就是……"老人家皱了皱眉，嘟囔道，"就是，咱家男孩子也太多了吧。"

不过也只有姥爷这么想，徐时茂就傻乐。生男生女他都乐意，当知道母子平安后，还特意掏出了妻子温微的旧照片，向照片里的妻子汇报女儿和外孙平安的消息。

和父亲、舅舅的反应都不同，听到是个男孩，徐例反倒松了口气："还好是男孩。"

温荔听到这话就不乐意了:"你什么意思?怎么?看不起女孩啊?"

"不是,"徐例语气极淡,"我是想,万一你以后生了二胎,这俩孩子要不就是兄弟要不就是兄妹,我外甥总算不用跟我受一样的苦了。"

温荔愣了几秒,反应过来,笑骂道:"我对你难道不好吗?!"

"好不好你心里有数。"

温荔撇撇嘴,嘟囔道:"还好我是大的那个,你要是我哥,我还指不定被你欺负成哪样呢。"

"你以为谁都跟你似的,没个姐姐样。"徐例也撇嘴,"我要是哥,绝对比你做得好。"

温荔冷笑道:"那徐例哥,我这刚生完,身体还虚弱着呢,你就跟我吵,你别是咱爸妈当年从垃圾桶里捡来的吧?"

徐例没搭理温荔,挑了挑眉,用棉签替她润湿她干裂的嘴唇。

温荔翻了个白眼,其实心里美着呢。

徐例动作很轻,带着笑意说:"妹,辛苦了。"

"嘿,反了你,敢占我便宜!"

两个人又拌了两句嘴,等宋砚和宋母从医生那儿回来,徐例立刻将棉签丢给宋砚,板着脸说:"太难伺候了,还是阿砚哥你自个儿来吧。"

宋母不明所以,宋砚却是面带笑意,侧头意味深长地看了一眼躺在床上的温荔。

看她还有精力跟弟弟吵架,他一直绷紧的神经终于在这一刻彻底松懈下来。

出院的时候,宋砚全程护着太太和孩子。闪光灯几乎要照瞎人的眼睛,温荔戴着墨镜和口罩,将自己遮得严严实实,向媒体宣布这是一个男孩子。

温家都是大老爷们儿,在这方面没有经验,也不方便,好在有宋母的精心照顾,温荔的身体恢复得很快。

什么都不用担心,专心养身体的温荔每天在家乐呵呵地过着,人自然也就懒了,有时候吃个水果都不愿意自己动手,张着嘴等人喂。

"我发现生孩子也不是没好处。"温荔满足地说,"这日子过得也太舒服了,还生吗咱们?"

"不生了。"宋砚边给她喂水果边说,"就养这一个吧,我心疼。"

温荔嚼着水果,一边的脸颊鼓起,她含含糊糊地说:"可是我听说男孩会像妈妈。"

宋砚顺着她的话问道:"嗯,怎么了?"

"你长得这么好看,我想再生个跟你像的。"温荔盯着宋砚的脸说,"不然也太浪费你这张脸了。"

宋砚微愣,随即低笑道:"行,那我努力。"

温荔表态:"你放心,我也会出力的。"

"出什么力？"宋砚低头在她的耳边悄声说，"娇气鬼，你那个腰动的，也叫出力？"

温荔很快反应过来，咬唇忍笑，用力地捶了一下宋砚，故作严肃地说："光天化日，少耍流氓啊。"

被打的地方有些酥痒，宋砚没忍住去吻温荔的耳朵，缓慢而暧昧地呼出气，又捻了捻她的耳垂，还轻轻地咬了一下，惹得她心脏酥麻。宋砚明摆着就是在调戏她，她当然不甘示弱，搂着他的脖子亲过去。

两个人渐渐都有些气息不稳，呼吸也随着唇齿不知餍足的亲昵和纠缠变得急促起来。

宋砚最后叹了口气，松开唇舌，又捏着她的手心把玩，含蓄地低声埋怨道："快一年了。"

"我们宋老师好可怜哟。"

她有的时候真就挺欠揍的。

不过宋砚在某方面特别霸道，从不惯着她。

他目光深沉，声音低哑："少幸灾乐祸，给我等着。"

温荔"喊"了一声。

女演员的自制力不是盖的，在调养好身体后，温荔很快开始了她的饮食管理和产后恢复，等她再次出现在公众的视野中时，已经完全是怀孕前的状态了。

温荔说的果然没错，男孩真的长得比较像妈妈，小温彬长到几岁的时候，稚嫩的模样就是个男版的小温荔。

几年后出生的小宋嘉就像爸爸一些。

为了回馈粉丝，在小宋嘉出生后，温荔决定和粉丝们分享她的幸福，打算拍个家庭vlog（视频日志，通过拍摄视频记录日常生活）发到微博上去。

说是家庭vlog，其实就是炫娃vlog，大家都已经很熟悉宋砚了，所以不需要他出镜，温荔把他拉过来当摄像师。

"现在没出镜的是我们宋老师。"温荔冲镜头招了招手，"因为他要给我们拍视频。"

"大家好，我叫宋温彬。"小温彬指着旁边的小宝宝，字正腔圆地说，"这是我的妹妹，她叫温宋嘉。"

为了缓解儿子的紧张情绪，温荔引导他说："那现在你要做什么呀？"

小温彬立刻记起自己的任务，说："我要照顾妹妹喝奶。"

温荔欣慰地看着儿子，揉揉他的脑袋夸奖道："我们阿彬真是个好哥哥。"

小温彬得意地耸了耸鼻子，表面上却跟个小大人似的，淡定地表示："妈咪这么大的人了，在家还总是要爸爸喂她吃东西，妹妹还这么小，我喂妹妹喝奶是应该的。"

温荔："哎，不许说这个！"

小温彬立刻闭嘴，又看向拿着相机的爸爸。

温荔也看着宋砚，命令道："这段记得删了。"

宋砚挑眉，慢悠悠地"嗯"了一声。

以温荔对这个男人的了解程度，她一听就知道他在阳奉阴违。果然，在发出的vlog中，这段没有删。

"男版三力！！！好可爱！！！"

"虽然很像三力，但我还是要说，这是个小美人啊！！！"

…………

虽然宋砚全程没有出镜，不过所有观看者都能听到拍摄这个vlog的时候，他那温柔到极致的笑声。

"这个画外音的笑声，我整个人都酥麻了！"

弹幕都很给面子地在夸这一家，直到小温彬把平时在外人面前不会展露的老底给掀了。

"三力，没想到你是这样的人。"

"怎么回事啊，温三力？都这么大的人了，在家还要老公喂东西吃？"

"嗯？怎么喂的？用什么喂的？给我们看看。"

"哈哈哈，我们三力也还是个宝宝！"

"仗着美人宠你，无法无天了是吧，温三力？"

…………

小温彬还不认识几个字，于是爸爸负责给他念那些弹幕和评论。

不认识字但是能理解部分意思的小温彬奶声奶气地问道："为森（什）么他们都叫我'小美人'啊？"

小温彬知道妈咪的外号叫三力，爸爸的外号叫美人，此时他已经有了性别意识。他还没搞懂为什么爸爸一个男人会被取"美人"这个外号，那些网友就开始叫他小美人了。

当然，小温彬搞不懂的地方还有很多。

"妈咪，为森（什）么他们都叫你'三力宝宝'啊？你已经是大人了，妹妹才是宝宝吧。"

温荔破罐子破摔，厚着脸皮说："你不懂，妈咪我就算八十岁了也还是宝宝，不信你问你爸爸。"

小温彬懵懂地看向爸爸。

爸爸笑着点头："是的，妈咪无论多少岁，都永远是我的宝宝。"

小温彬虽然还小，什么都不懂，但还是被激起了一身鸡皮疙瘩。

所有家庭幸福的小朋友，人生中第一次被肉麻到，一定是因为父母啦。

番外五

宋砚刚学会国语那会儿，父母带他去燕城玩。

那时候他还是"宋小少爷"，小小年纪就有了一身骄矜自负的坏毛病。当父亲的好友温兴逸给他看外孙女的照片时，他只是轻轻地扫了一眼，然后直接拒绝了。

宋母问他："砚仔，你不想跟温小妹交个朋友吗？"

他摇头。在燕城待的这段日子，其实他对谁都态度冷淡，不过因为父母的关系，没有人会斥责他不礼貌。

其实，他是觉得自己的国语还不够好，不想暴露口音，于是尽量少说话。

本以为之后两个人不会再有交集，结果阴错阳差，在父亲破产后，他接受了温兴逸的资助，再次来到了燕城。

这时候宋砚的国语已经学得很不错了，只是性格依旧糟糕。

他没有主动交朋友的习惯，而柏森恰好和他是相反的性格。

豪门出身的少爷们性格各异，有宋砚这类高高在上，习惯拒人于千里之外的；也有柏森这类张狂轻佻，却容易接近的。

柏森主要是因为这个叫宋砚的转学生，无论从哪方面看，都已经威胁到了他英德国际实验学校扛把子的地位，于是对转学生格外注意。

后来柏森想出了个绝世妙招儿，那就是与其敌对，不如把宋砚拉过来做他的小弟，这样小弟就威胁不到大哥的地位了。

柏森心里的算盘打得响亮，结果他却压不住宋砚的气场，两个人没发展成大哥小弟，反倒成了朋友。

随着两个人的关系越来越好，柏森有个青梅竹马这件事宋砚自然也知道了。

有些人第一面就能给人足够深刻的印象，温荔就是这样。

那是他曾经的未婚妻,虽然那只是双方长辈开玩笑口头约定的"娃娃亲"。

曾经的未婚妻现在有了青梅竹马,是他的朋友柏森。

那时候宋砚对温荔其实并没有什么特殊的占有欲,甚至以讽刺的心情回想起和她曾有过的短暂交集,再对比如今的完全陌生,回想起他和她截然相反的人生轨迹,他终于明白,从前的自命清高,不过是躲在父母羽翼下的狐假虎威,没了父母,自己什么都不是。

这样的落差让宋砚心情复杂,他的疏离让同样高傲的温荔感到被冒犯,于是两个人对对方的态度一直都是不冷不热。

两个人的关系发生转折是在那次放学后,她自以为是地"出手相救"。

她替他出了气是真的,可多管闲事也是真的。

他们的关系到底算好算坏,宋砚开始有些吃不准了。

越是想不通,就越是好奇,也越是注意,于是他不可避免地被她吸引。

少女时期的温荔没什么烦恼,非要说有的话,那就是她的梦想。

那时就连柏森都嘲笑她的梦想,说丫头片子臭美又虚荣,当演员能算什么梦想。

她每次都会反驳,然后两个人就会吵起来。

温荔强势惯了,吵架的时候也咄咄逼人,像只浑身参毛的猫,柏森很烦她这种浑身带刺的性格,也不让着她,两个人越吵越凶。

没有人看到她咄咄逼人背后的难过和失落,只看到她为掩盖这么一丝丝负面情绪而更加凶狠的表情。

就算很俗气,那也是她的梦想。

吵着吵着,柏森扔下一句"懒得理你"就自己走了。

她神色冰冷,心里赌气,也没指望从宋砚这里找到认同感。

一直沉默的宋砚突然开口,轻声说:"很棒的梦想。"

温荔难以置信地睁大眼:"啊?"

他抿唇,又说了一遍。

温荔这次真真切切地听到了。她有些惊喜,不自觉地对他露出了欣喜的笑容,双眼灿若繁星。

他在这一瞬间心脏紧缩,呼吸甚至都短暂地停止了。察觉到自己的不对劲,他蓦地转过头去。

她有些挫败,不屑地"喊"了一声。

宋砚觉得,她天生就是要站在聚光灯下,吸引所有人的视线,赢得所有人的喜爱的,她本就明艳漂亮,光芒万丈。

更何况,在这具漂亮的皮囊下,还有不惹人讨厌的骄傲活泼的灵魂。

不过这时候的他没有任何立场去说这些话。

最后还是他去把躲在男厕所里的柏森抓了回来。到底是多年的青梅竹马，没几分钟两个人又和好了。

宋砚目送两个人并肩离开他的视线，最后消失在路的尽头。

在忙碌的高三生活中，他的脑海中又被多塞进了一个人。

那个人不占地方，存在感却无比强烈。眼中、耳畔和心间，他常常一发起呆来，就会不自觉地想到那个人。

这种隐秘的心思达到临界点，是因为那次在教室里的意外接触。

宋砚听她抱怨了一大堆，那些话都是她要对柏森说的。他们是青梅竹马，她可以将自己所有的负面情绪都往柏森这里发泄，她可以哭，也可以蛮不讲理，把最真实的一面展露给柏森。

在发现他不是柏森后，她的反应很大。

他觉得失落，甚至羞恼，心里在质问她，为什么对自己和柏森差别对待；理智却又在提醒他，她没有错，是他想要的太多。

宋砚不自觉地对她有些凶，把人给吓住了。

他心里在赌气，她也觉得尴尬，两个人谁也没说话。

不过，两个人所有的情绪都在接下来的几秒钟里消失了，那一刻，他们的脑子里一片空白，只剩下唇间疼痛又酥麻的触感。

在此之前，两个人所有的接触都是疏远而客套的，这样暧昧到极点的意外使得他的心被缠上无数渴望和期待的藤蔓。只有两个人的教室里，难得的独处时光，谁也没料到的意外，仿佛都是从柏森那儿偷来的，他在逃避的同时，内心深处却又窃喜于这秘密的亲吻。

秘密之所以对人有着无穷的吸引力，正是因为它无从诉说。

从这一天开始，他和她拥有了同一个羞于对人说起的秘密。

这天晚上宋砚做了梦，梦里的少年少女并不只是简单地亲吻，也没有害羞地一触即分，还是那个教室，下午时分，空气湿热，朦胧昏暗的环境里，少年少女躲在教室的门后，一开始是笨拙地试探，等渐渐熟悉之后，两个人唇齿交融，他对她的纠缠和索要越来越多，被摁在门后的少女被动地承受着他的亲吻，裸露在外的肌肤滚烫，全都成了晚霞的颜色。

他把自己被撩起的火焰都藏进了梦里。

醒了之后，宋砚呆愣愣地看着天花板，等意识到梦和现实的区别，心跳才慢慢恢复平静，最终，他难堪地叹了口气。

他第一次对人承认自己的感情，是有个大胆的女生向他告白被拒绝后，失落地多问了他一句："你是有喜欢的人了吗？"

宋砚倚着走廊的栏杆，侧头看向教学楼旁栽种的梧桐树。叶子被风吹得"沙沙"作响，从树叶间隙漏下来的光斑仿佛星光，摇摇晃晃地洒在他深色的校服上。

他看着梧桐树出了神，女生看着他英俊秀气的侧脸也出了神。

原来他和眼前这个陷入情网的女孩子无异，那些面红心跳的反应，都是来源于每次和温荔不经意间的对视和接触，这种感觉很陌生，却也很明显。

"嗯。"宋砚简短地回答道。

女生没再多问，她是笑着离开的。可是在回教室的路上，宋砚看到女生将头埋在朋友的怀中，似乎是在哭，朋友则是耐心地拍着她的后背不断安慰。

这就是向不喜欢自己的人告白的后果。

宋砚心想：到时候他要找谁哭？找柏森吗？柏森是会安慰他还是直接给他一拳骂他挖墙脚？

不甘心的同时他又觉得自己卑劣，明知不该，偏偏还是动了心思。可谁又管得住感情的沉沦？

他宁愿维持现状，也不愿面对袒露内心之后可能面临的难堪。如果有这个胆量说出口，谁会愿意活在独角戏里？

他也曾愚蠢地想要在毕业之前把自己的心意说出来，但是温衍的话狠狠地敲醒了他。

多年后两个人在红毯上重逢时，宋砚再怎么心潮澎湃，也掩不住扑面而来的陌生感。

但也因为那次在红毯上的重逢，在公众的眼中，他和温荔开始有了交集。

作为一个电影演员，他竟然答应去走电视节的红毯，当时就连没抱希望邀请他的赞助商都很惊讶。

如此明目张胆，是因为他压根儿没打算瞒着，自己就是冲着某个人去的。

只不过没有人察觉这一点，包括温荔。

她那时候在化妆间里哭得很伤心，可是一见他来，她就收了眼泪，把自己脆弱的一面藏了起来。

宋砚心想：她一点儿都没变啊。

不过也多亏她"失恋"了，心里那朵闪耀了很久的玫瑰，他终于有了靠近的理由。

以旁观者的身份注视了她很多年，如今他终于得偿所愿，参与了她余下的人生。

宋砚醒了。

他愣了很久，不知道为什么会梦到以前的事。

等回过神来，他突然发现手臂上少了压迫感，侧头一看，身边的人不知什么时候已经从他的怀里滚到了床的另一边。

其实他们常常这样，宋砚习惯晚上睡觉的时候抱着她，但每次等到两个人睡熟，也不知道是谁先觉得不舒服，转个身，继续睡自己的，等早晨醒过来时，两个人就发现，昨晚还抱在一起的他们，又泾渭分明地占着一边的床各睡各的。

现在他半夜醒过来，真相终于大白。

她竟然还总是怪他半夜把她推开。

宋砚开了床头小灯，把人又抱了过来，就着温暖的灯光垂眸看了她半天，最后伸出手指，顺着她的眉心一路滑下。

等手指来到温荔的嘴唇上，男人意味不明地眯了眯眼，凑过去亲她。

其实温荔有一点儿起床气，不过分情况，被无端吵醒和因为嘴唇被啃咬摩挲的触感而惊醒的感觉是不同的。

"抱歉。"男人沙哑的声音响起，"吵醒你了？"

"你怎么还没睡啊？"温荔迷迷糊糊地嘟囔，下意识地问道，"做噩梦了吗？"

两个人睡前才从激情中退却，她一声充满了倦意的呢喃却又使得他的欲望开始回潮。宋砚从不对温荔隐瞒自己每一刻的动情和着迷，眼里全是令她不好意思直视的柔情缱绻。只不过往常这时候她都睡得不省人事，压根儿看不到。

人在晚上格外容易多愁善感，宋砚觉得这一刻他对她是真的爱到了极点，也依赖到了极点。

他说："嗯。"

温荔稍微清醒了，纤细的胳膊越过他的后脑勺儿环在一起，身体往上耸了耸，让他靠在自己的胸口上，像他常常抱她那样，以一个略强势的姿态抱住了他。

她摸摸他的后脑勺儿，哄道："这样就不怕了吧，睡吧。"

属于她的甜香味道袭鼻，她慵懒又困倦的声音入耳，让宋砚想笑之余又顿时觉得自己今晚有些矫情。

其实温荔完全有在他面前高高在上的资格，而他在多年后也完全可以用前辈的身份俯视她。

但她没有，甚至在知道他的心意后适当地放低了姿态，就为了让他对曾经的伤痛释怀。

他也没有，因为在他的心中，她一直耀眼。

自己偷偷爱了很多年的人真的是一个很好很好的女孩子。

其实等待也不是多么无望的事。

如果那个人值得。

从前因为她而来的遗憾和不甘，以及从其他人那里得到的辛酸和落寞，都在之后的岁月中慢慢地被她给抹平了。

有人哄他睡，宋砚很快再次睡了过去。

这次他做了一个明亮又斑斓的梦：慵懒的夏季，日光大盛，鸟声如洗，微风吹动桌上的书页，他坐在教室的窗边，隔着玻璃去看楼下的她。

　　穿着杏黄色校服的女孩也正朝上望，笑着冲他挥了挥手："学长！"

　　那是他迄今为止经历的所有夏天中，最让人悸动的一个晴日。

出版番外
宋砚生日

"近日演艺圈搬料：

"1.某人气即将登顶的女团成员恋爱了，男方是同公司的大前辈，现在两个人谈得很小心，男方一直想公开，但女方很在乎粉丝，不敢公开，怕大面积脱粉。

"2.某离婚女艺人有新男友了，姐弟恋，男方是最近势头很猛的某爆剧演员，两个人还挺恩爱的，男方经常会送礼物到女艺人剧组。

"3.某男星外表看上去很乖，私底下脾气特别差，经常跟工作人员甩脸子，平时很讨厌跟异性艺人接触、合作，粉丝都以为他是洁身自好，其实这只是粉丝的一厢情愿罢了。

"4.某对曾经营销貌合神离、协议结婚，后来上了一档综艺又改营销十年暗恋、校园纯爱故事照进现实的夫妻最近已经分居了，两边目前正在协商离婚的事。"

粉丝们在评论区各自维护各自的偶像，再加上看热闹不嫌事大的围观群众，导致这条并没有带大名的博文成功冲上了热门。

有些艺人喜欢在网上"冲浪"，大号被太多双眼睛盯着，稍微手滑就是"腥风血雨"，所以会注册小号，专门用来在社交软件上"吃瓜"和搜索自己的相关信息。

温荔就是其中之一。

只不过她还没来得及对这条爆料自己的博文做出评价，同样奋战在"冲浪"一线的徐例就先发微信过来了。

小兔崽子："你和砚哥要离婚了？"

消息后还附带着一张截图。

温荔无语了整整一分钟，回复："这种料你也信？"

然后她又是一句："就你这种智商真的不配当我弟弟。"

小兔崽子："……"

小兔崽子："行，那麻烦你以后上综艺不要再提我，少跟我拉关系。"

温荔："你没事吧？我还需要跟你拉关系？综艺提你是导演组给的台本，我提你是给你面子，帮你增加曝光量，免得你过气，懂吗？"

小兔崽子："不需要。"

小兔崽子："你还是先想想怎么平复离婚风波吧，连我都刷到了。"

温荔："离个屁啊，我跟你姐夫感情好得很。"

徐例没再回复了。

温荔翻了个白眼，扔下手机，在酒店套房的床上翻了个身，继续研究剧本。

然而过了十几分钟，手机再次振动。

她拿起手机，还是徐例的消息。

徐例一连转发了好几条博文给她，标题都是跟她和宋砚有关的，内容全是分析她和宋砚婚姻生变的，还分析得头头是道，要不是温荔是当事人，她差点儿都信了。

温荔实在不知道该怎么说。

不过她也能理解为什么这种博文这么火。

首先是现在的人压力都大，自己的生活平淡无聊，就喜欢在网上看一些刺激的，给生活添添调味剂。

站在聚光灯下的艺人们就成了他们最好的调味剂。

尤其是温荔和宋砚这对同属于一线艺人的夫妻，大家自然好奇他们的私生活。

可如果他们的私生活一直平静，那就少了乐子，现在的网友，一个个表面上装得正经，其实内心深处还是喜欢"吃瓜"的。

所以即使温荔和宋砚结婚这么多年了，孩子都生了两个，媒体依旧会时不时把他们拉出来，编造他们俩婚变的传闻。

他们的两个孩子，宋温彬和温宋嘉兄妹俩，哥哥今年刚上二年级，妹妹还在上学前班。

俩孩子的曾姥爷温兴逸老爷子这几年身体不大好，医生跟打卡似的天天往家里跑；两个舅姥爷温衍和温征工作忙，而且也有自己的家庭要照顾；舅舅徐例是个工作狂，不是在写歌就是在外出采风学习，根本抽不出空来同时带俩孩子，把孩子交给保姆管吧，温荔和宋砚又不放心。

两家人经过商议，决定让兄妹俩暂时一个跟着妈妈的娘家在燕城上学，一个跟着爷爷奶奶在澳城生活。

于是狗仔好几次拍到温荔在燕城戴着口罩、墨镜送儿子上学,宋砚在澳城带女儿去公园玩的照片。

夫妻俩分居两地带孩子,这怎么看都是离婚的前兆啊。

这条分析温荔和宋砚婚变的博文还在最后像煞有介事地加上了编辑总结的经验教训:

"小编奉劝各位,喜欢艺人夫妻须谨慎,谁说结婚就万事大吉了?结了婚又离婚的普通夫妻都比比皆是,更何况是处在花花世界里的演艺圈夫妻呢?"

小兔崽子:"我讲真的,你跟砚哥还是找时间合个体吧,不然我都快以为你要把砚哥甩了。"

温荔无语地发送了语音消息:

"呵呵,我今天要是敢甩你姐夫,明天就会被他的那些粉丝的唾沫和辱骂淹死你信不信?"

小兔崽子:"也是……"

小兔崽子:"我们砚哥的路人缘那可不是盖的,你就是想甩也没那胆子。"

温荔撇嘴,阴阳怪气地说道:"还'我们砚哥',拜托你搞清楚,你只是区区小舅子罢了,他是我老公,是我的,不是我们的。"

小兔崽子:"……"

打字没有说话快,徐例也不甘示弱地发语音消息过来了:

"笑死,你还知道砚哥是你老公,小半年分居两地连面都见不上,我的两个外甥还得分开带,难怪营销号说你们俩要离婚了。"

温荔叹气:"你以为我想啊,这不是工作需要吗?我能有什么办法?"

她最近正在拍一部正剧向的历史电视剧,全组都是实力派老演员,导演要求严格,她已经跟组三个月,每天片场和酒店两点一线,还要抽空去找老师上课,儿子这几个月在舅姥爷家住,天天跟还在上幼儿园的小表姨吵架,吵不过就打视频电话找她哭诉。

温荔只能安慰儿子:"崽,你认命吧,谁让你舅姥爷和舅姥姥都是牙尖嘴利的人呢,而你妈我和你爸都是性格温柔的人,表姨遗传了他们俩,你遗传了我们俩,你肯定吵不过你表姨啊。"

然后儿子皱起和她有七八分像的小眉毛:

"爸爸温柔我知道,但是妈妈你……平时对爸爸和舅舅吼的时候一点儿都不温柔……"

温荔的脸色立刻不对了。

"你什么意思呀?你的意思是妈妈我不温柔?"

儿子长得像妈妈,但哄女性的那股聪明劲儿十成十遗传了爸爸,立刻转移话题,说想妈妈了，也想爸爸和妹妹了，问他们什么时候回去。

温荔心一下子又软了，说等学校一放假，就让舅姥爷带他飞去澳城看妹妹。

儿子又问："那你和爸爸呢？"

温荔说自己下个星期就能回趟家，至于爸爸……

"徐例，我说你可真够偏的啊，不体谅你亲姐也就算了，还搁这儿帮你姐夫谴责我，你怎么不谴责谴责你姐夫呢？我们俩见不到面，主要原因在他好吗？"

徐例嘟囔道："砚哥在那鸟不拉屎的地方拍戏，电话都打不通，我倒是想谴责。"

温荔"喊"了一声。

说鸟不拉屎确实有些夸张，但宋砚的电话时常打不通是事实。

宋砚现在正在东南亚某国进行全封闭制的电影拍摄工作，温荔也不知道他什么时候能抽空回趟家。

这次的电影，是宋砚跟大导仇平的第四次银幕合作。前三次合作次次封神，双方不但都拿奖拿到手软，票房、口碑也是双丰收，于是这第四次合作，双方都格外重视。

电影是严肃题材，与缉毒相关。仇平原本打算让宋砚打破一直以来的正派形象，出演其中的男二号——一个冷血残忍的大毒枭。宋砚的地位就摆在那里——内地影史上最年轻的大满贯最佳男主角奖得主，只要能把角色诠释好，在演员表上的排位对他来说根本不重要，而他本人也很想挑战这样的角色，于是欣然应允。

结果试戏的时候，仇平看了一眼宋砚的形象，摇了摇头，还是给了宋砚缉毒警的角色。

其中原因是毒枭的形象不能太帅，而宋砚这张脸，属于怎么扮丑都没用的类型，他的外在条件实在是太好了，就算把脸挡住，一米八六宽肩窄腰大长腿的身材还是吸引力十足，到时候要是对年纪小只看脸的观众起了什么反向的引导作用就不好了。

"还是当缉毒警吧，下次有好的反派剧本再联系你。"仇平拍板道。

角色定下来后，宋砚还对温荔抱怨过，说自己其实更想演反派。

艺人走到他这个境界，追求的已经不是名利而是自我突破，温荔理解他，不过她也没办法干涉仇导的决定，毕竟连她自己拍仇导的电影也是一切听从安排，没什么话语权。

虽说有些遗憾，但既然角色已定，就要做到最好，宋砚之前扮演过警察类的角色，有这方面的经验，不过这次吃苦的程度比以往任何一次都要高上许多。

他先是去了边境的警察学院体验了几个月，和真警察们同吃同住，然后又去学了自由搏击，最后才正式进组，因此"战线"被拉得格外长。

温荔说不想他肯定是假的。

毕竟干他们这行的，和家人聚少离多是事实，尤其她和宋砚都是干这行的。

姥爷和舅舅至今都不理解她为什么要干这行，在家舒舒服服当个大小姐比什么不强？

徐例不是不知道姐姐姐夫都是为了工作，但网上那些营销号造起谣来简直丧良心，他看了都生气。

徐例说："算了，反正马上就是砚哥的生日了，生日那天，剧组总会给他放假吧？等砚哥回来，我们一家好好给他庆祝生日。"

温荔"呃"了一声。

"他已经跟我说了，今年的生日，他打算直接在剧组过。"

"啊？"徐例疑惑地问道，"在剧组过？你和我那俩外甥也不陪他过吗？"

"他说不用，他那边的拍摄条件太苦了，所以你姐夫担心你两个外甥过去了不习惯，而且他也不想因为一个生日耽误我这边的拍摄工作。"

徐例彻底没话说了。

他这姐夫，说顾家吧，是个工作狂，拍戏跟出家似的；说不顾家吧，方方面面都考虑到老婆和孩子，一年就这么一次的生日，就打算这么随便过了。

"姐，我说实话，你每年的生日，砚哥就算工作再忙，也会抽时间回来陪你过，年年都给你送惊喜，也该你回报一次了。"

温荔："我知道，但是你姐夫都说不用了啊，我过去那不是给他添麻烦吗？"

徐例无语："那我问你，每次快到你生日的时候，你是不是也会跟砚哥说，让他忙他的，不用管你，但是砚哥真的回来陪你过生日的时候，你是不是心里还是特惊喜、特高兴？你有嫌麻烦吗？"

温荔不说话了，似乎是在沉思。

"你们女人有时候会口是心非，男人也会的好吗？"

温荔"啧"了一声。

"你小子，还挺懂。"

徐例低低地"哼"了一声。

"我和砚哥都是男人，男人的心我当然懂。"

这小子还骄傲起来了。温荔说："哦，那你这么懂，怎么到现在还是单身？"

"我是专注事业，所以没有谈恋爱的打算，而不是我不想谈，懂吗？

"懒得跟你说了，我继续写歌了，你有空还是多操心操心你跟砚哥的夫妻感情吧。"

说完他就给温荔发了个"勿扰"的表情包。

温荔又"喊"了一声，默默地在心里想：完全不用操心，我们俩好得很。

想是这么想，但下午的拍摄间隙，温荔还是去找了导演，商量拍摄进度能不能加快，方便她把四月二十二号当天和前后两天的时间空出来。

导演好奇地问："怎么？你那天有事啊？"

温荔说："呃，那天是我老公生日，我想去帮他庆祝生日。"

导演一下子睁大眼。

"是宋砚吗？"

对导演有这么大的反应，温荔有些奇怪：不是宋砚还能是谁，她又没有第二个老公。

温荔："不然呢？"

导演笑了。

"哦，我是看你在这边拍了这么久，宋砚也没来探个班，你也从来没请假回家过，再加上网上那些营销号说的，我还以为你们俩真的……"

好家伙，看来这假她必须请了，否则连圈内人都快信了营销号的那些话。

为了把宋砚生日这一天空出来，温荔提前把那三天的日戏和夜戏都给拍完了，临走前还请所有陪她一起加班赶戏的同事们吃了个饭。

温荔先是回家把儿子给接上，又拜托助理文文把女儿从澳城接过来，等跟两个孩子会合，就买了最快的机票飞去了宋砚电影拍摄地所在的国家。

去机场的路上，助理文文本想一起去，这样可以顺便帮温荔照顾孩子。

温荔说不用。

"你这段时间跟着我在剧组里也辛苦了，给你放两天假，好好休息吧。"

对放假，文文当然开心，只是……

"姐，你一个人照顾得过来两个孩子吗？"

还没等温荔说什么，宋温彬小朋友主动回答："文文姐姐，你放心吧，我会帮妈妈照顾妹妹的。"

俩孩子好久都没见爸爸了，一听说是要去看爸爸，给爸爸过生日，立刻收拾好自己的行李，乖乖跟妈妈会合，一路上兴奋得不行。

听到儿子的话，温荔欣慰地点点头，让文文放心大胆地休假。

温荔和两个孩子临上飞机前，文文最后嘱咐道："姐，今年一定要记得发微博祝宋老师生日快乐啊，最近你跟宋老师婚变的谣言多，正好也辟个谣，让粉丝安心。"

温荔有些无奈。

每年宋砚生日，不管他在不在自己身边，除了粉丝，她都是踩着零点第一个送祝福的，结果前两年她有一次忘了发微博，莫名其妙地引发了广泛议论，要不是后来宋砚在采访里表示他们很好，温荔就是单纯地忘了发微博而已，这场风波还不知道要闹多久。

头等舱宽敞，温荔心大，也不管孩子，上飞机就睡。

好在两个孩子被姥爷、舅舅跟爷爷奶奶教得极乖，安安静静地坐着，加上有容貌绝世的爸妈，美貌的基因摆在那里，俩人跟俩会眨眼不会说话的小瓷娃娃似的，就连职业素养极高的空姐都偷偷看了好几眼，想着等温荔醒后去要一张合影。

中途妹妹想上洗手间，想叫醒妈妈，哥哥阻止了妹妹，从座椅上跳下来，帮妹妹解开安全带，牵着妹妹去找空姐。

宋温彬小朋友牢记妈妈教给他的话："对年轻女性，宁愿叫'姐姐'也不要叫'阿姨'。"

"姐姐，我妹妹想上洗手间了，但是我们的妈妈她工作很累，还在座位上睡觉，你可以帮忙带我妹妹去洗手间吗？谢谢姐姐。"

长相漂亮的小绅士，说话又有礼貌，任谁都无法拒绝，空姐强忍着心脏软成一团的感觉，回了句"好的"。

忙着补觉的温荔对此毫无察觉。

飞机落地，空姐过来要合影，还特别问温荔能不能跟她的两个孩子一起合影。

为了保护孩子，在点头之前，温荔请求空姐不要将照片传到网上。

空姐平时在飞机上也服务过不少艺人，自然知道这些艺人的忌讳，连连答应。

然而看着这两个完美遗传了爸妈优良基因、粉雕玉琢的小朋友，空姐还是忍不住问温荔，有没有让两个孩子进演艺圈的打算。

一般艺人父母都会说看孩子的意愿，可还没等温荔说话，一旁的宋温彬小朋友就主动回答："不会，因为舅姥爷说了，家里有妈妈和爸爸两个在外面抛头露面给观众看猴戏的就够了。"

空姐无言以对。

宋砚从出道起就是天花板级别的大银幕演员，手握奖杯无数；而温荔，人气超高，有数不清的大爆影视剧代表作，这几年又转型成功，拿了不少含金量颇高的电影大奖。这对夫妻，单拎出来都是超一线演员，国民度和商业价值直接拉满，更不要说二人合体出现在公众面前的讨论度有多高。

几年前那档现象级的夫妻综艺节目就是例子，至今收视率和网络讨论度仍然让其他综艺节目望尘莫及，要知道如今两个人结婚已经快十年，"签字笔"们的战斗力可见一斑。

这样一对艺人夫妻，在家人口中居然只是"演猴戏"的。

对儿子的口无遮拦，温荔有些无奈。

还好她舅这人够低调，至今观众也不知道她常在节目上吐槽的那个吹毛求疵、说话难听、浑身除了一张帅脸全是缺点的资本家舅舅究竟是何方神圣，否则她舅指定要被观众的唾沫淹死。

下飞机后，坐上早就安排好的接机车，温荔嘱咐两个孩子，以后家里的事不要随便往外说。

"明明妈妈你自己就很爱说。"宋温彬小朋友不服气地撇嘴，"每次都在电视里说舅姥爷的坏话，然后被舅姥爷骂。"

"我那是为了综艺节目效果好吗？你舅姥爷是我的热度密码。"温荔还挺有理。

宋温彬："那妈妈你为什么不说爸爸？明明你每次提爸爸，其他人都更乐意听。"

"提了没意思啊，除了夸你爸爸，我还能说什么？你爸爸这人吧，就怪他太完美了，完美过头那就是无聊了，没什么可吐槽的地方，综艺节目要的是喜剧效果，懂吗？"

温荔一本正经地给儿子解释，随后又叹了口气，虽然嘴上在吐槽自家老公没意思，实际上眼里的满意和得意都快要溢出来了。

兄妹俩对视一眼，都不说话。

妈妈这人吧，哪儿都好，就一点不好：不坦率，嘴太硬，尤其是在爸爸面前，那更是举世无双的嘴硬。

明明温荔大老远飞过来，就为了给宋砚过个生日，为了瞒着宋砚，还特意事先联系了他的经纪团队，要给他一个惊喜，结果到了宋砚住的酒店，俩孩子都为即将见到爸爸而兴奋不已，她却临阵退缩了。

她对孩子们说："等爸爸问你们为什么我们突然过来了，你们就说是你们想给爸爸过生日所以求着我带你们过来的啊。"

俩孩子："……"

妈妈，够了，我们俩出生不是为了给你当挡箭牌的。

温荔自己其实也不想这么别扭。

两个人真的太久没见了。来之前她很激动，但真到了地方，不知道怎么的，她莫名其妙有点儿胆怯。

见了之后她该说什么呢？"抱一个"？"亲一个"？可是当着孩子的面她不好意思。做夫妻这么多年，温荔发现自己在宋砚面前，虽然大多数时间是霸道且厚脸皮的，可偶尔也会像小女孩儿一样害羞和不知所措。

唉，老夫老妻了，孩子都跟他生了两个了，她真没出息。

都怪宋砚长得太帅。

温荔拍拍脸。

坐了这么久的飞机，温荔和孩子到酒店时已经是傍晚，不巧宋砚今天的拍摄任务比较重，估计得到晚上才能回酒店。

今天是四月二十一号，温荔琢磨着，她和俩孩子把酒店的房间布置一下，等宋砚拍完夜戏，拜托他的经纪人和助理找借口留他一会儿，掐准时间，让他正好十二点的时候回来，这样她和俩孩子就能踩着零点给惊喜送祝福。

多么完美的计划。

到了房间后，放下行李，温荔立刻拿出早就拜托助理准备好的生日场景布置道具，和俩孩子忙活起来。

学校也经常举办一些活动，装饰活动现场这活儿，俩孩子都熟悉，反倒是温荔笨手笨脚的，粘个气球都能把气球粘爆。

每个不靠谱的妈妈背后都有她靠谱的孩子，俩孩子叹气，叫妈妈坐到一边去，负责指挥，他们来布置装饰。

俩孩子的长相其实挺公平的，儿子宋温彬更像她，五官明艳漂亮；女儿温宋嘉更像宋砚，冷淡高傲，但是她怎么感觉这俩孩子的性格跟他们爸的越来越像了？

她偶尔心血来潮，想下个厨给宋砚做顿饭吃，宋砚也会叹口气，说宋太太的好意他心领了，不过她站在旁边负责指挥就行了，这个饭还是他来做吧。

兄妹俩配合默契，只有往墙上挂东西的时候，目标太高够不到，才让温荔过来帮个忙，抱着他们挂上去。

等房间布置好，温荔满意地看着这漂亮的成果，自豪的同时又忍不住"叹息"：一家四口，只有她是天生享福的命。

为了奖励俩孩子，温荔给俩孩子叫了他们最爱的炸鸡桶外卖。

吃了晚饭，三个人坐在房间里，妈妈温荔继续研究剧本，兄妹俩坐在一起用妈妈的手机看动画片，等主人公爸爸工作完回来。

时间转眼就快到十二点了，小朋友犯困早，眼皮早已经在打架。

温荔给宋砚的助理阿康发消息，问宋砚怎么还没回来。

阿康回得很快，说剧组那边也给宋砚准备了生日惊喜。

阿康也是几十分钟前才知道，仇平导演今天特意延缓了拍摄进度，就为了等到十二点。

阿康问："怎么办啊，温荔姐？"

她能怎么办？仇大导演亲自准备的生日惊喜，她总不能破坏吧？温荔只能说："那就等宋砚在剧组那边过完生日吧。"

时间就这样过了十二点，到了二十二号这一天。

俩孩子实在撑不住了，温荔只好让他们先睡，等爸爸回来了再叫醒他们。

俩孩子在床上睡得可香了，温荔则是坐在一边的沙发上，拿着手机看着和宋砚的聊天框，想着要不要先给宋砚发一条"生日快乐"。

不行，她人都亲自过来了，既然要惊喜那就惊喜到底。

反正他总会回来的。

盯着手机看着看着，温荔收到了助理文文的信息。

559

文文："姐！！！你果然又忘了发微博了！！！"

温荔这才想起这回事，连忙打开微博，一点开，铺天盖地都是关于宋砚生日的消息。他的粉丝后援会第一时间"踩点"发送了生日祝福，还写了一篇文笔极其优美的小作文，最后在小作文的末尾表示，他们会永远陪伴宋砚，直到他息影的那一天，把温荔都给看感动了。

除了他的粉丝，还有很多圈内好友，也是"踩点"发的微博，甚至宋砚现在在拍的这部电影的官博都发了一条生日祝福，还带上了九张图片，画面是剧组订了个超级大的蛋糕，所有人都围着宋砚，给他庆祝生日。

评论区都是宋砚的粉丝们在感谢剧组这么用心。

照片里，男人的头发剪短了，皮肤也晒黑了不少，因为训练和高强度的工作，身材倒是壮实了不少。

温荔撇撇嘴。

男人比进组前帅了，进组前是宋美人，剑眉星目，气质出尘，整个人看着有种不食人间烟火的气质。

温荔年少时追过男子偶像团体，对男人的审美偏向"花美男"那类，以前的宋砚她就很喜欢，又冷傲又有男人味；现在的宋砚……看脸依旧是美人，只不过是硬汉型的美人了。

心里这么想着，温荔还是把这些照片都保存了下来。

相比宋砚那边一片和谐的评论区，温荔的微博就……

她最新的微博是品牌方要求发的宣传微博，实时评论非常热闹，有人责怪她今年又忘了发微博，有人则帮她反驳："微博想发就发，不想发就不发，发微博就是感情好，不发微博就是要离婚了？"

很快，"温荔今年还是没有给宋砚发生日祝福微博"的词条冲上了话题榜。

温荔："……"

出道这么些年，温荔早就对这些评论淡然处之。

宋砚不是个乐意把自己的感情生活分享给大众的人。很久以前，他和太太温荔共同参加了夫妻综艺《人间有你》又在电影《冰城》中合作后，他发了那条洋溢着真情实感的表白博文，向大众揭示了他对温荔长达十年的爱意，之后这些年，除了偶尔在采访中提到太太和两个孩子，他在公众镜头前，大多还是以电影演员的身份出现。

那档夫妻综艺节目结束后，邀请他和温荔共同参加的活动和剧本数不胜数，但他都没有答应，依旧很少上综艺。

《冰城》之后，他和温荔并没有像大众猜测的那样，借着"夫妻档"的热度继续合作，而是各自挑选合适的剧本，各自在不同的剧组里演绎角色。

这样虽然很容易消磨热度，但确实是一种爱惜羽毛的行为，宋砚不希望自己"演员"的标签为"温荔老公"的身份所代替,同样也不希望温荔为"宋砚太太"的身份所限制,他们是感情好的夫妻,但同时也是演员,都有各自所追求的事业。

作为在演艺圈长盛了这么多年,热度仍然不衰的夫妻,长情的粉丝们对宋砚的想法和行为都能理解,反正他们夫妻俩偶尔发个甜蜜的小细节就够他们开心好一阵子了,糖这东西,吃多了也腻。

对此,温荔没意见,粉丝也没意见,至于其他人,就随便他们怎么想吧。

先给宋砚把生日过完才是重点。

而且现在过了十二点没多久,她这时候发微博,会显得很刻意,说不定还会被嘲讽是在找补。

温荔退出微博。

一直等到两点多,宋砚还是没回来,她终于也有些撑不住了。

这几天为了赶工作进度,再加上连轴转坐飞机,身体已经透支不少,温荔想着在沙发上稍微眯一眯,结果这一眯,就彻底睡过去了。

这边,宋砚本来就准备在剧组过完生日就回酒店,助理阿康又一直在催,所以生日宴一结束,宋砚就跟大家告别了。

终于坐上车,阿康催促司机开快点儿。

拍了一整天的戏,终于有空看手机,神色疲倦的男人坐在车后座,拿出手机,第一时间打开了聊天软件。

聊天软件里是密密麻麻的红点,都是商务合作方和圈内同行,还有父母和几个亲戚发来的生日祝福,甚至还有很多年前父母还没破产,他还在澳城生活时最好的同性朋友发的消息。

父母的破产和这位朋友的父亲有不小的关系,年少的宋砚少爷心气高,因为家道中落,自尊心受挫,不得不搬到内地生活,非常决绝地和这位朋友绝交了。

二人已经很多很多年不联系,直到这几年这位朋友开始接触家里在内地的影视产业,出于商业礼貌,他才重新和人建立联系,只当好友列表里多了个陌生人。他的这位朋友似乎也知道二人的关系不可能再恢复如初,很少联系他。

就连这位朋友都发来了生日祝福。

宋砚看着聊天列表里被自己置顶的某个头像——一只高贵的卡通白猫。这是某个人的一位粉丝给她画的头像,她很喜欢,觉得这只猫咪很可爱,就用来做头像了。

一个电话都没有,也没有来自她的未读消息。

她是忘了吗?

宋砚一一礼貌地回复了其他人的生日祝福,又点进微博,某个人也没有发微博祝他生日快乐。

大概是拍戏太累，她这会儿已经睡下了吧。

宋砚在心里叹气。

她还是那么迷糊，又忘了他的生日。

算了，让她睡吧，等天亮以后他再提醒她和孩子们吧。

英俊的眉眼间闪过一丝极淡的失落之色，男人收起手机，闭眼小憩。

拍摄地离住的酒店很远，宋砚是被助理阿康叫醒的。

他这会儿只想赶紧回房间洗个澡睡觉，因而也就没注意到阿康脸上兴奋的表情。

打开房门，宋砚注意到房间里有微弱的灯光，以为是房间的照明小灯自动亮了，于是没在意，直到穿过玄关走到里面，才看清光源是什么。

是墙上挂着的一串串小灯以及大床上方最亮、最显眼的"Happy Birthday（生日快乐）"字灯。

大床上睡着他两个可爱的孩子。

大床旁边的沙发上还睡着一个人，是他从零点就开始期待给他送生日祝福的人。

这一屋子的装饰和布置，再加上这三个突然出现在他房间里的人，几乎不用思考，宋砚已经明白了是怎么回事。

他站在原地，对着这个场景，安安静静地看了很久。

原本有些空落落的心脏在这一刻被结结实实地填满，宋砚轻手轻脚地走过去，先是走到床边，替两个孩子掖了掖被子，又俯身亲了亲两个孩子的小脸蛋，然后才走到沙发边。

他不敢坐，怕一坐下，动静吵醒某个人，于是只是轻轻地在沙发边半蹲下，眼神温柔地看着某个人。

她一看就是奔波了很久，妆都没怎么化，估计等回去又要赶紧去美容院做保养了。

她对上镜有要求，对外貌很在意，尤其是这几年，更加有了年龄焦虑，但宋砚觉得，她无论多少岁，都是最漂亮的。

"学妹。"

低沉温柔的气声在静谧的房间里响起。

温荔平时不允许宋砚叫自己"学妹"，因为她觉得自己都已经是两个孩子的妈了，还被叫"学妹"，未免有装嫩的嫌疑。

宋砚知道她这人最怕肉麻，所以平时很少这么叫，不过偶尔两个人独处的时候，他还是会这么叫。

现在她睡着了，他终于可以肆无忌惮地叫她"学妹"。

他也跟她说过，不论她多少岁，都是他心里那个最明艳张扬的温荔学妹。

宋砚又凑近了一点儿。

"谢谢你的生日礼物，我很喜欢。"

这么多年了，她还是这么会送礼物给惊喜，一瞬间就击中了他的心，叫他怎么能不爱？

虽然千里给他送惊喜的人没撑到他回来就睡着了，可他觉得这是他今年生日收到的最大惊喜。

男人半蹲在沙发边，撑着下巴，目光温柔地看了温荔的睡颜许久，既不想冒险吵醒她，又很想在这时候给她一个吻。

跟亲两个孩子的脸蛋不同，他俯身，将唇轻轻压在了温荔微张的嘴唇上。

成年人的睡眠质量比不得孩子的，加之温荔一直在等宋砚回来，睡得并不算安稳，即使男人已经尽力克制，可他的气息还是一瞬间惊醒了她。

她艰难地睁眼，在看到面前这个蹲在她身边、正冲着她浅笑的男人后，足足愣了好几秒，才惊喜地喊出声："你终于回来了！"

宋砚赶紧给她比了个"嘘"的手势。

温荔捂嘴，朝床上看去，还好两个孩子没醒。

她舒了口气，迅速从沙发上坐起身，然后果断地扑到男人怀里。

猝不及防的投怀送抱，宋砚被撞得往后倒，还好他反应够快，单手撑住了身体，才没让自己的尾椎遭殃。

虽然被撞得坐在了地上，但他还是回抱住了怀里的人。

他不用问为什么她会出现在这里，他们之间已经有足够的默契，静静地享受这个拥抱就好。

"生日快乐。"

温荔足足在他怀里赖了十分钟，才开口说话。

宋砚抚摸着她的后脑勺说："谢谢。"

又安静了几秒，温荔忽然有些别扭地说："我发现你的颜值变低了。"

宋砚勾唇。

不按常理出牌是她的作风，他早就习惯了。

"嗯，晒黑了不少。"他没有否认，毕竟自家太太的审美他还是了解的。

"不止晒黑了！"温荔抬头看他，手指掐住他脸两边的肉，"皮肤也变糙了，还有，头发剪这么短，都不是宋美人了。"

说完，她又摸了摸他的短头发——怪刺人的。

宋砚现在特别像一条乖巧高大的德国牧羊犬，坐在地上，任由老婆动手。

他知道她喜欢什么，于是说："头发还会长长的，等拍完戏，我再把皮肤养白。"

温荔这才满意地点头。

563

看他态度这么好，她觉得还是应该给他一点儿信心。

"不过你现在这样其实也不错啦。"

她又戳了戳他结实的胳膊和胸膛，"喀"了一声，说："还挺有男人味的。"

宋砚挑眉："以前没有吗？"

"以前是玉面书生的男人味，现在是……硬汉的男人味，哎，那个词叫什么来着？我记得看到过有人这么评价你来着。"

宋砚笑着看她转眼珠子，耐心地等她想起来。

温荔想起来了："哦，我想起来了，性张力，你现在特别有性张力。"

话音刚落，温荔猛然意识到：这个词是不是有些少儿不宜？

宋砚也意识到了这一点。本来两个孩子还在床上睡着，他是没这个打算的，但现在……

在国外封闭式训练和拍戏这么长时间，他毕竟是个各方面都正常的男人。

好在房间里有浴室，两个人还可以顺便洗个澡。

浴室里雾气蒸腾。

床上那两个睡得正香的孩子哪里知道，他们的爸爸妈妈这会儿正在浴室里干一些不适合他们这个年纪懂的"坏事"。

…………

翌日早晨，俩孩子醒来，看见朝思暮想的爸爸就在自己面前，连忙扑过去，嘴上不停地叫着"爸爸""爸爸"。

宋砚一手抱着一个孩子。

俩孩子跟他们的妈妈一模一样，都喜欢扑人。

不过这时候他有另一件事要做。

温荔早上跟他抱怨，她今年又忘记发微博祝他生日快乐了，现在网上的流言一串一串的。

她问宋砚："要不我现在发吧？然后你去我的评论区回一条。"

这是个办法，但宋砚否决了。

既然她没有发微博的习惯，那就算了，没必要为了网络上一些无关紧要的声音去勉强自己。

随即宋砚登上微博，用自己的号发了一条动态。

宋砚："谢谢所有人的生日祝福。"

"尤其谢谢@温荔Litchi，这是我今年收到的最棒的生日礼物。"

简简单单一句话，打破了所有的传闻。

所以说宋砚真的天生就是干公关的料，偏偏当了演员。

他这条微博刚发出来，评论区立刻挤满了人，大多是粉丝的祝福，甚至还有导演仇平的。

导演仇平："你老婆送了你什么生日礼物，比我送的大蛋糕还好？"字里行间颇有种不服气的感觉。

几分钟后，宋砚回复："秘密。"后面加了一个微笑的表情。

"秘密"两个字以及这个微笑的表情，实在太有宋美人那种狡猾又温柔的味道了。

粉丝们纷纷在下面凑热闹。

点赞最多的是一个大粉的评论。

美人草三力："仇导你就别自取其辱了，你就是送我们美人燕城一套房也比不上我们三力的礼物。"

结果仇平也不知道是不是因为今天剧组放假，特别有闲心，竟然还回复了这位粉丝。

导演仇平："我都不知道，难道你们粉丝知道？"

大粉不再回复，倒是其他粉丝回复得特别欢，猜什么礼物的都有，其中有一条评论很快被顶上了前排。

"一个正值壮年的成年男人辛辛苦苦在国外拍戏这么长时间，最好的生日礼物当然是老婆呗。"

一语惊醒梦中人，粉丝们纷纷惊呼"我怎么没想到这层"，仇平导演更是被吓得不敢回复了。

宋砚也看到了这条评论，笑着把手机递给温荔，故作烦恼地问她："温老师，怎么办？粉丝越来越聪明了，连你今年送我什么生日礼物都能猜到。"

温荔接过手机，定睛一看，脸色迅速一变，立刻捶了男人一拳。

"变态啊你。"

被老婆捶了一拳的男人笑得特别开心，房间外的阳光洒进来，落在此时慵懒悠闲的他身上，漂亮的眉眼间盛着十足的温柔，看得温荔也忍不住笑了出来。

她转头对两个孩子说："你们爸爸变傻子了，我骂他他还笑。"

笑容这东西会传染，两个孩子先是迷茫地眨了眨眼睛，看妈妈也笑了，然后，不明所以的他们也跟着笑了起来。

酒店房间里回荡着一家人的笑声。

回家后，两个孩子都在日记里写道：

"爸爸今年的生日，爸爸、妈妈、哥哥（妹妹），还有我，都过得超级超级开心！"

（全文完）